海賊船ハンター

Pirate Hunters: Treasure, Obsession, and the Search for a Legendary Pirate Ship

カリブ海に沈む「伝説」を探せ

Robert Kurson
ロバート・カーソン
Mori Natsuki
森夏樹 訳

青土社

海賊船ハンター　目次

私が見つけた宝物
エイミーへ

海賊船ハンター　カリブ海に沈む「伝説」を探せ

ドミニカ
共和国
サマナ
リンコン湾
サマナ湾
カヨ・
レバンタード
ハイチ
ドミニカ共和国
サントドミンゴ
カリブ海
バハマ諸島
大西洋
タークス・
カイコス諸島
トルトゥガ島
ハイチ
ドミニカ共和国
ポルトー・プランス
サン・フアン
キングストン
サントドミンゴ
ヴァッシュ島
プエルトリコ
サマナ
ヴィラ
カヨ・ビヒア
ホッグ・アイランド
サマナ湾
サマナと
カヨ・レバンタード
0 MILE 1
0 KM 1
カヨ・レバンタード

カリブ海沿岸
0 MILES 200
0 KM 200
フロリダ
マイアミ
キーウェスト
メキシコ湾
ハバナ
キューバ
カンペチェ
ユカタン半島
ケイマン諸島
ジャマイカ
カリブ海
ベリーズ
グアテマラ
ホンジュラス
ニカラグア
モスキート・コースト

ときにわれわれは、こんな望みを抱く。もし、幸せな人生を送っているのなら、われわれが海賊になることを、神様は許してくれるかもしれない。

——マーク・トウェイン

海賊は誰にでも起こりうる。

——トム・ストッパード

著者ノート

二〇一二年一月のある朝、見覚えのない番号から国際電話が掛かってきた。発信先はドミニカ共和国だ。しかし、ドミニカに知り合いはいないし、ドミニカにはこれまで一度も行ったことがない。ただ、電話の声は間違えようがなかった。

「君がもし海賊好きなら、ニュージャージーへ来ないか?」

電話を掛けてきたのはジョン・チャタトンだ。私が書いた『シャドウ・ダイバー』の主人公の一人である。この本は二人の週末ダイバーが、ニュージャージーの沖に沈んでいた第二次世界大戦時のUボート（ドイツの潜水艦）を発見したときの実話と、難破船を見つけようと命がけで挑んだ彼らの活躍を描いたものだった。チャタトンとは、もうかれこれ一年以上も話をしていない。だが、ニューヨーク訛りのあるバリトンですぐに彼だと分かった。

「どんな海賊なの?」

「一七世紀のカリブの海賊だ。ハンパじゃないよ」

海賊と聞いただけで、座っていた背筋がピンと伸びた。しかし、シカゴからニュージャージーへ出かけるのに、このときくらいタイミングの悪かったことはない。雪は降っているし、新しい本を書こうとしていたところだった。それに、休暇の気分がやっと抜けかけたばかりだ。しかし、チャタトンにはじめて会ったときに、彼から学んだことがある——「チャンスは逃がすな」。一時間後、私は車で州間ハイウェイ九四号線を東へ向かっていた。

夜遅く、ニュージャージー州スプリングフィールドのスコティズ・ステーキハウスに車を乗り入れた。チャタトンに会うのは三年ぶりだ。だが、彼は思っていたより若く見えた。六〇歳になっていたが、見た目は、年が半分の者よりしっかりとしている。チャタトンは友だちのジョン・マテーラを紹介した。マテーラは満面に笑みを浮かべた五〇歳くらいの男で、話し方にスタテン・アイランド訛りがあった。マテーラとは何年か前に一度会っている。当時、彼は重役付きのボディーガードをしていた。腕の太さにその名残があった。

酒を注文して、旧交を温め直すと、チャタトンはさっそく本題に入った。

「海賊の黄金時代のことは、どれくらい知ってるの?」と訊いてきた。

あとで分かったのだが、私はかなり多くのことを知っていた。何年か前に古本屋で、ちっぽけなペーパーバックを手に取ったことがある。それはアレクサンドル・エスケメリンが書いた『アメリカの海賊《バッカニア》』で、海賊の生活を包み隠さず伝えていた。著者は実際に本物の海賊船に乗り込み、海賊ヘンリー・モーガンの行状を年代記風に書いている。名著の誉れが高い本だが、厚さはたかだか二〇〇ページほどしかない。私は二ドル出して本を買うと、それを手にランチを食べに行った。

だが、とても食事をするどころではなかった。

エスケメリンの海賊は、どんな映画に出てくる海賊より気性が荒いし、どんな小説の海賊より裏切りに満ちていて、はらはらとさせられる。海賊たちは町を丸ごと攻略すると、巧みな方法で略奪した。敵に恐怖心を植えつけ、ときには、剣を振り上げることをせずに震え上がらせた。わずか一つの行動だけで——おそらくそれは、降服しない商船の船長に悲痛な思いをさせたのだろう——評判はあたり一帯の海洋に知れわたった。活動しないときの彼らがまた並外れている。放蕩三昧で享楽的なその生活ぶりは、大金持ちになった現代のロックスターでさえ、くらくらと目まいがしそうだ。しかし、そんな海賊たちの生活にもつねに行動の規範はあり、それがはるかに時代の先を行っていたために、彼らをどんな困難にも負けない無敵の海賊にした。

海賊たちは痕跡を何一つ残していない。獲物を求めて大海を徘徊し、すでに数世紀が経つが、その間に発見され、はっきりと識別された海賊船はわずか一隻にすぎない。その船名は「ウィダー（天人鳥《テンニンチョウ》）号」で、一九八四年にコッド岬の沖合で見つかった。海の中で――あるいは、おそらく世界中で――海賊船を見つけることほど難しいことはない。それはまるで彼らの足跡が、完全に消えてしまったかのようだったからだ。

エスケメリンの本をむさぼり読んだあとで、私は手当たりしだい、海賊と名のつく本を読みあさった。そして、スペインの八ペソ硬貨をひと目見たいと思い、珍しい硬貨を売るコインショップをたずね歩いたり、車で全国を横断して、ウィダー号を展示している博物館を探した。おかげで海賊の黄金時代（一六五〇年～一七二〇年）について、いくらか知識を身につけることができた。

「それはいい」とマテーラ。「実は俺たちもこの一年間、もっぱら一七世紀の中にいたんだ」

そのあとの三時間、チャタトンとマテーラの二人は、海賊船を見つけに出かけた探索の旅について話し続けた――それは危険とダイビングとミステリーに満ちた話だった。世界中の図書館や記録保管所《アーカイブ》を巡っては、海賊の歴史を調べた。最先端のテクノロジーも使ったし、古代の地図や草稿も見つけた。経験豊かな先輩から話を聞いては学んだ。殺し屋やライバルとも戦ったという。そして二人が最後に語ったのが一人の不敵な海賊のことだった。黒髭《ブラック・ビアド》より悪名が高く、ウィリアム・キッド（キャプテン・キッド）や、映画『パイレーツ・オブ・カリビアン』のジャック・スパロウに輪をかけたような大胆な男。彼は伝説上の人物だが、その生涯は忘れ去られて、すでに時の彼方にあった。この人物こそ海賊ジョセフ・バニスターである。

私は二人に、もっとくわしい話を聞かせてほしいと頼み、レストランが店を閉めるまで質問を浴びせた。駐車場で二人は、いくらでもよろこんで話すよと言ってくれたが、自分たちがしたことを本当に知りたいのなら、何が起きたのか、自分の目で確かめるのが一番だと言う。

二週間後、私はサントドミンゴのコロニアル・ゾーンでチャタトンとマテーラに会った。サントドミンゴは新世界でもっとも古い定住地だ。三人は丸石で舗装されたラス・ダマス通りを歩いた。この通りは南北のアメリカ大陸で、一番はじめに舗装された道路だ。右を見ると、コンキスタドール（征服者）のニコラス・デ・オバンドが一五〇二年に建てた家があり、そこには地下牢があった。左には新世界で最古の教会が見える。朝食後、二人は珊瑚のブロックで作られた、一七世紀の建物へ私を連れていってくれた。それは水中文化遺産庁の研究所だった。ここではトレジャー・ハンターたちが見つけた人工物を分類して、カタログを作る作業が行なわれていた。

一番はじめにどこを見ればいいのか、私には分からなかった。あるテーブルには、九フィートほどの金の鎖が置かれている。一七世紀のものだ。もう一つのテーブルには、奴隷用の手錠が一セット、それに卵型の純銀製の箱が載っていた。セメントのタンクも置かれていて、中にはクリストファー・コロンブスの使った錨《いかり》が、水に浸されて入っている。錨はアメリカではたいてい、プレキシグラスで保護されていたり、レーザー光線でガードされていたが、ここでは自由に手を伸ばして、じかに触れることができる。錨に触ってみた。触れると時間が消えた。錨はまさしくコロンブスの世界そのもので、今、私はそれをじかに感じていた。

入口近くに最後のテーブルがあり、そこには何百枚もの八ペソ硬貨がうずたかく積まれている。これもすべて一七世紀のものだった。銀貨を両手でめいっぱいすくい上げ、テーブルの上にこぼしてみた。そのときに聞いた銀貨の音は、これまで一度も耳にしたことのない音だったし、どういうわけだか、それは生涯忘れることのできない音になった。瀑布となって鳴り響く鐘の音のようで、濃くて深い、物古りた音色。これこそ海賊たちの耳に語りかけた唄で、財宝の響きだった。

その夜、二人は私を車でドミニカの北海岸へ連れていってくれた。この場所から、彼らはゴールデン・フリース（金の羊毛）号を探す旅へと出かけた。ゴールデン・フリース号はかつて航海した海賊船の中で、もっとも大きな船だった。探索の物語については、すでにニュージャージーで大まかなことは聞いていた。が、この蒸し暑い夜（月でさえ汗をかいているようだ）に、海岸でさらにくわしい話を聞いた。探索がチャタトンとマテーラにとってどれほど困難だったか、そして、探索をはじめたときに、どれほど危険な目に遭ったか、さらに海賊の歴史を探り、大いなるリーダーで冒険者でもあった、海賊ジョセフ・バニスターの心に入り込むために、今もなお、どれくらい苦労をしているかについて彼らは語った。向こうみずな二人の探検話を聞いて感じたのは、彼らが最初から一貫して探していたものは、単に一隻の海賊船ではなく、何かそれ以上のものだったのではないかということだ。

家に帰った私には、もはや前のプロジェクトに立ち戻る気はなくなっていた。その代わりに、眠っていた二人の息子を起こすと、彼らに海賊の話を語って聞かせた。そして私は今、読者の方々にもそれを物語ることに決めた。

1　他に類を見ない海賊物語

ジョン・チャタトンとジョン・マテーラは、数日後に、これまで二年間、計画を進めていた探索を実行に移す予定だった。それは一七世紀に、財宝を積んだままで沈没した聖《サン》バルトロメ号の捜索で、この沈没船は一億ドル以上の価値があると見られていた。二人は、それを発見するためにドミニカ共和国へ移動し、探索のためなら手持ちのものや、大切にしていたもののすべてを危険にさらす覚悟でいた。沈没船を発見すれば、それは夢に見ていた以上に、彼らを大金持ちにするだろうし、歴史の本には彼らの名前が刻まれるだろう。「ニューヨーク・タイムズ」紙は二人のプロフィールを掲載するだろうし、博物館は彼らに敬意を表して、厳かなパーティーを催すかもしれない。何と言っても、二人は沈没船が沈んでいる場所を知っているのだから。

ちょうどそんなときに電話のベルが鳴った。

かけてきたのはトレーシー・ボーデンだ。六九歳のトレジャー・ハンターで、この世界では伝説的な人物として知られている。ちょっと大きな話があるので相談したいのだが、話を聞きに二人で、マイアミまで飛んでこないかと言う。

チャタトンとマテーラは、聖バルトロメ号の探索にこれから向かおうとしていた。そんな彼らにはわずか二分でも、他のことに時間を割く余裕はなかった。余計なことで、たがいに混乱を招くのはやめようと誓い合っていた。が、ボーデンの声には、出会ってこの方、聞いたことがないほどせっぱつまった緊張感があった。それにサントドミンゴからマイアミへは、飛行機で飛べば、ほんの二時間ほどで行ける。マイアミへ行って、その日のうちにサントドミンゴへ戻ってくることも可能だ。他のことはともかく、すばらしいネタだとボーデンが言っている。トレジャー・ハンティングでは、ネタ話はお金に次いで大事だ。二〇〇八年初頭のある朝、二人はデイバッグに荷物を詰めると、チケットを予約してマイアミへ出かけた。聖バルトロメ号の財宝は四〇〇年の間、行方知れずとなっていた。そしてそれは、二人が探しに来るまで、ほんの数時間ほど待てばよかった。

マイアミでチャタトンとマテーラはレンタカーを借り、ボーデンの家へ向かった。ボーデンはこれまでに会った、どのトレジャー・ハンターとも違っていた。世間の注目を浴びないように、ことさら目立つのを避けて仕事をしているようだった。他の者とチームを組むこともほとんどない。自慢もしないし、口から出まかせにでたらめを言うこともない。それに、水中の沈没船を引き上げる作業に、革命的な進歩をもたらした、現代の科学技術を使うこともめったにない。金貨や銀貨を積み込んだ難破船を見つけるために、彼がもっぱら頼っているのは、古い図面と老朽化した設備、それに何十年も使っている古いノートだけだった。

ボーデンはサルベージの仕事をしている間に、財宝を積んだスペインのガレオン船を一隻だけではなく、二隻見つけている。そして三度目の発見でパイオニア的な仕事をした。しかし、チャタトンとマテーラは、ボーデンがどれほど金持ちになったのか、じかに確かめたことはなかった。ドミニカ共和国にある彼の家も、ガレージほどの大きさしかないし、彼の所有するサルベージ船ドルフィン号にしても、たしかにすぐれてはいるが、それほど大きなものではない。トレジャー・ハンターとして大成功を収めたボーデンなら、純金のドアノブのある、堀を巡らした大邸宅に住んでいてもおかしくない。が、チャタトンとマテーラが車をドライブウェイに入れたときには、念のために、住所をチェックし直さなければならなかったほどだった。すてきな家だが、ありふれた郊外の分譲地に建つ家と、まったく変わりがないように見えた。

家に入ると、ボーデンがコーヒーを勧めてくれた。だが、二人はほとんど彼の言葉を聞いていない。どこを見ても、目が向かう先にはすべてに財宝がある。一つの部屋には珊瑚に埋め込まれた銀貨があった。別の部屋には、何世紀も前に真鍮で作られた航海用の計器があり、それは博物館が大枚の金をはたいてでも、手に入れたいと思う代物だった。ダイニングルームにあった一七世紀のデルフト陶器は、今もなお、作られた当時の、青と白の色つやを変わらずに見せていて、マテーラが前に、ニューヨークのメトロポリタン美術館で見た、値のつけられないほど高価な陶器と、見分けがつかないくらい立派なものだった。

他にもボーデンは二人に硬貨や工芸品を見せた。どれも彼が難破船から引き上げたもので、それぞれがいちいちいわくつきの品々だった。ボーデンはじかに触ってみてくれと言う。触れることが大切で、実際に触ってみなければ、ものを本当に知ることはできないと言った。マテーラはようやく中座するとトイレに行った。そして、ドアを開けて思わず立ち止まった。

バスタブの中にポリ袋がうずたかく積まれている。袋の中には、八ペソ銀貨がぎっしりと詰まっていて、それはすべて一七世紀のものだった。マテーラはバスタブから袋を一つ持ち上げて、薄いビニール越しに中身を確かめた。この数年間、同じような銀貨がオークションで、一枚一〇〇〇ドルで売られているのを彼は知っている。ちょっと見で計算したところ、バスタブには少なくとも袋が一〇〇個はあり、それぞれの袋に五〇枚ほどの銀貨が入っていた。マテーラはけっして計算が早いわけではない。が、その彼が計算を瞬時にした。わずか一つのバスタブの中で彼が見ていたのは、五〇〇万ドルという宝物だった。それも硬貨はすべて、ふだん目にしているちっぽけなビニール袋に入れられている。しかも袋の口にはジップロックさえついていない。

リビングルームに戻ったマテーラは、急いでチャタトンに近寄り、耳元でささやいた。

「トイレへ行ってみなよ」

「ええ?」

「いいから、トイレへ行ってみなって」

チャタトンは肩をすくめた。仕方がない、二人はパートナーだから。チャタトンは立ち上がってトイレへ向かった。

数分後、彼は目を丸くして戻ってきた。

ボーデンは二人をダイニングルームのテーブルへと誘って、仕事の話をしはじめた。サルベージに携わって三十数年、彼が手がけた仕事を洗いざらい話した――三隻のガレオン船と一隻の奴隷船、そして、アメリカ革命時の伝説的な軍艦を引き上げた。『ナショナル・ジオグラフィック』で二度ほど取り上げられたことがある(マテーラは一六歳のときに最初の特集を読んでいる。そしてそのあとも、くりかえし何度も読み直した)。ボーデンが沈没船から回収したものは国際的レベルの財宝だったり、とびきり高価な人工物だったりした。が、彼が欲しがっていたのはそれとは何か違っていた――それは測り知れないほど希少な何か。何十年もの間、彼が探し求めてきたすばらしい何かだった。

「ジョセフ・バニスターという名前を聞いたことがあるかい?」とボーデンは訊いた。

二人は首を横に振った。

ボーデンの説明によると、バニスターは一七世紀に生きた、非常に評判のいいイギリス人の船長だった。ロンドンからジャマイカへ船荷を輸送する仕事をしていたが、ある日、自分が指揮していたゴールデン・フリース号を乗っ取って、海賊行為を働きはじめた。なぜ彼がこのような行為に走ったのか、誰も説明できない。この好人物が悪事に手を染めた一六八〇年代は、海賊の黄金時代だった。ほんの数年経つと、彼はカリブ海でもっとも重要な指名手配者となっていた。イギリス人たちは懸命になって、彼の海賊行為を阻止しようとした。が、すればするほど、バニスターは巧みに彼らに反抗する。やがて彼は誰知らぬ者がないほど、手に負えぬお尋ね者となりおおせた。イギリス人たちはいかなる手段を使っても、バニスターを追跡して捕らえ、縛り首にすることを誓った。

イギリス王室の海軍は外洋で彼を追跡し、全力を尽くして見つけ出そうとした。当時は、イギリス海軍の追跡から逃れることなど誰にもできなかった。が、バニスターはそれをした。彼の違法行為はますます大胆なものになっていった。そしてついに、二隻の軍艦が罠を仕掛けて、海賊の船長と船を島に追い込み、身動きのできない状態にした。このような快速の軍艦を一隻でも目にしたら、海賊船の船長はたいていお手上げだとあきらめて降参する。それが今、一隻どころか二隻を目の前にしていた。これではいかにタフな者でも、ひざまずいて許しを乞うしかないだろう。

ところが、バニスターはそれをしなかった。

バニスターと仲間たちは大砲に弾を込め、マスケット銃を手にして、イギリス海軍の軍艦に向かって総力戦で挑んだ。戦闘は丸二日間続いた。バニスターのゴールデン・フリース号は戦闘中に撃沈された。が、戦いに勝利を収めたのはバニスターの方だった。イギリス海軍の軍艦は叩きのめされ、多くの死傷者を出して、ほうほうの体でジャマイカへと引き上げていった。一方バニスターは、首尾よく逃げおおせることができた。戦闘はイギリス軍に惨敗をもたらし、バニスターを伝説上の人物にした。が、年月を重ねるうちに、バニスターの名前は忘れられていった。

「これが、今まで語り継がれてきた中で、もっとも偉大な海賊の物語なんだ」とボーデン。「しかし、それを知っている者は誰もいない。俺が欲しいのはゴールデン・フリース号なんだ。そしてあんた方なら、それを見つける手助けをしてくれると思うんだよ」

海賊船を見つけ出すのがどれほど珍しいことなのか、それをボーデンがあらためて説明する必要はなかった。チャタトンもマテーラも、これまでに発見されて、はっきりそれと識別された海賊船が、わずか一隻しかなかったことはよく知っていた。その一隻とは一七一七年にコッド岬沖で沈没し、一九八四年に探検家のバリー・クリフォードによって見つけられたウィダー号だ。この発見によっていくつもの本が書かれ、ドキュメンタリーが製作された。そして、大きな博物館を巡回する展覧会が、発見後二〇年以上にわたって開催され続けた。ウィダー号が姿を見せてからはっきりとしたことは、世の中が本物の海賊には目がないということだ。今、ボーデンはある海賊船について語っている。そして、ハリウッド映画に出てくる無法者たちより、はるかに大胆不敵と思われる男が、その船の船長をしていた。

しかし、ビッグニュースはそれだけではない。ボーデンはまた、自分だけが難破船の場所を知っていると信じていた。ゴールデン・フリース号がカヨ・レバンタード（レバンタード島）の沖合で沈んだということは、歴史が明らかにしている。カヨ・レバンタードは、ドミニカ共和国の北岸に見える小さな島だ。チャタトンもマテーラも、その場所はよく知っていた。白い砂浜がチラチラと光り揺らめいていて、今は最高級のリゾート地となっている。何年もの間、バカルディ島という名で知られていた。それはラム酒の製造者によって使われた名前で、この島を地上の楽園として描き、宣伝するためにつけられた。ともかく仕事はしやすい地域だ。

当時、バニスターの話はすでに伝説となっていた。が、その難破船を探した者はほとんどいなかったようだ。噂によると、今は亡きドミニカの独裁者ラファエル・トルヒーヨが、一九六〇年代まで、ダイバーたちをカヨ・レバンタードへ送り込んでいたが、彼らは何一つ見つけることができなかったという。ボーデンが探索をはじめたのは一九八四年だった。が、この島で見つけたものは今の時代のがらくたばかりで、それ以外はほとんど何もなかった。それで、この数カ月間というもの、彼は強く思うようになった。それはサイドスキャン・ソーナーや磁気探知機のような最新式の設備がないと、とてもゴールデン・フリース号を見つけることができないのではないかと。ボーデンはこれまで、このような最新技術を手に入れようとはけっして思わなかった。彼が忠実に実行し続けてきたのは伝統的な方法だ。それが現在の彼を作り上げてきた。が、チャタトンやマテーラのような者たちが、サルベージの未来を背負って立つことを、ボーデンは否定しているわけではない。この二人が人生の二年間とお金を費やして、現代的な最新設備をマスターしたことは、彼もよく知っていた。そして今、彼らが訓練で習得した技術を使って、自分たちのガレオン船を探し求めていることを、彼もその目でじかに見ていた。

そんなこともあって、ボーデンは二人に取引を申し出た。

それはもし、難破した海賊船を見つけることができたら、ゴールド・フリース号の船荷の二〇パーセントを彼らに与えようというものだ。船には金貨や銀貨、それに宝石が積まれているかもしれない。剣、マスケット銃、海賊たちが身につけていたビーズ、義足、短刀などもあるだろう。あるいは、そこには何一つないかもしれない。いずれにしても、ボーデンが欲しがっていたのは財物以上に大きなものだった。彼は、他の誰よりも偉大な海賊だったバニスターを欲しがっていたのである。

ボーデンはすぐに返事を要求しなかった。チャタトンとマテーラが、これから遠征に出かけようとしていたことを知っていたからだ。ボーデンは二人の度胸と先見の明をほめ称えた――それは彼に、カリブの財宝を探すために、アメリカでの安穏な生活を投げ捨てたときのことを思い出させた。しかし、バニスターのゴールデン・フリース号は、一生に一度、巡り会えるかどうかのチャンスだ。よく考えて、二人の答えを聞かせてほしいとボーデンは言った。

ボーデンの家のドライブウェイから、車で出てくるときも、チャタトンとマテーラはほとんど口をきかなかった。しかし、それぞれが考えていることは同じだった。二人で潜って見つけた難破船は世界でもっとも名高い、魅力的な船ばかりだ――タイタニック、アンドレア・ドリア、ルシタニア、謎に満ちたドイツのUボート、ブリタニック、アリゾナ。が、しかし、黄金時代の海賊船以上にすばらしい、まれにしかお目にかかれないものを、二人は思い浮かべることができなかった。おまけにその船長は、まじめな船乗りが突如ならず者へと変身し、イギリス海軍を戦闘で打ち負かした男だった。ダイバーたちは誰もが、心のどこかで海賊船の発見を夢見ている。が、しかし、それが誰にでも起こりうるとはとても思えなかった。これまではそうだった。だが、今、チャタトンとマテーラには、そのチャンスが与えられている。そしてそれは、サルベージ史上まれに見るほどわくわくさせる、海賊船の発見というチャンスだった。

しかし二人はともに、ボーデンの申し出が受け入れがたいことをよく知っていた。

これまで二年間、二人は財宝を見つけるための訓練に励んできた。ボートや設備にも何十万ドルという金をつぎ込んだ。貯めたお金も目的のために差し出した。クルーを結成し、スペインでは記録保管所で調査もした。伝説的な人物や、第一人者と呼ばれる人々の話も聞いた。荒涼としていたが美しい場所で、あわや銃撃戦となるような場面にも遭遇した。姿の見えないライバルたちの攻撃も、何とかかわしてきた。そんなことがすべて一つの目標、ほとんどの人々が知ることのない目標へと、二人を導くことになったのである。その目標とは聖バルトロメ号と呼ばれたガレオン船で、この船は一五五六年にハリケーンに襲われて、ドミニカの南海岸で沈没した。そして難破船にはなお、財宝が山をなして積まれている。二人はガレオン船が、その場所に沈んでいるのを知っていた。したがって、今、ガレオン船を見捨てて、それに背を向けるには、あまりに遠くへ彼らは来てしまっていたのである。

　別のときなら二人も、この財宝船の探索を遅らせたかもしれない。が、トレジャー・ハンターたちにとって、残り時間が少なくなっていた。政府や考古学者たちが、財宝を積んだ難破船が数多く沈んでいる国々――ジャマイカ、メキシコ、キューバ、バハマ諸島、バーミューダ――へ圧力をかけて、私的なサルベージを法的に禁止しようとしていたからだ。ほんの数年前には、ユネスコが国際条約を定めていた。それによると、一〇〇年以上経った難破船は、それを発見した個人ではなく、船が沈没している国に属するものとされた。すでに数カ国がこの条約を採用していた。ドミニカ共和国は今までのところ、これに何とか抵抗を示している。が、それも時間の問題で、遅かれ早かれ、いずれは条約に署名することになる。二〇〇八年の段階では、もしドミニカで財宝を探そうとするなら、今すぐにでも実行に移さなければならなかったのである。

　二人のダイバーにとっても、時間は残り少なくなっていた。チャタトンは五七歳で、マテーラは四六歳だ。二人は深海のレック（沈船）・ダイビングへ参加する大半の人々より、はるかに年を取っていた。深海のレック・ダイビングは肉体を極限まで酷使するスポーツで、わずかなミスでもダイバーの全身を麻痺させたり、彼を死に追いやりかねない。四〇歳にもなると、たいていのダイバーはこのゲームから引退した。さらに長く続ける人々は、しばしば週末にだけ参加して、このスポーツを楽しんだ。が、ガレオン船の探索となると、パート仕事のようなわけにはいかない。そのためにはチャタトンもマテーラも、一日丸ごと、水の中で過ごす心構えでいなくてはならない。そしておそらくは、それが何週間か、あるいは何カ月か続くかもしれない。二人には、存在しない可能性の高い海賊船を探すことで、年を重ねる余裕はなかった。

それにいずれにしても、これから先、二人が海賊船を探索する余裕ができるという保証はどこにもなかった。二人はともに肉体労働者として人生をはじめていた。たがいに一人ではとても豊かとは言えない。ガレオン船を探しまわるために、二人は一〇〇万ドル近いお金をつぎ込んだ。ここにきて、もし彼らが、海賊船を求めてまわり道をするようなことになれば、その難破船を見つけるために、残りの資金を使い果たしてしまう危険がある。しかも海賊の難破船には、まったく財物がないことだってありえた。したがって彼らが電話でボーデンに、海賊船探索のチャンスを与えてくれたことには感謝するが、ていねいにそれを断らなければならないのは、明らかなことだった。が、しかし、マイアミに着いたときでさえ、二人はどちらも、受話器に手を伸ばすことができなかった。

ジョン・チャタトンはわずか一〇年のうちに、海中の土木作業員から、おそらくは、世界でもっとも有名なスキューバ・ダイバーへと変貌した。彼は偉大なスイマーだったわけではないし、美しい珊瑚礁を探索したわけでもない。スキューバ・ダイバーとして名が知れるようになったのは、難破船の中へ潜り込むことができたからだ。それは非常に危険に満ちた、命を落としかねない作業だった。

難破船は鋼鉄のラビリントス（迷宮）のようだ。自然の力や時の破壊行為によって、風船で作った動物のようにねじれ曲がっていた。海底には、人間に不向きなものがたくさんある。水圧は、生命の維持に不可欠な重要臓器を破壊しかねないし、たまった窒素は人の心を混乱させ、血液を泡立たせる。ダイビングの競技で、しばらくの間でも海底にとどまっていれば、仲間のダイバーたちが水中で幻覚を起こしたり、難破船の中で迷ってしまったり、ワイヤーやケーブルに手足を取られてしまうのを、目にすることもあるだろう。さらに長い間海底にいたら、ダイバーたちが神経障害を起こして、活動できなくなり、麻痺してしまうか、あるいは溺れてしまう姿を間近で見ることにもなるだろう。それも、そんな事態が自分に起こらなかった場合の話である。チャタトンは二〇年間、深海のレック・ダイバーとして働いたが、その間に九人が死んでいくのを目にした。その中には父親とその息子がいたり親友もいた。

チャタトンが危険を冒して難破船へダイビングをするのは、ありきたりの理由——人工物をため込んだり、得意げにそれを自慢をしたり、ダイブ・マガジンで取り上げられたりすること——ではない。実際彼は、見つけた珍しい陶器や他の遺物に、どれほど大きな価値があったとしても、不要なものとして、その多くを人に譲ってしまった。彼が危険な難破船へあえて入ろうとするのは、ベトナム戦争で、自ら最前線で戦うことを買って出てからのことだ。人生で本当に大切なものを見るためには、到達するのがもっとも困難な場所へ行くこと、これが唯一の方法だとチャタトンは信じていたからである。戦争のあとで彼が発見したのは、そのような場所がたまたま鋼鉄でできていて、しかも深海へ何百フィートも沈んでいるものだったということだ。

次の一〇年間に彼は、数多くの危険な難破船へ出かけては、とても人間には到達できそうもないほど困難で、命を落としかねないところへしばしば潜り込んだ。三五歳になった頃には、これまで出会った中で、チャタトンがもっとも偉大な難破船ダイバーだと、彼に向かって直接告げた潜水競技のベテランもいた。

一九九七年、チャタトンとパートナーのリッチ・コーラーは、ニュージャージーの海岸沖で第二次世界大戦時に沈没した、ドイツの潜水艦Uボートを確認して、国際的なミステリーを解き明かした。このUボートについては、それまでに費やした六年間に、三人のダイバーが命を落としていた。チャタトンも結婚生活を失い、金も底をついた。命を失いかけたことも一度ならずあった。なぜそんな危険なことをあえてするのかと、人は彼に尋ねる——だいたい潜水艦には金塊もなければ、値のつかないほど貴重な工芸品も積まれていない。Uボートは彼の重要な節目なんだと。ただ識別番号がついているだけだ。そんなとき、チャタトンは彼らに答えた。Uボートは彼の重要な節目なんだと。一生に一度のチャンスなんだ。運がよければ、本当の自分を見ることができるまたとない絶好の機会なんだ。それが困難だから、あるいはそれを成し遂げることができそうにないからという、ただそれだけの理由で難破船に背を向けるくらいなら、むしろ死んだ方がましだと彼は思ったのだろう。

Uボートはチャタトンとコーラーに、世界的な評価をもたらした。二〇〇四年までに、二人は本で取り上げられたり、ドキュメンタリーでフィーチャーされた。さらにヒストリー・チャンネル（アメリカの民放テレビ局）では、人気テレビ番組の司会を務めるまでになった。チャタトンはハンサムで背が高い。それに美しいバリトンの声を持つ。講演の依頼がきたり、製品の宣伝に引っ張り出された。スキューバ・ダイバーが海から出て、メインストリームへ登場したのは、ジャック・クストー以来はじめてのことだった。通りを歩いていると、みんながチャタトンを見つけた。子供たちは彼にサインをねだった。女性たちは自分の写真を彼に送りつけた。

ほとんどの難破船ダイバーたち、とくに五〇歳を過ぎた者たちは、五〇という年齢にこだわり、自分のキャリアをこの年齢までと定めていた。が、チャタトンはさらに前へと――身体、技術、気質を――押し進め、いっそう深い大洋へと出向いて、はるか遠くで難破船を探し続けた。彼はさらに多くのダイバーたちが死んでいくのを目撃した。そして、誰もが足を踏み入れたことのない場所へ、以前にもまして多くの場所へと行き着いた。

彼が最後の大冒険を行なったのは、二〇〇五年のことだった。チャタトンとコーラーはタイタニック号探索の遠征隊を組織した。この遠征は沈没船についての新たな洞察をもたらした。が、しかしそれは、結局、チャタトンの力を限界まで発揮させることなく終わった。難破船の沈没場所はすでに知られていたし、船は何千フィートもの深海に沈んでいた。それが意味していたのは、ロシアの潜水艇で現場へ向かうことはできたものの、潜水艇にとどまる以外に、手の打ちようがなかったことだ。すでにそこには他の者たちが到着していた。

タイタニック号から家へ帰ってきたあとで、チャタトンはまた新たな難破船のプロジェクトを模索しはじめた。これまでのプロジェクトにまして、さらに困難で、さらに希少なものを求めて。が、一年以上の間、何一つ成果を上げることができなかった。

会計士や弁護士は彼に引退を勧め、手に入れたお金は投資に回すようにと促した。まずはゆっくりとくつろぐこと。チャタトンもそれに応えて、いっそうの努力をした。しかし、コーラーが、家族が営んでいるガラス修理のビジネスに戻るつもりだと言ったときには、素直によろこぶそぶりはできなかった。世界で誰一人、そのありかを知らなかった、第二次世界大戦時に沈没したドイツのUボート、この潜水艦を見つけてそこに潜り込んだ男が、どうして、バーガーキングの割れたガラス窓の修理をすることができるのだろう？

コーラーは事態を正しく理解していないのではないか、とチャタトンは思った。大きな難破船の数は少ない。それを探そうと思えば何十年という歳月が必要だし、それを二隻見つけることなどまず不可能だ。チャタトンは当時五六歳だった。彼にはもはや何十年という月日はない。

チャタトンがマテーラとつながりを持ったのは、ちょうどそんな時期だった。二人は一九八〇年代のはじめに数回、顔を合わせていた。しかし、それから二五年の間、一度も話をしたことがなかった。それが二〇〇六年に開催されたダイビング・セミナーで再会した。週末が終わる頃には、二人は目的に向かって生活も貯金も差し出そうと誓い合った。ドミニカの海でスペインのガレオン船を見つけようというのだ。その海は財宝船を探すことのできる、地球上で残された最後の場所だった。二人は何としてもそれを見つけようと約束した。

マテーラの生活ぶりは、ダイビングをはじめる前にすでに、ハリウッド映画を地で行くような豪勢なものだった。スタテン・アイランドの肉屋のせがれに生まれた彼は、ティーンエイジャーにして、すでに、リスクのともなう危ない商売に手を出していた。そして何十万ドルという金を稼ぎ、社交クラブや居酒屋を所有した。もちろん法律は、若いマテーラの参入を禁じている。二三歳のときに、彼は犯罪者一族の内部抗争に巻き込まれた。これはニューヨークを根城にしていたガンビーノ・ファミリーの徒党間で起きた歴史的な闘争で、マテーラはその巻き添えを食らった。選択は二つしかなかった。一つは暴力沙汰に頭から飛び込むこと。もう一つはそれにもましてすばらしいこと——警察官になることだった。マテーラは選択した。そして法律を執行する側に参加することにした。三〇歳になると、彼は給料の高い個人的なボディーガードになり、名士や財界の大物たちの身辺を警護した。

その間もずっと、歴史とダイビングはマテーラの息抜きであり続けた。若い頃、まだ生活がどちらに転ぶか分からないときでも、彼は自分の興味の中心を歴史の書物に見つけていた。たくさんの本をむさぼるように読んだ。当然、関心は図書館にも向かう。何日もの間、図書館に寝泊まりしたこともあった。マテーラにとって歴史は、単に古い話のコレクションではない。それは人間性を洞察する手段だった。占いに用いる水晶球のようなもので、歴史は過去について語ると同時に、未来についても語ってくれる。そしてマテーラはスキューバ・ダイビングを習い覚えた。それは熱帯リゾート地の美しい魚を見るためにではない。冷たい大洋の奥深くまで潜るためだった。海底では難破船の中へ泳いで入り、人の助けを借りることなく、じかに歴史に触れることができた。

マテーラが最初に行なった遠征は、オレゴン号を探索する旅だった。オレゴン号は一八八六年に沈没した豪華な定期船で、経験を積んだダイバーでさえ、命を落としかねないほど深い海に沈んでいた。元来、未成年者がダイビング船へ乗船することは禁止されている。そこでマテーラはある朝、父親の肉屋からビールを一ケースと、それにサンドイッチを山ほど入れたクーラーボックスを持ち出し、波止場に姿を見せた。この品々を船長に賄賂として差し出すと、一時間後には外洋に出て、ならず者たちの隣りでごろ寝をしていた。船上にいたのは暴走族やギャング団や札つきの連中たちだったが、そんな彼らがイースト・コースト（東海岸）における、難破船ダイビングのパイオニアとなったのである。三日間、マテーラはオレゴン号の舷窓をどんどんと叩き、船内に何か手掛かりはないものかと探した。船の沈没の様子をさらに知っておきたいと思ったからだ。この遠征が彼をすっかりレック・ダイビングのとりこにした。遠征後、マテーラは先端技術を教える射撃スクールへ通ったり、アメリカ政府の請負仕事をしに第三世界の国々へ出向いたり、セレブな顧客を警護する華やかな仕事で、海外の出張所へ向かったりしたが、彼がつねに戻ってきたのは歴史とダイビングだった。ともすれば、危険をともなうこの二つが、いつも彼に真実を語り続けていた。

四〇歳のときにマテーラは、自分が持っていた警備会社を売却した。それはミスだったかもしれない――が、提示された金額があまりに高く、とても取引を逃す気にならなかったし、ビジネス・パートナーもまた売りたい意向を示していた。売却はたしかにミスだったかもしれない。が、手元には多額の銀行預金口座が残り、マテーラは人生ではじめて、毎朝五時に起きた自分が、どこにも出かけなくていいという経験をした。彼には子供の頃から夢見ていたことがあった。それは夜でも戸外で本を読むことができるほど、暖かい場所に住むこと。しかもそれは、どこへ行ってもその近辺で難破船を見つけることのできる場所であること。これまでもマテーラは、ドミニカ共和国で仕事をしたことがあった。ドミニカの人々を愛していたし、その国の歴史も好きだった。それに難破船がいたるところにあった――ドミニカはコロンブスが上陸した土地だし、新世界への玄関口だった。数カ月のちにマテーラは、ドミニカ共和国の首都サントドミンゴに移動した。そしてのんびりとした生活をはじめた。

こんな生活が丸二カ月ほど続いた。マテーラはもともとがブルーカラーだった――したがって、どうしても体を動かさずにはいられない。そこで彼は「パイレーツ・コーブ」(海賊の入江)というダイビング・リゾートを南海岸で開いた。そして客たちを連れて、あたりの古びた難破船へ案内することをはじめた。しかし、このような歴史の生きた見本に、関心を持つ観光客はほとんどいない。客はリゾート地から離れようとしなかった。そこには美しい珊瑚があるし、オンザロックのスコッチでさえ、ほんの数分歩けば手に入る。マテーラは笑みを浮かべて、ただひたすら客たちに楽しい思いをしてもらうように努めた。そして夜になると彼は書物の中に逃れた。

が、こんどは違った種類の物語を読みはじめた——それは教皇、王、探検家、征服者《コンキスタドール》、それに海で死んでいった、恐れを知らない船長たちの物語だ。物語に出てくるのは、一六世紀から一七世紀にかけて活躍した伝説上のスペインの財宝船で、それは新大陸からスペインへ莫大な富を運んできた。ドミニカ共和国——当時はイスパニョーラ島と呼ばれた——はその十字路となっていた。

マテーラはあるプランを考えた。それはどれほどお金がかかっても、何としてでも、自分のガレオン船を見つけたいということだった。それによって手に入る、金銭的な報酬は圧倒的なものだろう——彼が愛するニューヨーク・メッツを買収することだってできるだろうし、それでもなお宝物箱がいくつか手に残るだろう。さらに重要なのは、ガレオン船の発見は歴史的にも意義のあることだった。そのためならマテーラは、持っているもののすべてを、よろこんで危険にさらすつもりでいた。

ちょうどそんなときにチャタトンが現れた。マテーラがスポンサーになって、パイレーツ・コーブで開いたダイビングのセミナー会場に、チャタトンが姿を見せた。二人は前に会ってから、すでに数十年の歳月が経っていた。しかしすぐに、マテーラは自分がチャタトンを賛美していたことを思い出した。チャタトンが夢中になっていたのは難破船だった。が、中でも彼が本当に恋焦がれていたのは、歴史にとって重要で、探索作業が困難な難破船だ。ひとたび難破船に全力を注ぐとなれば、それがいかに深海にあろうとも、そして、どれほど入り組んだ状態になっていても、彼がそれを諦めることはけっしてない。たとえ命を失う危険があっても、彼の気持ちは変わらなかった。何よりもチャタトンは希少な難破船の存在を信じていた。彼にとって「発見が難しいこと」はそのまま美しさにつながった。他の誰もが発見できない美しいもの、彼はそれを求めて世界を探索することに、何らのためらいも見せなかった。

マイアミの空港で列に並びながら、チャタトンとマテーラは今さらながら、ボーデンの海賊船の話に驚いていた。とりわけ、すご腕の船長ジョセフ・バニスターには。想像してみるといい。まじめで通っていたイギリスの紳士が、信用されて航海を任されていた船を盗み、短期間のうちにめまぐるしく犯行を重ねていった。そして、二隻のイギリス海軍の軍艦と戦いを繰り広げて、勝利を勝ちとる。ジョニー・デップの映画の中でさえ、こんな人物は出てこない。

ターミナルで二人はギフトショップに立ち寄り、チャタトンは妻のカーラに、マテーラはフィアンセのカロリーナに買い物をした。が、搭乗ゲートにやってきたときには、ボーデンに電話をしなければならない。二人は十分に承知していた。ボーデンには素直に打ち明けよう、自分たちは、これから行なう宝物の探索から、とてもよそにそれることなどできない。二人はその理由を説明しようと思った。古参のトレジャー・ハンターのボーデンなら、きっとわれわれの、のっぴきならない状況を理解してくれるだろう。二人はていねいな断わりの言葉を伝えようと、スピーカーフォンのダイヤルをまわした。

一度目のベルでボーデンが電話に出た。

「トレーシー、こちらはジョンとジョンです。海賊船とその船長バニスターのことで電話しました」

「結論が出たの？」

「ええ」

フライト・ボードで便名が点滅した。サントドミンゴ行きの便の搭乗がはじまった。チャタトンはマテーラを見、マテーラもチャタトンを見ている。おたがいに相手が話すのを待っていた。

「トレーシー」とマテーラ。「あなたの海賊船はすぐに見つかりますよ」

2　バニスターの島

二〇〇八年三月、ここはドミニカ共和国の北海岸にある熱帯の楽園。夜明け前だ。日に焼けて、なめし革のような肌をした漁師が、タバコをくわえ、木舟の舟べりから身を乗り出して、網をサマナ湾の水面へ投げ入れた。それは先人たちが何世紀もの間、来る日も来る日も、この場所で行なってきた作業だった。あたり一帯、動いているものと言えば漁師と波しかない。

やがて、漁師の乗っていたボートが揺れはじめた。最初はゆるやかに、しかしそのあとで、何か大きなものが目の前に現れてきそうな、そして、それを警告するような揺れに変わった。遠くに、突進してくるボートのランニングライト（夜間航行灯）が見え、船外機のブーンという音が聞こえる。サマナ湾の中で、これほどまでに誰かが急いでいること自体、奇妙なことだと漁師は驚いたにちがいない。ここでは急遽駆けつけなければいけない用事など、一つとしてないからだ。それがサマナ湾の美しさでもあったから。

漁師は立ち上がると、懐中電灯で照らした。それを見て、ボートははげしく、水に突き刺さるようにしてスピードをゆるめると、右に急カーブを切った。このあたりでこんな動きをするのは、海軍のボートくらいしかない。しかし、このボートは見たところ、麻薬の密輸入業者を追いかけたり、船荷をチェックするような作りではなかった。長い後部デッキと浅い喫水のこの船は、湾外に出て探し物をするような作りに見えた。

三〇フィートものグラスファイバー船が、猛スピードで走り抜けていったときには、漁師のこぎ舟はほとんど転覆しそうになった。が、漁師はそれでも、ボートの側板に赤い文字で書かれた船名――「ディープ・エクスプローラー」(深海探検家)――と、船首から手を振っている二人の男の姿をしっかりと見ている。いつもなら、チャタトンとマテーラが暗闇の中でボートを操縦することなどまずない。とりわけこのように、彼らにとって不案内な場所では。が、彼らはこのとき、黄金時代の海賊船を探していた。そして二人は、いても立ってもいられないほど、日が昇りはじめるのを待ちきれなかった。

この場にいたっても彼らはまだ、この仕事を自分たちが引き受けたことが信じられなかった。彼らには二年の間、準備し、蓄えの多くをつぎ込んだ仕事があった。それはむりやり背伸びをして、何とか財宝船を見つけようとした仕事だった。が、結局はそれをすべて打ち捨てて、誰も耳にしたことのない一隻の海賊船を探索することになった。それも頼りにしているのは、バスタブに財宝を貯め込んでいた老人の直感だけだ。その老人は今もなお、難破船にたどり着くのに、ランドマークを目で確かめるという旧来の方法を使っていた。

しかし、チャタトンとマテーラが今見つめているのは、赤と青の光が明滅する計器のパネルだ。海賊船が沈んでいる島までの距離を、パネルはカウントダウンしている――三・八マイル……三・七マイル……三・六マイル。二人はともに、自分たちの選択に間違いはなかったと思っていた。海賊船は水中で発見することのできる、もっとも希少で、もっとも苛酷な苦労を要求する唯一のものだった。それにガレオン船はおおむね忘れ去られてしまっているが、海賊の声はけっして、子供たちや人々の想像力に呼びかけることをやめない。もし海賊が一人でも波止場に降りてくれれば、世界はきっとスリル満点になるにちがいない、と彼らは思っているからだ。

太陽の赤く燃えるような光が、水平線上にはじめて差し込んできたとき、チャタトンとマテーラは、大声で二人のクルーを呼び、双眼鏡で遠い島影をのぞいてみた。キャビンから最初に飛び出してきたのはハイコ・クレッチマーだった。三八歳のダイビング・インストラクターで、よろず便利屋だ。東ドイツに生まれて、一八歳のときに共産主義から逃れ、冒険といくらかましな暮らしを求めて西ドイツへ渡った。エンジン、レギュレーター（調速機）、トランスミッション（変速機）、ポンプなど――クレッチマーがダクトテープひと巻きとプライヤー一本で修理のできないものなど、何一つなかった。そんな彼の厳しい労働倫理のためにマテーラは、彼こそこれまでに雇った中で、もっとも役に立つ男だと思った。

クレッチマーに続いて、キャビンから出てきたのはハワード・エーレンバーグだ。彼も年は同じ三八歳で、ロングアイランドの生まれだった。コンピューターの専門家で、以前はロックバンド、グレイトフル・デッドのファンをしていた。麻薬用品販売店のオーナーにして音波検査技師だ。エーレンバーグがチャタトンと会ったのは、ダイビングのチャリティー・イベントの会場だった。二人はたちまち意気投合した。遠く離れた土地で財宝を探すという思いつきに、すっかり魅了されたエーレンバーグは、ダイビングができる技術者を使ってみる気はないですか、とチャタトンに尋ねた。

「これまでにサイドスキャン・ソーナーや磁気探知機、それに海底下プロファイラーを使ったことがあるの？」とチャタトンが訊いた。

「いや一度も」とエーレンバーグ。

「オーケー。君はわれわれにはうってつけだ」とチャタトン。そしてエーレンバーグはクルーの一員となった。

今では、クルーの誰もがレバンタード島を見ることができた。そこにはバニスターの船が沈んでいる。

チャタトンはエンジンを減速した。四人は船首に立って、島の白い砂と、風で揺れるヤシの木々に感嘆の声を上げていた。この島はラム酒バカルディの広告で取り上げられてから、まだ数年しか経っていないが、すでに豪華なリゾートの本拠地となっていて、キラキラと光るスイミングプールやクルーズ船のために作られた埠頭があった。

「昔、『プレイボーイ』の広告で見たものより、はるかにゴージャスだな」とマテーラが言った。

「えっ、広告で見たの?」とチャタトンが訊いた。

ボートはゆっくりと島に近づくと、男たちは埠頭に飛び降りて、さっそく海中を探索する準備をはじめた。一九七〇年代頃までは、トレジャー・ハンターたちも、シュノーケルをつけたり、底がガラスのバケツで海の中をのぞいて仕事をしていた。名の知れたハンターのテディー・タッカーの場合は、熱気球の下に、窓の清掃用チェアを取りつけて、それに揺られながら海を探索した。そして彼らは難破船を探すのに、直線をすら探そうとしなかった——自然はどんなものでも直線を作ることはない。そのためにまっすぐなものを見つけたら、それは明らかに、何か人工のものを目にしていると考えられた。

が、新たなテクノロジーが旧来のやり方のすべてを変えた。二一世紀へと移る頃には、トレジャー・ハンターたちは難破船を見つけるのに、おもに二つの道具を使うようになった。一つはサイドスキャン・ソーナー。これは音波を使って海底の映像を描き出した。しかしそれはでこぼこしたり、サマナ湾のように珊瑚が散らばっている海底では役に立たない。そこでもう一つのテクノロジー、磁気探知機が登場する。おそらくトレジャー・ハンターの備品の中では、これがもっとも重要なものだろう。現にチャタトンやマテーラが、バニスターの船を見つけるために頼りにしたのが、この磁気探知機だった。

磁気探知機は魚雷のように流線型をしていて、これをボートがロープで引っ張る仕組みになっていた。

探知機が鉄を含んだ物体のそばを通りすぎると、物体によって海底で生じた磁場の変化を、機械がすばやく察知した。すぐれた探知機は非常に感知能力が高い。水中に落ちた一本のスクリュードライバーでさえ探知できるほどだった。探知機は金や銀の貴金属（鉄を含んでいない）には反応を示さないが、錨、大砲、砲弾、それに他にも磁気を帯びたもの――たとえば植民地時代の完全武装をした船の一部など――を探し出すには、これ以上に役立つものはない。性能のいい探知機はメルセデス・ベンツの新車を上回るほどの値段がする。しかし、感度のいい探知機がなければ、トレジャー・ハンターは目隠しの状態で動きまわることになる。チャタトンとマテーラは最高級品を選んだ――高度計付きの「ジオメトリックスＧ－８８２セシウム蒸気海事用磁気探知機」。ソフトウェアとアップグレードを含めて値段は七万ドルほどだった。

磁気探知機を買うのはたやすい。だが、それをロープで引っ張る作業にはテクニックが必要だ。ボートで探知機を引っ張る者は、あらかじめ探査の区域を決めておく。そして探知機を引きながら、その場所をゆっくりと念入りに行ったり来たりする。このプロセスは「芝生を刈る」という表現で知られていた。探知機が海底で鉄製の金属体を探し当てると、その場所は、ボートに搭載されたコンピューターによって記録され、コンピューターはヒットした物体の図を描いた。その間もずっと船長は、探知機が最適な高度――海底からおよそ一〇フィートほど――に保つように操作しなくてはならない。こんな調子でしばしば海底の調査は、まるで海とワルツを踊っているような感じになった。うまくダンスのできる船長がすぐれ者ということになる。

チャタトン、マテーラ、それに二人の乗組員が立てた計画は、幅七五フィート、長さは一マイルに及ぶ海を往復して、探知機が探し当てたものをすべて、ダイビングによって確認すること、そして、難破したゴールデン・フリース号の残余物を探し出すことだった。はじめに想定したグリッドで、難破船の証拠が見つからなかったときには、隣りに新たなグリッドを想定して、その区域を調査した。そして海賊船が見つかるまで、「芝生を刈る」作業はさらに先へと続けられた。

普通はたいていこの種の調査は、島全体を取り巻く広大な海域が対象となる。が、ボーデンがあらかじめ、歴史的な文献から集めた情報をクルーに伝えていたので、それが捜査の範囲を狭めるのに役立った。ボーデンが彼らに伝えたのは、ゴールデン・フリース号——

——は水面下二四フィート（約七・三メートル）のところに沈んでいる。

——のデッキには、マスケット銃が散乱していた。

——がイギリス海軍の軍艦と対峙したときには、船体を傾けていた。

クルーにとってもっとも重要なのは最後のヒントだ。熱帯の海域を航海する木造船は、フナクイムシやフジツボ、さらには他の海洋生物によって悩まされた。このような生物が船体の底面に付着して、船のスピードを遅らせたり、木部を浸食したりする。チェックしないで放置しておくと、小さな厄介者たちは最強の船でさえ破壊しかねない。ダメージを防ぐためにクルーは、定期的に船体の掃除や修理を行なった——満潮時に船を浜辺へ乗り上げて、海水が引いたときに船体を傾けて船底を露呈させた。このプロセスはカリーニング（傾船）の名で知られている。ゴールデン・フリース号はカリーニングをしている最中に沈没した。したがってそれは、沈没船が海岸近くで発見される可能性を示していた。

この情報は何にもまして、クルーに希望を与えた——それほど時間を使わずに発見できるかもしれない。航空写真によって、島の北岸にはビーチがないことをクルーは学んでいた。そこは岩だらけで、とても船がカリーニングできる場所ではない。南部の海岸にはビーチがある。が、そこはこの一〇年間で、リゾートのために作られたビーチだった。そのために島の南部海岸は候補から外された。東部の海岸には大きな浜がある。が、そこは岩が多く、風や天候にまともにさらされている。したがって、海賊がイギリス海軍を避けて立ち寄る場所としては、不向きで危険だった。

残ったのが西海岸だ。そこは唯一状況にかなった場所で、島の風下に当たる。そのために風や波から守られていた。大西洋の外海からもうまく隠れていて、そこを航海する船は外海を見ることができなかった。もし海賊の船長がレバンタード島でカリーニングをしようとしたら、この西海岸こそ、彼がくりかえし訪れた場所にちがいない。そしてそれは今、チャタトンがやってきた場所でもあった。

彼はディープ・エクスプローラー号を、西海岸の南端へ向けて進めて、そこで止めると、波のまにまに漂わせた。ボートが停止したのを見て、クレッチマーは磁気探知機の用意をした。一方、エーレンバーグはデータを収集するために、ソフトウェアのプログラムをはじめた。夜が明けた直後だったので、外の気温はすでに八〇度（摂氏約二六・七度）にまで落ちていた。一日でもっとも涼しい時間帯だ。

マテーラは、海賊船が海面下二四フィートのところで沈んでいることを、あらためてクルーに知らせた。島の近くは、水深が浅かったり深かったりして一様ではない。そのためにクルーは調査を沖合の適度な距離からはじめて、ビーチへ向かって念入りに進めていく。そうすれば、適正な深度の海域を外すことなく探索することができる。

クルーは出かける準備をすべてやり終えた。マテーラはニコンのＤ３００を取り出して、シャッターをセットすると、みんなで集まって写真に収まった。カメラでスナップを撮ったあとで、マテーラはダイエット・ソーダを四本、クーラーボックスから出してきて、それぞれに手渡した。そして乾杯の音頭を取った。

「バニスター船長のために」とマテーラ。

「バニスター船長のために」と他の者たちがくりかえした。

「運の悪い野郎だ。最初はイギリス海軍に追跡されて捕まったし、こんどはわれわれに追い詰められる」

クルーは何時間も探知機をロープで引いた。仕事をストップしたのは、水でふやけたツナサンドを、がつがつとむさぼり食べたときくらいで、すぐにまた調査を続けた。が、波が立ってきて探知機が水面で上下動しはじめた。まだこんなに早い時間に、もう仕事をやめざるをえないとは腹立たしい。が、このあたりでは、湾内の波が静かなのは、ほんの昼すぎまでだ。波が穏やかでないと、コンピューターが正しくデータを読みとることができない。チャタトンやマテーラにとって調査の作業は、あくまでも科学的なものでなくてはならない。そこに不正確さが入り込む余地はなかった。そのために、二人は装置を停止させると、ディープ・エクスプローラーの向きを変えた。

二〇分のちに二人はボートを、島から四マイルほど離れた小さな水路のドックに入れた。幸運なことだが、近々マテーラの義父となる人が、サマナ湾の近くに小さなヴィラ（別荘）を持っていた。この人はドミニカ海軍の元副提督で参謀長だった。探索チームは一時的にこのヴィラを住まいにして、ゴールデン・フリース号を探すことになった。ヴィラは岩の断崖を切り込むようにして建てられていて、そこから湾を一望することができた。ヴィラへ行くにはマンゴー林の中、うねうねと続く狭い道を通り抜けて行くしか方法がない。ヴィラの中は屋内も屋外も広々としていた。ベッドルームにはすべてにテラスがついている。日没の風景は圧巻だった。将来、マテーラの義理の親となる主人夫妻も、おそらく、沈んだ夕陽がまたすぐに戻ってきてくれるといいのに、といつも思っていたにちがいない。

クルーは用具一式を船から降ろしたが、一日の仕事はまだ終わっていない。エーレンバーグは、チームが集めたデータを処理しなければならない。カスタム・ソフトウェア・プログラムを使って、探知機が探査してヒットしたものの図を作る必要があるからだ。その後一日二日と、チームはダイビングしてヒットしたものを探すことになる。ほんの小さなかけらでさえ、この探査から逃れることはできない。

チャタトンとマテーラはベランダに出て、大事な人に電話を入れた。こんな離れたところでは、微弱な電波をキャッチするスポットに立ち、月に向かって携帯を傾けても、通話できるのはわずか五分ほどがやっとだった。

チャタトンの電話は家にいたカーラつながった。自宅はメイン州の海岸地方にある。カーラは長椅子で丸まって横になり、黄色のラブラドル・レトリーバー犬のチリといっしょに映画を見ていた。カーラはジョンがいないから寂しいと言う。夫が三日連続で夜食にスカリタス——フロステッドフレークス——を食べていると聞くと、それはとんでもないとダメ押しをした。

マテーラの電話はフィアンセのカロリーナにつながった。彼女はサントドミンゴのアパートメントで本を読んでいた。カロリーナに「のっぽのジョン・シルバー（スティーヴンソンの『宝島』に登場する悪役）は見つけたの？」と訊かれたときには、マテーラも笑ってしまった。が、この質問は彼をギクリとさせた。難破船のハンターたちが本物の海賊船を見つけられる幸運が、ほんのわずかしかないことを考えると、彼とチャタトンが今していることは、ノアの箱舟を探しているようなものかもしれない。

海賊の黄金時代と言われた一六五〇年から一七二〇年の間でさえ、海賊の姿を見るのはまれなことだった。正確な数字を入手することは難しいが、イギリスの歴史家ピーター・アールによると、一七〇〇年頃でも「海賊が、つねに二〇隻をはるかに越える船を持っていたことはなさそうだったし、海賊の数も二〇〇〇人を越すことはなかっただろう」と言う。それに対して、当時、大西洋やカリブ海を航行する、合法的な船で働いていた、船員や海軍軍人の数は八〇〇〇〇人ほどだったかもしれない。黄金時代の七〇年間に、全部でどれくらいの数の海賊船が航海していたのか、それを知ることは困難だった。が、いずれにしても、その数は小さなものだろう。おそらく一〇〇〇隻に満たないのではないだろうか。

このような海賊船のすべてがすべて、行方不明となり、沈没したわけではない。中には当局に捕らえられたり、海賊によって売り渡されたり、取引で他の者の手に渡り、その後は通常の船舶として使用されたものもある。したがって、不明となった海賊船の数は、かつて航行していたもののほんの一部にしかすぎない。そのために、そのうちの一隻を見つける可能性はきわめて低い。しかも、それを見分けることは実際、不可能と言ってもいいくらいだった。理由は謎に包まれた海賊という犯罪そのものに潜んでいる。

海賊船にとって不可欠なのは、ひそかな行動だ。生き残るためには人目につかないように、そして名前を明かさないようにしなくてはならない。海賊船の船長たちはクルーのリストを公表しなかったし、航海計画の届けも出していない。それに海賊船の船体に名前を書くことすらしなかった。船長たちは可能なかぎり秘密裏に航行した。このような手だてのおかげで、彼らを捕らえようとする権力から、海賊たちは船を守ることができた。が、しかし、それはまた、海賊船が沈没したときには、ただ単に普通の船が沈んだのと大差がなくなり、海賊船は完全に消えて、存在しなくなってしまうことを意味した。海賊船はまた、いかなる国にも所属していない。そのために、どの政府も沈没船を探しに出かけることはしない。それに、たとえ誰かが沈没の様子を目撃したとしても、当時の経度計測はあてにならなかったので、正確な沈没場所を伝えることなどできなかっただろう。さらに船の沈没から、命からがら生き延びた海賊がいたとしても、彼が当局に海賊船の沈没を報告することはまずありえない。

海の底では、こんどは自然が代わってあとを引き継いだ。泥と砂が難破船を完全に覆いつくすには、ほんの二、三年しか、かからなかったかもしれない。

だが、だからといって、沈没した海賊船は二度と見つかることがないというわけではない。長い間には、探検家や漁師たち、それにシュノーケルをつけた人々が、まき散らされた黄金時代の海賊船の残骸に、偶然出くわすことがあったのはほぼ確かなことだ。しかし、その残骸が特別なものだと気づいた人は、ほとんどいなかったし、発見したものを識別できる人もいなかったにちがいない。海賊船が運んでいたもの――皿、索具、道具類、バラスト用の石、コイン、武器など、それに大砲さえあった――は、商船によっても運ばれていた。したがって船を発見した者が、もしかしたら海賊船を見つけたかもしれないと思っても、それを証明することは不可能に近かったのである。

ただしそれは、一人の男を除いての話だ。

バリー・クリフォードは少年時代、海賊の船長「ブラック・サム」ベラミーの物語を聞いた。ベラミーの船は一七一七年にコッド岬の沖合で行方不明になった。大人になって海へ出たクリフォードは、ベラミーの難破船ウィダー号を見つけた。それはクリフォードが幼年時代を過ごした家から、ほど遠からぬところに沈んでいた。一九八四年、発見のニュースは世界を駆け巡った。しかし、人々の想像力をかき立てたのは、難破船から見つかった人工物や銀貨の山だけではなかった。それにそれはまた、嵐の中で死んでいった乗組員たちのドラマチックな物語でさえなかった。人々を夢中にさせたのは、クリフォードが難破船から引き上げた鐘だった。そこには「ウィダー・ガレー船一七一六」という銘が刻印されていたからだ。この銘が難破船の身元をはっきりと示していた。数ある難破船の中で、はじめて海賊船と確認されたのがウィダー号だった。これほどの幸運を手にした者は、クリフォード以外にはこれまで一人もいない。

しかし、だからといって、有能な人々が探索の試みを差し控えたことにはならない。

クリフォードの発見から数年もすると、史上もっとも有名な二人の海賊が乗っていた船を見つけた、と二つの調査チームが発表した。しかしどちらのチームも、発見した難破船の身元を証明することはできなかったようだ。

二つの難破船のうちの一つは、一九九六年に、ノースカロライナの海岸沖ビューフォート入江で発見された。難破船の探査会社がそこで、海賊黒髭《ブラック・ビアド》の主要船クイーン・アンズ・リベンジ号の沈没船と思しきものを見つけた。それは一七一八年に座礁して沈没したとされていたものだ。

発見の報とほぼ同時に、ノースカロライナの州知事は、悪名高い海賊の船の発見をいち早く公表した。これに負けず劣らずすばやく、専門家の中には、難破船の身元について疑問を投げかける者が出た。彼らが申し立てた異議は次のようなものだった。まず、難破船から引き上げられた人工物は、当時の商船ならどんな船でも積んでいたという。たとえば黒髭の船とともに沈んだとされるアドベンチャー号は、今もなお見つかっていない。それに、発見された大砲の一つには一七三〇年、あるいは一七三七年の日付が刻まれていたようだ。これはクイーン・アンズ・リベンジ号の沈没後、少なくとも一二年が経過していることを意味する。議論はさらにヒートアップして、堂々巡りとなり、収拾がつかなくなってしまった。二〇〇五年になって、専門家たちは『船舶考古学国際学術誌』に次のように書いた。「この難破船が本当にクイーン・アンズ・リベンジ号だという証拠は、一片たりともないし、それをほのめかす状況証拠すらまったくない。議論の余地のないこのような事実が、まだ依然として残っている」。彼らはまた金銭問題に触れて、次のように記していた。今までにこのプロジェクトは、助成金を一〇〇万ドル受け取っている。そしてこれからも、さらに四〇〇万ドルの金を手に入れたいという。「すでに投資した額と未来に見込める利益が、難破船の確実な身元を引き続き強調し、それが不備だとする考えを拒否する理由となっているのかもしれない」と雑誌のライターたちは書いていた。

ノースカロライナの役人や企業家たちは、展覧会を開いたり、ウォーキング・ツアーを企画したり、はては歴史上の出来事の再現——黒髭のミニゴルフ（ミニバージョン）さえ——を試みたりしたが、これを思いとどまらせる者は誰一人いなかった。そして、観光客は群れをなしてこの地域へとやってきた。

第二の海賊船と思しき船は、二〇〇七年にドミニカ共和国で発見された。現場に赴いたインディアナ大学のチームは、それがクェダ・マーチャント号だと思った。この船は悪名高い海賊船長ウィリアム・キッドのもので、一六九九年に難破したとされている。NPR（ナショナル・パブリック・ラジオ）やCNN（ケーブル・ニュース・ネットワーク）、それにロンドンの『タイムズ』誌などのメディアが物語を求めて殺到した。それは、調査隊がどんな風にして難破船を見つけたのか、そして、キッドははたして潔白だったのか、さらに、キッドはイギリス人によって、どのようにして絞首刑に処せられたのか、などのストーリーだ（処刑は執行時にロープが切れたが、二度目は正しく行なわれた。キッドの死体はテムズ川の上に三年間吊るされ、海賊の生活を心に思い描く人々への警告とされた）。

船が難破し沈没していた場所を、ドミニカ政府が水中国立公園にしようと計画したときでさえ、インディアナ大学のチームは、難破船の身元を証す決定的な証拠をつかんだと、積極的に発言しようとはしなかった。チームを率いていたチャールズ・ビーカーは次のように言っている。「考古学者としては、それがキャプテン・キッドの船だとはっきり言うことはできない。だが、賭けをしようと言うのなら、私はキッドの船に賭けたい」

それでも四年ほど経過すると、インディアナ大学の職員たちも、今なお「煙の出ている銃」――動かぬ証拠――は見つかっていなかったが、この時点では難破船の身元について、はっきりとした調子で言うようになった。が、ともかく難破船の発見は、二〇〇万ドル以上の助成金を生み出し、さらには、ドミニカ政府を促して観光旅行の場所を作らせ、インディアナポリス子供博物館には、「ナショナル・ジオグラフィック・地球の宝物」と銘打って、常設展示をさせるまでになった。

そののち何年か経つうちに、さらに数件、海賊船を見つけたという申し出があった。が、どれも状況証拠に基づいたものばかりで、「煙の出ている銃」は一つとして提出されていない。

しかし、チャタトンやマテーラにとって、助成金や展示、それに状況証拠やミニゴルフだけでは、とても成功とは言いがたい。十中八九海賊船を見つけたなどと、中途半端に考えながら人生を歩んでいくことは、二人にはとても想像できなかった。夢にまで見たことを、実際にやりとげたかどうか疑問を抱きながら眠りに就くことなど、彼らにはまったくできなかったのである。

しかし思えばそれは、海賊船につきものの困難さだった。たとえ誰が何をしたところで、これまでに身元を証明するものが見つかっていないことは、ほぼ間違いないのだから。チャタトンとマテーラがゴールデン・フリース号を見つけたとしても、歴史家たちが本の中で海賊船について書いたとしても、あるいはキュレーター（学芸員）たちが自分の博物館で海賊船の展示を試みたとしても、決定的な証拠がなければ、そこにはつねに疑念がつきまとう。チャタトンとマテーラにとってそれは、とても我慢のできる結果ではなかった。

チャタトンとマテーラが、妻や恋人と話し終えて電話を切ったとき、エーレンバーグはヴィラのベランダへ、ラップトップを高く持ち上げながら出ていった。スクリーンにはロールシャッハ・テストのような模様が映っている。その日に磁気探知機が探し当てたものの図柄だ。映し出されたものについては、みんなでよくよく確認しなければならない。ヒットしたものがいくつか重なって、木造の航海船ほどの大きさになっていることがよくあるからだ。チャタトンとマテーラは、それが完全に難破船でないことが判明するまで、ずっとスクリーンのそばから離れなかった――第一日目は誰もが、探していたものを見つけることができなかった。が、スクリーン上の美しい斑点を見ていると、彼らは思わずそれを見つけたような気になった――ゴールデン・フリース号をやっと見つけたような気分に。それなら明日の朝には、何としても海に出て、こんどは本当にそれを見つけ出さなければならない。

3　こんなことは意味がない

クルーはみんな、日が昇るまではあまりしゃべらなかった。黙々とディープ・エクスプローラーに荷を積み込み、島へ向けて出発する準備をしている。しかし、心の中では誰もが、何としても自分こそ、一番はじめにゴールデン・フリース号のプレスフック（船首肘板《ちゅうばん》）か大砲を引き上げたいと思っていた。もちろんそれほど大きなものではなく、ひと握りのビーズでもよかった。ビーズはカラフルで色鮮やかなアクセサリーで、黄金時代の海賊たちが、着るものや髪の毛や髭などに、飾りとして編み込んで使っていた。が、海賊の餌食となった者たちにとって、それはひどくおどろおどろしいものに見えた。

海賊船が沈没したときの状態で見つかる、などと期待する者は誰もいなかった。乗組員の骸骨が戦いのポーズで固まっていたり、どくろ印の旗が砕け散った船梁《ふなばり》の下で、もみくちゃになっていたり、そんな様子は考えてみることさえしなかった。運がよければ、難破船の一部――錨の爪、大砲の砲口、船体のはしきれ――が露出しているのを、目にすることができるかもしれないと思っていたくらいだ。むしろそれより見つかる可能性が高いのは、ほんの小さな破片か、探知機が反応を示した物体のかすかな気配くらいだった。が、クルーが期待していたのはもちろん人工物だ。これが一つ見つかれば、それが残りの部分の発見へとつながっていく。

クルーは全員が一度に、そろってダイビングするわけではない。四人のうち二人はボートに残る。ボートが漂って流れてしまわないように、そして、電子機器や銃が強盗に盗まれないように、見張っていなければならない。こんな荒れ果てたところでは、銃がどうしても必要だ。銃なしで家から出ることはできないし、岸を離れることもできない。

目的の場所に到着すると、チャタトンとエーレンバーグは準備をして、水に飛び込んだ。コンパクトな金属探知機を手に持ち、二人は二〇フィートの深さまで潜った。めざしたのは磁気探知機がヒットした最初のものだ。砂の中でチャタトンが銀色に光る物体を見つけた。その場所に潜って近づいてみると、それは箱状のものだった――宝物箱のような形をしている。急いで泳いでいって確かめてみると、中には八ペソ硬貨も入っていないし、エメラルドもない。ただブダイが一匹入っていただけだった。チャタトンは水面に浮かび上がると、ボートへ向かって叫んだ。

「魚の罠だったよ」

マテーラがメモを書いた。が、振り向いたときにはもう、すでにチャタトンは次のヒットしたものへ向かって泳いでいた。まっすぐな鉄の物体が、海底の珊瑚礁から姿を見せている。チャタトンとエーレンバーグはその上で浮かんでいた。難破船ハンターにとって直線は、何と言っても夢のような特徴だ。チャタトンは近くまで潜っていった。そしてコミュニケーション用の水中スレートを取りだすと書いた。

「錨」

エーレンバークの目が輝いた。が、チャタトンがさらに近くに寄ってみた。ゆっくりと彼は最初に書いた文字を消すと、新たに書いた。

「作業用」

作業用錨（ワーキング・アンカー）は船がいつもの仕事をしている最中に、海底へ降ろす錨のことだが、ときにそれは珊瑚に入り込んでしまったり、他のケースでは、海底でどこかへ行ってしまうことがよくあった。チャタトンとマテーラも、探知機を使用するようになってから、ドミニカ共和国でこうした錨をたくさん見つけている。たしかに錨を発見することは興味深いのだが、それが難破船とつながることはめったにない。チャタトンやマテーラが手に入れたいと思っている錨は、海底に平らな形で横たわっている錨だ。それは船とともに沈んだことを意味していたから。

エーレンバーグがこんどは、三つ目にヒットしたものを追い求めた。が、見つけたのはまた作業用の錨だった。ディープ・エクスプローラーに戻ったクルーは、次にヒットした場所へとボートを移動させた。マテーラとクレッチマーが潜った。

探索はまたしても、収獲と呼べるものに何一つつながらなかった。電話ケーブルらしきものとハンマーが一本だけ。しかし、ヴィラに戻っても、チームの面々はなお興奮を隠すことができなかった。磁気探知機は作動していた。ヒットして、翌朝の探索を待っているものもたくさんある。誰も口には出さなかったが、それぞれが、ほんのあと数日で、ゴールデン・フリース号は自分たちのものになると信じていた。

その晩はみんながあまりに興奮しすぎて、家にじっとしていられなくなった。そろって「ファビオズ」――店のオーナーの名前をニックネームにしたピザパーラー――へ繰り出した。ファビオは髪型がイタリアの男性モデルのようだが、他はイタリアを思わせるものなど何一つない。みんなはミートラバーズ・パイとプレジデンテ・ライツを注文した。そして、ゴールデン・フリース号の財宝を見つけたら、いったい何に使うつもりなのか、それを代わるがわる聞こうということになった。ひと儲けしたら、それをどう使うのか。それぞれの思惑は次の通り。

マテーラ

——ペンシルベニア州に五〇〇エーカーの大牧場を買う。

——ビーチクラフトキングエアB２００（マイアミからドミニカ共和国まで飛ぶことができる）を買う。

——ニューヨーク・メッツのマイナーリーグ、ビンガムトン・メッツを買う（海賊船が財宝を積んでいたとしても、まさか、メジャーリーグのフランチャイズ・チームを買うほどのお金はないだろう）。

チャタトン

——フォートローダーデールの販売特約店のウィンドウにある、ブルーのマセラティを買う（彼のミニ・クーパーを下取りしてもらい、それにバッグに詰めた金貨を添えて）。

——マチュピチュとガラパゴス諸島へ、三カ月間の旅行をする。

——運転手を雇う（トラディショナルな運転手の帽子をかぶること）。

——純金製の潜水用ヘルメットを買う。

エーレンバーグ

——グレイトフル・デッド（一九八〇年代末の三年間、彼が追いかけたバンド）の残ったメンバーによるプライベート・コンサートを開く。

——アストンマーチンDB５を買う。伝説的なジェームズ・ボンドの車。イジェクター・シート、マシンガン、防弾プレート、タイヤスパイクなどを装備している。

——世界一すばらしいドラムセットを買う。それといっしょに、ドラムを叩いているときに、隣人から騒音の苦情が出ないように、隣りと十分離れた一軒家を買う。

クレッチマー——妻や娘、それにまま息子を、ドミニカ共和国からアメリカへ移す。

閉店の時間になると勘定を払って、みんなで蒸し暑い夜の中を歩いた。それにしても、ヴィラに逗留できるのはラッキーだった。水道設備は万全だし、湾の眺めもすばらしい。だが、みんなが疑いもなく思っているのは、マテーラの義父になる人が、すぐにでも、ヴィラを返してくれと言ってくるにちがいないということだ。家族が週末の休暇をここで楽しく過ごすために。が、それこそが海賊船を一日でも早く、探し出さなければならない、もう一つの理由だった。

次の朝、ふたたび島へ戻ると、ヒットしたものを求めて海に潜った。今回見つけたものは、道具箱やラジオのアンテナ、それに魚の罠が三つだ。マテーラは結果を記録すると、みんなを操舵室に呼んだ。「もどかしい気持ちはよく分かる。が、芝刈りは続けるよ。ヒットしたものを潜って探すことなんて、べつに取り立てて驚くことでも何でもない。さあ、明日の朝は、またはじめからやり直そう」

チャタトンはエンジンをかけて、ディープ・エクスプローラーを鋭くカーブさせると、ボートはレバンタード島のビーチから五〇ヤードの地点へやってきた。クルーの連中は、暑い太陽の下で日光浴を楽しんでいる人々を眺めていた。

「ご婦人方はみんなビキニだね」とチャタトン。「哀れなのはバニスターだな。こんな風景は金輪際見たこともなかっただろう」

次の日、チームは新たな調査をはじめた。チャタトンはディープ・エクスプローラーを東や西へと動かした。ギザギザした岩礁のあたりは、引き綱を短くし、海が浅くなったときにはボートのスピードをアップした。次の日も、またその次の日も、チームは同じことをくりかえした。そしてダイビングの新たな目標物を集めた。ヒットしたものの中には、どう見ても役に立たないものもあった――あまりに深くに、あるいはあまりに浅い所で、ぽつんと置かれた微小片。しかし、チャタトンは、どれもこれも潜って調べるようにと要求した。みんながはじめて、何かをスルーしてしまったと気づいたときには、もしかしたらそれは、マスケット銃の弾だったかもしれないと思った。マスケット銃は船の索具につながり、索具は大砲に、そして大砲はゴールデン・フリース号へとつながっていったのではないかと。

が、次に海に潜って見つけたものは、今の時代の斧や塗料の空き缶、それに配水管だけだった。そして次の週もそんなことばかりで過ぎてゆく。またまた調査、雨天中止の日がいくつか、そしてたくさんのヒットしたもの、しかし、バニスターの痕跡はどこにもない。にもかかわらず、チームのみんなは引き続きハイテンションだった。難破船が自分たちの探索の目を逃れることなど、できるわけがないと思っていたからだ。いずれにしても、最初の数日間の探索で、黄金時代の海賊船が見つかるなんて、考えること自体が愚かしいことだった。そんな展開はスクリーンの中でしか起こらない。

次の三週間は調査の領域をさらに西の方へと広げた。が、何一つめぼしいものは見つからない。ある日の午後、チャタトンはボートのエンジンを全開にして、大西洋が見通せる東側へと向かった。サマナ湾の入口でエンジンをアイドリングに変え、ボートをストップさせた。チャタトンとマテーラは船の舳先にたたずんで、後ろを振り返り島を見ていた。太陽が沈んで消えてしまうまで島を見続けていた。

その夜ファビオの店で、チャタトンとマテーラはクルーに状況をつぶさに説明した。

「あの島には問題がある」とマテーラが言った。

バニスターの時代には、船は島の西海岸でしかカリーニングはできなかっただろう。しかしあの海岸でも、大西洋からは見えてしまう。二人はその日、自分たちの目でそれを確かめた。バニスターは、イギリス海軍の追跡を逃れることができるほど有能な男だ。その男が通りすがりの船を考慮に入れながら、ゴールデン・フリース号を浜に引き上げるのだが、そんなときに、ことさら好んで敵の目につき、しかも攻撃を受けやすい場所にわが身を置くだろうか。それはありえないことのように思われた。

しかし、レバンタード島の問題点はそれだけではない。島の周囲の水域は浅瀬に岩礁がいっぱいあるので、大きな帆船は岩礁によって、ややもすると船体が破られかねない。いかに戦闘で、イギリスの戦艦を打ち破るほど賢い船長でも、あえてこの地雷原に船を乗り入れるような、危険なまねをするわけがなかった。

さらにそこにはまた水深という問題がある。ボーデンの話では、ゴールデン・フリース号の沈没した海底の水深は二四フィートだという。海底の深さは時代とともに変化する。これは真実だった。しかし、水深二四フィートに達するまでには、岸からおよそ半マイルのところまで、ゴールデン・フリース号を移動させなければならない――船をカリーニングするには、あまりに岸から離れすぎている。

ピザができてきた。みんなそれをむさぼるように食べた。

「たぶん、問題なのは俺たちの方だろう」とマテーラ。「一七世紀の海軍の戦略なんて、俺たちには何も分からないからな。俺はボディーガードだし、チャタトンはプロのダイバー。ハイコ、お前は機械工だし、ハワードはコンピューターおたくだもの。気を悪くしないでな」

「そうだな」とチャタトン。「しかし、ゴールデン・フリース号は必ずあそこにあるよ。魚の罠やハンマーを見つけることができるんだから、間違いなく海賊船を見つけることができるよ。あんなちっぽけな島なんだから」

次の日の朝、ディープ・エクスプローラーの舳先に立っていたマテーラは、一マイルほど離れたところで、二〇フィートのボートを見つけた。ボートは波の上で上下に揺れている。が、前に進む気配がない。おそらく観光客を乗せた船か、釣り用のチャーター船だろうと彼は思った。しかし、それは地元の船ではない。ボートは地元のものにしては、あまりに豪華のように見えた。当日遅くなっても、まだボートはそこに止まっていた。マテーラはそれをチャタトンに言った。チャタトンは双眼鏡でのぞいていた。

「何時間もあのまんまなんだ」とマテーラ。「近くまで行ってみよう。ゆっくりと。何をしてるか見てみたい」

チャタトンはステアリング・ハンドルを握ると、目標へ向かって進路を取った。すると、遠くにいたボートが動きはじめた。そして、白い泡をあとに残して去っていった。

「俺たちを見張っていたんだ。そう思わないか？」

「どうだか」とチャタトン。「ともかく、今はこちらがやつらを見張っているんだから」

クルーは次の二週間、強力な磁気探知機がヒットしたものを集めた。が、潜って調べてみると、時代の古いものは何もない。すべてがだめだったことは、ひどくクルーを落胆させた。とくにチャタトンには挫折感が強い。その夜は、自分や他のクルーが、まったく見当違いのことをしているのではないかなどと考えはじめて、彼は一晩中寝付けなかった。「独創的に考えてみろよ」と自分に呼びかけた。「ジョン・チャタトンらしく考えてみろよ」。だが、答えが返ってくることはなかった。

ある晩のことだ。みんなで島の航空写真を調べていると、ヴィラの電気が消えた。停電はほとんど日課になっていた。

「くそっ。いまいましい」とチャタトンは叫ぶと、写真の束を叩きつけるように置いた。また今夜も毛布を掛けずに、窓を開いたままで眠らなくてはならない。虫の攻撃から守ってくれるものは蚊よけのネットだけだ。二、三分もしないうちに、チャタトンは汗でびっしょりになり、海賊も顔を赤らめるような罵り言葉を続けざまに言い放った。

サマナへやってくることは、チームの全員にとってそれほど簡単なことではなかった。財宝から海賊へと突然変更されて、それでなくても根こそぎにされていた彼らの生活は、再度の根こそぎを要求された。それまでは、サントドミンゴの近くで財宝を探すのが彼らの計画だった。サントドミンゴは人口が約三万人、現代的な設備が整っていて、夜はめくらめくような生活が待っていた。それにひきかえサマナは、過去へと向かう扉のようなところだった。サントドミンゴから北へ車で六時間の旅だ。どこに危険が潜んでいるのか分からない。道路にはカボチャ大の穴ができているし、町ではニワトリが駆けまわり、氷は恐ろしほどの貴重品だ。

そんな場所へたどり着くだけでも、探検家の心意気が必要だった。出発に際して、持ち物をトラックに積み込むと、その場しのぎの道路を選んで車を走らせた。途中で通り過ぎるのは、打ち捨てられた廃墟の町、野犬、それに崖も走り抜けなくてはならない。道が泥だらけのために、ちょっとしたスリップでも、奈落へとまっさかさまに落ちかねない。そこはひとたび落ちてしまえば、発見されることのまず不可能な墓場だった。何マイルもの間、生き物に出会わないこともあった。サマナまでの道のりの、ちょうど半分まで来たところで、チャタトンが野生の豚をひいた。豚はトラックめがけて突進してきたからだ。それから一時間ほどしたとき、彼は拳銃に手を伸ばした。それはマチェーテ（山刀）を手にした男たちの一団が、道をふさいでいて、立ち去る気配がなかったからだ（チャタトンは一団をよけて車を走らせ、振り返ることはしなかった）。サマナのはずれにやってきたとき、一頭の雄牛が道路にさまよい出てきた。角を低くかまえて車に戦いを挑んでいる様子だった。サマナ湾は、チームの誰もが、これまで見たこともないような美しい場所だった。海面からジャンプするイルカたち、年老いた漁師、それにクリスタルのような海。しかし、そんなものがあってもなくても、それにかかわりなく、サマナの蚊だけは彼らを悩まし続けたにちがいない。

マテーラがドアをノックして、チャタトンにピックアップトラックで寝ないかと誘った。

「あのミツビシには寝るスペースなんてないよ」とチャタトン。「シートだってリクライニングできないんだろう。大の大人が二人、どうやってあそこで寝るんだ」

マテーラは肩をすくめて歩き去った。ドライブウェイでトラックに乗り込むと、グロック（セミオートマチックの拳銃）を右の腿の下に置いた――ここでは乗り物はどんなものでも、人々の心をそそる魅惑のターゲットとなる。エアコンのスイッチを入れると、マテーラは数分もしないうちに眠った。そして、怪しい男が助手席の窓を、どんどんと打ちはじめるまでその状態で眠っていた。マテーラは拳銃に手を伸ばした。が、やってきたのはチャタトンだった。ドライブウェイに下着姿で、蚊よけのネットを手にして立っていた。

「びっくりさせるなよ、ジョン。銃で撃たれたいのか？」とマテーラは、ウィンドウを下ろしながら言った。

「撃ってくれれば、このたまらない苦痛から解放されたかもしれないな。ここで寝てもいいかい？」

「もちろん。しかし抱き合って寝ないと、だめかもしれないよ」

「頼むよマテーラ、笑わせないでくれ。笑うだけで汗が噴き出てくるんだから」。チャタトンはトラックに上ってくると、二人は並んで座って夜空を見上げた。

「どうもわれわれは、見るところを間違えているのかもしれないな」とチャタトン。「昔からこんなことばかりを言ってきた。そして、今もあんたに言っている――自分でも何のことだか、ちっとも分からないがね」


次の朝、雨がサマナを打ちつけた。そのためにこのひと月ではじめて、一日丸ごと休みを取ることになった。チャタトンはともかく、銀行の口座を作らなくてはならない。マテーラも町に行く用事があった。いつもの通りに冷たいシャワーを浴びたあとで、チャタトンはカーラに電話を掛けに行った。携帯の充電が切れてしまっていたし、ラップトップを開けて、メールを送ろうとしたのだが、これも故障していた。

二人は地元の銀行に出かけた。中に入ると一時間ほど並んで待たされた。やっと支配人が説明をしてくれたが、口座を開くにはまだ書類が足りないという。いずれにしても文書の業務が終了するまでには、なお数週間かかるというのだ。チャタトンの首すじに血管が膨れ上がるのを、マテーラは見た。

「ジョン、我慢しなくっちゃだめだよ」とマテーラ。「ここはアメリカじゃないんだから。われわれがいるのは、こんなにワイルドなところなんだよ。第三世界だもの」

チャタトンは支配人に礼を言った。そして二人は表に出た。

「くそっ、なんで銀行の口座を開くのに三週間もかかるんだ?」とチャタトン。「ともかく、何としてでも彼らには、金をやらないといけないからな」

次の朝、チームはまた海へ戻った。西海岸の外の端だけが未調査のまま残っている。チャタトンは北端近くの海岸にボートを乗り上げた。そして新たにグリッドを組み立てた。日没まで、チームは芝刈り作業に専念した。今ではみんなが、磁気探知機のピーッという音や、スクリーンに映る急な山形に敏感になっていた。そのために、コンピューターが示したデータをくわしく調べるだけで、魚の罠と錨を見分けることができた。しかし、彼らは念のためにヒットしたものはすべて、潜って確かめた。一つでもスルーすると、それはもしかしたら、海賊船へと導いてくれる鍵だったかもしれない、と不安に駆られてしまうからだ。

そして四月の末になって、チームが探索をはじめてからほぼ二カ月が経とうとした頃だった。磁気探知機がとりわけ強い表示数値を記録した。これにはマテーラも何か予感がしたのだろう。彼はクレッチマーといっしょに水の中に入った。それほど下へ潜らないうちに、砂から四フィートほど、まぎれもない形が突き出ているのを二人は見た。マテーラは水中スレートに書いた。

「気をつけろ」

それは引っかけフックだった。鋭い鉤爪のある錨のようなものだ。見た目は不吉で、ぎょっとさえしかねない。フックはしばしばトレジャー・ハンター——そして機を見るに敏な海賊たち——によって、沈没船からものを引き上げるときに使われた。

マテーラはゆっくりとフックのところへ降り、それを泥から引いてみた。四つの鉤爪がシャフトから花開いている。鉤爪はそれぞれがまだ鋭い。底の部分は砂利の色をした珊瑚に埋もれている。が、それはマテーラの心臓をどきどきさせた。彼が見たところでは、少なくとも三〇〇年は昔のものだ。デプスケージをちらっと見た――二四フィート。

マテーラはクレッチマーに身振りで、みんなを呼ぶようにと指図した。やがて四人のチームは全員水の中にいた。それぞれが、フックの鍛造された黒い鉄と、時を越えたそのデザインを確かめた。しかし、彼らが深く印象づけられたのはフックのあまりの古さだ。それはまぎれもない年代物で、バニスターの時代のものだった。

クルーの連中はこのフックを引き上げるためなら、どんなことでもしただろう。が、しかし、誰もそれを空気にさらそうとは思わなかった。それが酸化して、手の中でバラバラになってしまうことを恐れたからだ。その代わりに写真を撮って、フックは海底に戻して埋めた。甲板の上で彼らは、まじめな顔をしてノートにメモをしていたが、興奮は隠すことができなかった。それはそうだろう。足元の海底には、まさに深さもちょうどいいところに、一七世紀末の船がこの島に沈んでいることを、はじめて証明する物体の破片があるのだから。誰もが声に出して大声で言わないまでも、みんな同じことを考えていた。とうとうゴールデン・フリース号の一片を見つけた。

その夜はみんなで遅くまで出歩いた。そしてバニスターと彼のクルーに乾杯した。ヴィラに戻って服を脱ぎ、ベッドに入る前に、マテーラはヴィラの小さな書斎で、錨について書かれた本を見つけた。停電となってしまったが、懐中電灯で照らしながら、彼はその朝見つけた引っかけフックと、まったく同じものが掲載されたページを見つけた。懐中電灯を一方の手に、本をもう一方の手に持って、マテーラはチャタトンのベッドルームへ向かった。そしてドアをノックした。が、返事がないので、彼はドアを開けて入った。チャタトンははっとして目を覚ました。

「どうした、マテーラ。まるでジェイコブ・マーレイ（チャールズ・ディケンズの『クリスマス・キャロル』

に登場する幽霊）みたいだよ」

「この本を見てみなよ」

チャタトンは顔をページに押しつけた。そして、その日見つけた引っかけフックに、非常によく似た写真を見た。著者はそれを一七世紀末のものだと書いていた。

チャタトンはマテーラとグータッチをした。

「相棒」と彼は言った。「とうとう海賊の難破船を見つけたね」


チームは次の朝早く、レバンタード島に出かけた。そして引っかけフックを中心にして、新たにグリッドを組み立てた。こんどは各レーンをより狭くした——見つけるのが難しいターゲットに対処する常套手段だ。フックがゴールデン・フリース号のものだとしたら、その周辺にさらに難破船の断片があるにちがいない。

数日かけて調査をした。が、今回は魚の罠さえ見つからなかった。どんな船が引っかけフックを使ったにしても、ともかくそれは遠い昔のことだ。チャタトンは潜水服を脱いで、ボートの船尾に腰をかけた。そして誰に向かって言うでもなく話した。

「大西洋で難破船を見つけたことがあったんだが、そこは何百平方マイルという広い範囲だった。それにくらべて、セントラルパークほどもないこんなところで、どうして海賊船一隻を見つけることができないんだろう？」

チャタトンはもう、とてもボートを運転する気になどなれなかった。そこでクレッチマーが舵輪を握り、ヴィラへ進路を取った。海が荒れてきたので、クレッチマーはエンジンの速度を下げた。が、波はなお船に押し寄せてくる。チャタトンが操舵室に駆け込んできた。

「ハイコ、何をしているんだ？　波が舳先にかぶってるじゃないか。ここには一万ドルもかけた電子機器があるんだぞ。これだから困るんだよな、お前は」

マテーラが両手を挙げた。

「まあまあ、ジョン。誰のせいでもないよ。母なる自然の所業だ。運転は上々だよ」

「ちっともうまくなんてないよ。しょっぱい水がエレクトロニクスにかかったら、どうなるのか分かっているだろう。われわれの仕事はお手上げになってしまうんだ。ハイコ、運転ができないようなら、もう舵輪を握るのはやめろ」

マテーラは身振りで、クレッチマーに操舵室を離れろと指示した。そして彼が出ていったあとでドアを閉めた。

「ジョン、少し落ち着けよ。ここで動脈瘤でも出たらどうするんだ。よだれを垂らしたあんたに、俺がオートミールを食わせることになるんだよ。そんなのはごめんだぜ」

チャタトンはマテーラに、自分はただ仕事を成功させたいと思っただけなんだと言った。海賊船を見つけることは生やさしいことじゃない、むしろそれは不可能に近いことなんだ。それをやりおおせるためには、すべてを完璧にしておかなければならない。思えばその昔、他のだれもが到達できなかったところへ、チャタトンが行き着くことができたのも、すべてを優秀なものにしようとして、全力を尽くす彼の姿勢のおかげだったし、ただ正しく行なうだけではだめで、物事は美しくしなければいけない、という彼の執念のおかげだった。

チャタトンはしばらく黙っていた。そして大きく息を吸い込むと、操舵室から出ていった。船尾でクレッチマーがマルボロを吸っているのを見つけた。

「ハイコ、すまなかった。大きな声を出して」とチャタトン。

「いいえ、ジョン。気にしないでください」

「いや、本当にすまない」

「もう忘れてください」

「ありがとう。どうも湿疹が出てるもんだから、つい大声を出しちゃうんだ」

クレッチマーはきょとんとした顔をした。

「えっ?」と彼。

チャタトンはゆっくりとうしろを向くと、パンツを下げてお尻を見せた。顔には笑いが広がっている。

「ハイコ、どうよ湿疹があるだろう?」

クレッチマーはびっくりして、震え上がった。他の者たちは笑いはじめた。これがチャタトンのトレードマークのユーモアだった——緊張から笑いへの突如の切り替え。

「ハイコ」とチャタトンが叫んだ。お尻を出したままだ。「俺をハグしてくれよ」

そう言いながら、チャタトンはクレッチマーに手を伸ばした。クレッチマーは必死で逃げる。チャタトンは下半身をさらしたままで、彼のあとにぴたりとついて追いかけはじめた。

「走れ、ハイコ」と他の者たちが叫ぶ。

「銃を撃ちますよ」とクレッチマーは脅かした。そして今となっては彼も笑っている。しかし、チャタトンは追いかけるのをやめなかった。もうクレッチマーは海に飛び込むしかない。彼は海の中へと飛び込んだ。

チャタトンはなお船縁《ふなべり》から大声で叫んだ。「ハイコ、俺をハグしてくれえー」

チームが島で仕事をはじめてから二カ月が過ぎた。チャタトンとマテーラはどちらも気が進まなかったが、そろそろボーデンに、今の状況を伝えなくてはならないと考えていた。それは造作のないことだった。ボーデンも自分のダイビング・ボートに乗って、この近くで仕事をしていたからだ。

次の日の夜、二人はトニーズでボーデンに会った。トニーズはサマナのメインストリートにあるレストランで、氷をソーダに浮かべて出す風変わりな店だ。ボーデンはまるで、誕生日のプレゼントを前にした子供のようだった。しかし、そのプレゼントはと言えば、彼をがっかりさせるような、何とも伝えづらい報告だった。二人はそれを伝えた。もしゴールデン・フリース号が、カヨ・レバンタードの西海岸のどこかに沈んでいたとしたら、今頃はとっくにそれ見つけているはずだ。ボーデンに彼らはそんな風に言った。

島の他の場所はどうなのか、とボーデンが訊いた。チャタトンはチームの考えを説明した——他にはどこも、一七世紀のカリーニング場所としてふさわしいところがない。それにいずれにしても、海賊の船長ともあろう者が、いや、すぐれた海賊の船長ならなおさら、少なくともそんな場所で、わが身を敵の目にさらすようなまねをするわけがない。

ボーデンはワインを一杯注文した。彼はこれ以上ないほど、紳士的に悩んでいるようだった。

「みんなが何か見落としたということは、本当にないんだろうな？　もう一度はじめから、やり直してみちゃどうなんだろう？」

マテーラはチャタトンの顔が、みるみる赤くなっていくのを見るはめになりそうだと思った。パートナーがボーデンの問いに答える前に、あわてて話に割り込んだ。

「ごもっともです、トレーシー。ご心配をおかけしました。もう一度やり直してみます」

ひとまず話が終わると、夕食の後半は昔の苦労話に花が咲いた。東海岸でレック・ダイビングをしはじめた頃の話だ。その間には笑いがあり、飲み物のお代わりがあった。難破船のハンティングには何と言っても、必要なのは辛抱だと、その重要性についてボーデンが話した。その間中、チャタトンにできることといえば、口をつぐんで耳を傾けていることだけだった。

その夜、ヴィラに車で帰っていく道すがら、チャタトンとマテーラは、本当に自分たちはボーデンが好きなんだなと話した。ボーデンは心が暖かい、それに魅力にあふれていた。そして彼の話にはしばしば、サルベージや直感や生活に関して、真珠のような知恵がちりばめられている。しかし、ボーデンが言っていたように、島で探索をもう一度くりかえすことは意味がなかった。マテーラはそれは必要がないと思う、と言った。彼はずっと考えていた。そして思いついたのは、彼もチャタトンも、バニスターについて何一つ知らなかったことだ。おそらく海賊船長の物語には、何か探索のヒントになるものがあるにちがいない。ゴールデン・フリース号の探索では、まったく成果が得られなかった。それならおそらく、船よりむしろ船長の捜索を試みた方がよかったのかもしれない。

チャタトンもその考え方はとてもいいと思った。それを実現させるためには、どんなことをすればいいのかとマテーラに訊いた。

「書物に当たってみるのが一番だよ」とマテーラ。

二人はジグザグになっている、ヴィラのドライブウェイの入口に車で入っていった。

「いや、あんたが海賊の情報を見つけてくるのが待ち遠しいなあ。早く見たいよ」とチャタトン。

「俺も同じさ」とマテーラが答えた。「って言うのはね、ジョン。これまでもそうだったが、俺はべらぼうに勘がいいんだ。この船長には何かがあるよ。予感がしたんだ」

4　とても評判のいいイギリス人

　マテーラが調査をはじめたとき、ドミニカ共和国の首都サントドミンゴは、マンハッタンとロンドンと香港をいっしょにしたような都市だった。サマナで二カ月ほど暮らしたあとなので、彼には都会風な景色や音に慣れるのに時間が必要だった。

　マテーラはひとまず自分の家に立ち寄った。そしてフィアンセのカロリーナを朝食のデートに誘った。マテーラはカロリーナに、これ以上の支援を期待することは、とてもできなかったにちがいない。というのもカロリーナは、できるだけ早く海賊船探しを終わらせてくれ、と彼をせかせることもせずに、家でバーベキューにしたチキンやマカロニサラダを、せっせとヴィラに送り届けてくれたからだ。そして、必要だったら資料探しも手伝うからと言ってくれた。今日はその申し出のことで、彼女を呼び出してしまった。カロリーナはパリのソルボンヌ大学で経済学の修士号を取得していて、英語とスペイン語、それにフランス語を流暢に話す。さらにイタリア語と北京語にも通じていた。彼女はまた美しい上にエレガントで、曲線美の持ち主だ。それに黒くて長い髪と大きな黒い瞳。何と言ってもすばらしいのは、彼女が難破船を大好きなことだった。

　朝食後、二人はカサス・レアレス博物館へ向かった。ここは国内最大の博物館で記録保管所《アーカイブ》でもあり、サントドミンゴの歴史的な植民地ゾーンにある。マテーラとカロリーナはそこで、何百という資料をチェックして、海賊のジョセフ・バニスターに言及しているものを探した。しかし、バニスターについては、わずかに述べているものが数点あるだけで、それを除くと、すでにマテーラが知っていたものしか、見つけることができなかった。それ以上のものを知りたいと思えば、さらに探索の範囲を広げなければならない。

数日後、マテーラは一人で飛行機に乗り、ニューヨークへ飛んだ。到着するとホテルにチェックインせずに、そのままタクシーをひろって、彼のお気に入りの場所へと急いだ。それはマンハッタン区の五番街と四二丁目の角にあるニューヨーク公共図書館だ。子供の頃からマテーラは、このボザール建築の建物と、一見したところ、終わりがないほどずらりと並んだ資料と草稿、それにベースボール・カードも含む、膨大なコレクションを持つこの図書館が大好きだった。みんなと同じようにマテーラもまた、ニューヨーク公共図書館こそ世界で一番大きな図書館だと思っていた。

ハイスクールへ通っていたときもそうだったが、今も彼はまず海洋部門へ行って、そこで調べものをはじめた。この場所にはもう何年も立ち寄ったことがなかった。が、ここに漂っている匂いは変わらない――古い書物のカビから出る匂い、木の書棚の油の匂い、ごしごしこすって、きれいに洗われた床から立ち上る漂白剤の匂い。一九七〇年代でさえ、ニューヨークシティはまだ、多くの人々にとって薄汚れて、手入れの行き届いていない都市だった。そんな中でこの場所だけは、一点も非の打ちどころない、時の影響を一切受けない歴史の宝庫であり続けた。

つま先立ちをしながら、マテーラは書棚の列から次々と本を引き出しはじめた。そんなことをして、その日の残りの時間を過ごした。次には、さらに図書館の奥深くへと攻め込んでいく。そしてわずかな記述でも、バニスターについて書かれた箇所があれば、それを逃さずコピーした。

次の日の朝、彼はストランド古書店の列の先頭に並んでいた。この有名な書店はブロードウェイと一二丁目の角にある。開業したのは一九二七年。新刊、古書、稀覯本などのタイトルをつなげると一八マイルに及ぶ、というのが宣伝のうたい文句だった。マテーラはその全部に目を通す心づもりでやってきた。思えばこれまで、合計すると人生のおよそ一カ月間をここで過ごしたかもしれない。さかのぼれば一二歳のときに、ロバート・マークスの『西半球の難破船』という本をここで買ったのがはじまりだった。彼は数時間の間にすべての部門で、海賊、海の歴史、イスパニョーラ島、カリブ海、難破船、イギリス海軍などに関する文献や資料を徹底的に調べた。バニスターに言及している本はほんの一、二冊しかなかったが、それでも彼が作りつつあった物語に、さらなる肉付けをするのにそれは役立った。

その夜、マテーラはスタテン・アイランドのレストランで、幼なじみの友だちと夕食をともにした。二人で昔のことを話した。幼い頃に知っていた海賊の思い出話に耽った。夜が明けはじめると、友だちは仕事に戻らなくてはならないと言う。二人はたがいにハグをし合って別れを告げた。

マテーラはその日、希少な地図のディーラーを訪ねて過ごした。レンタカーで南へ西へと走り、図書館や古書店に立ち寄った。数日後、彼はバージニア州のコロニアル・ウィリアムズバーグ野外歴史博物館にいた。そこで彼は、イギリスの役人が海賊の追跡について記した手紙を数通見つけた。そのあとでロンドンへ飛んだマテーラは、さまざまな記録保管所を訪ね歩き、一七世紀の重要な文書や手紙類を手に入れた。バニスターの資料に関しては、そのどれもが彼の姿をほんの少し、かいま見させるだけにとどまったが、それでもすべてを合わせてみると、この旅行で彼が集めた情報は、ある特異な物語を語るには十分なものだった。

ジョセフ・バニスターは、はじめから海賊をしていたわけではない。むしろ反対の仕事でその職歴をスタートした。彼はイギリス商船のすこぶる評判のいい船長をしていた。そして動物の革やログウッド、インディゴ、砂糖のような貴重な船荷、それにときには裕福な船客たちを乗せて、ロンドンとジャマイカ間の交易路を航海した。一六八〇年頃にはおそらく年に二度、ゴールデン・フリース号と呼ばれた船の舵を取って、大西洋横断の旅をしていたのだろう。この船はロンドンに拠点を置く、豊かな商人たちの所有になる船で、豪華な装いを凝らし、しかも重装備が施されていた。船主たちはバニスターに、これ以上ないほどの大きな信頼を置いていたにちがいない――船の荷物はすべて、たいへんな値打ちのあるものだったからだ。が、ゴールデン・フリース号にはその何倍もの価値があった。

バニスターにとって、船主たちの信頼は好都合に働いてくれたようだ。商船の船長になる前は、自分の力量を示すのに何年も歳月がかかった。おそらく、キャビンボーイからスタートしたのだろう。もちろん能力もあったし、信頼もされたのだろうが、当直士官や一等航海士になるまでには苦労を重ねた。本当に能力が飛び抜けていれば、おそらくそのまま船長になることもできただろう。その頃、彼はおそらく三〇代だったと思われる。再三再四、彼は船主たちに、自分が忠実であることを見せつけたにちがいない。

もっともすぐれた船長だけが、大西洋を横断する航海を任された。旅は三週間から三カ月に及ぶ。期間は天候や、船長がどれくらい正確に航行できるかどうかによって異なる。おそらくクルーは六〇人から七〇人ほどいただろう。その人数を預かるバニスターのような船長に必要とされるのは、一流の船乗りであると同時に、やはり第一級のリーダーであることだった。しばしばゴールデン・フリース号のような船は、ハリケーンや岩礁地帯などによって危険にさらされる。それは往々にして、頑丈この上ない船といえども打ち砕きかねない。また商船は、獲物を探して大海を徘徊する、海賊たちによる攻撃も受けやすい。自然による破壊を避けるためには、バニスターのような船長は、何年もの間自ら経験した、天候や地図製作の知識を大いに活用する。海賊を避けるための最善策は、何よりもまず海賊の考え方を習得することだ。それは彼らの一歩先を行くためにも必要なことだった。

バニスターの職業から考えると、おそらく彼はロンドン近郊の出身だろう。あるいはイギリスの港の一つ、たとえばブリストルかリヴァプールかもしれない。彼が船長をしていた船は、みごとなまでに大きかった。一〇〇フィートほどの長さがあり、二八門もの大砲を備えていた。これは大きさや戦力から言っても、ゆうにイギリス海軍の小さな戦艦に匹敵するほどだった。この船に攻撃を仕掛けようとすれば、海賊も命がけでしなければならない。

一六〇〇年代末には、ゴールデン・フリース（金の羊毛）号の船名は、多くの人々に十分に理解されていたのだろう。イアソンが仲間のヒーローたち（アルゴナウタイ）といっしょに、アルゴー船に乗って、金の羊毛を探しに出かけるギリシア神話は、一七世紀の教養人にとっては親しみのあるものだった。それはジャマイカや、他の西インド諸島の各地でも同じだった。そこではしばしば、奴隷たちはカシウス、ヘラクレス、ブルトゥスといった古典的な名前をつけられた。

一六八〇年頃、バニスターはロンドン、ジャマイカ間の航路を航海し、優秀な船長としてかなり高額の給料を受け取っていた。彼はまた船の輸送で得た利益の一部を、分け前としてもらっていたかもしれない。健康を何とか維持して、自然の猛威や海賊に屈することなく、航海し続けることができれば、彼は五〇歳か六〇歳くらいまでは十分に働けるだろう。それにおそらく、引退したあとでは、イギリスに小さな家でも建てて、そこで海を眺めながら余生を送ることさえできたかもしれない。

一六八〇年三月に、バニスターがジャマイカのポートロイヤルに錨を下ろしたときには、このようなソフトランディングの生活に、もう少しのところまで近づいているかに見えた。が、港で乗組員たちがゴールデン・フリース号をごしごしと洗っている間に、船が制御不能となり、大きく横転してしまった。マストは海に叩きつけられ、バニスターは帆の上に投げ出されたために、かろうじて助かった。が、八人の乗組員が溺死した。イギリス海軍の小型戦艦ハンター号が現場に駆けつけてくれ、バニスターを救助し、ゴールデン・フリース号を元の位置に立て直してくれた。

やがて、船には修繕が施されて、それから四年の間、バニスターは引き続いてロンドンとジャマイカの間を航海した。西へと向かう航海の旅はポートロイヤルが終点だった。この港はカリブ海の交易と海運の中心地で、船長たちはしばしばここで、イギリスに持ち帰る砂糖や他の船荷が十分にそろうまで、数週間、あるいは数カ月の間待機した。しかし、ポートロイヤルで時間待ちをすることに関しては、船長たちの口から不満が飛び出すことはまずなかった。一七世紀末に、この港ほど精力的で元気にあふれた場所は、世界を見渡しても、どこにも他になかったかもしれない。そしてそこは、バニスターの生活が一変した場所でもあった。

一六五五年、イギリスは武力でジャマイカに侵攻して、そこをスペインから奪取した。この征服によってイギリスはカリブ海の中心を占拠することになり、ジャマイカはスペインの輸送を中断させたり、その植民地を攻撃する格好の根拠地となった。

しかし、それから一年ののち、島を占領した戦艦の多くは引退し、イギリスへと戻されてしまった。丸腰となってしまったジャマイカのイギリス人総督は、島を守る別の手段を考え出さなければならない。それも早急にそれをしなければならなかった。

そこで彼が目を向けたのが、三〇〇マイル北西に浮かんでいるトルトゥガ島だった。そこはイギリス人、フランス人、オランダ人の殺し屋たちが住む荒れ果てた島だった。彼らはもっぱらスペイン船を襲っては生計を立てていた。人々はこの悪漢たちを「海賊《バッカニア》」(buccaneer)と呼んだ。これはフランス語の「ブカン」(boucan)からきた言葉で、もともとは猟師たちが肉をいぶすのに使った、料理用の木の枠組みのことだった。総督はこの海賊たちにある提案をした。それはジャマイカの権益を、重装備をした彼らの船で守ってほしい、守ってくれた暁には、ポートロイヤルの港を、彼らが海賊行為をする根拠地として使ってもよい、というものだった。

トルトゥガ島やその他のところから、タフな男たちがやってきて列を作り、総督の提案を競って受けようとした。中にはイギリス王から正式な委任状を手にした者もいて、彼らは私掠船の船長として知られることになる。他の者たちは、誰でもない、ただ自分たちのためだけに単独で働いた。彼らがいわゆる海賊である。名前はどうあれ、ともかくこのような男たちが仕事に精を出して、スペインの船舶を苦しめ、その財貨を略奪した。そして、スペイン人の居住地へ攻撃を仕掛けては、ジャマイカをイギリス人たちにとって、安全な場所として守り続けた。海賊の多くは金持ちとなった。中でももっともすぐれた者たちは、伝説的な海賊のヘンリー・モーガンを含めて、想像もできないほど富裕になっていった。

彼らの幸運がポートロイヤル中に広がっていったようで、町の多くの人々もそれつれて豊かになった。商人、政府の役人、それに町の人々が、膨大な量の盗品を取引することで利益を得た。町はさらに拡張され、波止場の脇の湾曲した通りでは、市場がたくさん開かれた。そこでは、欲しいものはまともなものから、少々けばけばしいものまで、どんなものでも手に入れることができた。毎週、略奪した品々を手にした海賊や私掠船の船長たちがやってきた。その誰もが必要としたのは、手に入れた金を使うこと

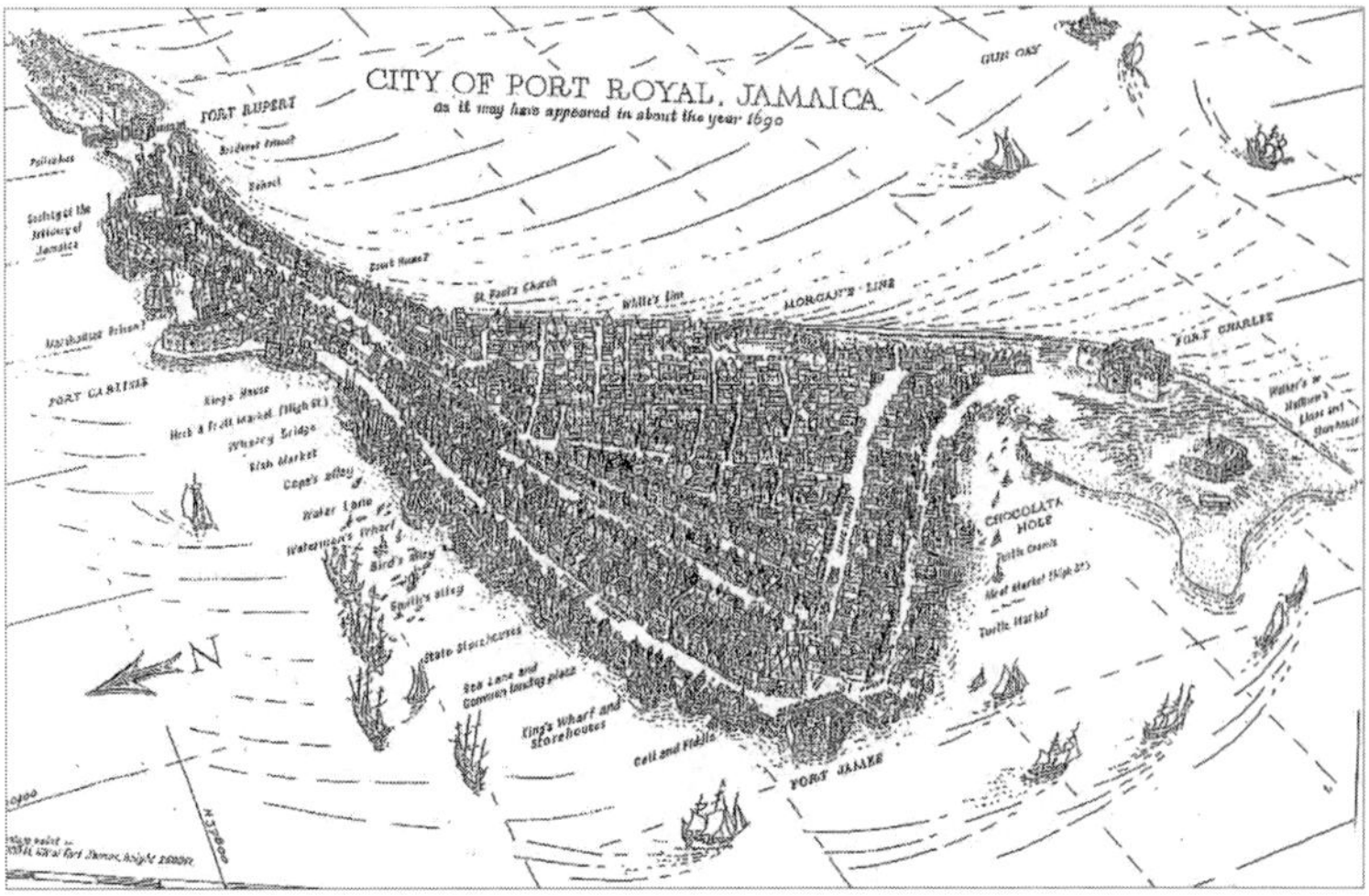

ジャマイカのポートロイヤル市（1690 年頃）

のできる場所だった。ポートロイヤル側も、それに対して彼らの要望に応えた。

淫売宿、酒場、賭博場などが、いたるところに次々と誕生した。ポートロイヤルを訪れたあるイギリス人が、この町について書いている。「港はまったくだらしのない場所だ。私掠船の船乗りや、酒食に耽る伊達男たちのせいで……今ではここは、ソドム以上に下品で古びた、あらゆる放蕩に満ちあふれた町になってしまった。……あまりに薄汚い売春婦と、粗野な淫売に感染したために、もはやこの場所を文明化することは、ほとんど不可能に近い」

ポートロイヤルの売春婦の中には、カリブ海一帯に名が知れた女もいた。おそらくもっとも有名だったのはメアリー・カールトンで、彼女は「床屋の椅子みたいに、誰もが使っている。つまり一人が席をはずしたら、すぐに他の誰かが腰を掛ける」と言われた。人口が三〇〇〇人に満たない町に、ただ一軒だけあった売春宿は、ジョン・スターという男が経営していて、二三人の売春婦を置いていた。

だが、海賊たちはとてもこれだけでは満足できない。すさみ切った生活をして、それも何カ月も逗留する間に、彼らは金を思うがままに使った。同時代の歴史家が、ポートロイヤルの海賊について書いている。「酒と女が彼らのふところをスッカラカンにした。それはわずかの間に、ひどく貧乏に成り下がってしまう者も出るくらいだった。中には一晩で八ペソ銀貨を二、三〇〇〇枚使った者もいたという。ある者など、売春婦の裸を見るために五〇〇枚を投じた。海賊たちはワインを買うのにも、たいていは大樽(一〇五ガロン)を求め、それを通りに置いては、道行く人に誰彼かまわず飲ませた」

ポートロイヤルでは、鳥たちでさえ酒を飲む。オランダの探検家ヤン・ファン・リーベークは、島のオウムが酒を飲んでいる場面を描いている。鳥たちは「集まってビールのストックから飲むのだが、そのスピードは酒場に入り浸って、ビールを飲む酒飲みたちと同じくらい迅速だ」

町にはいたるところにアルコールがあった。島で作られるラム酒の一つで、「キル・デヴィル」と名づけられた酒は、火薬が含まれていることで知られていて、それを人々は巨大なジョッキで飲んだ。「スペイン人たちは」とジャマイカの総督が書いている。「われわれイギリス人がどうして病気にならないのか、大いに不思議がった。が、とうとう最後には、酒飲みたちの酒の強さを思い知った。が、それでも、酒飲みたちがなぜみんな死んでしまわないのかを、やはり怪しんでいた」

死ぬどころか、町も人々も略奪によって肥え太って、ますます栄えていくばかりだった。やがてポートロイヤルの町のたたずまいは、四軒に一軒が売春宿か酒場というありさまになった。ある聖職者は、もはやお手上げだと言わんばかりに、あきらめ顔で次のように書いている。「この町は新世界のソドムだ。人口の大半は海賊や人殺し、それに娼婦や世界中でもっとも不道徳な連中たちばかりなので、私がこれ以上に我慢を重ねても、それはむだなことだと思う」

しかし、それほど邪悪に満ちたポートロイヤルだが、寛容さという点では、どんな者でも受け入れる鷹揚な町だった。クエーカー教徒、カトリック教徒、無神論者、ユダヤ人——誰も彼もが、自分の好むがままの信仰を持つことができ、ポートロイヤルが新世界で、もっとも富み栄えた町になるにつれて、彼らはおたがいに手を取り合って、仲良く平和に暮らしていた。海賊やバッカニアたちは、相変わらず次々にやってきたが、町の人々は、彼らこそ自分たちの幸運の源だと理解していたので、暖かく迎え入れた。そしてこのような享楽的な生活を送る連中の間で、ポートロイヤルの人々は、ともに食べ、飲み、生きていたのである。

何年もの間、海賊やバッカニアたちにとって、ポートロイヤルほど住みやすい場所は他にはなかった。だが、一六七〇年代のはじめになると、ジャマイカと世界の各地の間で交易が盛んになり、このような海の悪漢どもを排撃しようとする地区が形成されだした。ジャマイカは砂糖の主要な産出地となりつつあった。それにつれて、破壊行為を行なったり、交易を邪魔する者はどんなものでも、有力な商人や政府の役人たちには脅威と見なされるようになった。イギリスとスペインの間で結ばれた平和条約が、いっそう、ジャマイカを攻撃の受けにくい島にした。加えて反海賊行為の法律が制定された。それによると、海賊稼業を捨てられない連中は、告訴されて首を吊られることになるという。

が、むろん海賊たちもおとなしくはしてはいなかった。しかし、ロンドンは戦艦と船乗りたちをポートロイヤルに送り込んだ。そのために海賊の平均余命は急激な低下をきたした。一六八〇年と言えば、ポートロイヤルの港でバニスターが、ゴールデン・フリース号を危うく沈没させかけた年だ。この年に多くの海賊やバッカニアたちが、島から放逐された。それでもなお海賊行為をし続ける者は、大きな危険を覚悟の上で行なわざるをえなかった。

しかし、チャンスがしきりに手招きをしている。大洋を横断した交易がますます盛んに行なわれるようになると、以前にもまして多くの船舶が、大西洋やカリブ海を横切ることになった。船舶は貴重な船荷を積んでいる。中には財宝を積む船もある。大胆不敵な男がいて、強力な船を確実に手に入れる能力があり、乗組員たちを鼓舞できれば、このような船舶を外海でハイジャックすることで、ひと財産もふた財産もこしらえることができただろう。ただ問題は一六八〇年代という時点で、はたして、こんな男が存在したかどうかということだ。

一六八四年、バニスターは少なくとも、これまで四年間は、ロンドンとジャマイカの間を行き来して船荷を運んでいた。そして、すでにその名前は知られていた。が、しかし、この年の六月、ジャマイカ評議会の委員長が、島の総督トマス・リンチから気がかりな手紙を受け取った。「バニスターという男がゴールデン・フリース号で逃走しました。船には三〇から四〇丁の銃が積まれています。（ポートロイヤルで）風下に停泊中の帆船から、一〇〇人ほどの男を船に呼び込みました。さらにフランスからは口銭を取っています」

バニスターは実際のところ口銭は取っていない。が、彼がゴールデン・フリース号を盗み取ったことは確かで、その目的はただ一つ――海賊になることだった。が、しかし、バニスターの取った行動は当初、それが大胆不敵な行動だなどとは、とても認識されなかったのではないか。大洋を横断する船長、それもバニスターのようにとりわけ評判がよく、しかも信頼の厚い人物が、海賊の行なうような「ふるまいをする」はずがない。どんなことでも起こりかねないポートロイヤルでさえ、これに類する話はまったく聞いたことがなかった。

が、総督のリンチはただぼーっと座って、バニスターが正気に戻るのを待っていたわけではない。その代わりに彼は、ジャマイカ艦隊の中でももっとも大きく、もっとも破壊力の強い戦艦のルビー号に、ゴールデン・フリース号を追跡するように命じた。五四〇トンの巨船で、四八門の大砲を配備し、一五〇人の乗組員を擁した怪物のようなルビー号は、船材の隅々にいたるまで、まったくと言っていいほど海賊粉砕用に作られた戦艦だった。

が、バニスターの方もそうやすやすと、リンチの執行人たちに粉砕されるわけにはいかない。ゴールデン・フリース号を乗っ取ってから、バニスターはさらに乗組員の数を増やし、スペイン船を強奪した。そしてケイマン諸島へと進路を取って、カメを捕獲したり木材の調達をした。が、ルビー号はケイマン諸島でゴールデン・フリース号を奇襲すると、船長のデーヴィッド・ミッチェルとその部下たちが、バニスターを捕まえた。そして、彼のわずか二週間足らずの海賊生活にとどめを差した。

リンチはよろこんだ。

「昨夜」と彼は書く。「ルビー号がバニスターを捕らえました。そして彼をケイマン諸島で捕縛しました。ゴールデン・フリース号には、一一五人ほどの船乗りたちがいました。いずれも西インド諸島では札つきの悪党どもです。私はゴールデン・フリース号と男たちを、海事裁判所へ送るように、そして判事に即刻、彼らを訴追するように命じました。というのも、これほどまでにたくさんの人数を、こちらで引き受けて、とどめておくことはとてもできないからです。彼らは当然、海賊行為の罪で有罪になるものとわれわれは確信しています」

バニスターに対する申し立ては完璧だった。彼はゴールデン・フリース号を奪取しただけではない。スペイン船を襲って、二人のスペイン人を捕虜にしている。この二人の証言だけでも、有罪判決は動かしがたいものだった。もはやこの期に及んでは、バニスターの希望はただ一つ、寛大な慈悲にすがるより手はない。しかし、もしそれを期待するのなら、海賊になろうとしたときの総督が悪すぎた。

「裁判官が温情で判決を下すようなことになれば、船長ならびに副官、高級船員など、あらゆる乗組員に対して、彼らがこれまでに犯した許しがたい罪を、洗いざらい例として挙げるつもりです」とリンチは書いた。「そして、厳しい処罰こそが、この西インド諸島にはびこる他の悪党たちに対する、見せしめになると思います」

ということは、リンチはバニスターを絞首刑にするつもりだった。バニスターの部下たちも、運がよければむち打ち刑か監獄行き、つまり足かせをはめられて、営倉へ放り込まれるだけですむかもしれない。が、運が悪ければ、彼らもまたバニスターのあとを追って、絞首台に立たされるかもしれない。

海賊たちはポートロイヤルへ連れてこられて、ルビー号の上で裁判を待っていた。その間、バニスターも別れの手紙を書いたり、物思いに耽って時間をつぶしていたのでは、と思う人もいるだろう。が、彼はそんなことをしていなかった。監視の注意が途切れるチャンスを待っていた。そしてようやく、陸上の仲間に伝言することができた。それは二人のスペイン人に賄賂をつかませ、バニスターに有利な証言をするよう言いふくめろという指令だった。これはいかにも大胆な策略だった。が、たとえ伝言がうまく伝わり、スペイン人たちと接触できたとしても、彼らがイギリス海軍によって救助されたことを考えると、とてもこの計画が成功するとは思えなかった。

裁判がはじまり、次から次へと海賊たちに不利な証拠が挙げられていく。しかし、スペイン人たちが証言するときがやってくると、彼らは「しどろもどろで」次のように言った。自分たちはバニスターに船と船荷を売った。バニスターはその代金を支払った上で、彼らをゴールデン・フリース号の乗組員として雇ってくれた。

この証言は検察側にショックを与えた。が、少なくとも総督はまだ陪審員団を頼りにしていた。こんな策略を彼らは見破っているにちがいない、と確信していたからだ。が、ここはポートロイヤルである。誰がこの町を豊かにし、誰がこの町に活力を吹き込んでくれたのか、町人たちはしっかりと覚えていた。彼らはなお、海賊たちを隣人と見なしていたし、友だちだと思っていた。相談をした結果、陪審員団は「無罪」という判決を持って戻ってきた。バニスターはやっとのことで絞首刑執行人の手を逃れた。

総督のリンチはすでに病気がちだったが、判決を聞いてさらに心労が重なり、記録によると裁判の一週間後には死んでしまったという。本来であれば、総督の交代によってバニスターは自由の身とされてもよかった。が、新任の総督ヘンリー・モールズワースは、陪審員団に判決を翻すようにとしきりに説得した。が、陪審員団は意見を変えることはしなかった。さらに悪いことが起こる。バニスターがルビー号の船長に訴訟を起こすぞと恫喝した。それも「まるで自分が、世界でもっとも正直な男であるかのように」脅した。これは到底モールズワースの聞き入れるところではなかった。彼は——法律を破ったとは言わないまでも——法律の限界を引き延ばし、バニスターを再逮捕すると告訴した。保釈金は三〇〇ポンドに決められたが、これは船乗りの年間賃金が二〇ポンドであることを考えると、とてつもないほどの大金だった。

が、バニスターは何とか金をかき集めた。そして少なくとも当面の間は自由の身になった。しかし、彼は相変わらずポートロイヤルから出ることは許されていない。それにいずれにしても、無一文となっていたので、この町を出ることなどできなかった。とても逃げ出せないことをバニスターに分からせるために、役人たちはゴールデン・フリース号の帆を切り落とした。そのために一六八五年の一月まで、はじめに告訴されてから五カ月間というもの、バニスターはなおポートロイヤルでぐずぐずとして、再審がはじまるのをひたすら待っていた。

が、彼が待っていたのは脱出のチャンスでもあった。一月末の暗い夜に、バニスターはポートロイヤルの狭い路地を駆け抜けはじめた。酒場や売春宿、それに眠っている家々の間を足音を忍ばせて通り過ぎていく。五〇人の仲間たちは、すでにゴールデン・フリース号の上で、すばやく、しかし音を立てずに仕事をはじめていた。ほどなくバニスターはテムズ通りに出た。この通りは、町の北側の波止場に沿って走っている。波止場に着くと、ドックに係留されていたゴールデン・フリース号に飛び乗った。そして船の上へと静かに移動した。帆が上げられ、錨綱《いかりづな》が切られた。やがて船は風を受けて、港へ向かって動き出した。

湾は東側が陸地に囲まれていて、ただ一つの出口は南側にある。バニスターが今目指しているのもそこだった。カリブ海の外海に出るために、バニスターがひたすら願っているのは、ゴールデン・フリース号が通っていくのを、町の誰にも気づかれないように、そして、真夜中に船が移動しているのを見て、町の人々が警報を鳴らさないようにということだった。たとえ気づかれたとしても、バニスターは二六門の大砲を備えたフォート・ジェームズを、何としても通り抜けなくてはならない。しかもそのあとでなお生きていたとしても、さらに南にある、三八門の大砲と数百人の男たちを擁したフォート・チャールズをうまく通過しなくてはならない。その途中では、どの地点にいても、西方一マイルほどのところで錨を下ろしているイギリス海軍の戦艦によって、あるいは、近くのチョコラータ・ホールで働く男たちによって、標的を定められるかもしれない。もし一七世紀にこのような自爆任務があったとしたら、まさにジョセフ・バニスターが今着手している任務こそがそれだった。

ポートロイヤルではたいてい夜分は、風が凪いで静かだったが、その夜に限って陸から海へと疾風が吹いていた。バニスターはそれを捉えると、町のドックに沿って西へと船を進めた。おそらく五ノットほど、つまり時速六マイルほどのスピードだ。やがてフォート・ジェームズに着いた。おそらく時間のせいだろう、あるいは砦にいる守備隊が、こんなとても起こりそうにない出来事を、考えてもみなかったせいだろうか、誰一人ゴールデン・フリース号めがけて発砲する者はいないようだ。あるいは、船に気づきもしなかったかもしれない。差し当たり、バニスターと乗組員たちはことなきをえた。

バニスターはポートロイヤルの西海岸を迂回して、南のフォート・チャールズへ向かった。そこまでは距離にしておよそ半マイル。自由へ向けて突き進む時間は、残り一五分ほどだろうか。が、少なくともこの一五分間が重要な時間となる。バニスターと乗組員の生死が一五分間にかかっていたからだ。

やがてフォート・チャールズの砲台が見えてきた。この砦はジャマイカでも、もっとも強固に防備された場所だ。海岸から数百ヤードのところで、バニスターは部下に「栓」を用意するように命じた。それはフォート・チャールズで大砲が火を吹き、船に弾丸が命中して穴があいたときに、その穴をふさぐために準備する大量のマットレスと木材だった。

少しすると船は砦の北端に達した。バニスターはゴールデン・フリース号を全力で走らせながら、大砲の砲撃を今か今かと待っていた。が、帆に吹きつける風と、船端に当たって砕け散る波の音以外には、何一つ物音が聞こえない。彼はおそらく、自由まであと一〇分のところにいたのかもしれない。が、その一〇分間は彼の生涯の中でも、もっとも危険な一〇分間だったろう。

砲列の一つ目に並んだ大砲の前を通り過ぎながら、バニスターは船が破壊されることを覚悟した。フォート・チャールズの砲台は、どの大砲からも、船までの距離は半マイル足らずだ。三八門の大砲がそろって、わずか数百ヤードのところから、ただ一つの敵に狙いを定めている。打ち損じることはまずないだろう。

バニスターは船を走らせていた。次々と大砲をあとにする。大砲が炸裂する音を待ちながら、しかもカリブの外海へ徐々に近づいていく。こうしてフォート・チャールズと平行して走っていると、もしかして、気づかれることなく通り抜けることができるかもしれない、とバニスターは思いはじめた。が、一四門目の大砲を通り過ぎようとしたとき、フォート・チャールズで誰かが船を見つけて、砦の司令官メジャー・ベックフォードに通報した。ベックフォードは警報を発すると、砲手たちに発砲するように命じた。

これまで鳴りを潜めていたフォート・チャールズの大砲が、いっせいにけたたましい音を立てはじめた。続けざまに襲ってくる激しい振動が、ポートロイヤルの町全体を揺らした。音と揺れで町の人々はてっきり、外国の軍隊が攻め込んできたと思った。音を耳にした軍隊の当直士官は、民兵を叩き起こした。民兵たちはマスケット銃を手に、フォート・チャールズに向かって駆け出していく。町が目を覚ました今となっては、バニスターのただ一つの望みは、暗闇が船を隠してくれることだった。

が、幸運はそんなにうまく彼の味方をしてくれない。

砲弾がゴールデン・フリース号に命中する。一発、二発、そして三発。しかし、バニスターの部下たちは、弾で裂けた穴を懸命になって栓でふさいだ。船はなお航海を続けている。大砲は続いて轟音を上げていたが、弾丸はやがて船まで届かなくなった。そして数分後、ゴールデン・フリース号は外海に出た。さらに数分すると、船は霧の中へと消えていった。やっと今になって、海軍の軍艦が動きはじめた。が、軍艦はなおそのほとんどが錨を下ろしたままで、すぐに出発することなどとてもできない。やがてゴールデン・フリース号とその船長はいなくなってしまった。

＊

バニスターの逃亡は、総督のモールズワースに不意打ちを食らわせた。が、総督は船長のみごとな逃走の手順に、しぶしぶながら称賛の言葉を与えている。以下はモールズワースが、イギリス政府内の植民地部門の役人に、逃亡劇の顛末について語ったもの。「それは私にとってたいへんな驚きでした。というのも、バニスターの評判はすでに地に落ちていて、とても船をふたたび海へ出すことなどできないと思っていたからです。……ところが彼はこっそりと、数人の者たちの支持を得ていたのです。それで、船に万全の準備を施していました。計画は誰も疑いようのないほど、巧みに進められていました。が、悔やまれるのは、彼を逮捕する口実を前もって見つけておかなかったことです」

モールズワースはしきりに感心しているが、ただそれだけではない。彼はすぐさまバニスターを追跡させた。船長のエドワード・スタンリーを送り込み、四門の大砲を載せたスループ型帆船ボネタ号で、ゴールデン・フリース号を捕らえてくるように命じた。ボネタ号はおそらく乗組員が一〇人程度の軽装備の船で、ジャマイカ海軍では最小の戦艦だったろう。が、バニスターは数カ月前に、イギリス海軍に対してほとんど戦うことなく降服している。モールズワースは当然、前と同じことがくりかえされると期待したにちがいない。

ボネタ号は大きさでは劣るが、スピードは速かったので、ゴールデン・フリース号に追いつくには、それほど時間はかからなかった。しかし、相手は三〇門の大砲を持つ強力な船である。スタンリー船長はひとまず考え直して、戦闘することを控えた。その代わりにバニスターに書状を送った。ゴールデン・

フリース号とともにポートロイヤルへ帰還しなければ、新たに海賊の嫌疑を受けることになると警告した。バニスターはこれに対して、海賊行為をする気などさらさらない、ただホンジュラスへログウッドを買いに行くだけだと答えた。これ以上、手の打ちようのなくなったスタンリーは、手ぶらのままでポートロイヤルへ帰っていった。

バニスターは早速、新たな乗組員を加えている。冒険と金持ちへの近道を求めるタフな男たちを採用した——勇敢な男たちは、バニスターの新たな評判についてはもちろんよく知っていたが、イギリス海軍がやがてやってくること、そして情け容赦のない追っ手たちが、彼らをしとめようと追跡してくることもよく理解していた。

この期に及んでは、さすがのモールズワースも、バニスターがおとなしくするつもりのないことに、気づかざるをえなかったにちがいない。戦艦を次々に派遣して、バニスターが略奪行為をしたという噂が入れば、ことごとくそれを追跡させた。が、小型の快速船が到着しても、そのときはすでに遅く、たいていいつも、バニスターはその場にいなくなっていた。そんなことが数カ月間続き、バニスターはカリブ海と大西洋をまたにかけて獲物を追い続けた。

しかし、四月になると、総督のモールズワースにもチャンスが訪れた。ルビー号がバニスターの跡を追って、イスパニョーラ島南西端の沖合に浮かぶ、ヴァッシュ島（イラ・ヴァッシュ）までやってきた。この島は海賊たちの悪名高いたまり場となっていて、ヘンリー・モーガンもかつて活動の拠点としていたところだ。ルビー号の船長ミッチェルが島に近づいていくと、そこに停泊していたのは一隻ではなかった。ルビー号とほぼ同じくらいの大きな船が五隻並んでいる。ゴールデン・フリース号もその中にいて、バニスターは私掠船四隻のフランス人船長たちといっしょだった。評判の悪いミシェル・ド・グラモンもそこにいた。

一人の海賊を相手にするのなら、ルビー号にも十分な勝ち目がある。が、相手が五隻全部となれば、これはとても生き残る望みはない。そこでミッチェルはグラモンに問いただした。おそらくルビー号を、グラモンの船に横づけして叫んだのだろう。バニスターは外国人の指揮下で働いている。これは当然逮捕されるべき犯罪なので、即刻、こちらにバニスターを引き渡すべきだ。が、グラモンと他のフランス人の海賊たちは、バニスターのルビー号への引き渡しを拒否した。しかし、それはべつだんミッチェルを驚かせるものではなかった。イギリス当局に対するこの種の侮蔑は、これまでにも何回となく、ミッチェルのような老練の海軍船長をイラつかせてきたからだ。そこでミッチェルは、「これ以上相手にするのは」賢明でないと判断した。

それから三カ月が経った一六八五年の七月、メキシコの港町カンペチェが海賊の奇襲を受けるという歴史的事件が起きた。この奇襲にグラモンが手助けをしていた。海賊の上陸部隊は七〇〇人。町を略奪し、人々を捕虜にした上、略奪品を手にして立ち去ったが、その前に町を焼いた。おそらくバニスターと配下の者たちも、この侵略に参加したものと思われる。その可能性は大だ。というのもバニスターは、グラモンとこの数カ月の間いっしょに行動していて、それがそのままカンペチェの奇襲につながっているからだ。しかし、確かなことは誰にも分からない。

その年のうちだった。ジャマイカの西海岸の沖合を、単独で航海をしていたゴールデン・フリース号が発見され、総督へ通報された。このときモールズワースは二隻の戦艦を送って、バニスターを追跡させた。が、どちらの船も彼を見つけ出すことができなかった。バニスターは毎月、着々と略奪品を奪取しては、すばやいフットワークで、手際のいい逃走劇を演じていたために、モールズワースやイギリス海軍、それにイギリス本国は目くらましを食らうばかりだった。一六八六年一月、モールズワースはとうとう希望を失ったかのように見えた。「ミッチェル船長は……バニスターを逮捕せよという命令を受けるには受けます」と彼はロンドンの当局者に手紙で記している。「しかし、ミッチェルはバニスターに、この航海で遭遇しそうだと思うと同時に、また別の航海でも遭遇しそうだと言うのです」。これはミッチェルがそんなに簡単には、バニスターを見つけることができなかったということだ。

しかし、モールズワースはその日その日の計画を、相変わらず実行していた。が、彼がバニスターを逮捕できる見込みはさらさらない。こうなれば、万が一彼を逮捕して、また目撃者に賄賂を渡すことを彼に許すより、むしろ、彼をポートロイヤルではなく、町の外で「まったく突然に」裁判にかける方が得策ではないのか。それも判決をポートロイヤルの人々の寛大さに任すのではなく、私掠船によってわれわれが被っているダメージを、よりいっそう理解してくれる」陪審員団の手で裁いてもらう方がいい、とモールズワースは考えるようになった。

しかし、五月頃になると、モールズワースもさすがに、バニスターを捕らえる望みをほとんど失いかけていた。ダブリンから二隻の船がポートロイヤルにやってきたのは、ちょうどそんなときだった。二隻の船がバニスターに船荷を略奪された、と二人の船長が報告した。このニュースは、それほどモールズワースを驚かせるものではなかっただろう。が、ニュースの最後のひと切れが、彼を椅子から立ち上がらせた。バニスターがカリーニングをするために、サマナ湾へ向かっていたというのである——カリーニングには数週間を要する。したがって、その間は船を動かすことができない。モールズワースは海軍の強力な戦艦二隻、ファルコン号とドレイク号に出動を命じた。任務はバニスターを発見し粉砕することだった。

オランダの海洋画家ウィレム・ファン・デ・フェルデ（父）が、1677年頃に描いたイギリス海軍の戦艦ファルコン号。画家はすべての砲門を大砲で埋めているが、実際は、いくつかの砲門が空いたままになっていた。それは必要に応じて、大砲の位置を左右に変えるためだ。

モールズワースの命令を受けて、二隻の快速船はサマナ湾へ急行した。チャールズ・タルボット船長が指揮するファルコン号は四二門の大砲を運んでいる。一方、トマス・スプラグが指揮するドレイク号は一六門の大砲を装備していた。

二隻は数日後に到着した。そしてバニスターとゴールデン・フリース号、それにもう一隻、その隣りに寄り添っている、名前の分からない船を見つけた。ゴールデン・フリース号より小さなこの船の「カリーニング」がまさにはじまろうとしているところだった。これこそモールズワースが待ちに待ったチャンスの到来だ。カリーニングをする船はゴールデン・フリース号と同じように、強力でよく統制が取れてはいるものの、今の状態では、攻撃に対してまったく無防備だった。敵の戦艦は徐々に近づきはじめている。

平凡な海賊の船長なら、この状況はまさに

万事休すだった。が、バニスターは念のために万一の場合に備えていた。大砲を何門か陸揚げして、二つの砲台に分けて設置し、砲台は木々の間に隠して、大砲を湾へ向けて照準を定めるように命じていた。だが、彼がこの大砲を、イギリス海軍の快速船二隻に対抗するために準備したかどうかという点になると、それはまったくの別問題だ。第一に、快速船は二隻で合わせて、五四門もの大砲を載せていた上、すぐれた上官たちに操舵されている。とてもかなう相手ではない。

今ここで降服すれば、バニスターにも望みがあるかもしれない。法廷に引き出されるだろう。法廷で彼は、自分が海賊ではないと証言することもできる。あるいは、海賊行為はフランス人に強要されて、やむなく行なったと主張することもできる。また、モールズワースに慈悲を乞うことだってできるだろう。さらに、証人や陪審員に賄賂を贈ることだってできる。しかし、ここで戦うことを選べば、敵にくらべて人数は少なく、しかも技術的にははるかに劣り、身動きのできない状態にいるバニスターの部下たちが、はたして彼のあとに続いて戦い、世界に冠たるイギリス海軍と交戦するだろうか、その点についてはバニスターにも分からなかっただろう。普通の海賊なら誰でも、死ぬのが分かっていながら戦いに飛び込むより、ポートロイヤルで、むち打ちの刑に服する方がいいに決まっているからだ。

戦艦はさらに接近してきた。今は昼下がり。海軍の船長たちは当然ながら、降服のしるしを見ることを予想しただろう。しかし、彼らが耳にしたのはトランペットの響きだった。

バニスターの大砲が木陰からいっせいに火を噴いた。そのあとでマスケット銃の発砲音が鳴り響く――海賊たちによる集中砲火が、海軍の船に雨あられと降りそそいだ。快速船もこれに応戦して発砲した。巧みに船を操縦してちょうどいい場所へ導くと、夜分にかけていっせいに砲撃をはじめた。たがいに猛攻撃をし合って、人々は倒れ傷ついた。ゴールデン・フリース号と、それに寄り添っていた小型船は、

ウィレム・ファン・デ・フェルデ（子）が描いたドレイク号（1681年頃）

海軍の砲弾とマスケット銃による攻撃で激しい損傷を受けた。本来であれば、戦いは一、二時間で終わるところだったが、翌朝になっても、なお激しい戦闘が続いていた。

　血みどろの猛烈な戦いは、二日目に入っても終わらない。そしてとうとう、ファルコン号とドレイク号は火薬や弾薬が尽きてしまった。このときまでに海賊たちは、すでに二三人の海軍側乗組員を殺傷していた。そしてさらに敵を殺す気構えを見せた。海軍側はこれ以上、あらためて攻勢をかける余裕はとてもなく、すごすごと引き上げてしまった――海賊たちにとって、これはびっくりするような、ほとんど信じられないほどの勝利だった。

　が、少なくともそれは、ほんのつかの間の勝利なのだが。

　海軍の戦艦はおそらく武装をし直し、装備も十分にして、すぐに引き返してくるだろう。バニスターもそれは十分に承知していた。とりあえず、バニスターと部下たちは、ただちにサマナ湾を離れる必要があった。しかし、ゴールデン・フリース号は手ひどいダメージを受けていて、ほとんど沈没しかかっている。しかし、それより小型の船の方は、まだ航海に十分耐えられる状態だったにちがいない。バニスターと部下の大半はこの船で、首尾よく逃げおおせたかに見えた。

ポートロイヤルへ戻ってきた海軍の船長たちは、バニスターを逮捕できなかったことを、あるいは彼を殺すことができなかったことを厳しく非難された。この非難はかなり深刻な問題だった。それに対する懲罰は降給から国外への追放、はては処刑にいたるまで、かなりの幅があった。しかしながら、役人たちはおそらく、二人の船長タルボットとスプラグが火薬と弾薬を使い果たしたこと、そして、たぐいまれな才能を持つ海賊に、勇敢に立ち向かったことを高く評価したにちがいない。モールズワースは二人の船長に、厳しい罰則を科すことをしないで、むしろ快速船にふたたび準備を施し、砲弾、火薬類の補給をするようにと命じた。そして、「海賊のバニスターを探し出して殺す」ために、イスパニョーラ島へ送り返した。

サマナ湾に最初に到着したのはドレイク号だった。今では、海賊のほとんどが島を逃げ出していた。戦闘が行なわれた場所で、スプラグ船長が見たのは、ゴールデン・フリース号の甲板が燃えて、船が半ば沈んでいる姿だった。船長は財宝を見つけたという報告をしていない（難破船の貨物倉は海中深く沈んでいたために、素潜りではとても行き着くことができなかったのかもしれない）。が、部下たちはゴールデン・フリース号の大砲を数多く回収した。バニスター自身はいつものように早々と逃げ去っていた。

しかし、モールズワースはなおあきらめていない。バニスターは自分の船を盗み（おまけにそれはイギリスの船だ）、再審を（おそらくは死刑を求刑されただろう）から逃げ出し、総督のリンチをいらいらさせて、若死にへと追い込んだ。さらには、政府の役人たちを告訴するぞと威嚇し、悪名高い海賊たちと意気投合して、公海を荒しまわっては略奪をほしいままにした。そしてイギリス海軍と交戦の末、それを打破した。モールズワースは、たとえ残りの人生を使ってでも、この海賊の船長を捕らえずにはおかないと誓った。

が、それは、それほど長い時間を要することではなかった。

その年遅く、ドレイク号がバニスターの跡をつけて、モスキート・コーストへ追いつめた。ここは現在のニカラグアとホンジュラスにまたがる東海岸沿いの、熱帯林と低湿地の無人地帯だ。一六八七年一月、スプラグとその配下たちは、バニスターとひと握りの部下たちを逮捕した。そして彼らをドレイク号に載せて、ポートロイヤルへ向けて帰路についた。

航海の間、バニスターが思っていたのは、おそらく、自分は法的にも、当然裁判を受ける権利があるということだったろう。しかし、モールズワースには、あえて彼に裁判を受けさせる気はさらさらなかった。ドレイク号がポートロイヤルへ入るとき、バニスターを甲板上で処刑するようにと、モールズワースはスプラグに命じた——告発もなければ裁判も判決もない。イギリスの役人の手により、イギリス市民に対し行なわれる、このような行為はきわめてまれなことで、法律により完全に禁じられている。ただ一つの問題は、スプラグが処刑をやり遂げることができるかどうかだった。

一六八七年一月二八日、ドレイク号がポートロイヤルの港へ入ってきたとき、船の桁端《こうたん》(帆を揚げる水平の横桁)に輪縄がつけられ、バニスターの両手も後ろ手に縛られた。そして町が見え、住民たちが見える場所で、バニスターと三人の仲間たちは引き上げられて、首を吊られた。死体は細かく切り刻まれ、海へ放り込まれた。

よろこんだモールズワースは、ロンドンに報告書を送った。彼はそこで次のように書いている。絞首刑は「すべての善良な人々にとっては大いなるよろこびの光景、そして、海賊どもを応援する者たちにとっては恐怖の光景でした。彼を処罰した方法は、何より他の海賊たちのやる気をそぐものでしたし、それこそが、私がスプラグに絞首刑を行なわせた理由だったのです」

モールズワースの行為が法的な見地からして、どれほど正当性があるかどうかは別にして、ともかく彼は、バニスターをふたたび法廷に立たせたくなかった。「(バニスター)が書いていた手紙で私は知っているのですが……彼は自分のしたことはすべて、フランス人によって無理やりさせられたと申し立てています。それがどれくらい、ポートロイヤルの陪審員団に行きわたっていたのか、私には分かりません。が何よりも、この裁判が陪審員団の手に渡らなかったことはよろこばしいことです」

ジョン・マテーラはもはやこれ以上、バニスターの情報を見つけることができなかった。それで、調査をはじめてからほぼ一カ月後に、彼は荷物をまとめると、ロンドンからドミニカ共和国へ帰る飛行機の席を予約した。空港へ向かう途中のタクシーの中で、マテーラはチャタトンにeメールを送った。

「あんたのためにネタを一つ仕入れたよ」と書いた。

5　年老いた漁師の知恵

チャタトンはどうにも待ち切れない。マテーラがバニスターについて手に入れた情報を、一刻も早く聞きたいと思った。そこでサマナから六時間ほど車を運転して、サントドミンゴ空港でマテーラをひろった。が、二人が話をしはじめると携帯が鳴った。かけてきたのは、マテーラのやがて義父となるビクトル・フランシスコ・ガルシア＝アレコントだった。二人とダウンタウンで会えないかと言う。この急な申し出がマテーラを驚かせた。しかし、少なくともカロリーナが無事でいることは彼も知っている。何か急なことが起きているのなら、マテーラに一人で来いと言うはずだった。

少しあとに、チャタトンとマテーラはカリブ海から通り一つ隔てたところにある、小さなレストランにやってきた。ガルシア＝アレコントはすでにそこにいた。店内にいた客は彼一人だけだった。

この国には、ガルシア＝アレコントほど人々の尊敬を勝ち得ている人物はいない。彼はかつてドミニカ海軍の副提督で参謀長をしていた。入国管理局長、ワシントンＤＣの文化担当大使館員などを務めたこともある。さらに、ドミニカ海軍の慣習や戦術について書いた著作を数冊持つ。ガルシア＝アレコントはきまじめな男だった。が、この会合は、マテーラとカロリーナの近づきつつあった結婚式の、テーブル・セットについて相談するためではなかった。

副提督はすぐに本題に入った。高官たちの政治上、あるいは軍事上の情報源から彼が得た情報によると、ドミニカ政府はユネスコの国際条約にすなおに従って、サインをする意向だという。その条約は、国内における私的な難破船ハンティングを禁止するというものだった。条約への同意はまだ最終決定にいたっていないが、その時期については、今なお不明だという。しかし政治の風向きが、同意の方向へ向かっていることだけは間違いない。やがては、チャタトンやマテーラのような一般のハンターが、ドミニカ共和国でガレオン船の探索ができなくなる日がやって来る。

このニュースは二人に不意打ちを食わせた。チャタトンもマテーラも、ゴールデン・フリース号を見つけたあとは、またトレジャー・ハンティングに戻るつもりでいたからだ。ユネスコによって脅威を与えられた二人は、たしかに一瞬酔いがさめた。しかし、ハンマーがすぐに振り下ろされるわけではないだろうと考えた。だが、ここにはガルシア＝アレコントがいる。彼は政府とコンタクトがあった。その彼が二人に、海賊と財宝のどちらか一方を選んではどうなのかと言う。もはや両方を選んでいるときではないようだった。

ほんの少しの間沈黙が続いた。するとマテーラはメッセンジャーバッグからノートやスケッチ、それに地図などを取り出し、それをテーブルに広げた。

マテーラが語り出したのはバニスターの物語だった。ときには身振り手振りを交えて説明する。ファルコン号からゴールデン・フリース号へ砲撃を開始せよと叫び、海軍の戦艦上では、塩入れやこしょう入れを持ち出し、それを大砲に見立てて、そこから発砲した。ようやくマテーラが話を終える頃には、ウエイターがランチのメニューをディナーのメニューに替えていた。が、誰一人、食べ物などに興味を示す者はいない。他の二人はひたすら、バニスターの話を聞きたがっていた。

「この男はすでに、運命づけられていたのかもしれないね」とチャタトンが言った。「お金は手に入れたし、尊敬も勝ち得ていた。社会の称賛の的でもあった。そんな彼がしなければならないことは、ゴールまでひた走ること、そして、それを豊かな生活と呼ぶことだった。が、しかし、彼にはそれができない。そんなときに何かが彼を呼んでいた。何か大きなチャンスが来ていたんだ――自分では想像もつかないような何かが。が、それが何なのか、彼はその答えを見つけなくてはならない。一七世紀の当時を考えてみなよ。あんたにできるもっとも困難で、もっとも偉大なことと言えば、それは海賊になることだったんだな。全世界がそろって、海賊のあんたを追いかけてくる。あんたを捕まえようとして各国が協定を結ぶ。もし彼らに捕まれば、あんたは首を吊られてしまうんだ。しかし捕まらなければ、あんたが送る人生がどんなものになるのか、想像してみるといい」

「うん、それはこんなことだと思うよ」とマテーラ。「つまり、子供のときから、安全第一できまじめな人生を送ってきた男がここにいる。そんな男じゃなければ、大洋を横断する商路をみんなが任せるわけがないからね。そして、ポートロイヤルで彼の船は進む方向を変えたんだ。仲間の中では殺された者も出る。人生なんてはかないものだと彼は思い知る。そんなときに、ポートロイヤルの海賊たちがみんな、歴史に名を残しているのを目の当たりにするんだ。彼らはリアルタイムで歴史書に名を刻んでいる。そして、彼は自分にも同じようなチャンスがあることを知る。人々の記憶に残るようなことをするチャンス、もしかすると数世紀のちに、人々が本の中で知るような、何か大きなことを行なうチャンスが、自分にもあるかもしれない」

二人はガルシア＝アレコントが会話の舵を、ユネスコの条約の方に切るのを待っていた。が、退職した副提督は窓越しにカリブの海をじっと見つめている。

「バニスターは、生まれながらのリーダーだったんだな」とガルシア＝アレコント。「彼には人々を大いなるものへと導く天賦の才能があった。もしあなた方にそんな才能があったら、むろん、それをもとに行動しなければならない。しかし、大西洋を横断して、ただ砂糖や動物の革を運ぶだけでは、自分の才能を発揮することができないにちがいない。それにおそらく、バニスターがそうだったと思うが、あなた方だって、年が三五歳か四〇歳だったとしたら、海軍へ入るには年を取りすぎている。しかし海賊船に乗り込むことで、才能を発揮することはできる。人々があなた方を信じているかぎり、あなた方は海賊行為を続けることができる。人々が信じてくれていれば、あなた方は、イギリス海軍でさえ打ち破ることができるということなんだな」

三人はやっとウエイターを呼んだ。が、網焼きしたタコを食べて、野球や近づきつつある選挙の話をしながらもなお、彼らはそれぞれがバニスターのことを考えていた。ディナーのあとで駐車場に出たとき、チャタトンとマテーラは、長い間ヴィラに逗留して申しわけがないと詫びはじめた。が、ガルシア＝アレコントは手を挙げて次のように言った。

「私の家はあなた方の家《ミ・カサ・ス・カサ》だ。海へ出て、みなさんの海賊を見つけてください」

バニスターの生涯がどれくらい魅力的だとしても、それは結局、学者たちが研究の上でこしらえ上げたものだ。彼にまつわる情報が、チャタトンやマテーラをゴールデン・フリース号へと導いてくれるものかどうかは分からない。その夜、サマナへ戻る長い道のりの間、二人はサマナ湾の地図を車のシートに広げて、今まで集めた証拠をすべて検討しながら、もう一度ゴールデン・フリース号のありかを特定しはじめた。

今となってはじめて明らかになったのは、バニスターが飛び抜けて腕の確かな船長だったということだ。そんな男が、レバンタード島のように、四方に開かれて、むき出しになった無防備な場所で、自分の船のカリーニングをするわけがなかった。しかし、だからと言ってそれは、ゴールデン・フリース号が島の近くに沈没していないという意味ではない。島からわずか一マイル北には本土があり、そこにはいくつか、海賊がカリーニングをしたかもしれない、ひと続きの海浜があった。チャタトンは、大きな船を十分隠せそうな場所に、それぞれしるしをつけた。そのうちのどこかに、ゴールデン・フリース号が沈んでいたとしたら、ボーデンが当初から探すようにと促していたレバンタード島で、それが見つからなかったのも、十分にうなずけることだった。二人はまた日の出とともに、新たな探索をはじめることになる。そしてそれは、バニスターの船を見つけるまで、中断されることがないだろう。

翌朝、チームが船に荷物を積み込んでいると、マテーラのガードマンのクラウディオが、地元の漁師を連れてヴィラにやってきた。漁師は二、三日前に、レバンタード島の西海岸の沖合で、豪華なダイビング・ボートを見かけたと言う。ダイバーの姿はなかったが、乗組員が機械を海の中から引き上げていたのを彼は見ている。

チャタトンとマテーラは、この目撃情報について二つの説明をすることができた。ボートは週末ダイバーたちによってチャーターされたものかもしれない。おそらく彼らは、デパートで売っているような金属探知機で、海に沈んだ財宝を探そうとしていたのだろう――このあたりでよく見かける旅行客の気まぐれな思いつきだ。あるいは、ボートはライバルのサルベージ会社のものかもしれない。ボーデンがゴールデン・フリース号に徐々に近づきつつあることを聞きつけて、それを横取りしようとする心づもりなのだろうか。最初の推測は、二人にとっては何ら問題にならない。が、二番目の推測はもしかすると、彼らを脅かす情報になりかねない。

三〇年以上の間、ボーデンはドミニカ政府と借地契約を取り交わしていた。それはサマナ湾を含む広大な海域で、沈んでいる難破船を引き上げる独占的な権利を、ボーデンに与えるというものだった。書類上では、他の者や他の組織団体は、その地域で難破船を探索することが禁じられていた。しかし、現実にそれをやめさせることは、ほとんど不可能なことだった。単純に考えても、海域があまりにも広くて、とても全域をパトロールしきれない。それにいずれにしても、そこに配置されている海軍のボートは、数が少ない上に燃料も不足していて、トレジャー・ハンターたちの権利を守ることなどとてもできなかった。

しかし、これはトラブルのほんのはじまりにすぎない。

外部の人間がたまたま、借地権を持つ者の海域で難破船を見つけたり、あるいは難破船が近くにあると言い出したときには、国の文化財を管理する政府機関の文化庁へ出向いて、難破船の権利を与えてほしいと彼は嘆願するだろう。これに対して文化庁は通常、借地権者に有利となるように、こうした要求を拒否した。しかし、もしその部外者が何らかの資格を持つ者——たとえば、世間に認められたサルベージ会社や大学の研究者たち——だったときにはどうなるのか？　そしてその部外者が、さらに継続した努力をしなければ、難破船は発見されないままになってしまう、と言ったときにはどうなるのか？そんなケースでは、部外者が優先されることも往々にしてありうる。そして、それこそがチャタトンやマテーラをもっとも悩ませるものだった。ボーデンはここ数年の間、サマナ湾から一〇〇マイル以上離れているシルバーバンクで、巨大なガレオン船、コンセプシオン号のサルベージ作業に従事していた。したがって、ボーデンはすでに、ゴールデン・フリース号の探索をずっと前に放棄している、と侵入者が主張するのはたやすいことだろう。文化庁がその主張を受け入れて、侵入者に権利を与えるようなことになれば、それこそ、チャタトンとマテーラの抱いた海賊船への夢は泡と消えてしまう。

しかし、島のまわりに浮かんでいるダイビング・ボートや、電子機器を搭載したボートでさえ、それ自体は二人を悩ませるものではなかった。学者や研究者たちはしばしば、クジラの調査や海洋生物学の研究のために船をとめていた。が、一年前に起きた事件の記憶が、彼らの心に重くのしかかっていた。

それはマテーラが主催したダイビング・ワークショップの晩に起きた。場所はサントドミンゴの近くのホアン・ドリオの町だった。ある若い男が事前の連絡もなしに、突然会場に現われた。そして、マテーラとチャタトンを脇へ連れ出し、カロリーナ（マテーラのフィアンセ）の苦情を文化庁に申し立てた者がいると言うのだ。それはダイビング・センターの近くの浜辺に、波が打ち上げた金貨を、彼女が政府へ報告もせずに着服したという訴えだった――つまり文化財の窃盗である。文化庁では彼女のことを「ホアン・ドリオの海賊の王女」と呼ぶ者さえいた。このニュースはマテーラを激高させた。カロリーナは金貨など見つけた覚えもないし、貝殻一枚でさえ盗んでいない。マテーラは誰がそんな非難をしたのか、それを知りたいと思った。だが、このニュースを知らせてくれた者は、それ以上の情報を持っていなかった。そこでマテーラは、ガルシア＝アレコントのところへ行った。ちょうどそのとき、ガルシア＝アレコントはバーで酒を楽しんでいた。

ガルシア＝アレコントの怒りは、マテーラのそれをはるかにしのぐものだった。すぐに海辺へ出ると、そこで行きつ戻りつしながら、携帯に向かって吠え続けていた。ガルシア＝アレコントの人脈は広い。その人脈に、彼は誰彼かまわず連絡を取っていたにちがいない。戻ってくると、彼はチャタトンとマテーラに、カロリーナに対する苦情は匿名だったと言った。そして、どうもその苦情は、チャタトンやマテーラたちアメリカ人との、新たな競合を好ましく思っていない、ライバルのトレジャー・ハンターたちによるものではないかと言う。ともかくガルシア＝アレコントは事態を解決した。そして文化庁に対して、二度と娘の名前を汚すようなまねはしないでくれと警告した。そして、彼はチャタトンとマテーラに向かって、これからは二つのことがあなた方に、はっきりとした形で明らかになると言った。まずこのドミニカ共和国では、めんどうなことはたちまち個人――とくにアメリカ人の男《アメリゴ》――に向かってやってくること。これが一つ。二つ目は、それが誰かは分からないが、すでにこの国には、あなた方に狙いを定めて、射止めようとしている者がいるということ。

マテーラが札束を取り出して、ダイビング・ボートのニュースを持ってきた漁師にそれを手渡したのも、この記憶が彼の中にあったからだ。マテーラはその場しのぎのスペイン語で漁師に頼んだ。友だちといっしょにこれからも、ボートがやってくるかどうか目を光らせていてほしいと。漁師は分かったと言って、彼の申し出を引き受けてくれた。

チームはディープ・エクスプローラーに潜水用具一式とコンピューターを載せはじめた。そして新しいターゲットの海域へと出発した。そこはカヨ・レバンタードの北数千フィートのところだ。そこでは数マイルにわたって海岸線が伸びているが、チームがカバーしなければいけない海域は、以下のところに限られる。

1　カリーニングに適した海辺のあるところ。
2　航行する船からうまく隠れることのできる場所。
3　大砲の攻撃を防御するのに適したところ。
4　水深がほぼ二四フィートのところ（ゴールデン・フリース号が沈んでいる深さだ）。

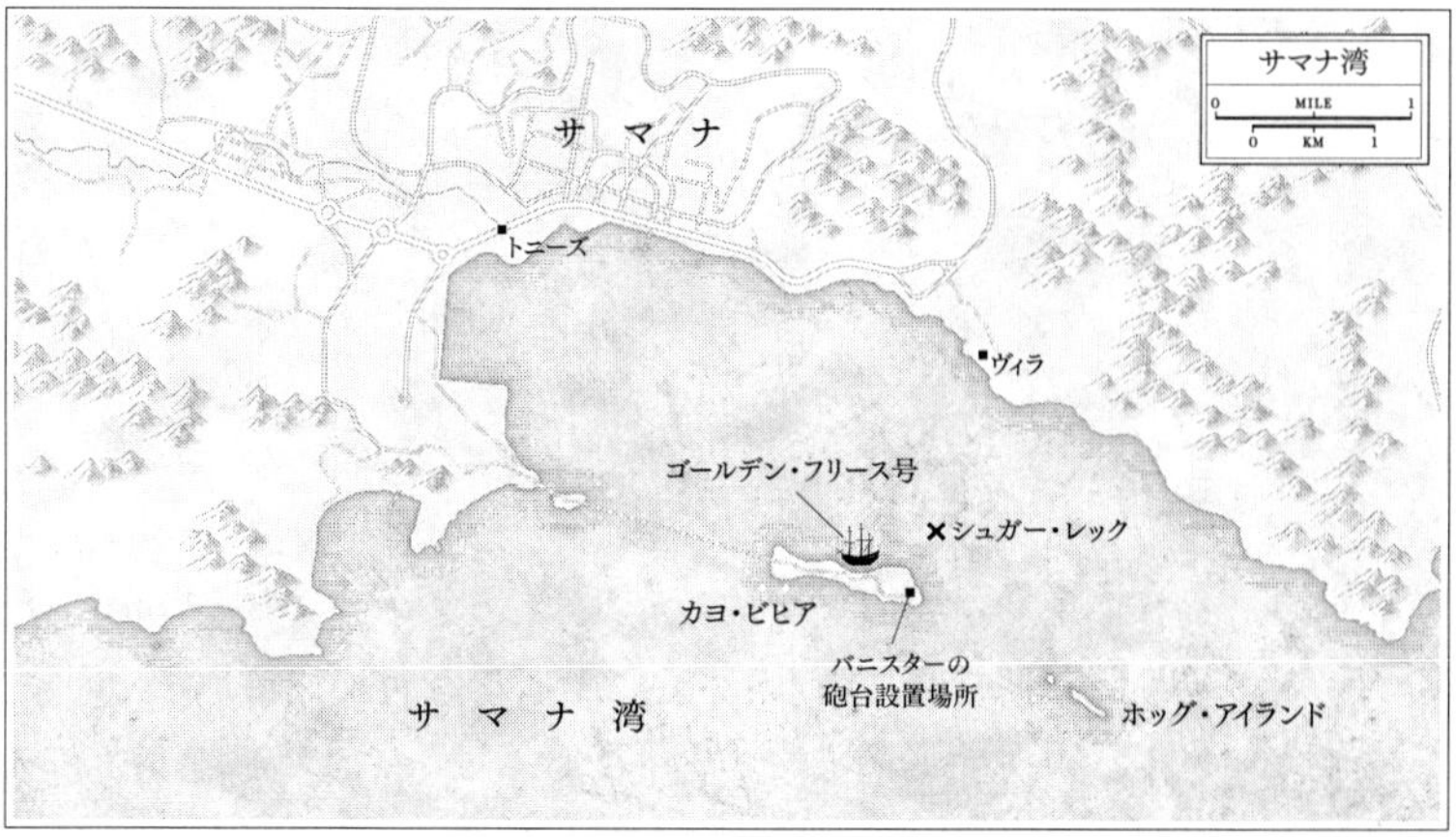

チームはU字型にカーブした海岸線に着いた。海岸線はおよそ四分の一マイルほどの長さに伸びている。磁気探知機を引くのはもう数週間ぶりのことだった。が、誰もが無意識のうちにスイッチを入れ、ケーブルをつないで、難破船ハンターの水中バレー劇をはじめた。

磁気探知機ははじめから数多くヒットした。次の朝、チームは前の日にヒットしたものを潜って探した。海中でマテーラは携帯用の金属探知機を操作しながら、それが出すピーッという音を追いかけた。そして岸辺近く、砂岩でできた板状のものが、山をなしているところに遭遇した。そのうちの一つを手に取り、マスクに近づけてみると、石の表面には天使の絵が彫り込まれていた。そしてそこには、マテーラには理解のできない言葉で、かすかに字が彫られている。他の石板をひろってみると、それは十字架の形をしていた。その表面に彫られている文字に沿って彼は指を走らせた。が、ふたたびまた、その言葉を解読することはできなかった。しかし、彼には今、自分がどこに立っているのかが分かった。ここは陸地の端に数世紀前に作られた墓地だった。そののちいつしか、それは海に埋没してしまったのだろう。

この発見はチームの面々をよろこばせた。が、それは彼らの目的を押し進めるものではない。チャタトンとエーレンバーグはその近辺を探したが、結果は同じようなものだった。しかしともかく、磁気探知機でヒットしたものは、すべてくまなくダイビングして確かめた。が、ゴミの他には誰も、何一つ引き上げることができなかった。

次に可能性のある海岸線としては、さらに西へ探索の場所を移動する必要があった。その夜、ヴィラで海図を見ながら、みんなで場所の絞り込みをしていた。が、それをさらに細かく検討しようとしたとき、ヴィラが停電になった。

「ちくしょう」とチャタトン。

すぐにガードマンのクラウディオが、懐中電灯と日焼け止めローションのビンを持って部屋に入ってきた。

「グラン・バイアホテルへ行けばどうでしょう。あそこだったら電気がついてますよ」

少しあとに、ヴィラから水路を一つ隔てたところにあるホテルの前で車を止めた。ロビーにはホテルの宿泊客しか入れない。が、チームは誰もがバミューダ・パンツ姿で、カメラをぶら下げ、手にはローションのビンを持っている。あらかじめ準備をしていたおかげで、警備員は彼らを通してくれた。ロビーの片隅に陣取って、みんなでテーブルの上に地図や海図を広げた。そして海中で見つけた古代の墓地の西へ、およそ一マイル半ほど伸びている海岸線に焦点を絞った。この場所は小さな島の陰に隠れている上、ちょうど海の深さも難破船の沈没場所にふさわしい。とりわけ、最適と思われたのは、マテーラの古い海図に記されていた、この海域の名前だ――カレネロ・サマナ。マテーラは「カレネロ」は「カリーニングの場所」という意味だと言う。ゴールデン・フリース号はたしかに、カリーニングをしているときに、イギリス海軍に沈められた。

「俺ならここで、イギリス人と戦ったけどな」とマテーラ。

「うん、それはありうるよ」とチャタトン。「明日の朝はここへ行こう」

ヴィラに戻ったときには、電気はまだ消えたままだった。そこでチャタトンとマテーラはミツビシで眠った。チームは日の出とともに出発し、その日一日をカレネロ・サマナで過ごした。そして、さらになお数日、引き続いてをそこを探索した。探知機で探っては潜って、ヒットしたものを調べたが、何一つ発見することはできなかった。

チャタトンはアメリカに飛行機で戻り、講演をする予定になっていた。が、それはかえって好都合だった。というのも、誰もがレバンタード島の近辺で、自分たちの基準を半分でも満たすような海域を、他に見つけることができないでいたからだ。マテーラはエーレンバーグとクレッチマーに数日間の休暇を与えた。そして自分でしようと思っていたことを、一つだけサマナでした――彼は年老いた漁師に話を聞きに出かけた。

マテーラはそれを、前に見つけた古い墓地の近くからスタートした。手にしていたのはブルガル・ラムのビンとガソリンだ。ガソリンはさびた缶にめいっぱい入れた。海岸で二人の年取ったドミニカ人を見かけた。二人は釣り針に餌をつけていた。彼はこんな人々が好きだった――それはプラスチックのボトルから釣り糸をたぐり出したり、ガソリンがなくなると、防水シートで帆を作ったりして一生懸命に働く人々だ。七〇代になってもなお、息を止めて海の中に潜り、水中銃を使ってブダイやフエダイを撃つ者もいた。

老漁師たちに近づくと、マテーラは彼らにラム酒とガソリンを手渡し、彼のスペイン語で試してみた。

「ドンデ・エスタン・ロス・バルコス・ペルディドス？（難破船はどこにあるのかな？）」。老人たちはどんな船を探しているのかと訊いた。

「ピラタ（海賊）」

老人たちは笑った。そして、答えは返ってこなかった。

マテーラは次の漁師たちのグループへ移動して、ラム酒とガソリンを手渡しながら、前と同じ質問をした。彼らは次々に「ロ・シエント（すまない）」と答えた。が、ヴィラからほど遠くないところで、一人の年寄りを見つけた。彼は話をしてくれ、手を振って別れた。老人がマテーラに言ったのは以下の言葉だ。「リンコンにいとこがいるんだ。そのじいさんがサマナ湾の海賊船のことを知っていたよ。いとこも今では年老いているが、あんたの手助けにはなると思うよ」。この漁師は紙切れに電話番号を書いて、マテーラにくれた。お礼にお金を渡したのだが、それは受け取らなかった。

マテーラはヴィラに戻るまで待ち切れなかった。トラックから電話番号をダイヤルして、漁師のいとこと話をした。この人はまずまずの英語を話す。男はサマナ湾で沈んだ海賊船について心当たりがある、今晩、それについて話をしてもよいと言う。リンコン湾のビーチサイドで会おうということになり、待ち合わせ場所をマテーラに教えた。リンコン湾は車で北へ四五分ほど行ったところにある。

マテーラはリンコン湾をよく知っていた。ガレオン船がそこに沈んでいると言われていた。彼とチャタトンが財宝を見つける計画を立ち上げたときに、まずはじめに仕事をしようと思ったところだ。リンコンは美しいと同時に危険な場所だった。それは半島の突き当たり、陸地の終端にあって、そこでは小さな入江で、密輸業者や殺し屋たちが仕事をしていた。遠く離れていて、あまりに危険すぎるために、当局もパトロールができない地域だった。マテーラはそこへ行くことに躊躇する気持ちはなかったが、忘れずに拳銃（グロック19）を携帯した。

しかし、彼のミツビシがスタートしない。そこで彼はガルシア＝アレコントのメルセデスＣ２３０にキーを入れた。リンコンのような場所へ行くにはぽんこつ車が最適で、それ以外はどんな車でも贅沢すぎる。が、しかし、今の段階でマテーラにどんな選択ができただろう？　約束を先延ばししようものなら、漁師は心変わりをしてしまうかもしれない。「すまない、ビクトル」と彼は自分に言い聞かせた。「彼女（カロリーナ）とは精一杯頑張ってやっていくから」

一時間後、マテーラはリンコン近くの幹線道路で車を止めると、カーブを切って、海岸へ続く砂利の脇道へと入った。遠くで若い男が道路へ上がってきた。マテーラに向かって、こちらへ来るようにと手を振っている。おそらく漁師がよこした案内の者だろうと思って、マテーラはそれを確かめるために車のスピードを落とした。ヘッドライトを当てると、若い男は一服のタバコを深く吸い込み、それをサッと空中に投げた。火のついたタバコが地面に落ちると、たちまち道路は炎を上げて燃えだした。火の壁がマテーラの行く先をふさいだ。とっさにマテーラは車をバックさせた――待ち伏せされたと気づいたからだ。タイヤが砂利に食い込むと、六人以上の男たちが道路へ飛び出してきて、彼に向かって走ってくる。手にはこん棒やナイフを持っていた。炎が噴き出たビンを投げつけてきた。マテーラはキーッという音を出して四〇ヤードほどバックすると、車をＵターンさせた。が、逃げ出そうとしてギアをドライブに戻すと、トランスミッションがきしんだ音を出して、メルセデスは突然動かなくなってしまった。ここはわずか一〇ドルのためでも、人を殺しかねない場所だ。マテーラは決断を下さざるをえない。もちろんエンジンを再始動してみることもできただろう。男たちに彼が最善と考える方法で説得することもできただろう。

が、マテーラはサイドブレーキを引くと、ドアを半開きにした。片足を道路に出して、中腰になって立つと、Tシャツをまくり上げてピストルを取り出した。そして突進してくる男たちの前に、舗道めがけて何発か弾丸を撃った。銃の音に男たちは驚いて、スリップしながら止まると、やおら炎の方へと取って返した。マテーラは銃口から吹き出る閃光を待っていた――反撃のしるしを待った。が、何一つその兆しがない。通りは静まり返っていて、聞こえてくるのは野良犬の吠える声だけだ。彼は息をはずませながら、銃の弾倉を取り替えると、車に戻ってスタートさせた。このまま立ち去れば、仕返しに男たちが戻ってくる前に、家にたどり着くことができただろう。

海賊船のことを聞くために来たのでなければ、当然、彼はそのまま家に帰ったにちがいない。

マテーラはやってきた道路に車を出した。そして、次の道が海岸へ達していることが分かった。汗が顔からしたたり落ちている。年取った漁師が教えてくれた、待ち合わせのバーへと車を走らせた。バーにはすでに漁師が来ていて、ビールをちびちびと飲んでいた。焼けた肌をした七〇歳くらいの老人だった。二人は握手を交わした。この場所を見つけるのはたいへんでしたか、と漁師がマテーラに訊いた。「途中でほんの数人ですが、海賊に遭ったものですから」

二人は腰を下ろして話しはじめた。漁師はじいさんがたいへんなストーリーテラーだったと言う。じいさんがもっとも得意としたのが、サマナ湾の海賊船の話だった。

「彼はどうやって、それが海賊船だと分かったのかな？」とマテーラが訊いた。

「それは、じいさんのそのまたじいさんが、彼に話したことなんだ」

それこそがマテーラの訊きたかったことだ。その話は、ドミニカ共和国のこの地方で、代々伝えられて伝説と化していた。そしてそれは、もっともよいとされる難破船がどんな風にして発見されるのか、それを教えてくれる話だった。

「おじいさんはあなたにどんな話をしたの？」

漁師は笑った。その話はじいさんが話すたびに変わるのだと言う。が、二、三のディテールだけはいつも変わらない。偉大な海賊の船長が不倶戴天の敵を相手に戦った。たくさんの人が死んだ。船長は逃げ去った。しかし海賊船はサマナ湾の海底に沈んだ。

「それはサマナ湾のどのあたりなの？」とマテーラが訊いた。彼は答えを待ちながら、じっと息を凝らしていた。サマナ湾は広い。大西洋からほとんど三〇マイルも内側に入っていて、北から南へ五マイル以上、海岸に沿って伸びていた。もし漁師がその海域を特定してくれなければ、彼の物語はまったく役に立たないだろう。

「カヨ・レバンタードの近くだ」

ぴったしだ。ここまで来れば、マテーラは正確な場所をぜひとも知りたい。どうやらビジネスを相談する時間が来たようだ。漁師が前もって多額のお金を要求するようなら、おそらく彼の情報は使いものにならなかっただろう。チャタトンとマテーラが協力して仕事をしだしてから、失われた難破船へ案内しようと申し出て近づいて来る地元民に、二人は何人か会った――ほとんどつねに金が目当てだ。ある者はサンミゲル号へ二人を連れて行くと約束してくれた。これはおそらく、これまでに沈没したスペインのガレオン船の中では、もっとも価値の高い船だろう。連れて行く見返りとして二〇〇万ドルを要求した。このような申し出に対して、二人はつねに話に乗るのを遠慮した。真実の情報を持っている者は、前払いの金を必要としない。二人はよく知っているのだが、その手の情報者が満足する取引の仕方は、難破船から引き上げるものがあれば、その一部と引き換えで情報を提供しようとするものだ。が、それ以外の者たちは、この国の不毛地帯で行なわれているように、ただひたすら現金をわしづかみするだけだった。

「何をあんたにあげればいいのだろう?」とマテーラは尋ねた。

「船を見つけたら、あんたが適当と思うものをくれればいいよ」と老人は言った。

二人は握手をした。マテーラは小さな黒い革製のノートを取り出すと、海域の情報を書き込んだ。場所はサマナ湾の北岸にあるヴィラから一マイルに満たない距離だ。レバンタード島からはほとんど四マイルほどで、それは探索のパラメーターを限界まで引き伸ばした。が、水深は正しいようだ。カリーニングにも適した海辺だし、海賊がイギリスの戦艦に砲火を浴びせるには十分な木立もある。

漁師に感謝の意を伝えて、おやすみと言うと、マテーラは車に戻った。そして拳銃の弾倉に弾が十分に入っているかどうか、また薬室に一発分の弾が収まっているかどうかを確かめた。

脇道を走りながら、彼は両膝で運転をして、片手に銃を握りしめ、もう一方の手で、海賊船の沈没海域へ向かう道順を確認していた。彼にはそのどちらも、手放すつもりは毛頭なかった。

6　どこにも行き場がない

アメリカからチャタトンが戻ってくると、チームはボートに器具を積み込み、漁師の祖父が語った海賊船の沈没場所へと向かった。岸から二〇〇ヤードほどのところで探査をはじめた。水深は三〇フィート。磁気探知機が捉えたものをエーレンバーグは、ほとんど理解することができなかった。水中には何か大きくて、金属性のものがある。それだけは確かだった。彼はみんなにここへきて、ちょっと見るようにと声をかけた。

ふだんは、磁気探知機の調査を終えるまで一日、二日かかる。が、チャタトンとマテーラはさっそく、Tシャツとパンツを脱ぐと、潜水用具を身につけた。エーレンバーグとクレッチマーがうまく行くように、と声をかける暇もなく、二人は海底に沈む巨大物を見つけるために船縁から海へ入った。

泥でぬかるんで柔らかな海底に到着すると、二人はデプスゲージをチェックした——二八フィート。ゴールデン・フリース号が横たわっている、と彼らが予想する深さにかなり近い。

今、しなければならない仕事は、探知機がヒットしたものに向かってただ進んでいくだけだった。二人は携帯用の探知機を持っていた。それを前後に動かすにつれて、探知機が音を出しはじめ、それがチャタトンの耳に聞こえてくる。マテーラもその音を、三フィート離れた機器から水を通して聞くことができた。二人が音のあとを追っていくと、遠くにぼんやりとした形が現われた。泥の中から壁のように突き出ている。高さは海底から三〇フィートほどもある巨大なもので、その直角な線は明らかに人工物だった。近づくにつれて、壁の形がはっきりと見えるようになった。二人にはそれが木造船の船縁か、大きな船の上縁部のように見えた。そしてその場にやってきたときに、はじめて推測が正しかったことが分かった。が、それは同時に二人を意気消沈させた。というのも、その船縁は鋼鉄でできていたからだ。鋼鉄が量産されはじめたのは一九世紀の中頃である。それはゴールデン・フリース号が航海していた頃から、一五〇年以上もあとの話だ。

二人は船の中を調査するために、ゆっくりと壁の上端を越えていった。下を見下ろすとベンチの列がいくつか見える。乗船客が五、六人腰掛けられるスペースのベンチだ。チャタトンもマテーラも、ともにニューヨークで育った。そのためにフェリーボートがどんなものなのか、よく知っていた。ただ彼らが願ったのは、ベンチに人がいないことだった。少なくとも乗船客は全員、ボートが沈む前に脱出していてくれるとありがたい。

チャタトンとマテーラはこれまでに何度も、難破船の中で人骨を見てきた。そして今は、それを見るのに耐えられるようになった。一つのベンチの端近くでマテーラが、人間の大腿骨のようなものを見つけた。そのあたりの残骸を取り除こうと手を伸ばした。そして大腿骨らしきものに触れようとしたとき、突然、彼の手の近くで砂と泥がもうもうと吹き上がった。そして刃のように鋭い、ずらりと並んだ歯が、彼の顔をめがけて突進してきた。マテーラは思わずのけぞり、あおむけに倒れてしまった。体勢を立て直してよく見れば、それは四フィートにも達するバラクーダだった。魚はふたたび彼に向かってやってきた。地元の言い伝えによると、とくにこのあたりのバラクーダは常軌を逸している。気が狂ったように、毒でブダイを倒してそれを食らうという——人々はこれをシガテラ中毒と呼んでいた。さらにこの魚は、チャンスさえあれば、人間の顔を引き裂くこともあるという。今ここで、その言い伝えの真偽を確かめてみる気など、マテーラにはさらさらなかった。持っていたカメラの巨大なレンズを振りまわして、それでバラクーダの鼻を打ち、魚を難破船から追い出した。

「悪いな」とマテーラ。「俺たちが探しているのは海賊たちなんだ」

二人はどちらも人骨を見なかった。が、万が一、近くにゴールデン・フリース号が横になっていることを考えて、念のために周辺の海域を、さらに二日かけて探索した。が、探知機がヒットしたのはことごとく、フェリーボートのものだった。何度か当局に電話をして確かめたところ、フェリーはこの海域で一九七〇年代に沈んだものだということが分かった。サマナの役人はフェリーの発見を知って感謝していた。これまで海中を探したのだが、ずっと見つけることができなかったという。しかし、この発見はチャタトンらのチームに、もはや探すべきところはどこにもない、という事実だけを残した。これからどうすればいいのか、誰もが分からなかった。

サマナ湾を東へさらに探索し続けることは、ほとんど意味がなかった——今の彼らはすでに、レバンタード島からあまりに遠くへそれてしまっている。たしかに東へ移動すれば、島から一、二マイルの距離にはなる。が、バニスターがそこへ行ったということはありえない。そこでは大西洋の外海の激しい雨風がまともに襲いかかる。そして通行する船舶に、たやすく発見されてしまう。さて、マテーラは以前から、いつ言い出せばいいのか、その瞬間をできることなら避けたいと思っていた。が、もう先に伸ばすことができない。ヴィラで彼は、チャタトンを脇に引っ張っていって話をした。

ひと休みしたいと言うのだ。マテーラはパートナーに言った。それは休暇を取るためではないし、頭をすっきりとさせるためでもない。お客をダイビングに連れていくためだと言う。サルベージの仕事は、二人が想像していた以上に金がかかった。毎週、数千ドルという金が彼らの銀行口座から出ていった。

ボート、発電機、電子機器、ガソリンタンク、食料品など――そのすべてを常時用意しておかなければならないし、不足すればたえず補わなくてはならない。それには莫大な金がかかる。すでに彼らは磁気探知機のケーブルを三回取りかえた。そのつど四〇〇〇ドルもの金がかかった。クルーの携帯電話サービスやインターネットのアクセスにも、月に七〇〇ドル以上もの金を支払っていた。海の塩水がすべてのものを腐食させる。チャタトンとマテーラがこの仕事に従事しだして、二年以上が経ったが、その間に二人で使った金は、合計すると一〇〇万ドル近くになる。その見返りとして二人は、ほんのわずかの金さえ手にしていない。

「この仕事をやめてしまうの？」とチャタトン。

「いや」とマテーラ。「しかし、稼げるときに稼いでおかなきゃね。ここにきて、われわれとダイビングしたいって言う客がいるんだ。やつらはたくさんお金を落としてくれる。つまり、あんたといっしょにダイビングをしたいって言うんだ。あんたは呼び物《アトラクション》なんだよ。言わば案内パンフレットなんだ」

チャタトンは首を振った。

「俺たちはここで今、命がけで戦っている。トレーシーの借地権だって、いつ当局に取り上げられるか分からない。ユネスコはユネスコで、われわれのあとをうるさくつきまとっている。こうして話している間だって、コソ泥が俺たちの仕事を横取りしかねないんだ。そんなときに、あんたは観光客を連れて、きれいな珊瑚礁を見に行きたいと言うのか？」

「いやそうじゃないんだ。これは必要なことなんだ」とマテーラ。「ほんの一週間の間だけだ。ジョン、笑ってくれよ。本にサインをしたり、講演で話したりしてればいいじゃないか。俺たちは、今できることをしなくちゃいけないんだ」

サマナ湾は、そこで海賊船を探す必要がないということになれば、息を飲むほどすばらしいところだった。一週間の間、チャタトンとマテーラは裕福なアメリカ人たちの一団を連れて、二人が見つけたフエリーボートへダイビングした。客の中には、バルコ・ペルディド・ショウル（難破船砂州）の近くに沈んだ大砲や、ボーデンが働いていたガレオン船トロサ号へ案内した者もいる。チャタトンとマテーラはにこにこ笑い、チャタトンはUボートやタイタニック号を探検したときの、スリリングな話をした。しかし、二人は機会を見つけてはたがいに、次にゴールデン・フリース号を探す場所について話した。が、どちらも、その答えを考え出すことはできなかった。

観光客を案内する一週間が終わったとき、二人は客たちをトニーの店に連れていき、夕食をともにした。途中で停電になったが、みんなは暗闇の中で食事をして、プレジデンテビールのライトを、それが温まってしまわないうちに忘れずに飲んだ。最近のニュースが話題に上った。その中には国際的な見出しとなったものもある。

二〇〇七年、株式を公開したサルベージ会社、オデッセイ・マリーン・エクスプロレイションが、史上もっとも大きな額の財宝を探し当てた。ジブラルタルの沖合で一九世紀初頭の難破船から、五億ドルに相当する銀貨を引き上げた。一年以上経った現在では、スペインが難破船の権利を主張して、財宝をスペイン政府へ返還するように要求している。が、オデッセイはこれを拒否。双方は法廷で最後まで戦い抜くと言う。この訴訟事件が、民間のトレジャー・ハンティングの未来を決定することは大いにありうることだった。

一人の客がチャタトンとマテーラに尋ねた。政府がゴールデン・フリース号の権利を主張する心配はないのか？　チャタトンは首を振った。ゴールデン・フリース号は海賊船の中でも、もっともすばらしいものだと彼は説明した。したがってそれは、どこの国のものでもない。いかなる政府と言えども、その権利を主張することはできない。

「それでは財宝はすべて、あなた方のものになるんですか？」と客の一人が言った。

「どんな財宝も、われわれのものにはならないかもしれません。それに財宝なんてどうでもいいんです」

質問をした客はきょとんとしていた。

「財宝は今も四六時中、見つかっています」とマテーラ。「しかし、黄金時代の海賊船はどうでしょう？　これは一生に一度、めぐり会えるかどうかという代物です。そして、そのことは永遠に変わりません」


チームの面々は誰もが、一日も早く海賊船の探索に戻りたいと思っていた。が、次の計画を立てようとしても、どこへ行けばいいのか、それが分からない。レバンタード島の近辺は、探索可能な海域をことごとく調べつくした。磁気探知機が探し当てたものも、一つ残らずすべて潜って確かめてみた。サマナへやってきたのが五カ月前だったが、チームははじめて万策が尽き、途方に暮れてしまった。

一週間の間にしたことと言えば、ボートの掃除とあとは備品倉庫の整頓くらいだった。倉庫はヴィラの下にあり、そこに備品や補給品を入れていた。こんな雑用をしながら、みんなが考えていたのは、この仕事から一番はじめに抜けていくのは誰だろう、といったことくらいだ。誰もが自分の家を懐かしく思いはじめていた。金を稼いでいる者は誰もいない。ただ、こんな辺鄙な場所で、ピザやフロステッドフレークスで食いつなぎながら、ひたすら蚊に生き血を吸われているだけだった。チャタトンの妻のカーラや、マテーラのフィアンセのカロリーナは、もっと頻繁に家に帰ってきてはどうなのかと言いはじめていた。

チャタトンとマテーラは、チームを次にどこへ移動させるかについて話し合うために、ファビオの店へ行った。二人の頭の中では、次のような考えが一度ならず浮かんだにちがいない。海賊探しをこの時点で、すっぱりとやめた方がいいのではないか。ユネスコがサルベージ・ダイバーたちを見捨てないうちに、トレジャー・ハンティングの仕事に戻れば、すべて物事は丸く収まるだろう。あるいは、こんなことは二人とも考えたくなかったが、まっとうな仕事をはじめるためのお金が、まだ十分に残っているうちに、もとの生活に、つまりパートナーを組む以前の生活に、戻ることだってできるんじゃないか。こんな考えが彼らの頭に何度も浮かんだ。

二人はピザを注文して、黙々とそれを食べた。店の中で聞こえてくるのは、彼らの上に置かれた、映りの悪いテレビのビデオから流れるシャキーラの歌声だけだ。しかし、しばらくすると二人は話しはじめた。海賊船が水深二四フィートのところに沈んでいたことを裏付ける証拠とは、いったい何だったのだろう？　だいたい沈没がカヨ・レバンタードで起きた証拠とは、何なのだろう？　ボーデンはそれに絶対の自信を持っているようだったが、それはなぜなのだろう？　マテーラが集めた資料はそのどれもが、島については語っていない。そこから得られる情報は、ただ海賊船がサマナ湾で沈んだということだけだった。二人が探索を続けていた間中彼らは、難破船が島にあるというボーデンの確信に——ついでに言えば、彼が提供するその他の情報についても——、一度も疑問を感じることはなかった。チャタトンは携帯を取り出すと、ボーデンに電話を入れた。そして二日後には、マテーラと二人でマイアミに飛んだ。それはボーデンが本当に知っていることについて、あらためて彼と話すためだった。

三人はサウス・マイアミのデニーズで会って、朝食をいっしょにした。チャタトンとマテーラは単刀直入に言った。二人はゴールデン・フリース号がなぜ水深二四フィートのところに沈んでいるのか、そのわけを知る必要があった。さらになぜ、ボーデンはそれがカヨ・レバンタードに沈んでいると考えたのか、その理由も知りたいと思った。

「あんたたちはコンセプシオン号の話を、どれくらいくわしく知っているの?」とボーデンが訊いた。

コンセプシオン号は、財宝を積んで沈没したガレオン船で、伝説的な三つのガレオン船の一つだった。この難破船を引き上げたことで、ボーデンは一躍有名になった。彼の名声は、長い間の苦難に満ちた、そしてみごとなまでに詳細に語られた、このサルベージの仕事による。その苦労を『ナショナル・ジオグラフィック』誌は長期にわたった連載で跡づけた。記事はボーデン自らが書いた。

「もちろん知っています。誰もが知ってる物語ですからね」とマテーラ。「しかし、それがゴールデン・フリース号と、どんな関係があるのですか? コンセプシオン号は、バニスターの時代より五〇年も前に沈んでいますよね」

それは確かにそうだとボーデン説明した。しかし、コンセプシオン号が沈んでから数十年の間、誰一人それを発見できなかったし、船が運んでいた莫大な財宝も見つけることができなかった。それが変化したのが一六八六年だった。この年に、ほとんど教育など受けたことのない船長で、以前はメイン州で羊飼いをしていたウィリアム・フィップスが、イギリス国王と協定を結んだ。そして難破船を探す許可を与えられた。航海の途中でフィップスは、サマナ湾にちょっと立ち寄ることがあった。先住民と交易をしたいと思ったからだ。サマナ湾に停泊中に、彼の乗組員たちがたまたまゴールデン・フリース号の難破船に遭遇した。

「彼らがゴールデン・フリース号を見たんですか?」とチャタトンが尋ねた。
「ただ見ただけじゃないんだ」とボーデン。「すぐ近くで見たんだ」
彼はビミニベイ・シャツの特大ポケットに手をつっこんで、折りたたまれた紙とめがねを取り出した。そしてフィップスの船団の一隻、ヘンリー号の航海記録を読み出した。

午後三時に、フィップス船長は長いボートとピンネース(大きさがランチとカッターの間の艦載船)を出して、海岸に沿って巡航させ、カリーニングに適した浜辺がないかどうかを調べさせた。ピンネースには十分な要員と武器が配備されている。船から二マイルほど来たところで、彼らは六尋の水底に沈んでいる難破船を見つけた。それは大砲を搭載していた甲板までが燃え落ちている。およそ四〇〇トンほどの船だった。さらに彼らは二つか三つ、大砲の弾を見つけたが、そこには、イギリス政府のものであることを証す、太矢じりのしるしがあった。その他に火打ち石銃がいくつか見つかった。……すべての状況から判断すると、この難破船は海賊バニスターの船だろう。おそらくカリーニングをしていたときに、イギリス海軍のフリゲート艦によって奇襲されたものと思われる。

チャタトンとマテーラは、こんな簡単な航海日誌に含まれていた情報の量に感銘を受けた。ここにはたしかにゴールデン・フリース号の難破船を、じかにその目で見た目撃者がいた。それもゴールデン・フリース号が沈没してわずか数カ月のちに。おまけに目撃内容が細部にわたっている。一尋は六フィートなので、難破船はまさしく水深二四フィートの海中に沈んでいるのだろう。船中には砲弾もあり、そこには太矢じりのマークが刻印されていた。これはイギリス海軍が使用していたシンボルだった。船は燃やされた証拠も示している。さらになお、海賊たちがそれでイギリス軍に立ち向かったマスケット銃も残されていたという。

ボーデンが話した詳細は、いちいちが二人を魅了した。そのためだったろう。二人はボーデンに、おそらくもっとも重要な質問をしたにちがいない。なぜ、あなたはそんなに自信を持って、ゴールデン・フリース号がレバンタード島で沈没したと言えるのでしょう？

ボーデンはそれにも答えた。サルベージのハンターたちはそこで、数十年の間、おそらくは数世紀の間だろう、ゴールデン・フリース号を探した。トレジャー・ハンターの仕事では、数世代にわたって、変わることのない確信は、しばしばこの上ない標識となりうる。また、島の名前「カヨ・レバンタード」の「レバンタード」(Levantado) は英語の「レヴィテイティッド」(levitated) で、「浮揚させられた」という意味だ。これは長い間、この島が船のカリーニングに使われた場所だったことを暗示していた。そしてそこには、さらにミス・ユニバースがいたのである。

一九八〇年代、テレビの撮影隊がドミニカ共和国へやってきた。『オーシャンクエスト』というドキュメンタリー番組の一回の放送分を撮影すると言う。番組のホスト役は二五歳のショーン・ウェザリーだった。彼女はつい最近ミス・ユニバースに選ばれて、その後『ベイ・ウオッチ』(NBC系列で放映されたテレビドラマ) をはじめ、次々とテレビ番組に出演していた。が、差し当たり今、彼女の仕事はスキューバ・ダイビング用具 (タイトフィットのウエットスーツだ) を身につけて、世界でもっとも危険な水中環境を探索することで、「これまでに経験したことのなかったような、深い不安に直面する」というものだった。その撮影中に、彼女を助けてあたりを見物させるというのがボーデンの仕事だ。

彼はウェザリーをカヨ・レバンタードに連れてきた。そして、島の西端で潜っていたときに、彼女が海底で大きな陶器の壷を見つけた。泥に埋まっていたが、破損はしていなかった。ボーデンは本やオークションのカタログの中で、それに似たものを見たことがあった。彼の目にはその壷が、ヨーロッパで一七世紀の末頃に作られたもので、まさにゴールデン・フリース号が運んでいた種類の壷のように思えた。それ以来、ボーデンは何度もその海域を探索したが、それに類した人工物は他に何も見つからなかった。

マテーラはテーブルマットの裏に、メモを走り書きした。「人々はレバンタード島を何世紀もの間見ている。『レバンタード』は『レヴィティティッド』の意味。ミス・ユニバース」。チャタトンは一語もメモしなかった。

「あんたは俺の話を、そらで覚えてしまうんだね?」とボーデンはチャタトンに訊いた。

「いや、必要がありませんから。私はあなたの挙げた証拠は水準に達していないと思うんです」

人々はいつも何かを信じ込んでしまっている、とチャタトンは言う。しかし、だからと言って、それをそのまま信じるわけにはいかない。彼の経験から見て、この上なく価値のあるものが見つかったと言っても、それはたいてい他の者たちが、そんな風に考えていない場合がほとんどだった。島や島の名前にしても、その場所はたしかにカリーニングに使われていたかもしれない。が、バニスターのような才覚の海賊によって、使用されたわけではないだろう。最後にチャタトンはショーン・ウェザリーを思い出して――華やかな出で立ちとともに――つけ加えた。彼女が発見した壷にしても、その時代に航海をしていた船はいくらもあっただろう、そんな船から投げ捨てられたものではないのだろうか。

ボーデンはそれはちがうと首を振った。彼は二人に、自分は沈没場所がレバンタード島だと確信していると言った。しかし、チャタトンにはそれがまったく通じない。彼は感情に基づいた行動はしなかった。ボーデンが生涯で成し遂げたことについては、チャタトンも尊敬している。が、それにもまして彼は証拠を尊敬していた。そして彼とマテーラがこの五カ月で集めた証拠は、ゴールデン・フリース号がカヨ・レバンタードにはなかったことを、はっきりと物語っていた。

ボーデンはコーヒーを一口飲んだ。彼はペンにキャップをすると、シャツのポケットから別の紙を取り出した。それはサマナ湾を描いた古い海図のコピーで、フランスがイスパニョーラ島を支配していた時代に書かれたものだ。おそらく一八〇二年頃だろうか。表示はフランス語で書かれている。しかし、ボーデンがコピーをテーブル越しに押し出してきたので、チャタトンもマテーラも、フランス人がカヨ・レバンタードに付けた名前を、あらためて翻訳してもらう必要はなかった。明々白々だ。大きな字で「カヨ・バニストル」と書かれていた――「バニスター島」

二人はひたすらその紙を見つめていた。海図は感情以上のもの、あるいは有力な推測以上のものだった。それは昔から島のことをよく知る人々によって描かれた物的証拠である。

「トレーシー、私は何と言っていいか分かりません」とチャタトン。

ボーデンはただ笑っていた。

「たぶんあんたたちは、何かを見落としているんだよ。この業界では、誰もがしていることだけどね」

ドミニカ共和国へ飛行機で戻りながら、チャタトンもマテーラもともに、もはや前に感じた喪失感を思い出すことはできなかった。が、彼らはカヨ・レバンタードから二マイルの範囲内では、フェンスや魚の罠などあらゆるものを見つけた。しかし、マスケット銃や砲弾はもちろん、おそらくは大砲でさえ、その甲板に置かれていると思われる、一〇〇フィートの海賊船を探し出すことはできなかった。サマナ

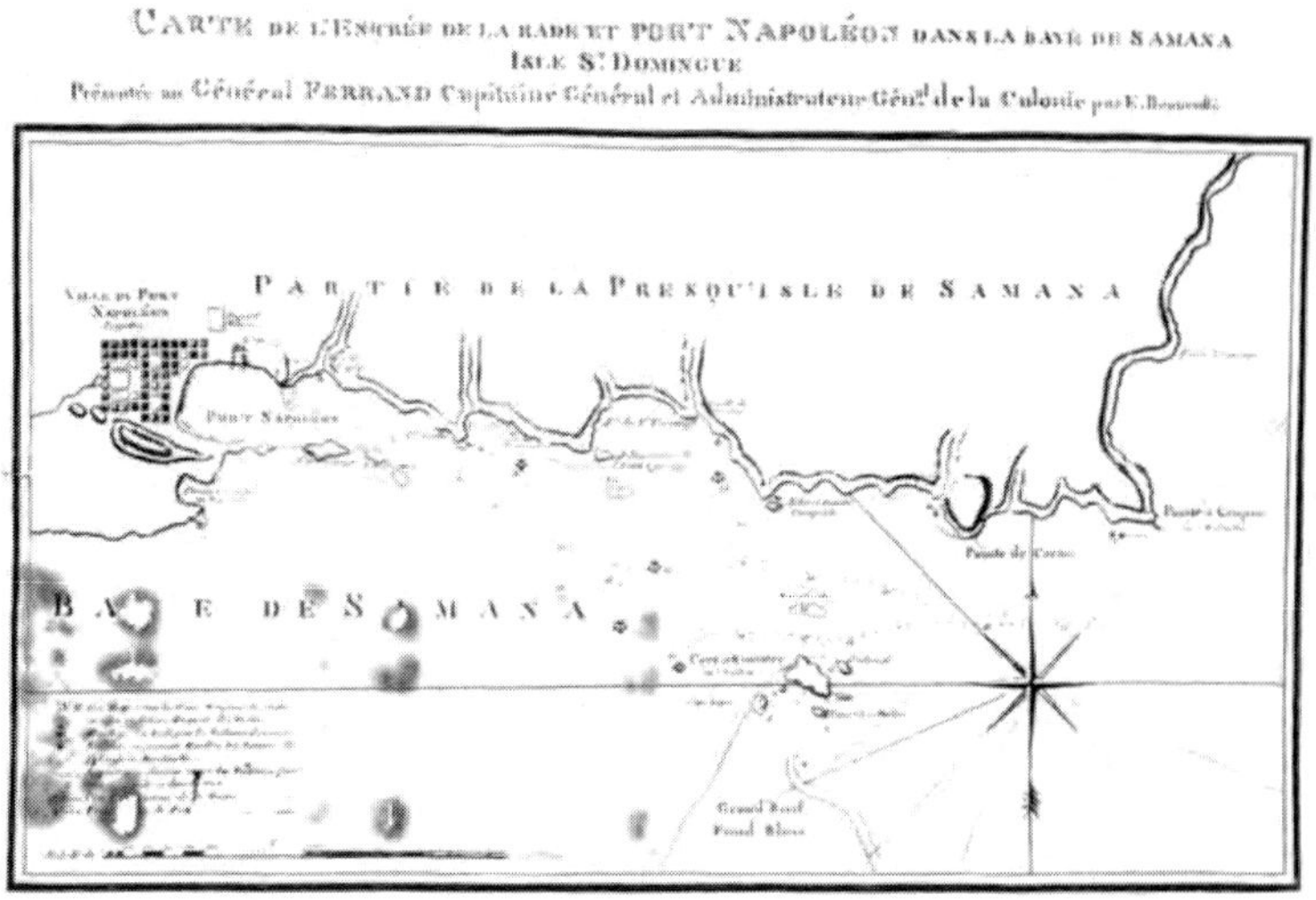

フランスで作られたサマナ湾の海図（1802年頃）。ここではレバンタード島が「バニスター島」と呼ばれている。

へ戻る六時間のドライブの間、二人はレバンタード島の近くで、他にまだ探索すべき海域があるかどうか、つぶさに点検してみた。が、残されているのはすべて、バニスターの時代には浜辺でなかったところばかりだった。チームは潜水服を身につけて、ともかくその場所へと向かった。そして数週間、岩だらけの断崖やぎざぎざした岩礁、それにゴールデン・フリース号が、けっして行くことはなかったと思われる場所などで、これまでと同じように、磁気探知機で芝刈り作業を行なった。

その結果、ただ一つの選択が残された。それはすでに行なった探索をふたたびやり直すこと。ボーデンがチームにすべきだと暗に示したのが、それだと彼らは理解した。しかし、探索をもう一度やり直したいと思う者は誰もいなかった。もちろん、芝刈りが完全なものでないことは知っている。が、彼らはまた、カヨ・レバンタードのように小さな海域で、巨大な沈没船を見逃すわけがないことも知っていた。しかし、次に何をすべきなのか、誰もが分からなかった。チャタトンがダイビング・ショーに出席する約束をしていた。それを果たすためにアメリカに戻ることになったが、それはチームの全員にとって、絶好の息抜きとなった。

そのショーでチャタトンは、Uボートを発見したときのパートナーだったリッチー・コーラーに会い、一晩ディナーをともにした。その席でコーラーに、ゴールデン・フリース号とその偉大な船長を探索している話をした。そして、自分のすべてをこの探索に投げ出していること、どんな危険にもあえて立ち向かうつもりで、それを実現させるためには、すべてを失ってもよいと思っていることなどを、チャタトンはつけ加えた。その心構えは、彼とコーラーがUボートを見つけるために、あらゆる困難を切り抜けたときと同じだった。そこにあるのは、チャタトンがこれまでつねに、他の者たちが足を踏み入れることのできない場所へ、あえて立ち向かっていったやり方である。

「ジョン、きみはもう五七だろう」とコーラー。

「そうだ」とチャタトンは答えた。「だから、一歩も引けないんだよ」

「代わりになるような、別のプランは何かないのか?」

チャタトンは首を振った。

「そんなものはないよ」

7　ジョン・チャタトン

誰にも明日が約束されているわけではない

ジョン・チャタトンは、子供のおとぎ話に出てくるような家に生まれた。父親はハンサムで、イェール大学を出た航空宇宙エンジニア、母親は国際的なファッションモデルだった。家族はニューヨーク州ロング・アイランドのガーデン・シティに住んでいた。この地域は恵まれた特権階級の住む場所で、さまざまな分野のプロフェッショナルが、未来に向かって大きな可能性を心に描いて生活している。子供たちも親の夢をそのままの形で追うことができた。ジョンは利口で、ユーモアのある、すばらしいルックスの子供だった。が、一九五一年に生まれたその日から、彼は世間のことにまったく無関心のように見えた。

ジョンにはまわりの子供たちが、まるで子供じみて見えた。彼には、お気に入りの本やよく見るテレビ番組もない、応援するチームもなかった。他の友だちとはよく遊んだ。が、親友はいなかった。八歳になったが、相変わらず普通のことが彼には退屈だった。したがって、ガーデン・シティで見かけたものは、その大半が彼にはありきたりのものに思えた。

しかし、海に出会ったときにすべてが変わった。

夏場はほとんど毎日のように、ジョンの母親が車で、彼と弟をロング・アイランドの南にある海岸へ連れていった。そこで、水平線をはるかに見渡して、ジョンはどこまでも果てしなく伸びている世界を見た。海岸に毎日行ってどこに立っていても、それはふだんの世界とは違った、終わりのない永遠の場所のように感じられた。なぜ海辺がそんなに好きなのかとみんなに訊かれると、そこへ行くといろんなものが見えるからだと彼は答えた。

ジョンは海辺を探検しはじめた。砂で迷宮を作ったり、即席で作った槍でヒラメを突いたりした。どこまでも遠くへ歩いて、はじめにいた場所が分からなくなったこともあった。ガーデン・シティの子供たちは、ジョンの夏の物語をどんな風に解釈すればよいのか、ほとんど誰もが分からなかった。彼って魚を突き刺したの？　海をはるかに見渡したんだって？　迷子になろうとしたの？

ジョンが九歳のときに、両親がダイビング・マスクとシュノーケルを買ってくれた。夏になると、彼はそれを使って海を探検した。海へ行くたびに、思いがけないことや未知のことに遭遇した。秋になって学校がふたたびはじまると、授業はもう、海のおもしろさに太刀打ちできなかった。海は異界──彼の世界──だった。そして今、彼はそこに入るすべを知っていた。

両親が離婚したのも、ちょうどこの頃だった。母親はこれまで以上に、息子たちの理想像を自分の父親に求めた。母の父親レイ・エメット・アリスンは退役の海軍准将で、第二次世界大戦中には海軍十字章を受章している。ジョンは祖父に、何をすれば英雄になれるのかと尋ねた。するとアリスンは答えた。特別なことなんて何もしなかった。ただ正しいと思ったことをしただけだよ。ジョンはさらに、自分もいつの日にか、勇敢な男になれるだろうかと尋ねた。祖父はきっとなれるよと言って、ジョンを安心させた。

ミドルスクールに通うようになると、ジョンはヒッチハイクをはじめた。ときには思いつきで、でたらめな方角へ三〇マイルも、四〇マイルも行くことがあった。そして行き着いたところは、古びた廃家だったり、閉鎖された工場だったりした。そんなところを彼は平気で探検した。中に入ることは危険だったが、そこで生活をしたり、仕事をしていた人々の暮らしを想像するのが好きだった。ジョンにとってはそれが歴史だった——教科書に載っている大統領や国王の物語より、それが数段すぐれていたのは、その場所に立つことができたからだ。彼はこのような場所を、自分で感じ取ることができた。ジョンにとってはその場所を体で感じることが、そこへ出かける理由だったのである。一九六五年、ジョンはガーデン・シティ・ハイスクールに入学した。そしてそこでもまた、ミドルスクールとほぼ同じことがさらに続いた——物語を記憶して、反復し、自分のものにする。彼は授業をサボった。そして、ぎりぎりのところで何とか切り抜けた。彼にとってそのことは、それほど深刻な問題ではなかったが、教師たちは彼の問題が一番深刻だと言った——ジョンはすばらしい頭脳を持っていたが、それを正しく使わなかっただけなのだ。

ジョンの父親は、これではとてもイェール大学には入れないと言った。が、ミドルスクールの頃から、ジョンはカレッジへ行くべきかどうか迷っていた。当時の最大の問題と言えば、それはベトナムのことだ。が、この問題に解答を与えてくれる人は、大学にはほとんどいなかった。ジョンは軍隊に入ることを考えた。が、戦争について自分で判断を下す前に、何はともあれ、戦いに参加すること自体に彼はほとんど興味がなかった。祖父が海軍のヒーローだったので、海軍の事務職に就くことはできた。が、そこにいて彼は、いったい何を見ることができるのだろう？　そのとき、あるプランを思いついた。

衛生兵にならなれる。戦場で傷ついた兵士たちを助ける看護兵だ。たとえどんなひどい目に遭っても、ともかく衛生兵になれば、人を殺すのではなく、人を助けることができる。そして、最前線から司令本部まで、さまざまな場所を見ることもできる。スクール・カウンセラーは軍隊へは行かないように、と彼に言い聞かせた。大学へ行けば、戦争を何とか忌避することができると彼らは言った。しかし、世界はすでに戦争をはじめていて、そこにはぜひ知りたいと思う人々や場所があった——どこかへ向かって思い切って行かないかぎり、どんな風にして人々や場所に遭遇することができるのだろう？　ベトナムが彼の「どこか」だった。そして、彼はそこへ行こうとしていた。

一九七〇年のはじめ、チャタトンは日本の朝霞駐屯地にあった第二四九総合病院へ出向した。そこはベトナムから二〇〇〇マイルも離れている。が、彼は毎日戦争の顔に直面した。若いアメリカ兵士たちが、バスいっぱいに乗せられて到着する。頭のうしろが欠損している者や、背骨が粉々になっている者、顔が引き剥がされてしまった者など——かつてはみんな普通の生活を送っていた男たちだ。ときどき、チャタトンは彼らの体をふいてやった。負傷した者たちは彼に、こんな手足が不自由になった者が、どんな亭主になれるのだと訊いたり、今の自分の姿を親たちは、はたして正視できるのだろうかと問いかけた。チャタトンは答えを見つけようとして軍隊に志願した。それなのに彼が言えるのは、ただ「すまない、今の自分には分からない」ということだけだった。

が、彼はその答えを、どうしても見つけなければならなかった。脳神経外科病棟で六カ月間過ごしたあとで、彼はベトナムの前線へ移動したい旨を申し出た。朝霞の負傷兵たちは彼に再考するようにと促した。「ばかなことを言うな」と彼らは言った。「お前は命びろいをしてるんじゃないか」。しかし、毎日、負傷兵が到着するたびに、チャタトンは、どうして人間はたがいにこんなことをするのか、そのわけを少なくとも、自分はほとんど知らないと思った。そして一九七〇年六月のある日、彼は朝霞からいなくなっていた。患者たちがチャタトン兵士のことを尋ねると、彼は飛行機で南ベトナムのチュライへ向かったと知らされた。

チャタトンは、ラオス国境近くのアメリカ軍基地へと連れて行かれた。そして数分のちには、衛生兵が一人殺されたことを知らされた。「ぐずぐずするな」と士官が言った。「お前の出番だ」。一時間もしないうちに、チャタトンはアメリカル師団第三一歩兵連隊第四大隊の一員に組み込まれてしまった。そしてすでに彼の出番が来ていた。

チャタトンのいた小隊では、彼がやってきたことをよろこんでいる者は誰もいなかった。誰一人として握手をしようとする者もいない。ただ彼らは「さあ行こう」と言って、歩きはじめた。彼があとについてきているかどうか、振り向いて確かめもしない。最後尾で彼が危険にさらされていることなど、思ってもみない。小隊にもう一人衛生兵がいたが、その兵士も小声で彼に話しかけることさえしない。「みんなは、俺のことなんか知っちゃいないんだ」とチャタトンは思った。が、膝ががくがくと震えた。してみると彼らは、ジョンが知らないことを何か知っているのかもしれない。ワニのいる川を渡り、空襲で破壊された村々を過ぎて、何マイルも歩く間中、彼は祖父がお前も勇敢な男になれるよ、と言った言葉を思い出そうとしていた。

ある村に近づいたとき、小隊は進むのをやめた。チャタトンには小隊の面々が兵士というより、何か地獄の天使たちのように見えた。そろってみんな、長い髪と薄汚れたあご髭を蓄え、破れたパンツをはいている。突然、銃撃音が鳴り響いた。兵士たちはいっせいに地面にふせった。そして、できるかぎりいろいろな方角から反撃した。銃弾の音が止むと、兵士たちは後退した。しかし、彼らは顔色一つ変えていない。チャタトンはほとんど息ができない状態だった。小隊に何とか駆け足で追いつこうとしながら、自分がこれほどまでに生きたいと願っているのを知った今、彼はもはや傷ついた兵士たちのために前進することなど、とてもできないと思った。

次の朝、水田を横切っているときに、兵士たちは丘の中腹から狙撃された。二発の銃弾がジョン・ラコ分隊長の臀部を引き裂いた。ラコはニュージャージー州の出身で二八歳、入隊する前は壁紙張りの職人だった。血だらけになった彼は、草の中に横になって身を隠した。他の兵士は泥の山の陰に避難した。誰かが衛生兵を呼んでいた。

「ばかなことを言うなよ。俺はあんなところへは行かない」と、もう一人の衛生兵がチャタトンに言った。ラコは無防備な姿で、広々とした野原に横たわっている。が、彼を助けようとして出ていけば、簡単に敵の標的になってしまう。「衛生兵を殺すことで、やつらは小隊の士気をくじくんだ」と衛生兵が彼に言った。そして今、ベトコンたちはそれをしようと待っていた。

チャタトンの胸は波打った。衛生兵の話を、はいそうですかと納得して受け入れることはできない。彼の体はふらついていた。

次の瞬間、彼は駆け出した。

全力で野原に走りでた。そしてまっすぐにラコへと向かった。銃弾が降りそそぎ、彼のまわりの土や草をずたずたに引き裂く。が、チャタトンは走り続けた。足が焼けるように熱い。救急医療箱がばたばたと揺れる。その一方で小隊はチャタトンを援護するために反撃をしていた。彼はただ死を待ち続けた――おそらくすでに、彼は死んでいたかもしれない。しかし、足だけは動いていた。世界は黙り込み、聞こえてくるのは自分の息の音だけだ。ようやくラコの横の草むらに滑り込んだ。

「頑張ってください」とチャタトンは言った。

彼はラコの切断された動脈の具合をチェックした。そして野原を隔てて向こうにいる、小隊の方を振り向いて見た。

「さあ、隊へ戻りますよ」と彼はラコに言った。「行きましょう」

チャタトンの身長は六フィート二インチ（約一八七センチ）あったが、体重は一六五ポンド（約七五キログラム）しかない。自分より重い男を背負って、運ぶことなどとてもできそうにない。背負うのはやめて、彼は両腕をラコの背後から脇に入れ、ラコを引きずって野原を後退しはじめた。銃弾の音がまた鳴り響いた。泥と草が飛び散った。チャタトンはもはや自分は死ぬだろうと思った。が、引きずることはやめない。残り五〇ヤードを何とか引きずって行こうとする。わずかの距離だが、それはベトナム全土に伸びているような気がした。その間もずっと、彼は自分が倒れることを待った。が、足だけは彼をせき立てて急がせる。もはや自分の体を感じることができないのだが、そんなときでも、彼はなお分隊長を引きずり続けた。そして、やっと小隊のいる泥の山の背後にたどり着いた。脱水症状と精魂つきはてた状態だったために、戦闘ヘリコプターのコブラの一団がやってきて、敵に攻撃を仕掛けていたのだが、その音が彼の耳には、ほとんど聞こえていなかった。しかし、小隊の兵士たちが肩をこすったり、彼の目から土を取り除いてくれているのは分かった。そして、彼らが「ちょっと、おい」と呼びかけているのも聞こえた。

次の二週間、チャタトンは毎日パトロールに同行した。パトロールは危険だ、遺体袋への直行便だと兵士たちは警告した。が、チャタトンはそれに耳を傾けなかった。彼に分かっていることは、この仕事が彼に向いていること、そしてそれが重要だということだった。彼が志願し続けたのは、ただ単に小隊に参加することではない。最前線に行くためだった――パトロール中でも、彼は列の先頭にいた。衛生兵がこんなことをするのは前代未聞のことだ。先頭にいれば、ブービー爆弾や地雷、それに狙撃兵による射撃に身をさらすことになる。が、それがまたチャタトンを、つねに前面にいさせることになり、そこで起きたすべてのことを目撃させた。何回となく彼は、負傷した兵士を引き出しては助けた。人は何かいいことをするチャンスをつかむと、その世界が突然生き生きとしたものになる。

チャタトンが戦場にやってきて一、二週間が過ぎたとき、なぜここに来たのか、その答えを彼はやっと見つけることができた。アメリカはベトナムに属しているわけではない。それなのに兵士たちは英雄だ。が、それなのに人間たちは動物と変わりがない。こんな矛盾の中で、チャタトンはなお最前線に立ち続け、人々が生き、死んで行く姿を見続けた。そして問題が生じたときに、彼らがどのように判断を下し、自分自身についてどのような説明をするのか、その様子も観察し続けた。数カ月間にわたって、自分のまわりで生き、死んでいった人々に映し出された真実を見て、彼はそれを小さなリストにまとめた——いわばそれは、彼がこれから生きていく上での原則《プリンシプル》のようなものだった。

——思いついた企てが簡単なものだったら、それはすでに、他の誰かの手によって実行されてしまっているだろう。

——他の者のあとを追っかけてばかりいたら、本当に解決するに値する問題を見落としてしまう。

——優秀さは準備、熱心さ、集中力、粘り強さなどから生まれる。そのどれにおいても、妥協してしまうと凡庸のままで終わる。

——人生はときおり、きわめて重要な決定の瞬間をプレゼントする。それは交差点のようなもので、人はそこでとどまるのか、あるいは進むのか決断しなくてはならない。人は永遠にこのような決断とともに生きる。

――ありとあらゆることを調べよう。というのも、すべては見かけ通りではないし、人々の言う通りでもないからだ。

――決断がつねに、善悪に対するひたむきな分別に基づいてなされていれば、それとともに生きることはきわめてたやすい。

――命を落とした者は、しばしば、神経質な男だったことが多い。もうこれ以上心配などしないという者、そして次のようなことを言っていた男は世界中で、もっともすばらしい力の持ち主だ。「俺はもう死んでいる――俺が生きているのか死んでいるのか、などは重要ではない。大事なのは、俺が自分自分自身に、どんな説明をするかということだ」

――最悪の決断はあきらめてしまうこと。

ほとんど毎日戦場に出ていた一年が過ぎて、チャタトンは休暇でガーデン・シティに戻ってきた。そして軍隊が彼を次にどのように処遇するのかを待った。

チャタトンはほとんど話すことができなかった。終日、床に寝転がって過ごした。ときには突然、すすり泣くこともあった。そして、また沈黙に戻るのだった。彼は二度とベトナムへ帰ることはなかった。が、その代わりに、ブルックリンのフォート・ハミルトンで任務をまっとうした。そして精神科医のところに行き、彼らが訊きたいことを話した。ほとんど知らなかった女性と結婚して離婚した。そして自分でも、かつて知ることを必要としていた男が、いったい、どうなってしまったのだろうと思った。

五年間、チャタトンは時間給の仕事をあれこれとした。が、どこでも、けっして長くは続かなかった。

そして人と気持ちが通じることもなかった。一九七八年頃、次のような考えが彼の心に浮かんだ。こんな風にして自分の命は静かに消えていくのだろう。怒りや暗い記憶にがんじがらめにされたままで。が、こんな生活をして命を浪費することは、ベトナムから戻ることなく、かの地で死んでしまった者たちの名誉を汚すものだ。

彼はニュージャージー州最南端のメイ岬へ行き、ホタテ貝の漁師として仕事をはじめた。漁師たちは海に出て、桁網《けたあみ》を使って海底をさらう。引き上げた山をくまなく探して、ホタテ貝だけを取り、あとのがらくたは脇に蹴飛ばしておいた。チャタトンにとって重要なのは、このがらくたの方だった。「これ、もらってもいいかな?」と彼は訊いた。やがて彼の家は砲弾、マスケット銃、壊れた陶器、火打ち石銃などであふれんばかりになった。

一九八一年まではホタテ貝も、金のように貴重なものだった。だが、この年に貝類の市場が崩壊した。しかし、この時点でもチャタトンは、海で生計を立てたいと思っている自分を感じていた。カムデンでプロのダイバーを養成するダイビングスクールに入学した。ガールフレンドのキャシーは、どんな仕事をするのかと訊いたが、チャタトンは自分でもさっぱり分からないと答えた。

プロのダイバーなら、水中で工事をしなくてはならないし、溶接や修繕もしなくてはならないと教官が言った。すぐれたダイバーは、どんな厳しい環境の中でも行き当たりばったりで仕事をする。不可能だと思われても、何とか方法を見つけ出すし、分刻みで変化する問題を解決していく。「これはまさに、俺がベトナムでやっていたことと同じだ」とチャタトンは思った。「俺がベストを尽くせる場所はここだ」

一九八二年に学校を卒業して、彼はおもにニューヨーク港の仕事をしている潜水会社に就職した。そこで彼はコンクリートを解体したり、サウスストリートの下で支持梁《しじはり》を溶接したり、ポート・オーソリティ・ヘリポートの下にパイル・ラップを取りつけたりした。どれも力仕事だったし、機敏な器用さを要求された。ときには、巻き上がった沈泥《シルト》や沈殿物のために、真っ暗になった洞窟やトンネルの中で作業することもあった。現場監督たちは、チャタトンが他の者とちょっと違っていると見ていた――それは彼が、作業の困難な場所にも平気で入っていったり、寒さで体の感覚がなくってしまったときでも、立ち去ることをけっしてしないからだけではない。チャタトンのものを見る方法が、他の者たちと違っていたからだ。視界がまったくきかないときにでも、彼は自分の体とヘルメットとダイビングフィンを使って、仕事のスペースの輪郭をほぼ理解し、そこで遭遇した形を集めて、頭の中で三次元の図にしてしまう。つまり、見ることから自分を解放して、想像力を使ってものを見るようになった。それはチャタトンにとって、行くことができない場所など、どこにもないことを意味した。

家に帰っても、彼の心はまだ水の中にいるようだった。シャワーを浴びるときは、水の中で、ものがどんな風に落ちていくのか、それをじっと見つめていた。朝食を取っているときには、仕事場から借りてきた設計図を見ながら、避難経路をしきりに考えていた。毎朝、ハドソン川にザブンと飛び込む仕事をする頃には、もはやパニックを感じることなどなくなっていた。それは最悪の事態が起こらないと考えたからではない。ただ、汚泥に埋もれてしまったときや、息ができなくなったとき、あるいは行く手を壁でふさがれてしまったときでも、彼は自分が外に出ていることを知っていたからだ。それはすでに頭の中で外にいたからで、想像の中ですでに脱出していたからだった。

次の数年間はチャタトンにとって、幸せに過ぎて行った。キャシーと結婚して、仕事も順調だった。これまでの生涯ではじめて、チャタトンは高給を稼いだし、地道に仕事もこなして、たくさんの恩恵を受けた。それも彼の大好きな仕事によって。

チャタトンは気晴らしのために、レック・ダイビングをはじめた。地元のダイビング・ショップが走らせる、難破船探しのチャーター船に乗り込んだ。ダイブ・チャーター船はたくましい男性に人気があった（もちろん丈夫な女性にも）。彼らは大きなハンマーやバールを運び込み、パンツのポケットにはナイフを差した。深海では他の人といっしょに仕事をしてはいけない――これは観光客には大事な心得だ。それに他の人のトラブルに関わってはいけない。ダイバーたちは、自然の猛威で沈没した船の甲板平面図を学んだ。週末のたびに彼らは、海で死んだ人々の遺骨の間で泳いだ。

やがて彼は、さらに沖合の深いところへ向かっていった。が、深い場所へ行くチャーター船は珍しい。それには理由があった。水深が一三〇フィートを越えると、人々が死にはじめるからだ。その原因となるのは、潜水病、神経障害、深海失神、幻覚、パニック、恐怖などである。ときには遺体が最後まで見つからなかったこともある。チャーター船の船長は、チャタトンのような怖いもの知らずを意図的に避けた。海の深さがどれほど人を殺しかねないか、それを理解していないからだ。ともかくチャタトンは目立った。しかし、それは彼がいたのが、少ない人数の集団だったからだ。資格を持っているスキューバ・ダイバーは全米で一〇〇〇万人いる。が、その中で一三〇フィートより深く潜れるダイバーとなると、わずかに二、三〇〇人しかいない――一三〇フィートは本当に深い。

チャタトンは難破船が好きだった。ねじれてひん曲がっている――中には側面が破損されたものもある――難破船は、人々が希望を失い、計画や将来や家族が、突如変化した瞬間を捉えたスナップ写真のようだった。難破船はたがいに似ていない。が、それぞれの難破船は日ごとに違った表情を見せるし、海の状態によってもそれは変化する。ダイバーの多くは、難破船が放棄した人工物――ティーカップ、皿、舷窓、ベル――を求めて潜る。だが、チャタトンにとってそれはさほど重要ではない。彼にとって難破船は、パズルのようなものだった。自分自身への挑戦という、そんな仕方で、難破船は彼にご褒美を与えてくれるからだ。難破船へのめり込めばのめり込むほど、それはますます自らの秘密を明かしてくれる。ほどなくチャタトンは、これまで誰も見たことのなかったものを見ることになる。

彼が他の者たちと違っていたところは、すでに埠頭に着く前から見られた。チャタトンは入念に準備をした。甲板の平面図を調べ、シナリオをリハーサルする。難破船をただの船として見るのではなく、一つの物語として想像した——その物語にははじまりがあり、中間部があり、結末がある。頭の中で船の最後の瞬間を思い描くことで、どんな風に船が壊れたのかを知ることができた。そしてそれは、もはや今では場所でなくなったところへ、彼が入っていくことができるということだ。時間を遡って見ることのできる者だけが近づく領域へ、彼が到達できるということだった。

やがてチャタトンは、アンドレア・ドリア号に挑戦する準備ができたと、自分でも思えるようになった。多くの人々の話によるとこの船は、アメリカの海域に沈む難破船の中では、もっとも危険なものだという。一九五六年、船はナンタケット島の沖合で、ストックホルム号と衝突したあとに沈没した。イタリアの巨大な定期客船で、水深二五〇フィートの海底に右舷を下に横たわっていた。船の内部は奥深く、暗くて危険だった。わずかのミスでもダイバーは昏睡状態や潜水病を招きかねない。通路や階段はねじれていて、方向感覚を失わせる。沈泥や粒子状の砂が視界を悪くしていた。ときには視界がわずか数インチのこともあった。ドリア号は、その中で自殺したいと思うダイバーがいれば、どんなスペースでも提供できると評判だった。

まもなくチャタトンは、他のダイバーたちがあえて向かおうとしない海域、アンドレア・ドリア号や、他の大型難破船が眠る海域へ危険を冒して入っていった。彼にとっては危険こそが重要だった。もしどこか、危険の少ないところへ行ったとしても、そこで見つけたものなどに興味はなかった。それにだいたい、人はどんな気持ちで、そんなものを期待することができるのだろう？　一九九一年頃になると、チャタトンのことを、これまででもっとも偉大な難破船ダイバーだと人々が言いはじめた。チャーター船の船長ビル・ネーグルもその一人で、チャタトンに最大の賛辞を送っている。「あなたが死んだときには、誰もあなたの遺体を見つけられないよ」

一九九一年の夏、ネーグルは漁師から耳寄りな話を聞いた。ニュージャージーの海岸から六〇マイル沖合に、難破船らしきものが沈んでいるという。彼はチャタトンに電話して、二人でそれを調査する計画を立てた。現場へ行くまでの燃料費だけでも、数百ドルかかる。それに難破船らしきものから、何か重要なものが見つかる可能性はゼロに近い。しかし、チャタトンやネーグルにとっては、ともかく人間は何かを探さなくてはならない。探しに行かないあなたは、いったい何者なのだ？

二人は他に一二人のダイバーを雇った。それぞれに費用の手助けにと一〇〇ドルを手渡した。そして現場へと向かった。スキューバ・タンクを背負って、チャタトンはたった一人で二三〇フィートの海底へと潜った。そこで彼が発見したのは、第二次世界大戦時に使われたドイツのUボートだった。ボートはほとんど破損されていない状態で沈んでいた。チャタトンは自分の海域についてはよく知っていたし、その歴史も熟知していた。が、そこから半径一〇〇マイル以内のところに、まさかUボートが沈んでいたとは、とても想像のつかないことだった。難破船ダイバーたちは、手つかずのUボートを見つけ出すことを夢見ていた。それも、アメリカの海域でUボートを発見することは至高の目標だ。あとはダイバーたちが難破船の正体を明らかにして、歴史的な偉業を成し遂げるだけだった。

チームがふたたび沈没現場に戻ったとき、ダイバーが一人海底で死んだ。死体は海流に流されてしまった。チャタトンや他のダイバーたちは、危険を冒して死体を探したのだが、見つけることができなかった。この悲劇がグループの上に重くのしかかった。

ネーグルは亡くなったダイバーの代わりに、リッチー・コーラーをチームに加えた。コーラーは地元のガラス関連ビジネスのオーナーで、アトランティック・レック・ダイバーズのメンバーだった。この団体はタフな男たちの悪名高い集団で、ドクロマークの入ったそろいのジャケットを着て、東海岸あたりに沈む難破船を見つけては、ばか騒ぎをしていた。コーラーとその仲間は、いずれも名うてのダイバーたちだったが、チャタトンが軽蔑するものをすべて持っていた。彼らは人工物以外には何一つ関心を示さない。一九世紀のティーカップをすでに手に入れていれば、こんどは二〇世紀のティーカップを見つけるために、命を危険にさらすことも厭わない。ディナークルーズ船が通りすぎるのを、ぼんやり見つめているかと思えば、動物のぬいぐるみを標的にしてスキート射撃に興じたり、真っ裸になって海へ飛び込むといった調子だった。難破船にもくりかえしやってきては、何度も何度も同じことをしている。こんな彼らを、チャタトンははじめから相手にしていなかった。

が、コーラーの方もどちらかと言えば、それ以上にチャタトンが嫌いだった。「優秀だの技術だのとほざいている、あの神経質な、くそったれ野郎はいったい誰なんだ?」とコーラー。もちろん彼は、チャタトンが並外れたダイバーだということは知っている。が、肝心なところをチャタトンが見失っていると思っていた。レック・ダイビングのチャーター船が求められているのは、まずは楽しみであり、それに仲間意識や兄弟愛といったものだ。それがなければ、スポーツは労働になってしまう。週末はそんな楽しみのために作られている。「あんな野郎の暮らしぶりを考えてみなよ」とコーラーは仲間たちに言った。「やつもボートといっしょに、どこかへ失せちまえばいいんだ」

チャタトンの反対を押し切って、ネーグルはコーラーをUボートのプロジェクトに参加させた。チャタトンとコーラーは別々に作業をしながら、潜水艦へと潜入した。艦内で二人が遭遇したのは、ぶら下がったパイプ、ワイヤー、導管（それはどんな片割れでも、ダイバーに絡みついて、彼らを難破船の中に閉じ込めかねない）、袋小路、入り組んだ通路、それに気まぐれに手を触れたら、すぐにでも爆発しそうな爆薬類などだ。難破船全体を調べた結果、二人が見つけたドイツ人船員の遺骸は五六体あった。その中にはまだ衣服をつけている者も数体あった。靴が床の上にきちんと並べてある。左、右、左、右といったぐあいに。しかし、Uボートの出自を示す証拠は何一つなかった。

チャタトンとコーラーが、いっしょに仕事をしはじめたのは海中だけではない。二人はそろって政府の記録保管所や図書館にも出かけたし、歴史家や外交官にも会った。そして電話では、古いUボートにくわしい第一人者とも話した。彼らはゆっくりとではあったが、情報の断片をつないで、公式な見解とは違った潜水艦の歴史を作りはじめた。そして二人はたがいを理解しはじめた。数カ月が数年へと移り変わる頃には、彼らの調査は草分け的な仕事になっていた。が、彼らはまだ、難破船の中で、決定的な証拠を見つけるにはいたっていない。そのために、潜水艦の身元に関する二人の説は、今なお一つの最有力な説であるにすぎない。したがって彼らは、自らの命を危険にさらしてでも、この説を「十中八九」正しいと言えるまで、押し進めなければならなかった。チャタトンとコーラーにとってそれは、以下のような意味を持つ。つまり、人はある人について、いくつかの説を組み立てることができる。彼がある状況で、どんな行動をするのか、それを予測することもできる。しかし、彼に何らかのテストが試されるまでは、けっして彼を本当に知ることはできないだろう。チャタトンやコーラーにとっては、Uボートがそのテストだった。Uボートは彼らにとって重要な契機となった。

二人はくりかえし難破船に戻り続けた。そして燃料や経費に金を費やし、手元の蓄えも底をついた。それぞれの家庭からは時間を取り上げてしまった。さらに二人のダイバー――これは父子だったが――が、Uボートに潜水中に死んだ。何度となくチャタトンとコーラーは、死んでいる船員たちの遺骨を動かしたり、死骸の衣服に手を入れて、潜水艦の身元が彫り込まれた懐中時計やライターが、ないかどうかと探した――このような品々は、ときに冷たい水中の環境でも数十年の間、そのままの状態を保っている場合がある。が、二人のダイバーは、むろん二人とも、こんなことを率先して行ないたくはなかった。遺骨の間を泳いでいるうちに、チャタトンとコーラーは、死んでいる船員たちをただ単なる敵としてではなく、誰かの息子や兄弟、あるいは父親や夫として見るようになった。若者たちの国は、一人の狂人によってずたずたに破壊された。そして彼らの家族は、彼らがどこで果てたのか、それを知ることなどけっしてないだろう。死んだ者の体をまさぐることは、遺骸の平安をかき乱さざるをえない。チャタトンとコーラーは遺骸を調べたあとで、それを丁重に葬ることにした。が、この決断が、難破船の中で死ぬリスクをさらに高めることになった。しかし、二人は今まさに、何かすばらしいことをしようとしている。そしてそれを、見苦しい方法ではなく、美しい方法でしようとすれば、当然、彼らの命が失われる危険性は高くなる。が、彼らは探索を続行した。

やがて、プロジェクトに残ったのはチャタトン、コーラー、それに他の数人だけになってしまった。チャタトンは、難破船のもっとも危険なコーナーに潜入しはじめた――そこはがらくたでいっぱいで、破片がバラまかれており、この中で棲息しているウナギでさえ、出口を見つけるのが難しかった。チャタトンは潜るたびに、求めている答えから、ますます逸脱していく思いに駆られた。

家庭では、結婚生活が徐々によそよそしくなり、ぎくしゃくしはじめていた。コーラーは家族を救うためにUボートを去って、ダイビングスーツを脱いだ。一九九五年になると、チャタトンは自分自身が、これまでに経験したことのない十字路に立たされていることに気づいた。彼は自分のすべてをUボートに注ぎ込んだ。ダイビングや生活について、自分が知っているすべてを。そして今なお、彼は成功がおぼつかないでいる。

そんな自分に対する怒りの抗議だろうか、チャタトンは新しい沈没船をいくつか続けざまに発見して、その身元を明らかにした。これだけでも、ダイバーとして身を立てるには十分な働きだったのだが、彼はただ絶望へと沈んでいくばかりだった。一九九六年、キャシーとの結婚生活が破綻した。チャタトンはほとんど破産同然の状態だった。彼が敬愛してやまなかったネーグルが、失意のうちに死んだ。みんなはチャタトンを慰めようとしたが、彼は言った。「俺はもう、自分がいったい誰なのか分からないよ」

しかし一九九七年に、コーラーが家庭の問題を解決して、プロジェクトに戻ってきた。チャタトンはUボートの身元を明らかにする最終的なプランを考えた。それは彼の生きていく上での原則を、すべて組み入れたものだった——そして、それはたしかに、命取りになりそうだとコーラーも感じた。チャタトンは入ることはできても、とても脱出できそうにない部屋へと滑り込んだ。そして、重要な証拠の入っているサプライ・ボックスをはずした。が、そのとき、彼のスキューバ・タンクの空気が底をついていることに、はじめて気がついた。大きく息を吸い込むと、サプライ・ボックスを狭い口から押し出し、コーラーに手渡した。そしてタンクをはずすと、必死になってパートナーの方へ泳いだ。しばらくして、サプライ・ボックスが秘密を明かしたことで、Uボートの正体が判明した。旅は長かった。六年の歳月と、三人の生命、二つの結婚生活、そして二人の貯めたお金を犠牲にした。が、しかし、チャタトンは探していた答えを見つけた。

一九九八年春、ある友人がチャタトンをパーティーに誘った。マンハッタンのホテルで開かれるパーティーで、友人はおいしい食事と、知り合いの女性をそこで紹介することを約束した。チャタトンはフォーマル・ウェアのように、ちゃんとした服に着替えるのがいやだったが、その友だちが好きだったので、行くよと答えた。

当日、土曜日の夜、チャタトンは濃いオレンジ色のハーレー・ダビッドソンに乗ってやってきた。ホテルの駐車係にキーを渡して中に入ると、カーラ・マドリガルに紹介された。カーラは四六歳。ワシントンDCを拠点とする大手の航空会社で、オペレーションシステムの管理マネジャーをしている。彼女は美しく、チャタトンがあまりむりをせず、自然に好きになれるタイプだった。ほっそりとしていて、はっきりとした輪郭の顔には、淡いそばかすがばらまかれている。首にかけられた、金色で「C」の字のネックレスがチャタトンの目を引いた。

二人は人目を気にすることなく、何時間も話をした。パーティーの終わりにチャタトンはカーラに、また会ってほしいと頼んだ。カーラはチャタトンに、なぜそんなに自分のネックレスを見ているのかと訊いた。彼は彼女に、自分が途方に暮れていたときに見つけた船のことを話した。沈没船の名前はキャロライナ号。扇形船尾に真ちゅう色で「キャロライナ」とスペルアウトされていた。これまでに見たことのなかった書体で書かれていたのだが、それがカーラの首にかけられた、ネックレスの「C」の字と同じ書体だったのだ。

その年の夏、チャタトンはブリタニック号の探索チームに参加することにした。このチームはアメリカ人とイギリス人で構成されていて、いずれも精鋭のダイバーたちだった。ブリタニック号はタイタニック号の姉妹船で、ギリシアのケア島の沖合に沈んでいた。難破船は右舷を下にして水深四〇〇フィートの海底に横たわっている。この水深はワールドクラスのダイバーにして、はじめて到達できる深さだった。ブリタニック号の探索は、プロジェクトが立ち上げられる前でさえ、ダイビング史上もっとも野心的なものとされていた。チャタトンはこのプロジェクトで、はじめてリブリーザー（閉鎖式［または半閉鎖式］で呼吸を循環させる装置）を使用する。彼にとってこのプロジェクトは、リブリーザーを使った最初のダイバー、という称号を手にする試みでもあった。

ソレノイド、センサー、化学吸収剤を使って、排出したガスを再生するリブリーザーは、ダイバーがさらに深く潜ることを可能にさせた。以前にくらべてダイバーたちは、はるかに効率のよい仕事ができるようになった。この技術は最先端を行くものだったが、まだ完璧とは言いがたい。現に新しい装置を使って、何人かのダイバーが命を落としている。ブリタニック号の探索に備えて、リブリーザーで実験をしたときにも、チャタトンは何度となく命を失いかけた。難破船ではそれを、彼は完璧に機能させなければならなかった。

多くの人の目には、彼のプランは自殺行為のように見えた。この船がなぜそんなに速く沈没したのか、その証拠を探すために、チャタトンはボイラー室まで行こうとした。沈没船内に、はたしてこれ以上に恐ろしい場所があるのかどうか、それは誰も知らない。それくらいボイラー室はゾッとするようなところだった。甲板平面図によると、ダイバーはまず狭い火夫のトンネンルを、身をくねらせながら通り抜けなくてはならない。トンネルはあまりに狭いために、Uターンをすることができない。深海のレック・ダイビングでは向きを変えられないことは、しばしば、そのまま死につながることが多い。

チャタトンが沈没船に達するまでには、ほとんど時間がかからなかった。ブリタニック号の舳先にあった裂け目から船内に入り込んだ。火夫のトンネルを見つけると、体をねじのように回転させながら、トンネル内を進む。そこは思っていたよりも、はるかに狭くて余裕がない。両サイドのあきはほんの数インチだ。デプスゲージをチェックする――三七五フィート。この深さはまともではない。

彼はゆっくりと動いた。ギザギザのパイプやもつれたワイヤー、崩れ落ちた手すり、かみそりのようにとがった珊瑚などを通りすぎる――これまで難破船で経験した中でも最悪の場所だ。ほんのわずかのつまずきや、見えない障害物に体を軽くかすめたり、垂れ下がったもつれに滑り込んだりしただけで、絡めとられて身動きができなくなってしまう。たとえ誰かが、彼の遭難場所を確認して探しにきたとしても、ここに到着するまでに何時間もかかってしまうだろう。

数分間、チャタトンは指でまさぐりながら先へ進んだ。ボイラー室へ着くまでには一〇〇フィート以上あった。リブリーザーのハンドセットをチェックした。

スクリーンが真っ黒になっている。

リブリーザーをコントロールするコンピューターが故障してしまった。自分が吸っている酸素の濃度がどれくらいなのか、生き延びるためにはどれくらい酸素量が必要なのか、死から逃れるためにはどうすればよいのか、今の彼にはまったく分からなかった。それに彼はベイルアウト・タンクを持っていない――トンネルがあまりに狭かったので、彼はそれをアンカーライン（係留索）に残してきた。チャタトンは自分自身に向かって「さようなら」を言いはじめていた。

それでは彼はただあきらめて、溺れるのを待ちながら、愛する者たちにメモを走り書きしなければならなかったのだろうか？　たしかに、そんなことをしていた者たちを、目にしたことがあった。が、彼にはそんな死に方をする気は毛頭なかった。ともかく手動で、酸素を加えることをはじめた。しかし、これもあまり多くガスを加えすぎると、中毒作用を起こす。そうなれば、身悶えした上、マウスピースを落として溺死してしまう。だからと言って、ガスを加える量が少なすぎると、意識を失い、やはり溺れてしまう。そこでは、適度な見当を見極めることが要求される。彼は混合を調整しながら、自分の身に何が起こるのかを見守った。

意識はしっかりとしていた。

今は何としても脱出しなければならない。

Uターンができないので、ずるずるとうしろへ下がりはじめた。トンネルに入ってきたときと同じように、骨の折れるやり方で少しずつ後退していく。が、どうしても急いで出ようとする衝動に駆られる。しかし難破船内で、突如、クモの巣のような残留物に絡めとられることも、十分に起こりうると彼は考えていた。

数分後に彼はトンネルから現われた。息をするたびに、これが最後の呼吸だと思いながら出てきた。アンカーラインのところまで泳いできて、彼のオープン・サーキットタンク（ベイルアウト・タンク）をつかんだ。そして三時間かけて、減圧速度（浮上速度）を調整しながら、海面へアセント（浮上）した。

その夜、チャタトンはタクシーで小さな工具店へ行き、金ノコの刃とはんだごてを買った。そしてホテルの部屋で、リブリーザーの修理に取り掛かった。小さな火を起こして、それを消そうとしたのだが、その前に煙がドアの下から外へ漏れ出てしまった。が、ほんの二、三時間のうちに、間に合わせのものを使ってリブリーザーを修繕し、何とかうまく作動させることができた。

次の日にはボートに戻り、難破船へ潜っていた。チャタトンはこの潜水を合計で六回行なった。が、そのうちの三回はリブリーザーが故障した。ブリタニック号がなぜそんなに速く沈没してしまったのか、その理由を明らかにすることはできなかったが、彼はこれまで誰もが到達できなかった、沈没船内の場所に行くことができた。そして、雑誌はこのプロジェクトの写真を数多く掲載した。が、チャタトンが肌身に感じた気持ちを、捉えることのできた写真家は誰一人としていなかった。

二〇〇〇年一一月、PBS（全米ネットの公共放送網）のドキュメンタリー・シリーズ『Nova』で、二時間の特別編が放映された。テーマは「Uボートのミステリー」。チャタトンとコーラーが主役だ。この特別編はシリーズの中でも、もっとも視聴率が高かった。放映後間もないある朝、チャタトンは髭を剃りながら、首筋に卵大ほどのしこりがあるのを感じた。外科医は針生検《はりせいけん》をしたあとで、その日のうちに電話をくれ、オフィスにまた戻ってきてほしいと言う。「ちょっと忙しいんです。明日にしてもらえませんか？」とチャタトンは訊いた。医者が明日ではだめだと言ったとき、彼はこれは面倒なことになるなと思った。

オフィスで医者はチャタトンに、首のしこりは扁平上皮がんだと言った。病状を説明して、ただちに手術をすることを勧めた。

「良性なのか、悪性なのか、先生はまだ言ってませんよね？」

「悪性のがんです。化学療法と放射線療法が必要となります。生存の可能性は五分五分です」

チャタトンは茫然として、感覚を失ったようになった。まだ四九歳である。コートを取ってオフィスを出ながら、彼は「五分五分で生きる可能性がある。最初の五分の方が出れば、生きることができる」と考えた。

手術のすぐあとで化学療法をはじめた。ハーレーに乗って雪の中を治療に通い、そのあとで、体が弱っていてとても泳ぐことなどできないのだが、それでも彼は水中工事の現場へ向かった。カーラは化学治療に付き添った。屈託のない薬剤師がチャタトンに惜しみない注意を与える。それをカーラがからかった。「私だって、まさか黒い革ジャンを着た人が、こんなところにやってくるなんて思わないわよ」。彼女は冗談を言いながら、心の中では震えていた。

化学療法のあとで、チャタトンは放射線療法をはじめた。週に五回、それが二カ月間続いた。放射線療法が終わる頃には、ダイビング・ヘルメットを持ち上げられないほど、体が弱っていた。医者たちは慎重ではあったが、思いのほか楽天的だった。チャタトンもフィンガーズ・クロスト（中指を曲げて人差し指に重ね、十字架のような形を作って幸運を祈るしぐさ）をして、何とか切り抜けてみせるさ、という気持ちを表わした。

二、三週間後、ダウンタウン（ロウアー・マンハッタン）のバッテリー・パーク・シティで、大きな仕事の監督をしていた。現場はこれまでのように水のある場所ではない。それはワールド・トレード・センター（世界貿易センター）からウエストストリートを隔てて、向かい側にあるワールド・フィナンシャル・センター（ニューヨーク世界金融センター）の地下だった。

二〇〇一年九月一一日、轟音と爆発の音を聞いたとき、チャタトンは会社のトレーラーの中にいた。車のドアを開けて上を見た。そこで目にしたのは、ワールド・トレード・センターの北タワー側面から吹き出ている、オレンジ色と黒の火の玉だった。建物の破片がトレーラーの波形のブリキ屋根に落ちてきたので、彼は急いで車の中に駆け込んだ。音がひとまずやむとチャタトンはまた表に出た。外は大混乱と悲鳴の世界になっていた。血まみれになった四人の日本人観光客を彼は助けた。あたりには、死体がいたるところに横たわっている。

チャタトンは走って、五〇ヤードほど離れた船の無線室へ行き、無線で連絡を取った——水の中にはなお一〇人のダイバーたちがいるので、彼らを水から外へ出さなくてはいけなかった。チャタトンは彼らに、すべてをそのままに放置して、すぐにダイブ・ステーションへ戻るようにと命じた。そして彼はまた外へと駆け出した。

ダイバーたちが全員水から出たあとで、その中の一人が南タワーを指差した。

「うわぁ、また一つやってきた」

チャタトンは二機目の飛行機がぶち当たるのを見た。タワーからは人間の形をしたものが落ちてきた。ニューヨーク消防局がチャタトンのトレーラーを借りて、そこを指揮所とした。が、すぐにそのあとで、南タワーがトレーラーの上に落ちてきた。中にいたニューヨーク・シティの幹部消防士が五人亡くなった。近くの川で男性が一人両腕を振り回している。チャタトンとダイバーたちは駆けつけて、男性を川から引き上げた。

次の数時間、チャタトンは人々を助けて、フェリーボートに乗せた。最後にはもう、帰ってくるボートがなくなってしまった。その日、最後の乗客を乗せて出発し、振り返ると崩壊したニューヨークの街が見えた。ニュージャージーでタクシーをひろい、ようやくマンションにたどり着いた。仕事でアルゼンチンへ行っていたカーラに電話をした。彼女は泣き出しながら、テレビで一部始終を見たとチャタトンに言った。カーラは最悪のことを恐れはした。が、彼が死ぬとはけっして思わなかった。ただ、彼が人々を助けているにちがいないとだけは思っていた。そして彼女はチャタトンに愛していると伝えた。

チャタトンは二、三週間後には仕事に戻った。が、彼の心は仕事に集中することができなかった。通勤の状態はなおひどいし、記憶はまだ生々しい。それに彼は、大半の時間を水の中でより、むしろ管理の仕事に費やしている。二〇〇二年一月にチャタトンはカーラと結婚した。そして、彼の心にはある計画が芽生えていた。

チャタトンは歴史の教師になりたいと考えていた。すでにベトナムから帰ってきたあとで、大学のコースをいくつか履修していた。そして、歴史上有名な数多くの難破船にダイビングを重ねているうちに、ますます歴史に対する愛着が募ってきた。その結果、商業ダイバーの仕事をやめて、ニュージャージー州のキーン大学へ入学した。ダイバーの仕事を彼は二〇年続けた。しかし、チャタトンにとってそれは、一つの挑戦がひとまず終わったということだった。

彼は大学の前期でオールAの成績を収めた。そして後期にそなえて準備をしていたときである。そんなある日、チャタトンへ、ケーブルテレビのヒストリー・チャンネルから電話が入った。難破船について番組を一つ製作することを企画していて、ホスト役を探していると言う。数日後、チャタトンとコーラー——かつてはもっともいたずら好きの宿敵だった——はチームを組んでオーディションに参加した。

プロデューサーは二人が好きだった。早速、八回の連続番組を考えてほしいと言われた。番組のタイトルは『ディープ・シー・ディテクティヴズ』(深海の探偵たち)。番組の構成はきわめてシンプルだ。毎週、二人のダイバーが難破船に関するミステリーを、陸上で捜索したり、海中で難破船に潜ったりして捜査するというもの。チャタトンの張りのあるバリトンは、ナレーションにはもってこいだった。

番組は二〇〇三年に放映がはじまって、はじめから人気番組となった。チャタトンは大学のクラスに出席する合間を縫って、撮影に参加した。が、コーラーの家族や仕事にとっては、スケジュールがきつすぎた。コーラーは第八話を撮ったあとで番組から下りた。彼の代わりに抜擢されたのが三五歳のマイケル・ノーウッドだった。ハンサムで熟練のイギリス人ダイバーで、テレビの画面上では、チャタトンと相性がよかった。

チャタトンとノーウッドは現実の生活でも親友となった。二〇〇三年一二月、番組は西太平洋に浮かぶ島国パラオへ出かけた。第二次世界大戦時に水深二七〇フィートへ沈没した、アメリカの軍艦ペリー号を探索するためだ。ホスト役の二人にカメラマンのダニー・クローウェルが加わった。彼も熟達のダイバーで、Uボートを探検した経験を持つベテランだった。

難破船の現場でクローウェルは、ノーウッドやチャタトンのあとについて、アンカーラインまで下りてきた。海底の近くでノーウッドが手で喉元に横一文字を引いた――これは空気がなくなってしまったシグナルだ。チャタトンはおかしいなと思った。まだ水に入ってほんの数分しか経っていないからだ。次の瞬間、ノーウッドのレギュレーターが彼の口からはずれて落ちた。チャタトンはすぐに自分の予備のレギュレーターを彼の口にあてがった。ノーウッドはガスを吸いはじめた。が、すぐに昏睡状態になり、目は困惑していた。チャタトンはノーウッドに手を貸して、アセントさせようとした。シグナルを送り、手を振って、彼を引き寄せた。が、何をしてもノーウッドには伝わっていない。

チャタトンとクローウェルは、何とかしてノーウッドを海面へ戻そうとした。二人は彼を上へと引き上げはじめた。が、ノーウッドの左手はロープをしっかりとつかんでいて、彼を動かすのが難しい。二人はやっとのことでノーウッドの指をゆるめ、力ずくで彼を一度に数フィート浮上させた。数分後、彼の呼吸は止まった。こんどは目が開いたままだ。そこには恐怖やパニックの気配はまったくない。ただ永遠をまっすぐに見つめていた。次の瞬間ノーウッドは沈みはじめた。肺が水でいっぱいになったからだ。

もはやノーウッドの命は、海面へ到達できるかどうかにかかっている。彼を急いでアセントすることは、死を招く潜水病を押しつけることになりかねない。が、すでに彼は溺れつつあったのだ。そこでチャタトンはノーウッドの浮力調整具を膨らませて、彼をボートめがけて猛スピードで送った。チャタトンとクローウェルは、彼らの体から窒素を消散させるためにふたたび潜降した。これは苦しいがどうしても必要な待ち時間だ。チャタトンは海面へ出たときに、ノーウッドがビールを飲んで、冗談を言っている姿がどうか見れるようにと祈った。やつは本当に冗談が言えるんだ。が、しかし、チャタトンはすでにノーウッドの目を見てしまっていた。あの状態から目覚めることはまず不可能だ。

チャタトンがやっとのことで、ボートにたどり着いたときには、ノーウッドは甲板に横たわっていた。潜水用具をつけたままだ。彼はすでに死んでいた。レスキュー・スイマーが心肺停止の蘇生救急を試みたが、彼を助けることはできなかった。ノーウッドは三六歳で、体は健康、タバコは吸わず、つねに活力に満ちていた。

チャタトンは海の向こうをじっと見つめていた。そして頭の中で出来事を再現していた。説明や正当化の理由を、そして誰に責任があったのかを探した。が、非難すべきものなど何もない。ノーウッドはすべてのことを正しく行なった。これはチャタトンが目撃した、九番目のダイビングによる死亡者だった。九人はプランを立て、プランを愛した人々だった。チャタトンは自分自身に問いかけはじめた。ボートの上で。「これでもまだ、俺はこんなこんなことをしたいのだろうか？　死者に対して鈍感になってしまったために、実際に何が起きているのか、俺には見えなくなったのだろうか？　ダイビングがはたして、死ぬ価値のあるものなのだろうか？」。しかし、ショックが一時的に和らいだ今は、その問いかけに、どのように答えるべきなのか、彼は知っていた。「誰も永遠に生きることなどできない。人は本来の自分であるべきだ。俺はダイバーなのだ」

パラオの当局は、ノーウッドの死を心臓麻痺によるものだとした。が、それはただの推測にすぎない。アメリカに戻ったチャタトンはカーラと話した。二人でメイン州へ行って、ノーウッドの寡婦のダイアナを、見守ってあげようということになった。

その年のクリスマスはいつもと違う気分だった。三年と経たない間に、チャタトンはがんと戦い、世界貿易センターのタワーが崩壊するのを間近で見た。そして腕の中で親友を失った。人々が二〇〇四年を迎えるお祭り騒ぎをしているとき、チャタトンは自分が生活していく上で原則にしている項目に、新たな補遺を一つ加えた。


――今すぐにやること。明日は誰にも約束されていない。


チャタトンにとってノーウッドの死は、『ディープ・シー・ディテクティヴズ』の終わりを意味していた。が、ヒストリー・チャンネルはシリーズを延長することにした。そしてときどきコーラーを共同司会者として呼び戻した。二〇〇四年の夏には、『シャドウ・ダイバー』(Uボートの正体を探る、チャタトンとコーラーの試みについて書いた私の本)がベストセラーとなり、いくつかの言語に訳されて出版された。『ディープ・シー・ディテクティヴズ』は引き続き高い視聴率を獲得した。そして『Nova』の番組もしばしばPBSで放映された。二年と経たないうちに、チャタトンとコーラーは労働者階級の無名の人から、世界的に有名なスキューバ・ダイバーへと変身した。

テレビのシリーズは二〇〇五年の末まで続いた。この時点でヒストリー・チャンネルは番組を継続しないことに決めた。シリーズは都合五シーズン、五七話まで続いた。が、番組の終了は、これまで二〇年以上働いてきたチャタトンに、はじめて仕事のない状態をもたらした。友だちや仲間たちは彼に、リラックスしてひと息入れなよ、ダイビング競技から足を洗ったらどうなのと助言をした。彼は五四歳になっていた。がんとの戦いや世界貿易センターの崩壊から逃れて、まだ四年しか経っていない。ともかく、彼のトレードマークだった、命を危険にさらすダイビングを続けるには、あまりに年を取りすぎていた。

しかし、にもかかわらず、彼はコーラーとタイタニック号へ行く計画を立てた。そして二〇〇六年にはそのプロジェクトに取り組んで、みごとその仕事を仕上げた。するとふたたび友人たちが、仕事から手を引くように、そして危険なまねはもうするなと彼をせかせた。貯めたお金は未来に使ったらどうなのか、と彼らはチャタトンに言った。ローンドロマット(セルフサービス式のコインランドリー)を買うもよし、アパートメントのビルを買うもよし、ともかく今、用心のために必要なものを購入した方がよいと勧めた。

友人たちの助言をチャタトンはくわしく検討した。それはどれもが道理にかなっていた。しかし、そのどれもが彼には、ジョン・チャタトンらしく感じられなかった。Uボートのミステリーを解き明かし、タイタニック号では革新的な仕事を成し遂げ、ルシタニア号やブリタニック号を探検し、アンドレア・ドリア号を征服したダイバーにとって、残されているものはいったい何なのだろう? 難破船へふたたび潜っていくべきなのだろうか? チャタトンはすでに五五歳である。体さえ持ちこたえられれば、もう一度大きな探検をしてみたい、そんな気持ちが彼にはあったのかもしれない。

そのためだったろう。彼は他の難破船を探した。そして世界中のダイバーたちに連絡を取った。そして数カ月にわたって、可能性のあるダイビングのプロジェクトを集めた。そのどれもがチャレンジする価値のあるもので、興味を引かれた。が、その中には一つとして、偉大と思われるものがなかった。チャタトンはウェイト・リフティングをしたり、サラダを食べたり、日の出とともに長い距離をランニングしたり、彼にとってふさわしい時期が来たときに備えて、できることをすべてしながら日々を過ごしていた。フィナンシャル・アドバイザーが、ダンキンドーナツの営業販売権を買ってはどうかと勧めてくれたときも、彼は丁重に断った。

こんな風にして数カ月が過ぎていった。そしてチャタトンは、ドミニカ共和国でマテーラに会うことになる。その場でマテーラから、大いなるスペインのガレオン船について話を聞いた――それは想像を絶するほどの価値と希少性、それに美を持つ財宝船で、これまで誰一人見つけることのできなかった船だった。ガレオン船を一つ見つけるだけでも、これまでに貯めた金をすべて、担保として差し出さなくてはならない。さらにまったく見知らぬ者と、手を組まなくてはならない。そして、これまで数世紀にわたって、男たちを押しつぶしてきた任務に取り掛からなくてはならない。しかし、朝食のテーブル越しに手を差し出して、マテーラと握手をしたときに、チャタトンの頭に浮かんだのは、ただ一つの考えだけだった――今すぐにやること。明日は誰にも約束されていない。

8　その男にふさわしい場所

　制限速度をオーバーしたスピードで飛ばしてきたカーラ・チャタトンは、道路沿いのガソリンスタンドで車を止めた。スタンドでガソリンを満タンにし、ヒートランプで温めたチーズバーガーを買った。チャタトンが出ているダイビング・ショーの最終日を、夫といっしょに過ごすために、メイン州からニューヨークまでやってきたのだが、何とかうまく間に合わせることができた。こうしたイベントではつねにカーラは、人を引きつける役割を演じた。通りがかりの人に声をかけ、ジョンに引き合わせた。友だち（ときにはよそから来た人）が参加する展示会のブースなどでは、もっぱら彼らの作った品物の売り込み役を買って出た。カーラはダイビング・ショーの間、ほんの数時間だが、ジョンとともにいることができた。二人の時間を楽しむために、カーラはできるかぎりのことをした。彼女にとって何カ月も離れていることは、とても耐えきれるものではなかった。

　カーラとジョンは何とか時間を作って、ホテルで夕食をともにした。チャタトンがドミニカ共和国へ戻る、飛行機の出発時刻までは、ほんの二、三時間しかなかった。ゴールデン・フリース号の探索がはじまってから七カ月が経つが、その間、二人がたがいに顔を合わせたのは、わずか二、三回だった。タイタニック号の捜索のときでさえ、チャタトンが家を空けたのは一カ月ほどである。

　食事が終わりかけたとき、一人の少年が父親といっしょに、チャタトンのテーブルに近づいてきた。二人はチャタトンのファンだと言う。そして、チャタトンが今どんな仕事に取り掛かっているのかを知りたがった。

「秘密が守れるかい？」とチャタトンは少年に尋ねた。

少年がうなずくと、チャタトンは、今、海賊船を探しているんだが、その船の船長はとてつもない無法者なんだと教えた。少年にサインをして、チャタトンはその隣りに「頑張ってね！」と書いた。

チャタトンは翌朝早くに、サントドミンゴに着いた。そして、そのままサマナへ出発した。ドミニカ共和国ではどこでも同じだが、道路は美しいと同時に危険に満ちていた。土砂崩れの障害物コース、野良犬、そしてときには、横倒しになったオートバイのそばで人が倒れていたりする（スクーターやオートバイの事故はここでは日常茶飯事だ）。チャタトンがトニーの店に車を止めて、仲間たちとランチをとる頃になると、チャタトンが欲しいのは、何と言っても冷たい一杯のビールだった。しかし店のクーラーは、停電の間に壊れてしまっていた。それにチャタトンがテーブルに着いたときには、冷えていない地元のビールとともに、マテーラがあまり愉快でないニュースを持ち出した。

チャタトンがいない間に、ディープ・エクスプローラーのエンジンの下端が損傷したという。修繕代として五〇〇〇ドルが必要で、交換部品が届くまでには一週間以上の時間がかかる。さらに悪いニュースがもう一つ。磁気探知機のケーブルがまた、ずたずたに裂けてしまった。新しいケーブルを注文したが、この代金が四〇〇〇ドル。

チャタトンはじっとメニューを見つめていた。大きな出費や挫折の材料が、彼に大きな負担となっていることは明らかだった。マテーラやチームの面々は、この経済的な打撃がチャタトンを、プロジェクトから撤退させるかもしれないと思った。

「俺はわれわれの活動について、たくさんのことを考えてきたよ」とチャタトン。「まず、俺は自分自身に正直でなければだめだし、あんた方に対しても正直でなければいけないと思うんだ」

テーブルのまわりの気分は沈んでいた。少なくとも、ゴールデン・フリース号の探索作業に戻るのか、あるいは作業を打ち切るのか、それを決めるのはチャタトン本人だった。

「俺たちはどうも、間違った場所を調査していたようだ」とチャタトン。「まったく考え違いをしていたんだ」

彼が言うには、ゴールデン・フリース号の難破船は、彼らが何カ月にもわたって探していた、カヨ・レバンタードの近くでは、けっして見つからないという。歴史によると難破船はそこに沈んでいるとされているが、これは気にする必要がなかった。またボーデンもやはり、船がそこに沈んでいると信じているが、これもまた重要視する必要がない。歴史もボーデンも間違っていたからだ。

「誰もが海賊船を探してきたんだ」とチャタトン。「しかし、探索は船を見つけるためじゃない。あくまでも一人の男を見つけるためなんだ」

チャタトンはチームの面々に、まずはジョセフ・バニスターについて真剣に考えてほしいと頼んだ。ほんの二、三年の間に、船長はまず自分の船を盗み、国家間の犯人追跡の手から巧みに逃げた。そして、乗組員や武器の数で圧倒的にまさっていたイギリス海軍を戦闘で打ち負かした。こんなことのどれ一つを取ってみても、それをするためには細心の注意を払って計画を立て、執拗に準備を重ね、まわりの仲間たちにも最高レベルの優秀さを要求しなければならない。そのすべてをするためには、船長は偉大な人物でなければならなかった。

「したがって俺たちは、この男にふさわしい場所を探す必要があるんだ」とチャタトンは言った。

そして、それはカヨ・レバンタードではなかった。この島でゴールデン・フリース号を見つける者など誰一人いない、とチャタトンが確信しているのも、それが理由だった。彼にとってバニスターは一生を賭けた目標だった。バニスターの命は危険にさらされていた。そんな男が自分や仲間を、最適でないどこかに、置くようなまねをするはずがなかった。

「そんなわけで俺たちの仕事は、その最適な場所を見つけることなんだ」

「トレーシーがあなたに見せた海図はどうなんですか？　あそこではたしかに、レバンタードがバニスター島って呼ばれていた」とクレッチマーが尋ねた。

「それは忘れてくれ」とチャタトン。「難破船はそこにはないんだ」

「それではミス・ユニバースが見つけた壷はどうなんです？」とエーレンバーグが訊いた。

「それも忘れてくれ。難破船はそこにはないんだから」

「それでは、難破船はどこにあるんですか？」とクレッチマーが尋ねた。

海賊船はサマナ湾にあった、とチャタトンは説明した。トレジャー・ハンターのフィップスの航海記録から、それは確かなことだった。彼の乗組員たちがそこでゴールデン・フリース号を見つけている。それも見つけたのは、ゴールデン・フリース号が沈没してから、ほんの数カ月後のことだ。しかし、もしチャタトンの考えが正しいとしたら、それはレバンタード島から遠く離れたどこかにあるということになる。ほとんど見つけることのできないどこかに。

しかし、サマナ湾の幅はおよそ二五マイルほどだ。このくらいの大きさの海域だったら、海賊船をカリーニングするのに適した場所は一〇〇カ所くらいなものだろう。それを全部調べようとすれば、たしかに数年はかかるかもしれない。しかし、そのことでチャタトンが悩むことはなかった。チームがカリーニングの候補地をすべて、探索する必要などなかったからだ――ただすばらしい場所、つまり、ほとんど人目につかない場所だけを調べればよかった。

「それはいいですね」とエーレンバーグ。「われわれが見つけることができない場所を探せばいいんだから」

「バニスターがそこへ行ったんだぜ」とマテーラ。「俺たちにはとても行けないなんて言うやつが、ここにいるのか？」

誰も、行けないなどと言いたくはなかった。

が、ボーデンをどうするかという問題が残った。ボーデンはゴールデン・フリース号がレバンタード島に沈んでいると確信していた。そして、それに反対する提案を受け入れたがっているようには、とても思えない。しかもボーデンはボスだ――借地権もサマナ湾も海賊船も、みんな彼のものだった。

「しかし、こちらの問題の方がトレーシーより大きいよ」とマテーラ。「もし引き続いて、彼のやり方で作業を行なっていたら、われわれは今もレバンタード島で、お尻を引っ掻いていたかもしれないよ。使い捨ておむつをお尻にあててね。チャタトンは正しい。われわれは考えを変えるべきだよ。これはわれわれが解決すべき問題だもの」

そこでみんなは計画を立てた。チャタトンとマテーラはカヨ・レバンタードから離れてはいるが、なおサマナ湾の中にある新しい場所を探すことになった。エーレンバーグとクレッチマーはディープ・エクスプローラーの修理をする。そして彼らの誰もが、バニスターの天才を反映した場所、バニスターに見合った場所を見つけるまで、作業を中断しないことに決めた。

ランチを食べ終わって、それぞれが車に向かった。そのときマテーラがチャタトンに声をかけた。

「ジョン」とマテーラ。「あんたが戻ってきてくれてうれしいよ」

次の日の朝、チャタトンとマテーラはヴィラの真下の小さな、石の多いビーチへ下りた。そしてインフレータブル・ボートのゾディアックを押して湾に浮かべた。一二フィートのゴムボートは底が硬いファイバーグラスでできていて、アメリカ海軍特殊部隊（ネイビーシールズ）で使われているボートに非常によく似ていた。そしてそれは一フィート以下の水深のところでも操作が可能だった。サマナ湾のぐるりを迅速に動きまわるには最適の乗り物で、ディープ・エクスプローラーを修理している間、その代役を立派につとめることができる。

チャタトンとマテーラの仕事は今では、実用性を越えて、美の方へ目を向けることだった。何カ月もの間、彼らは探索をカヨ・レバンタードの近辺の、外海から隠れて見えない海域に限ってきた。それはカリーニングに適した浜辺があり、大砲の防御にすぐれた場所で、水深がほぼ二四フィートに近いところだった。しかし、今回は彼らに参考にすべき基準はない。その代わりに彼らは、感触によって厳密に探索していくことになる。

一日目、二人は入江や湾や小さな島々を調査した。それぞれの場所はレバンタード島にくらべると、眺めも美しいし、荒らされた様子もない。が、そのどれもが彼らの期待に応えるものではなかった。ある日の日没近く、砂浜に立って、遠くから彼らに向かって、手を振っているガルシア＝アレコントの姿を見た。二人は彼のいた浜辺にボートを着けると、彼はニュースを伝えた。

政府の関係者がガルシア＝アレコントに警告したところによると、トレジャー・ハンターたちのグループが少なくとも一つ、サマナ湾でゴールデン・フリース号を探索する準備をしているという。情報がおおざっぱで詳細なことは分からないが、このライバルたちは、金銭面でも潤沢で、しかも政府内に自分たちの人脈を持つ、やり手の連中だと彼は言う。

「サマナ湾のどこですか?」とマテーラが訊いた。

「カヨ・レバンタードだ。あなたたちが、そこで作業をしているのを誰かが見たんだろう。彼らはあなたたちが引き上げるのが、ちょっと早過ぎたと思ってるんだろう」

「冗談はやめて下さいよ」

「いや、冗談じゃないよ。しかも、それだけじゃない。彼らはゴールデン・フリース号が、これまで見つかった難破船の中でも、もっともすばらしいものかもしれないと考えてるんだ」

「レバンタード島をうろうろしても、やつらには何一つ見つけることなんかできやしないよ」とチャタトン。「しかし、俺たちの縄張りに、他の者が踏み込んでくるのはたまらないな」

「俺たちの視界に入るだけでも、我慢できない」とマテーラが言った。

ガルシア=アレコントは、それをどうやって阻止するつもりなのかと尋ねた。

「ビクトル、今のところは俺にも分かりません」とチャタトンが答えた。「俺はどんなことにでも我慢できるけど、盗人だけは我慢ができない。誰一人として、トレーシーからゴールデン・フリース号を盗み取ることなんてできませんよ。もちろん誰一人、われわれからあの船を盗むことだってできません」

その晩、ガルシア=アレコントはヴィラで、家族や友人のためにパーティーを開いた。週末になるとこれまでも、しばしば開いていたもので、客たちは真夜中すぎまで盛り上がっていた。次の朝、チャタトンはエーレンバーグとクレッチマーに、自分を含めて三人はヴィラを出て、他のところへ引っ越すことを伝えた。彼はほとんど説明をしなかったが、ただ、自分たちはすでに長居をしすぎてしまった、これ以上ガルシア=アレコントの好意に甘えるわけにはいかない、とだけ話した。三人はサマナのダウンタウンにある、小さなアパートメントに引っ越すことになる。家賃は月に四〇〇〇ペソ（およそ一〇〇ドル）。湯は出ない。マテーラは、どうして引っ越すのだと言って説明を求めた。チャタトンは彼に、ヴィラで一晩中パーティーをされると、気が散ってしまい、ゴールデン・フリース号を見つけるという、自分たちの仕事に差し障りが出るからだと言った。

チャタトンとマテーラは、すぐにまたゾディアックに戻って湾に出た。こんどは、彼らの捜索区域の外縁へ向かって舵を取った。北側海岸沿いの、カヨ・レバンタードから西へ数マイル離れた海域だ。が、バニスターがカリーニングを行なうのに、ふさわしい場所を見つけることはできなかった。次の数週間も同じ作業を継続した。最適と思われる箇所にボートを近づけてみるのだが、いくらかましな場所以上のところを、見つけ出すことはできなかった。

ある日の午後、チャタトンはゾディアックのエンジンを切ってボートを止め、波が打ち寄せるままに任せた。彼もマテーラもともに、自分を憐れんでふびんに思うようなタイプではない。ウィリアム・フィップスはサマナ湾で船を止めていて、偶然、バニスターの船に出会ったのだが、今の二人も、ほんの少しでいいから、それに似たような幸運を味わいたいと思った。

そしてそれが彼らに、次のような考えをもたらした。

フィップスは、難破したガレオン船のコンセプシオン号を探しにいく途中で、サマナ湾に立ち寄った。それも地元の住民と交易をするためだった。それは当時そこに、何百人という先住民が住んでいたということだ。ということは、住民のうち何人かが――あるいはそのほとんどかもしれない――、バニスターの海賊とイギリス海軍の戦いを目撃していたにちがいない。その頃、イスパニョーラ島はスペインに属していたので、戦闘の記録はスペイン当局で保管されているかもしれない。

「その記録をどこで手に入れることができるか、俺は知っているよ」とマテーラはチャタトンに言った。
「ファビオの店でディナーをおごってくれよな。そしたら、あんたに教えてやるから」
数時間後に、マテーラは自分のプランを明らかにした。それから数日後、彼は飛行機でマドリッドに向かった。

マテーラはこれまで、ヨーロッパの高速列車のような贅沢をほとんど味わったことがなかった。マドリッドからセビリアまで、二時間半の乗車時間のほとんどを、窓の外を眺めて過ごした。オリーブの林やさび色をした土壌が、時速約二〇〇マイルのスピードで、目の前を飛び去っていくのをじっと見つめていた。疾走する列車のゆったりとしたリズムの中で、これまで経験したことのないほど、充実した考えに耽ることができた。今、自分はイギリス人の海賊を探しに、スペインまでやってきたのだが、これは間違っていなかったと思った。

セビリアでマテーラはタクシーに乗って、インディアス総合古文書館へ向かった。一五八四年に建てられた雄大な建物の玄関に立って、彼は運び人たちが馬に乗ってここへ到着し、探検家、コンキスタドール（征服者）、難破船の生存者たちによって書き記された文書を、配達している姿を想像した。マテーラは以前、黄金を夢見て、財宝船を調査するためにここへ来たことがあった。

が、今、文書館の中へ入るとすぐに迷ってしまった。大きな建物には、何十万もの記録が収蔵されていて、それを構成しているのが八〇〇万ページに及ぶオリジナルの書類だ。その書類のどれもが、他のものと同様、十分に歴史の出発点となりうるもののように思えた。マテーラは錨綱を切られたボートのように、ぼんやりと漂っていた。と、そのとき、三〇代とおぼしい魅力的な女性が彼の肩を叩いた。彼女はここで古文書の保管係をしていると自己紹介をして、流暢な英語で、何かお役に立てればと言った。

「ええ、実は探しものをしているんだけど……」

マテーラの声は大きな洞窟のような内部に轟いた。彼は声のトーンを落としてささやいた。

「イスパニョーラの北側海岸にある、サマナ湾の記録が何かないかと探してるんです。一六八六年六月から一六八八年六月頃の記録で、商人が書いたものがあると思うんだけど」

マテーラは戦闘が起きたらその記録が、一年もたたないうちにスペインに届いているのではないかと推測した。が、見逃しがないように余分の年を加えておいた。

「あなたはトレジャー・ハンターですか?」と彼女が訊いた。

これまでこんな質問をマテーラにした者は誰もいない。

「たぶんね」と彼は答えた。

保管係はほほ笑んだ。そして建物の中へと案内した。床から天井まで、記録や書類の入った書棚がびっしりと並んでいる。二人はその前を通りすぎて行った。コレクションのほんの一部だけだが、コンピューター上でカタログ化されたり、マイクロフィルムにコピーされたりしていると彼女は言う。が、残りの書類はこれまで通り、何百年の間行なわれてきたように、手で書棚から引き出して利用された。がレオン船の秘密はたしかにここにはあった。が、マテーラは少しも安心などしていない。彼はつねに安心には注意を払っている――それこそが今にいたるまで、彼の生涯の仕事だったからだ。

マテーラは古書やフォルダーをくまなく調べたが、保管係はそれを手助けしてくれた。彼女はマテーラを、フットボールのフィールドのように長いテーブルに連れていくと、記録といっしょに彼をそこに残して一人にした。記録の中には数世紀の間、一度も手に取られた形跡のないものもあった。

何時間もの間、マテーラはテーブルで仕事をした。バニスターや海賊や、イギリス海軍を巻き込んだ戦闘などについて、言及したものがないかどうか調べた。保管係はときどき様子を見にやってきて、古いスペイン語で書かれた、見慣れない渦巻き形の文字を訳してくれたり、さらにたくさんのバインダーを持ってきてくれた。彼女は記録の中からいくつかフレーズを抜き出し、声に出して読み聞かせてくれもした。それは船客が乗っていた船がハリケーンに叩きつけられた経験を、書記に告白した記録だったり、船長の決断に航海士が抱いた疑問や、人食い人種が住んでいる土地の近くを航海したときの、乗組員の恐怖が書き記されたものだったりした。どれもドラマチックで魅力あふれるものだったが、それはマテーラが探しているものではなかった。

次の日の朝、マテーラは文書館に一番乗りした。が、友だちの保管係はまだ着いていなかった。そこで彼は、前にここへ来たときに訪れたことがある部門へと旅に出かけた——実際ここでは、それはちょっとした旅だった。前に来たのは、チャタトンと探索中の、難破したガレオン船について調べるためだ。それを探していたのは、二人が組んで仕事をはじめた最初の頃だった。たがいに何億ドルもの大金を夢見ていた。そして沈没しているスペインの財宝船が、海の向こうから彼らを呼んでいた。そんな昔に自分が歩いた足取りを、マテーラがふたたびたどり直して、行き着いたのが一つのバイダーだった。それには行方不明となった、スペインのガレオン船の中でも、彼が一番好きだったサンミゲル号の情報が含まれていた。

サンミゲル号は一五五一年に嵐の中で沈没した。それは水中に沈んだスペインの大型財宝船の中でも、もっとも初期の船だった。この船は銀ではなく、金を運んでいた。そしてそのことだけでも、マテーラの注意を引くには十分だったが、彼をさらに引きつけたのが禁制の品々だ。マテーラの初期の調査によると、サンミゲル号はまた値がつけられないほど高価な、インカやアステカの財宝を運んでいた。それを盗んだコンキスタドールたちは、財宝を実入りのいいヨーロッパのブラック・マーケットで売った。が、それは取り立てて、マテーラを驚かせることではなかった。彼は泥棒や密輸業者の間で育ったし、その中には伝説的な人物もいた。マテーラは盗むことが許されているということが、何を意味しているのか、それをよく知っていた。

彼の概算によると、サンミゲル号の船荷は少なくとも、五億ドルの価値があった。船の歴史をひもといてみると、サンミゲル号の財宝は、一九八五年にキー・ウエストの沖合で、メル・フィッシャーによって発見された、あの有名なアトチャ号の財宝を優にしのぐものだと彼は思った。中でももっとも興味を引かれるのは、ボーデンが賃借している海域のサマナ湾近くで、この船が沈んだと考えられることだ。彼が知っているかぎりでは、ボーデンはけっして熱心にサンミゲル号を探索しなかった。

サンミゲル号に関するファイルを親指でめくっていると、マテーラには古い記憶がよみがえってきた。最後にここへ来たときには、行方の分からなくなったガレオン船を見つけたいという夢から、彼を引き離すことなど、何をもってしてもできないと信じていた。それが今、彼は書類を順序よくそろえて、書棚に戻した。サンミゲル号のファイルの中には、たしかに答えがあった。彼はそれを感じることができた。が、保管係の友だちがすでにやってきている。そして彼には、見つけ出さなければならない偉大な海賊がいた。

マテーラはさらに多くのバインダーやフォルダーを、しげしげと見つめて調べた。午後には、もはやバニスターの船についてスペイン語で書かれたものは、発見できそうにないことが彼には明らかになった。が、彼はひと通りすべての記録に目を通して、海賊船に関する適切な言及があるかどうか探した。

いくつか見つけることができた。が、ゴールデン・フリース号につながるものは何一つ発見できなかった。一日が終わる頃には疲労困憊の状態だったが、それでも彼はその夜、何とかマドリッド行きの列車に飛び乗ることができた。

文書館から出がけに、マテーラは保管係のデスクのところで立ち止まった。そして彼女に、薄紙で包装した小さな贈り物を手渡した。それは一〇インチ四方の陶器製タイルで、サルバドール・ダリの『窓辺の人物』が描かれていた。若い女性が窓から湾を眺めていて、湾の向こうにはスペインの海辺の町が見える。マテーラはこの絵が好きだった。それは少女が希望にあふれているように見えたからだ。彼女は何か美しいものがやってきつつあるのを知っていた。たとえそれが何であるのか、今は見ることができなくても。マテーラはそれと同じものを図書館や文書館で感じた。彼はこれまでつねに、このような場所を頼りにすることができた。彼はそこで、自分を感動させてくれる物語を見つけることができたし、そのおかげで、危険な生活から自分を救い出すこともできた。しかし今、友だちにさよならと手を振りながら、なお彼はくよくよと気に病んでいた。バニスターの前には、適切な窓さえ見つかれば、何一つ見ることのできないものなどないのに、と彼は思っていたからだ。今の彼には、光が不足しているようだった。

9　ジョン・マテーラ

ジャック・クストーを待ちながら

マテーラの家族では誰もがみんなキスをする。父親は三人の息子が彼の肉屋へやってくると、三人にキスをした。母のアンは子供たちがバスでホーリー・ロザリー・カソリック・グラマー・スクールから帰ってくると、みんなにキスをした。ジョンには二人の弟がいるが、彼が弟たちに野球のグラブを貸してやると、弟たちはジョンにキスをした。前に保険の勧誘員が家に勧誘に来たことがあったが、ジョンは彼にさよならのキスをした。

スタテン・アイランドの東海岸にあるサウスビーチの近辺では、こんなやり方がごく普通に見られた。一九六〇年代、サウスビーチ界隈は、イタリア人とアイルランド人の家族がコミュニティを作っていて、ニューヨーク州ではもっとも安全な場所の一つだった。真夜中、女性が一人歩きすることだってできた。自宅を持っている者は、玄関の鍵を掛けずに外出することもできた。ガンビーノ犯罪者一家は、アメリカでもっとも大きな力を持つマフィア・ファミリーだが、この一家の中でもトップクラスの者たちが、サウスビーチ地区に家を構えていた。ガンビーノのボス、ポール・カステリャーノは、ジョンの家から二マイルほど離れたところに住んでいた。アンダーボスのアニエロ・デラクロチェの家は、通りをちょっと行ったすぐのところにあった。

こんな男たちや彼らの世界は、ジョンにとってごく自然なものに思われた。それはアメリカ在郷軍人会の駐屯地にある、セメントで固めた野球場のように、あるいはミルズ・アベニューの砂地のように、風景の一部として感じられた。スーパーマーケットで並んでいると、彼が耳にするのは、女性たちが忠誠心について話している声だったり、スクールバスに乗っていて聞こえてくるのは、子供たちが尊敬の念について話し合っている声だったりした。きれいに散髪した頭をして、新しい車でやってくる男たちは、連れ立って地元の軽食レストランで朝食をとった。それも遅い午後にである。

ジョンの父親のジョン・シニアは、マティズ・クオリティ・ミーツで週に七〇時間以上働いた。この店は彼が経営している肉屋で、ハイラン・ブールバードにあった。店を切り盛りしながらも、彼は裏庭でジョンや弟たちと、毎日キャッチボールをして遊んだ。ジョンは父親が話してくれる子供時代の話が大好きだった。中でも好きなのが、父がブルックリンのプロスペクト・パーク地区を、どうにかこうにか通り抜けたときの話だ。父は近所でただ一人のイタリア人だった。生き残るために彼は、自分のこぶしと機転を使うことを学んだ。「俺とお前がいっしょに、あの時代に戻ればどうなるのかな？」と父親はジョンに言った。「誰一人、俺たちを殴ることなどできなかっただろうな」

ある日、小学校の帰りに、ジョンは友だちと何人かで、地元のコーヒーショップに発煙筒を投げ込んで逃げた。近所を通り抜け、今にも逃げおおせたかに見えたとき、ダークブルーのリンカーン・コンチネンタルが行く手をさえぎった。運転席からジョンを睨みつけているのは、トミー・ビロッティだ。ガンビーノ・ファミリーのカポ（マフィアの幹部）で、ひどく凶暴な仲間たちの中でも、とりわけ凶暴なことで知られていた。

「こっちへ来い！」とビロッティは命じた。

ジョンは息を切らしながら、車のウィンドウへ近づいた。

「コーヒーショップで、あんなことをやったのはお前だな？」

「はい」

「何で、あんなことをやったんだ？」

「分かりません」

ビロッティはジョンを睨みつけた。まだ八歳だったが、ビロッティが悪いことをした連中にどんなことをしたのか、ジョンはそのときの話を聞いたことがあった。

「お前はマティのせがれか？」

「はい」

「くそったれ、どこへでも失せっちまえ！」

ジョンは全力で走った。これまでで覚えがないほど速く走った。風が顔面へ吹きつけるし、足は地面の上を飛んでいるようだったが、頭の中ではこんなことを理解していた。それは、この近辺に住んでいる悪い連中は、強い力を持っていて、警察や彼の父親でさえできないことを、やすやすとやってのけること、そして連中は尊敬の念をことのほか大切にしていることなどだ。そのことをジョンが確実に知ったのは、もしトミー・ビロッティが彼の父親を尊敬していなかったら、彼はなお走り続けることなど、到底できなかったからである。


ジョンの両親は大金を払って、彼をカトリックの学校へ通わせてくれた。しかし、二年生の頃になると、ジョンがせっかくのチャンスを十分に生かし切れていないことは、もはや明らかだった。その上、放課後は、友だちがバスケットをしたり、野球カードを交換するために出かけていくのに、ジョンは毎日のように、ニューヨーク公共図書館のサウス・ビーチ分館（二部屋からなる）へ出かけては、そこで歴史書、とくにアメリカ革命戦争の本を夢中になって読んだ。彼は勝ち目がないのに、国王に対して敢然と立ち上がる人の考え方が好きだった――なんて勇敢なんだろう！　友だちは、こんな風に時間をつぶしているジョンをからかったが、ジョンは彼らを許した。彼らは、こんなちっぽけな建物の中に隠れている物語を知らないのだから。

ある夜のこと、ジョンの父親がジョンを呼んで、テレビの前に座らせた。そしてボウルに、ワイズのポテトチップスをザアッと入れ、新しい番組を見ろと言う。その番組はさまざまなテーマを特集していた――小型潜水艦、スキューバ・ダイバー、外来魚、巨大船、水上飛行機、外国語訛り、水中飛行船、遠く離れた土地、ヘリコプター、ダッシング・ミュージック、ホホジロザメなど。最初の二分間でジョンは魅了された。この番組名は『ジャック・クストーの海中世界』。ジョンは番組を一度も見逃さなかった。新しい特集の放映日だけでなく、先々の月の予定まで調べて心待ちにしていた。クストーの世界や、カリプソ号で世界を経巡る彼の旅は、そのまま歴史、危険、勇気、ミステリー、そして新しい世界などを同時にかいま見させてくれた。

クストーを愛した子供たちは、みんなクストーのような冒険に憧れた。が、ジョンが何にもまして望んだことは、父親といっしょにクストーの冒険をしたいということだった。しかし、彼はまだ八歳だったが、父親にはたしてそんなチャンスがあるのだろうかと心配した。ジョン・シニアは一週間に六日半、一日に一二時間から一三時間も働いていた。おかげでジョンや兄弟たちはいい暮らしができた。が、そんな労働が父親に与えた暮らしとは、いったいどんなものだったのだろう？

四年生のときに、ジョンのクラスはフォート・ワズワースへ出かけた。ここは古いスタテン・アイランドの軍事施設で、ヴェラザノ＝ナローズ・ブリッジのすぐ近くにあった。ガイドの説明によると、この場所は、アメリカ革命戦争に関わりがあるのだという。だとすると、ジョンはすべてに耳を傾けなければならない。目にするところはどこにでも、ジョンは愛国兵士たちの亡霊を見た。彼らはマスケット銃の手入れをしたり、タバコをパイプに詰めていたりして、いつでも国王に反抗する気構えでいた。ジョンはガイドの言葉を一つも聞き漏らすまいと一心に聞いていた。が、彼が本当に知りたかったことは、こんな場所がどうして、彼の家からわずか六ブロックしか離れていない、この場所にあるのかということだった。

授業が終わったあとで、ジョンと友だちは自転車に乗って、またフォート・ワズワースへやってきた。みんなは上に登って探検をした。そして夜が帳を下ろして、アメリカが勝利を得るまで、敵を狙撃することを思い描いた。そのあとの四、五年間というもの、ジョンの生活はもっぱらこんな暮らしの連続だった――学校の授業は我慢して、図書館やフォート・ワズワースを襲い、ただひたすらジャック・クストーがやってくるのを待った。

一三歳のとき、ジョンは地元の花屋で仕事をした。それは父親が所有していた肉屋で働いて得たお金を、さらに補うためだった。少年たちは花を扱うジョンをからかった。ジョンはなぜ自分は、父親がしたようにこぶしを使って、いじめっ子たちを黙らせることができないのだろうと思った。

ある日、遊び場で七年生の少年たちが数人、その中には学校で一番大きなアルバートもいたが、ジョンがカーネーションの手入れをしていると言って愚弄した。ジョンは花屋で働くこと自体が、性格のよさを示しているんだと言いたかった。が、その代わりに彼の口から出たのは次の言葉だ。「お前たちみんなの相手をしてやろうじゃないか。土曜の朝、ミサの侍者をすませたあとで、丘の上に来い。待っているからな」。彼の足はひどく震えていて、ほとんど歩いて家に帰れないほどだった。

土曜の朝、父親が車でジョンを、けんかの場所まで連れていってくれた。丘の下で父親は息子の肩に手を置いて言った。

「行かなくてもいいんじゃないか。放っておけ」

ジョンは車から出ると、丘へ登っていった。

アルバートは、取り巻き連中数人といっしょに待っていた。

「準備はいいのか?」とジョンは尋ねた。

「ああ」

ジョンは殴りかかった。プロスペクト・パークで過ごした父親の子供時代にまで遡るあのこぶしで、さらには、小学校の頃から子牛の脚を持ち上げていた両腕で、そしてフォート・ワズワースの兵士たちの心意気で、また、カリプソ号の乗組員たちの決断力で。ジョンはアルバートの顎をまともに殴って、彼を叩きつぶした。そして丘を下りると、父親の車に乗り込んだ。涙が頬を伝って流れた。

「僕は勝ったよ」と父親に言った。


アン・マテーラは貧しい家庭で育った。少女時代の彼女にとっては、外で食事をすることが一つの贅沢だった。そのためだろうか、スキッピーズのホットドックを売るトラックが、家の近くに止まるといつでも、息子たちを連れて食べに行くのが彼女の楽しみだった。ジョンが広告の貼り紙を見たのもそのトラックである。スキューバ・ダイビングのレッスンを受講する練習生募集の広告だった。

「行ってみて、どんなことなのか聞いておいでよ」とアンが言った。

ジョンはホットドッグをむさぼるように食べると、口についたケチャップ・オニオンのソースを拭いた。そして店へ駆けていった。中に入ると新しいウエットスーツのネオプレインの匂いがした。ジョンはフレームに入ったダイバーたちの写真を見た。カウンターに座っていた三〇歳くらいの男が見上げた。

「どうかしたの?」と尋ねた。

「スキューバ・ダイビングを習いたいのですが」

男は頭のてっぺんからつま先まで、しげしげとジョンを見た。とくにジョンの着ていたカトリックの学校の制服を。

「年はいくつ?」

「一四歳です」

男はジョンに申込書を渡した。そしてくわしい内容を話した。男の名前はフロイド・ファン・ナーメ。「ダイバーズ・コーブ」というダイブショップを経営していた。スキューバのレッスンの費用は四〇ドル。払い戻しはしない。レッスンは一六週。スキューバは臆病な人が、肝試しをするためのものではない。少なくともダイバーズ・コーブでは、そんなことはしていない。したがって払い戻しはしない。ジョンは健康診断を受けなければならない。それに申込用紙には両親のサインが必要だ——自分でサインをするのはだめ。「スーツとネクタイを着て、ここに来てもだめだよ。君の年は知ってるんだからね」

ジョンはうなずいた。そしてドアのところへ歩きはじめたが、振り向いて「ジャック・クストーは好きですか?」とファン・ナーメに尋ねた。

「えっ、何のこと?」

＊

スキューバのレッスンを受けたり、花々の手入れをしたり、子牛の脚から骨を抜いたりしながら、ひと夏を過ごしたあとで、ジョンはセントピーターズ・ボーイズ・ハイスクールで授業を受けはじめた。先生方は頭がよく、その力量もすばらしかったが、ジョンの頭はもっぱら水中の方に向かっていた。暇さえあれば、バスに飛び乗ってダイバーズ・コーブへ行き、ベテランのダイバーたちに質問をしたり、潜水用具の手入れをした。それを買うためにジョンは、二交代制で働かなくてはいけなかった。彼のチェックアウト・ダイビング（ダイビング・レッスンの仕上げとして、インストラクターが、認定レベルに達しているかどうかを、チェックするために潜るダイビング）の目標は、ニュージャージー州のスプリング・レイクに沈む古い木造の難破船となった。ジョンは深く潜って、一〇〇年以上も経ったと思われるガラスびんを引き上げた。

「あれは何の難破船なんですか？」と、浮上したあとでファン・ナーメに訊いてみた。

「スプリング・レイクの難破船って呼ばれているんだ」

「あの船がスプリング・レイクで難破したって、どうしてみんな知ってるんですか？」

「それは分からないな。ただわれわれはそう呼んでるだけだからね。ここにずっと前からあるんだ。難破船の本当の名前を知ってる者なんて、誰もいないよ」

学校では相変わらず、先生が宿題の山を作っていた。が、ジョンは、それより大きな問題を解くのに忙しかった。マイクロフィッシュや定期刊行の案内書を見たり、最後は古い『コリアーズ』誌を利用したりして、彼は情報を集めた。そして、それをつなぎ合わせて結論を出した。ジョンは結論をインデックス・カードに書いて、ダイブショップに持っていった。

「スプリング・レイクの難破船のことですが」とファン・ナーメに話しかけた。

「それがどうかした?」

「あれは古い商船でした。一八五三年に沈んでいます。船の名前は『ウエスタン・ワールド』です」


第二学年がはじまったが、これはげんこつで殴ることからスタートした。野球やレスリングチームの上級生が、ジョンのタフネスな評判を聞きつけて、それならそのタフネスを叩きつぶしてやろうということになった。しかし、逆に彼らはみんな、ジョンのために叩き返されてしまった。クリスマスまでにジョンは、けんかのために三度も停学になっている。

そんなジョンに目をとめていた生徒がいた。一年生で名前をジョン・ビロッティという。彼とジョンはこれまでもつねに仲がよかった。しかし、同じ学校に通ったのはこれがはじめてだ。以前、ジョンがコーヒーショップに発煙筒を投げ込んで逃げ出したとき、その退路を絶ったのがジョン・ビロッティの父親トミーだった。そのとき以来、トミー・ビロッティはガンビーノ・ファミリーで大出世をした。そして今では、ニューヨークのギャングたちの間で、もっとも恐れられた存在となっている。

ある日、ジョンとジョン・ビロッティは話をしていた。学校にはお金を必要とする生徒たちがいる――車や女の子やコンサートチケットに使う金だ。二人は仕事をして、現金を貯めていた。それをクラスメートに貸さない手はないだろう。利息は、サウスビーチで行なわれている金利で請求すればよい。一週間で四パーセント、貸した金の返却期限は二六週間後。

二人は二、三ドルを貸し付けることからはじめた――それがここで五〇ドル、あそこで一〇ドルと大きくなっていく。商売は順調だった。彼らはさらに手を広げた。もし大人たちがこれを知ったら、トラブルのタネとなっていただろう――どちらの父親も、自分の息子がこんな方法で金を稼ぐことを望んでいない。しかし今は、金を借りに客が向こうからやってくる。

数カ月後、ジョンは一週間に数百ドルを稼ぐようになっていた。二年生の終わりには、ジョンと彼の友だちが、ローンによって集めた金は数万ドルに達した。それはおいしいビジネスだった。二人はあえてがんばることもしなかったし、ましてや、脅迫めいたことなどする必要もなかった。金はみんながすぐに返してくれた。

しかし、貸し付け業が飛躍的に発展したのは、ジョンが自動車の免許を取ったあとだった。たくさんの顧客と接触ができるようになると、彼とジョン・ビロッティは数万ドルの金を貸し付けはじめた。二人は誰一人傷つけることなどしていないと思っていたし、自分たちが得意とするところは人助けだと思っていた。

この自信満々だった二人の友人たちは、こんどは合法的なビジネスに投資をしはじめた。自分たちは若すぎて、とても出入りのできない、時間外営業のナイトクラブを買い取った。一七歳になったジョンは、すでに彼が通う高校の校長をしのぐほどの金を稼いでいた。が、それでも、父の肉屋のシフトをすっぽかすようなことはけっしてしなかった。

ジョンは稼いだ金のいくばくかを、週末ダイバーたちがチャーターする船へ参加するために使った。このチャーター船は、ニューヨーク州やニュージャージー州の海に沈む、危険な難破船の場所へ向かう。ジョンは自分で車を運転することができたが、いつも彼は父親に頼んで、ドックへの送り迎えをしてもらった。冒険を父親と共有できるのが楽しかった――重要な場所へ向かう道すがらに話すだけだったが。

NATIONAL MARITIME MUSEUM, GREENWICH, LONDON

航行中のイギリス商船。ゴールデン・フリース号に似ている（1682）。

HOWARD EHRENBERG

ジョン・チャタトン

ジョン・マテーラ

HOWARD EHRENBERG

JOHN MATTERA

ハイコ・クレッチマー

JOHN MATTERA

ハワード・エーレンバーグ

JOHN MATTERA

カロリーナ・ガルシア（マテーラのフィアンセ）とビクトル・フランシスコ・ガルシア＝アレコント（カロリーナの父親、ドミニカ共和国海軍の副提督や参謀長を務めた）

イギリス海軍のヨット。ドレイク号に似ている。

イギリス海軍の戦列艦。ファルコン号に似ている。

DOMINICAN REPUBLIC MINISTRY OF TOURISM

カヨ・レバンタード（前方が西側ビーチ）。ここでトレジャー・ハンターたちは、何世代にもわたって、ゴールデン・フリース号の難破船を探した。

TODD EHRHARDT

ゴールデン・フリース号の難破現場
（水中に立てられた棒が目印）

ROBERT KURSON

ヴィラから眺めたカヨ・ビヒア。
ゴールデン・フリース号を探索したチャタトン、マテーラ、
それに2人のクルーは、大半の日々をこのヴィラで過ごした。

HOWARD EHRENBERG

JOHN MATTERA

ワインを飲むのぴったりな、そして商船の船長にふさわしい高価なグラス。ゴールデン・フリース号から、破損されていない状態で回収された。

ゴールデン・フリース号のバラスト・
パイル上に横たわる、マスケット銃の
銃身（一見すると管のように見える）。

チャタトン（左）とマテーラ。
マテーラが手にしているのは、
ゴールデン・フリース号で見つけたマスケット銃。

HOWARD EHRENBERG

海賊が骨から作ったサイコロ。四隅がとがっていることに注意。海へ転がり落ちないように工夫されている（サントドミンゴ、水中文化遺産局研究所の展示より）。

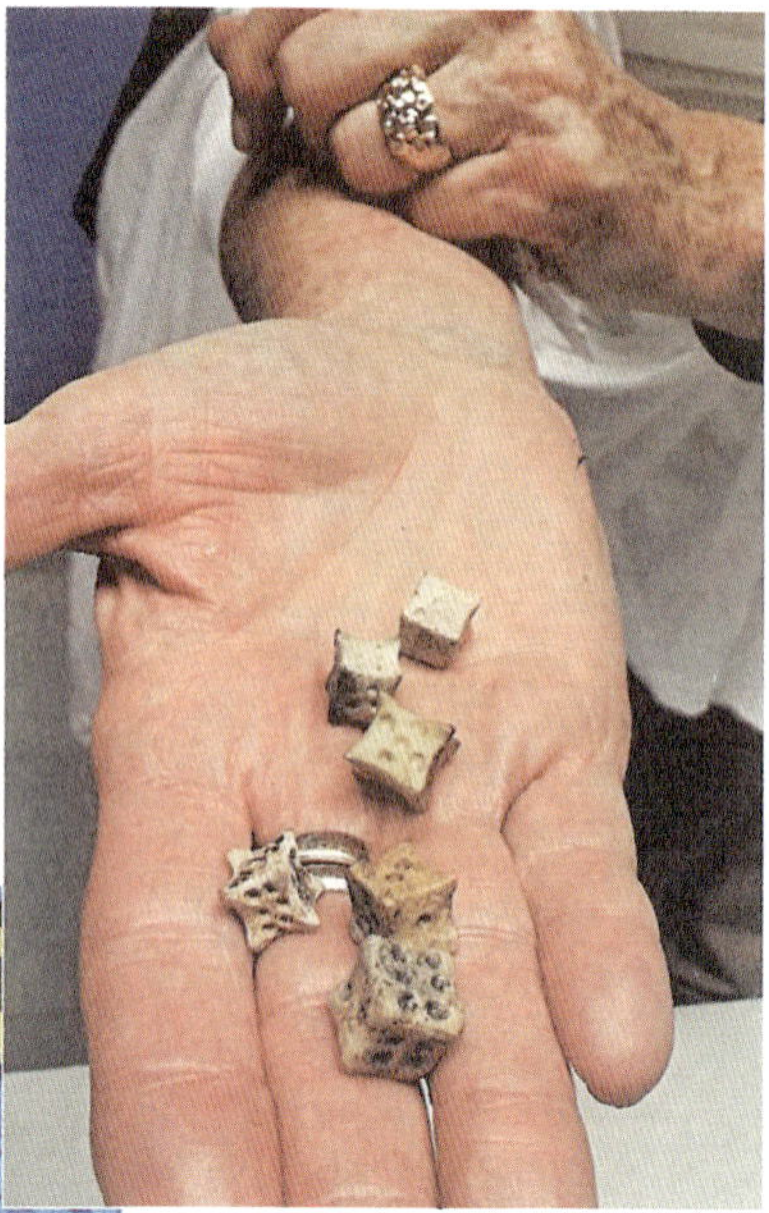
ROBERT KURSON

JOHN MATTERA

ゴールデン・フリース号から回収された銀貨

JOHN MATTERA

海賊のビーズとボウル。ともにゴールデン・フリース号から回収された。

JOHN MATTERA

シリアル・ボウル。食べ残したおかゆが中にある。
ゴールデン・フリース号より回収。

ROBERT KURSON

海賊用のテーブルセット。コインのデザートつき
（サントドミンゴ、水中文化遺産局研究所の展示より）。

ROBERT KURSON

バニスターはこの剣で、人間の腕をわずかひと太刀で切り落とした（サントドミンゴ、水中文化遺産局研究所の展示より）。

JOHN MATTERA

ゴールデン・フリース号の難破現場から回収された砲弾。幅広の矢印に注意。これはイギリス海軍によって使われたシンボル。

JOHN MATTERA

ゴールデン・フリース号から回収された海賊のナイフ

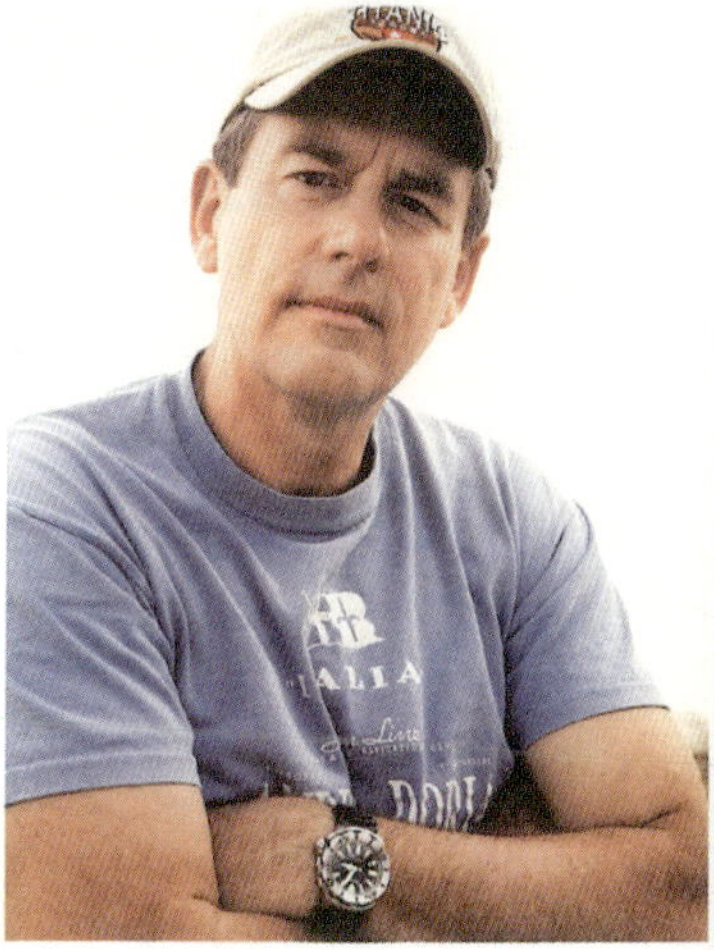

KEVIN MORRIS

ジョン・チャタトン

JILL HEINERTH

ジョン・マテーラ

ゴールデン・フリース号の船体

ドックから家へ車で帰りながら、ジョンの父親は、難破船のことをくわしく話してくれとジョンにせがんだ。海の中で起こったことはすべて、どんなことでも知りたがった。そんなわけでときには、ジョン・シニアの方がチャーター船の客よりも、難破船の歴史やその沈没の状況について、ずっとくわしく知っていることがしばしばあった。ジョンは父親のこんなところが大好きだったが、それはまた彼の胸を切なさで苦しくさせた。「ダイビングのレッスンにお父さんも来ない？　いっしょに難破船へ潜ろうよ」と彼が言うと、父親はいつも答えた。「うん、やってみたいな。時間が取れたらやってみるよ」。しかし、ジョンは知っていた――父親は家族の大黒柱だ。マティズ・クオリティ・ミーツはマティ（シニア・ジョン）なしではとてもやっていけない。したがって、ジョンにできることと言えば、父に海の物語を語り続けること、それも洗いざらい、一部始終を話してあげることくらいだった。

ジョンが巷にお金をつぎ込んでいる間に、クラスメートたちは大学へ行く道を選択していた。大学進学については彼もまた考えた。が、成績表を見るとがっかりしてしまった。歴史を除くと他の学科はすべてが平均点で、歴史だけは「A」の評価だった。しかし、歴史だけで大学へ行けないことは彼も知っていた。

高校を卒業すると、ジョンは白の1971フォード・マスタング・ボス351を買った。彼が夢に見た車だ。ある朝、ジョンはその車に父親を乗せて、行きつけの軽食堂ジーン・アンド・トニーズへ朝食を食べに出かけた。食事を終えて帰ろうとしたが、マスタングがスタートしない。ジョンは父に、車をうしろから押してもらえないかと頼んだ。そうすれば、クラッチを操作してスタートさせることができる。ジョンが車を動かそうとしてバックミラーを見ると、父親が前屈みになって、あえぎながら息を切らしているのが見えた。

アンは夫を医者に連れて行った。そして診断の結果を聞いた――肺がんだった。ジョンはこの知らせに叩きのめされた。たしかに父は一日にタバコを三箱吸うが、彼はまだ四六歳だ。それにいつもは頑健で丈夫だった。だからジョンは、父ががんに打ち勝つことを信じて疑わなかった。

それからというもの、二人は毎日、いっしょに肉屋に通った。そののち数カ月、父親は元気のように見えた。が、ジョンにとって、それは油断のできないものだった。というのも、彼は牛肉の肩肉にできたがんを間近で見ていたからだ。それは外からはまったく普通に見える。が、肩肉を開いてみると、そこには黄色い大きな嚢《のう》があった。そんなときにはすぐに肉を元通りに閉じて、それを配達した男を呼んで引き取らせた。

父親は徐々に体重が落ちてきた。そして一九八一年のはじめに死んだ。四七歳だった。ジョンはそのとき一七歳。彼は葬式の場では泣かなかった。ただ外を眺めていた。そして父親が、とうとう冒険をできないままに、終わってしまったことを知った。彼にはもはや何一つ、色のついたものはないように思えた。

*

ジョン・マテーラは父の肉屋を引き継いだ。しかし、もはや彼には肉を正確に切ることなどできない。これまで何年もの間、人々は彼のことを、そのいつまでも変わらない笑顔で知っていた。が、その彼が今はうつむいて、ただ地面をじっと眺めてばかりいる。その後数カ月して、ジョンの母親は肉屋を手放した。人々はマテーラを避けるようになった。が、彼を避けない男がいる。それが友だちの父親トミー・ビロッティだった。マテーラが彼の家に立ち寄ったときにはいつも、トミーは片手をジョンの肩にまわして、母親は元気かと尋ねた。そしてジョンの家族のために、何か自分にできることはないかと訊いた。ときどき、トミーは二、三〇〇ドルの金をマテーラのポケットに押し込んだ。が、マテーラがそれを彼の手に戻そうとすると、トミーはただひと言「俺が殴る前に、とっと出ていけ」と言った。今や彼は、ウォーターフロントにある一万二〇〇〇平方フィートのマンションに住んでいた。

マテーラとジョン・ビロッティは親友になっていた。彼らの金貸しビジネスは好調だった。もし誰かが顧客を盗んだと言って彼らを非難しようものなら、二人はこれに答えた。「お前のことなんか、これぽっちも気にしちゃいないよ」。なお激しく言ってくる者がいれば、マテーラは言うだろう。「どうとでも、好きなようにすればいいじゃないか」。誰も彼らに手出しをする者はいなかった。

マテーラが二〇歳のときに、一つだけ例外が生じた。それはマテーラが、ガンビーノの友だちで、二六歳の男とけんかをしたことが原因だった。この男は、ニューヨークのもう一つの犯罪ファミリーに所属する者の甥だという。数日後、マテーラのアパートメントに賊が入り、銃が数丁——銃はすべて法的な許可を得ている——盗まれた。マテーラはけんかをした相手のアパートメントに乗り込むと、仕返しをした。彼はそこで自分の銃をすべて見つけた。現金が四万ドル置いてあったので、これも全部取った。

それからほどなくして、男と仲間の者たちがやってきて、マテーラにピストルをつきつけて脅した。そして、彼をすぐ近くのファイン・フェア・スーパーマーケットへ連れていった。ミート・ロッカーに押し込むと、彼らはマテーラを椅子に縛りつけ、頭に銃を押しあてた。

「金はどこだ?」

「何の金だ?」

男たちはマテーラを殴り出し、蹴りはじめた。

「あの金はどこだと訊いてるんだ？」

彼らは椅子に縛ったままのマテーラを殴り倒した。そして頭を踏みつけ、壁に向かって彼を投げつけると、顔を膝でぐいぐいと押した。マテーラは確実に殺されると思った。

「俺たちの金をどこにやったんだ？」

「知るか、失せろ」

男たちの一人が口径九ミリのスミス・アンド・ウェッソン・モデル59を取り出した。「もうだめだ」とマテーラは思った。しかし、引き金を引く代わりに、男は銃を高く上げると、それをマテーラの耳のうしろに振り下ろした。血がミート・ロッカーの床の上に流れ出た。

もう一人の男がスタンガンを引き出し、マテーラにショックを与えた。そして彼は仲間たちに叫んだ。「バットを取ってこい」

男たちはみんな部屋を出ていってしまった。自分の流した血の海の中で横になりながら、マテーラは考えていた。「やつらが俺を本気で殺そうとしていたら、今ごろ俺は死んでいただろう。助かった。ここから出たら、こんどはやつらを再起不能にしてやる」

男たちは戻ってこなかった。近くの店のオーナーが、氷を入れた袋を持って入ってきた。マテーラをタクシーに運び入れると、病院へやってくれと運転手に命じた。救急治療室でマテーラの傷口を縫い合わせた医者は、運がよかった、命びろいしたじゃないかと彼に言った。

ジョン・ビロッティが数時間後に、マテーラを引き取りにきた。

「おやじがあなたに会いたいと言ってる」とジョン。

トミー・ビロッティも今では、ガンビーノ・ファミリーのアンダーボスになっていて、ファミリーではナンバー2の地位にいる。勢力範囲はスタテン・アイランドの大半、ブルックリンとマンハッタンの一部、それに埠頭などに及んでいた。玄関でトミーは、頭に包帯を巻いた姿のマテーラをじっと見つめて、妻に席をはずしてくれと言った。

「何が起きたのか俺に話せ。嘘をつくんじゃないぞ。ヤクの売り買いに手を出していたのか?」

「いやトミー、誓ってそれはやっていません」

「嘘を言うんじゃない」

「トミー、本当です。ヤクはやっていません。やつが俺の家に盗みに入ったので、俺もやつの家に押し入ったんです」

「それでお前は一五万ドル、やつから盗んだんだな?」

「いいえ、盗ったのは四万ドルぽっきりです」

「他に何を盗ったんだ?」

「俺の銃です」

「お前の銃をやつの家で見つけたのか?」

「そうです」

「分かった。おれが片をつける」

マテーラはこれで話は終わりになるな、ということは分かっていた。が、彼はそこを立ち去ることができなかった。

「トミー、お言葉を返すようですが、ここは私が自分で片をつけたいと思います」

ビロッティは考え直した。

「そうか」とビロティ。「だったらお前に二つだけ言っておく。一つ目。仕返しはほどほどにしろ。頭に血が上ってかっとしたらだめだ。どんなやつでも殺すな。お前の一生を台なしにしちゃだめだ。二つ目。お前が元気になったら、俺がお前を叩きのめしてやるからな。それがお前のおやじのやり方だったんだろう?」

マテーラの父親は実のところ、けっして彼を殴ったりなどしない。が、トミーは父親のように、自分を助けようとしてくれている。そのことにマテーラは感激した。

マテーラが帰りかけていると、トミーが呼びとめた。

「仕返しはほどほどにしろよ」

六月四日、マテーラは彼の銃を奪った上に、彼を叩きのめした男が、ビーチの近くへ、フィアンセと花火を見にやってくるという情報を得た。午後遅くなって、マテーラはジョン・ビロッティのキャデラックに乗り込み、二人で現場にやってきた。彼らが着く頃には宵闇が迫っていた。マテーラがバットを片手に、群衆の間を通り抜けても、誰一人口に出して言う者もいない。マテーラは男が友だちとサンブーカを飲んでいるのを見つけた。

「あいつは、いったい……」。マテーラを見て男が何か言いかけたが、言い終わらないうちに、マテーラはバットで男の口を思い切り殴った。歯が全部吹っ飛んで、顎が砕け、ほお骨が折れた。マテーラはもう一度殴ろうとしてバットを構えたが、これはほどほどの復讐の限界を、すでに越えてしまったかもしれないと思った。バットを放り投げると車に戻った。何百人という人がいて、その中で起こった出来事だったが、だれも見た者はいなかった。

二週間後に、男のおじがトミー・ビロッティに連絡を取った。そして会食の席を準備した。会食はスタテン・アイランドのピザ屋で行なわれることになった。このピザ屋はマテーラがバットで殴った男が経営している店だった。この男の代理人として彼のおじが、マテーラの代理人としてトミーが会食に出席する。

数週間のちに会食が開かれ、マテーラ、ジョン、トミーがピザ屋の奥の部屋へ招き入れられた。部屋はガラス製品や鏡で飾られていて、サケの革で上張りをした家具もあった。

「ちょっ、何てひでえ趣味なんだ」とトミー。「ここはスタテン・アイランドだぞ。魔女ジニーのボトルの中じゃないぜ」

最初に口を開いたのはバットで殴られた男だった。彼はマテーラがしたことを数え上げた。マテーラも負けずに男の所業を数えた。次は大人が話す番だ。

「トミー、俺はここで、ある程度の賠償がなされるべきだと思うんだ」と男のおじが言った。「このガキは金をしこたま盗んだ上、ひでえことをしたわけだから。やつにはそれ相応の懲罰が必要だぜ。正しいことは正しいんだから」

ビロッティは考えを変えた。

「それじゃあ、どんなことになっているのか、お前さんに言うよ」と彼は言った。「このピザ屋はお前さんの甥っ子のもんだな？　それも今日限りで閉店だ。あのアーケード街はやつのものなのか？　あれは今は俺のものだ。これはお前さんの身内だろう？　お前さんはやつが好きなんだな？　それだったら、やつを連れて行きな。やつはニューヨークへお前さんといっしょに帰るんだ。今日が、やつのスタテン・アイランドにいられる最後の日だ。もしここで、またやつに会うようなことになれば、お前さんは俺のあとを追って探すようになるよ。なぜって、おれがやつを殺すからさ。それにだいたい、マテーラの坊やが取ったものだって、もとはと言えばマテーラのものだったんだからな」

男のおじのはらわたは、怒りで煮えくり返っていた。が、昔から引き継いできた組織犯罪の不文律によれば、トミーが自分の権限内にいたことは明らかだった。それはこのおじも知っていた。マテーラは自分でも、ほとんど信じられない気持ちだった。群衆の真ん中にいて、まるで映画を見ているようだった。そして勝利を収めたのはマテーラの方だった。

数カ月後、マテーラはビロッティの家に立ち寄った。トミーはいつものように彼を招じ入れ、朝食をいっしょに食べようと言った。キッチンでトミーはオムレツを焼き、パンをトースターに入れた。そして体を振りかぶると思い切り、マテーラの顔を平手でひっぱたいた。マテーラは床に倒れたまま茫然としていた。

「これはお前に借りていた懲罰だ」とトミー。「おやじさんは、お前がやっかいなことに巻き込まれるのを、何よりもいやがっていたからな。さあ、起きてオムレツを食え」

この出来事のあと、マテーラのビジネスは急速に拡大した。彼は若くて独り身の上、ふところには金が十分にあった。が、父親を失った悲しい気持ちが、なお彼の心をふさいでいた。そんな夜に、彼はロンドンのロイズ（保険業者協会）に手紙を書いて、ロイズが保険を掛けている失踪船のリストを送ってほしいと依頼した。ロイズから小包が届いたときは、人生で最高に幸せな日だった。カラフルなイギリスの切手に消印が押されている。中には、失踪船の情報を記した書類がいっぱい詰まっていて、失踪船の中には、発見される可能性のある場所のヒントが書かれたものもあった。

マテーラが二〇歳になって間もなく、前に金を盗み取られたタフな男を、彼が殴りつけて痛い目に遭わせた。街の噂では、殴られた男が拳銃を手にして、マテーラを探しているという。そこでマテーラは、自分も拳銃をつねに所持することにした。マクリーン・アベニューで二人は遭遇した。男は銃を取り出すと、一〇ヤード先からマテーラめがけてぶっ放した。マテーラも同じように銃で応じた。二人はたがいに撃ち合ったのだが、どういうわけだか、二人とも撃ち損じた。そして、そのあとで殴り合いをはじめた。マテーラは何発も相手を殴りながら、「いったい俺はここで何をしているんだろう？　こんな生活をしていて、俺は結局、どこへ行き着くんだろう？」と考えていた。

しかし彼は、こんな生活から何とか逃げ出そうとした――レッカー車サービス会社を作ったり、父親がしていた肉屋を開くことで――のだが、いつでもすぐにまた、貸金業へと戻ってしまうのだった。トミー・ビロッティがあと押しをしてくれたのも、そんなときだった。彼はボスのポール・カステリャーノに次ぐアンダーボスとして羽振りがよかった。マテーラにとって、大金を儲けるチャンスがあったとしたら、それはこのときだったろう。

が、しかし、ジョン・マテーラもジョン・ビロッティも、もはやビジネスを広げようとする気はなかった。マテーラは新しくオープンした肉屋の経営を続けていた。一九八五年の一二月中旬に、ある友だちがあわてふためいて、駆け込んできたのがその店だった。友だちはトミー・ビロッティが、マンハッタンのミッドタウンで殺されたとマテーラに言った。ポール・カステリャーノといっしょに、スパークス・ステーキハウスを出たところを、銃で撃たれたというのだ。ニューヨーカーたちが、クリスマスの買い物をしている前で行なわれた、大胆な暗殺だった。ニュースキャスターたちはこの暗殺を、一九二九年に起きた聖バレンタインデーの虐殺以来の、ギャングによる最大の殺人事件だと叫んでいた。

マテーラはエプロンを脱ぎ捨てると、ミート・ロッカーから口径九ミリのブローニング・ハイパワーを取り出し、店を閉めた。車でトミーの家へ行くと、中にはジョンがいた。マテーラはジョンの肩に片手をまわした。そのあと八時間の間銃を手に、彼はドアのそばで待機した。もう一人のビロッティに危害を加えようと、何者かが考えるかもしれない。そんなときに備えて、マテーラは友だちを守る心構えでいた。

暗殺事件のあとしばらくして、ジョン・ビロッティはガンビーノ・ファミリーの新しいアンダーボス、雄牛のサミー・グラヴァーノに呼ばれ、膝を交えて話し合いをしようと誘われた。ファミリー内で内紛がはじまりつつあった。世間では、カステリャーノとビロッティの殺害を命じて、新しいボスの座に座ったジョン・ゴッティが、自分に恨みを持つ者たちと和解をしたがっているともっぱらの噂だった。ジョン・ビロッティは立派な人物で、しかも信義に厚い息子だ、彼なら父親の復讐をしないままに放っておくはずがない、と多くの人々は見ていた。マテーラとビロッティの見方は、次のようなものだった。グラヴァーノと話をすることで生じる結果は、可能性として二つのことが考えられる。それはビロッティが殺されるか、あるいは彼がファミリーの構成員になるかのどちらかだ。ビロッティ自身はこの二つのうち、どちらがもっとも好ましくないのか、それを決定することができなかった。

したがって、彼は話し合いの場に姿を見せることはやめにした。

が、この決断は、ゴッティの気分をひどく損ねるにちがいない。そこでマテーラとビロッティは逃げ出した。何カ月もの間、彼らはペンシルベニア州の田舎やアップステート・ニューヨーク、それにスタテン・アイランドなどを転々とした。一つの場所に一日以上とどまることはしない。武器を持たずに外出することもしない。旅をしながら二人は、野球や車や、つき合った女の子の話をした。そして新しいビジネスの計画を立てた。

グラヴァーノはかさねてビロッティに、話し合いの座につくように強く促した。それはちょうど、マテーラとビロッティが真剣な話をしていたときだった。

組織犯罪に巻き込まれながらする生活は、その周辺にいたとしても、何ごともなく一生を終えることは難しい。隣りいた男たちが次々に監獄へ入っていくか、最後は自分が砂地に埋葬されるか、あるいは、たえず恐怖に怯えながら生活するか、そのうちのどれかだ。もしビロッティがグラヴァーノとの話し合いの場に行けば、そこにあるのは彼が殺されるチャンスだろう。が、そこにはまた、もう一つのチャンスがあるかもしれない。それは、自分とマテーラはもはや、マフィアの生活とはいっさい関わりを持ちたくない、とビロッティが言ったときに、ガンビーノ・ファミリーがそれに耳を傾けるかもしれないチャンスだ。

話し合いの日取りが決められた。ビロッティはゴッティに忠誠を誓うわけではないし、向こうからそれを強要されることもない。ただビロッティは、自分のメッセージを伝えることになるだろう――彼はともかくマフィアから足を洗いたかった。

話し合いが行なわれる夜、マテーラともう一人の友人は、最悪の事態に備えて重武装した。ビロッティのあとを追って会合の場へ行き、外で待機することにした。もしビロッティが会談を終えて出てくれば、みんなでピザを食べに行く。が、もしビロッティが出てこなければ、マテーラと友だちは銃を連射しながら踏み込むことに決めていた。

淡褐色のキャデラックがビロッティをひろって、ブルックリンへ向かった。マテーラと友人は遠くからあとを追った。

ヴェラザノ＝ナローズ・ブリッジを渡ったときに、二人はキャデラックを見失った。が、九二丁目の出口でふたたび見つけた。そして、ブルックリンの「一九番ホール」という小さなバーまであとをつけてきた。ビロッティと三人の男たちがバーへ入っていった。

三〇分経った。

そして一時間。

マテーラの友だちは、中に入って銃を撃とうと言う。が、マテーラは彼を引き止めた――おそらくまだ話し合っているのだろう。やっと四人の人影が現われた。そして、淡褐色のキャデラックに乗り込んだ。が、あたりが暗かったために、四人のうちの一人がビロッティだったかどうか、マテーラには分からなかった。そこで、マテーラと友だちはキャデラックのあとを追った。八六丁目近くでキャデラックが止まった。

マテーラの心臓は激しく高鳴った。今したいのは、ともかく友だちの顔を見ることだった。が、車の中では誰一人動く気配がない。

そのとき、マテーラはカチャという音を聞いた。

ゆっくりとキャデラックのドアが開き、一人の男が出てきた。彼は歩きはじめた。足早にマテーラの方に向かって。

マテーラは銃に手を伸ばした。が、男の歩き方に気づいた。あれはビロッティだ。

「危ないところだった。あなたが撃てば、やつらはあなたを撃ちますよ」とビロッティ。「ともかく、私はあなたを愛してます」

「大丈夫だったのか？」
「ええ大丈夫です。さあ、ピザを食べに行きましょう」

ブルックリンのスプモーニ・ガーデンズで、小さなテーブルのまわりに詰めて座りながら、ビロッティは二人の友だちにバーで起こったことを話した。彼とグラヴァーノは一時間以上話し合った。グラヴァーノはビロッティに言った。今、ファミリーの内部では抗争が起きていている――人も殺されていて、グラヴァーノとしては、この抗争にビロッティが関与していないことを確認したい。グラヴァーノは組織犯罪の現場で、もっとも恐れられている殺し屋の一人だ。そのグラヴァーノの目を、ビロッティはのぞき込んだ。「私はマフィアという商売のすべてが嫌いです。父は私にこの稼業をやらせたくなかった。私の友だちや家族を巻き込まないで下さい。われわれには、今回の争いに関与する気は毛頭ありません」。グラヴァーノは頭のてっぺんからつま先まで、ビロッティをまじまじと眺めて言った。「分かった。これでわれわれの問題はすべて解決だ」

数カ月後、マテーラはスタテン・アイランドにあるマグナム・スポーツへ行った。ここはニューヨークで、もっとも大きな室内射撃練習場だ。彼はこの射撃場でパット・ロジャーズと親しくなった。ロジャーズは四〇歳で、ニューヨーク市警の巡査部長をしている。マテーラが見たところ、もっともすぐれた射撃手でもある。ロジャースはめったに的をはずすことがない――早撃ちをしても、ほとんど毎回、センター・マス（喉の下からへその間の六インチ幅）に二発命中する。彼は頭の回転が速く、おもしろいので、マテーラは一度話をしてみたいと思っていた。

射撃場でロジャーズはマテーラに射撃の助言をした。毎朝五時きっかりに、二人は何百発もの射撃を行なう。そのためにしまいには、二人とも真ちゅうでできた銅像のようになって立っていた。ほどなく、マグナムのオーナーがマテーラに、仕事をしてみてはどうだと言ってきた——これまで一日にしていた仕事量より、一カ月でもなお少ない。マテーラは申し出を二つ返事で引き受けた。

ある日のこと、射撃場でマテーラは一人の客の手助けをしていた。客の持っていた45オートマチックのメイン・スプリングが壊れてしまったので、それを修理した。マテーラにとって修理は楽しいことなので、代金はもちろん取らない。お客はマテーラに、警察官になる気はないかと尋ねた。仕事をしている場所から言っても、妥当な勧誘だった。マテーラは警察官になるという考えに興味をそそられた。もちろん、これまでの生活を考えてみても、とても自分にはその資格がないと彼は思った。しかし、そのすぐあとで、次のように考えるようになった。彼はたしかに盗みをいくつか働いた。が、交通違反を除けば、一度も警察の厄介になったことなどない。

次の日、マテーラはロング・アイランドのウエストハンプトン・ビーチ警察署にやってきた。壊れた銃を持っていた客は、この警察署の署長であることが分かった。署長はマテーラの写真を撮影し、通りの向こうの裁判所へ連れて行った。そこには判事がいてマテーラに、右手を上げて、ニューヨーク州の州法を遵守することを誓うようにと言った。

「スタテン・アイランドには、こんな誓いを信じようとする者など誰もいない」とマテーラは思った。「俺でさえこんなものは信じないよ」

が、彼は誓った。署長は彼にバッジとポリスのＩＤカードを手渡して、一カ月間警察学校（ポリスアカデミー）へ通うようにと言った。

マテーラは警察の授業にはうってつけの人物だった。卒業のときの成績が平均九九点で、彼は卒業生の総代に指名された。ウエストハンプトン・ビーチ警察署は、彼を仮採用で雇い入れた。フルタイムの警察官の採用は凍結状態だったが、それは彼の勤務時間や給料には影響がなかったので、彼は仕事を引き受けた。そしてすぐに街へ出ると、受け持ちの区域をパトロールした。

他の警察官は、マテーラが以前何をしていたのか知らない。悪いやつが銃を持っていれば、マテーラにはそれが分かった。大学生がドラッグを売っていれば、それもマテーラにはすぐに分かった。散歩に出た高齢者が、空き巣に入ろうとして家をうかがっていれば、マテーラにはそれも簡単に察知できた。

彼が警察官になったと言っても、スタテン・アイランドでは誰も信じる者がいなかった。ガンビーノ・ファミリーのメンバーたちは、親しげに彼の腕にパンチを繰り出しながら、「俺たちはお前と、どんな悪いことをいっしょにやったっけ?」と言った。マテーラと会って、もっともうれしそうだったのはジョン・ビロッティだ。「私はそれほど驚きませんよ」と彼はマテーラに言った。マテーラは彼をパトカーに乗せて、ペーストリーを食べに連れて行った。「思い起こせばあなたはいつだって、自分のやりたいことは何でもできたんですものね」

マテーラは警官が好きだった――他の警官がスルーしてしまった者を逮捕したし、善行をするためには悪人のように考えた。そして、彼は警官を二年間務めた。が、最終的に明らかになったのは、雇用凍結のために、いつまでたっても彼の身分は仮のままだということだった。しかし、この頃になると、彼は法の執行についてさらに大きなことを考えていた。

警官をやめて彼が向かった先は、ミズーリ州とアリゾナ州である。そこに住むようになったのは、そこで、ジェフ・クーパーとレイ・チャップマンから学ぶためだった。この二人は現代のコンバット・シューティングの父と呼ばれていた。これは銃撃戦のアイビーリーグのようなもので、マテーラはすぐにコンバット・シューティングに没頭した。学校では友だちもできた。そのうちの一人が政府機関の伝手を通じて、マテーラに海外で行なう極秘の仕事を斡旋してくれた。それはいかなる困難にも、ひるむことなく立ち向かう、そんな人物にしかできない仕事だった。

アメリカ政府の請負人として働きながら、マテーラはニカラグア、トルコ、モンテネグロなど、リスクの高い国々へと旅をした。そして宣伝活動を広げたり、海路で運ばれる積み荷を守ったり、警護特務部隊を訓練したりした。彼が働いたのはたいていが紛争地帯だったが、そこでもつねに陰に隠れて動いた。

三〇代のはじめにマテーラは、アメリカに敵対する第三世界の国へ飛んだ。それは秘かに、相手の動きを監視するためだった。彼は信頼していた縁故に裏切られ、焼けた建物の中に閉じ込められた。そして、アメリカ人の高官に賭けられた多額の懸賞金を欲しがる、武装した反乱者たちに包囲されてしまった。

そんなときに生き延びる唯一の方法は、一マイル以上離れたアメリカ大使館まで、歩いて引き返すことだった。が、昼日中にそれを実行する勇気はなかった。昼間の数時間をつぶさなくてはならない。そこで、子供の頃に覚えたニューヨーク・メッツのラインアップをおさらいしたり、一生の間にしたいと思っていたことを数え上げたりした。が、まだ時間が残っている。夜間の遁走のために、自分を落ち着かせなければならないときには――彼にはとても、それができないように思えるのだが――、いつも難破船のことを考えた。そこにあるのに誰も気がつかない、そんな難破船を発見することは、どれくらいすばらしいことなのだろうと考えた。

日没後、マテーラは大使館に向かって歩き出した。ゆっくりと固い決意で。彼は銃撃音が鳴るのを待っていたが、道路は沈黙を守っている。六時間後には、アメリカへ戻る機上の人となっていた。政府の専用機の中でも、彼は銃を離さなかった。そして自分自身に約束をした。どんなことが起きようと、先延ばしはやめよう。自分の心が今日やるようにと命じたことを、明日まで引き延ばすことは断じてやめよう。

マテーラが家に戻ったあとに、おじが肺がんで死んだ。マテーラの父親が死んでから、ちょうど一〇年が経っていた。葬式ではみんなが彼を慰めようとした。が、誰が何と言おうと、マテーラは泣くのをやめることができなかった。父親が死んだときには泣かなかったので、彼が涙を流したのは、父親の死ぬ前以来のことだった。

＊

一九九二年までにマテーラは、数多くの法的執行機関に参加した――たとえば執行機関に関連した専門学校。ここではサブマシンガンの操作から、人質解放の交渉の際に、最後の手段として、爆発物を使って部屋を破壊する方法など、さまざまなことが教えられた。この年に、彼はバージニア州の警備保障会社に就職する。

マテーラが警備をしたのは企業のＣＥＯ（最高経営責任者）、有名人、政府の要人などの身辺で、この仕事によって彼は徐々に頭角を現した。やがてトップクラスの給料を稼ぐようになった。が、別に特別な努力をしたわけではない。自然のままに、自分にできることをしただけだった。彼はこの仕事を数年続けていく中で、少しずつ評判を築いていった。そしてやがては、『タイム』誌の表紙を飾るような要人たちを警護するようになった。

一九九八年、マテーラはデニスと結婚した。デニスはスタテン・アイランドの出身で、彼女にはダニエルという五歳の娘がいた。バージニアにあった農場で、マテーラは「宝の地図」を広げると、ダニエルをトラクターに乗せて、宝探しに出かけた。二人は何度も外国のコインを見つけた。それはあらかじめマテーラが埋めておいたものだった。コインは小さな女の子をワクワクさせた。一度こんなことがあった。ダニエルがしきりに、コインに彫り込まれた日付を見ている。そしてマテーラに尋ねた。このコインの歳はなぜ三歳なの。「うーん、分からないね」とマテーラは答えた。「宝物って不思議なもんだからね」

二〇〇〇年には、すでにマテーラにはもう一人、女の赤ちゃんのダナができていた。家族のために何か特別なものを作り上げたいと思った彼は、パートナーと二人で警備会社を丸ごと買い取った。以前にもまして、対処しきれないほど多くの仕事が舞い込んだ。やがてマテーラは、一年に一〇〇万ドル以上のお金を家に持ち帰るようになる。有名人やCEOから身辺の警護の依頼がきて、マテーラが自らそれに当たるときには、アメリカのボディーガードの中でも、最高の料金で請け負った。

さて、彼の前には今、大きな山が見える。相棒とともにこの仕事をさらに押し進めていったとしても、その先はどこまで行けばいいのか、限界が見えない。業界の最大手が触手を伸ばしてきてもいる。マテーラとパートナーに、会社を手放す気がないのかと探りを入れてくる。が、マテーラ自身は、だいぶ前から心を決めていた。彼にとってはこの会社を作ったのも、何か歴史的に重要なことをするための契機にすぎなかった。

が、しかし、それをするためにはお金が必要だ。ときには一日二〇時間働くこともあった。ハイリスクのプロジェクト——これは彼の会社にとっては、おいしい仕事だった——が、少しずつマテーラの胃を浸食していた。彼はミランタ（胃薬）、エクセドリン、アドビル（ともに鎮痛解熱剤）のミルクセーキに頼らざるをえなくなった。デニスとの間にも緊張を作り出していた。

二〇〇二年、世界的な大手の警備会社から買収の申し入れがあったとき、マテーラとパートナーはこれに耳を傾けた。契約書にサインをすれば、彼はキャッシュで三〇〇万ドルの金を手にして、立ち去ることになる。買い手は彼にコンサルタント料を支払うだろう。そしてマテーラは、たかだか四〇歳にして、貯金から発生する利子だけで悠々と暮らせる身分となる。

警備会社からの提案は気前のいいものだった。が、マテーラにとって、自分のビジネスを世界的なものに育てるチャンスは、そんなにあるものではない。したがって、ここで簡単に手放すことはできなかった。が、パートナーは提案を受け入れて、会社を売った方がいいと言う。それはパートナーだけの意見ではなかった。マテーラの友人や家族もまた、彼にビジネスから手を引くようにと勧めた。そして、確実なものを手にしなかったために、あとで後悔した人々がいたことをマテーラに思い出させた。買い手側は回答を必要としていた。

マンハッタンの法律事務所の会議室で、マテーラは書類の山にサインをした。そしてあっという間に、彼の会社は先方の手に移ってしまった。外へ出てきたが、とくに向かう先もない。通りを歩きながらマテーラは、次のような気持ちを振り払うことができなかった。これまで大きな世界に挑戦してきたのに、ここにきて自分を必要以上にみすぼらしく見せてしまった。

結婚生活もすでにぎくしゃくして、破綻しはじめていた。マテーラとデニスは別れた。マテーラの銃さえ彼の期待に背いた。銃のケースを手に射撃場へ行ったのだが、それを開く力を奮い起こすことができなかった。こんな感情が通り過ぎてしまうのを彼は待った。そして自分の幸運を思い出そうとした。

しかし、一二万五〇〇〇ドルを出して買ったメルセデスを運転する段になると、ジーン・アンド・トニーズ以外に行くところなど、他にどこも考えることができなかった。あの軽食堂でマテーラは、いつものロールパンとベーコンエッグを注文した。それは子供の頃、土曜日の朝に父と二人でやってきて、ここで食べるのが大好きだったメニューだ。

何カ月か過ぎていくうちに、マテーラの心に浮かんだのは、もしかすると自分は、人生で間違ったものを追いかけていたのかもしれない、ということだった。お金はたしかにすばらしいし、成功も重要なことだ。が、彼に話しかけていたのはただ一つのことだった。それなのに、彼はそれを追うことをしなかった。しかし、これまで長い間、ずっとそれに近づきつつあったことは確かだ――まだ一度も探検されていない難破船へ潜ったり、大きな記録保管所へ出かけて、小さなミステリーを解き明かしたりして。彼が本当にしたいと思っていたのは――それは小学校の頃から抱いていたことだが――、歴史的に重要なことを自分で成し遂げたい、自分自身の不朽の物語を歴史に加えたいということだった。

組織的な犯罪で、マフィアのトップに昇り詰めることで、マテーラはそれを成し遂げたかもしれない。が、彼には暴力の生涯を送る気はなかった。あるいはまた、自分の会社を世界的な警備会社にすることで、それを成し遂げることができたかもしれない。が、これから一〇〇年もの歳月が経ったあとで、そんな話をどのような子供が読みたいと思うのだろう?

マテーラがドミニカ共和国へ移り住んだのは、ちょうどそんなときだった。サントドミンゴ近くの海へ潜りながら、彼はふたたび自分らしさを感じはじめた。そして、スキューバ・ダイバーのための高級リゾート、パイレーツ・コーブをスタートさせた。さらにこの時期、彼はカロリーナ・ガルシアと付き合いはじめた。彼女はマテーラと同じように歴史が好きだった。やがてマテーラはカロリーナを愛するようになった。

そして、彼は一つのプランを思いつく。ガレオン船を探しはじめた。これは金貨や銀貨を積んだ財宝船で、一六世紀から一七世紀にかけて、新世界とスペインの間を航海していた。マテーラはボートと器具を購入し、数え切れないほどの時間をガレオン船探索に費やした。二〇〇六年、マテーラはチャタトンと手を組むことになった。チャタトンは彼がこれまでに出会った中では、もっとも感情に駆られるタイプの、執拗で厳しい人物だった。ともに二人でプロジェクトのために、自分の蓄えを使おうと固く誓い合った。そのプロジェクトは必ずや彼らを金持ちにし、ダイビングの世界で人気者にするだろう。

そして、ガレオン船の探索に出かける直前に、マテーラはこれまでに練り上げてきたプロジェクトを、すべて放り出すことになった。それも海賊船を探すためだった。

計画を突然変更したことで、財宝を手にするという彼の夢、ひと財産を作り出すという夢は、風前の灯となってしまった――政治の風もまた、サルベージに従事する者たちに激しく吹きつけていた。それに探索の作業は、毎週多額の費用を要する。しかしマテーラに選択の余地はなかった。黄金時代の海賊船を見つけ出すことは、月に足を踏み入れるよりさらにまれなことだった。これまでにそれを発見し、確実にその身元を明かした者はわずかに一人だけだ。しかし、マテーラの心をつかんでいるのは、海賊船よりはむしろ海賊本人だった。マテーラにとって、ジョセフ・バニスターは、ただ単にカリブ海で最重要の指名手配者となり、戦闘でイギリス海軍を打ち破ったというだけではない。バニスターは何か、歴史上重要なことをするつもりだった。そのことを抜きにして彼を語ることはできない。バニスターを探すためには、どんな危険なことでも、マテーラは進んでやるつもりだった。

あとはカロリーナに、自分の計画を打ち明けるだけだ。海辺のレストランでディナーを食べながら、マテーラはカロリーナに、バニスターやゴールデン・フリース号について、彼が知っているすべてを話した。そしてこの探索には、べらぼうなお金がかかることも告げた。

カロリーナはマテーラの手を取った。

「いっしょに探すよ」と彼女。「これまでも、ずいぶん長い間、あなたはこの海賊を探してきたんだもの」

10 予言者

セビリアで文書館を訪れたあと、マテーラはサントドミンゴへ戻ってきたのだが、そのままサマナへ行って、チームに合流することはしなかった。その代わりに彼は、アメリカの老人たちに電話をした。この老人たちはトレジャー・ハンティングの生きた伝説で、人は本から学べないのをよく知っていた。マテーラは老人たちのうちに、以前、海賊を追いかけた人がいるのではないかと思った。もちろん、その人々は銀貨や金貨のために追いかけたのだろう。が、マテーラは彼らの知恵と経験を信じていた。その点から言っても、彼らはマテーラにとって予言者だったのである。すぐに、彼らのうちでもっとも事情にくわしい人々に、会う約束をすることができた。

マテーラはフロリダへ飛んで、キーラルゴのホテルにチェックインした。ロビーのキオスクで、パイレート・ソウル・ミュージアムのパンフレットを見た。「これが黄金時代の海賊の財宝。本物だ」「情け容赦のない攻撃」。マテーラはパンフレットをポケットにねじ込んだ。ミュージアムのあるキーウェスト（フロリダ・キーズ諸島のキーウェスト島にある都市）は、ここから南へ一〇〇マイルほどのところだ。彼は次の日、老人たちに会わなくてはならない。しかし、海賊たちが呼んでいた。マテーラは車で出発した。

ミュージアムの外で列に並びながら、マテーラは通り過ぎていく人々を眺めていた——ボヘミアン、芸術家、観光客など。彼にとってキーウェストはのんびりとして、美しい街だった。ここでなら一週間くらい暮らすことができそうだ。が、そのあとは気が狂うか、何かすることが必要となるだろう。

入場料の一三ドル九五セントを払って、所定の時間に戻って来れるように、館内を見てまわった。最初の二部屋か三部屋では、海賊の剣、ピストル、財宝、大砲、ラム酒のびん、道具類――中には気味の悪い切断手術用の器具もある――などを見た。すべてが本物だった。ミュージアムには、海賊から捕獲した水銀の玉もあった。これは小さな水を入れる壷に入っている。陳列されているものは、すべて海賊の黄金時代のもの、つまり一六五〇年から一七二〇年のものだ。しかしもっとも珍しいものは、さらに先の方にあった。

ある壁面にぶら下がっていて、不気味に輝いていたのは、ジョリー・ロジャー（海賊旗）のオリジナルだ。これは悪名高い、頭蓋骨と二本の骨を組み合わせた旗で、海賊によって掲げられたものである。このミュージアムの海賊旗は、世界で現存するわずか二つのうちの一つだ。旗の近くには海賊の宝物箱が一つだけ置かれている。アメリカで発見されたもので、秘密の隠し場所を中に備えた箱だった。この箱の所有者はキャプテン、トーマス・テュー。『フォーブス』誌が特集した「もっとも稼いだ海賊ベスト二〇」のリストでは、第三位にランクされている（生涯で獲得した金は推定一〇億三〇〇〇万ドル）。テューは戦闘中に大砲の弾に当たって、臓物が飛び出てしまい、そのまま死んでしまった。別の壁でマテーラが見たのは、一六九六年に書かれたイギリス当局の布告状――本物だ――で、そこには海賊ヘンリー・エイヴリーの首を持ってきた者には、五〇〇ポンドを与えると記されていた。それはおそらく、現存する最古の指名手配のポスターだろう。

このミュージアムは、フィラデルフィア・セブンティシクサーズ（フィラデルフィアに本拠を置くNBAのプロバスケット・チーム）の元オーナーだった、パット・クローチェのコレクションをもとにして作られた。「この男はバスケットボールを愛しているかもしれない」。マテーラは一六八四年に初版が出た、エスケメリンの『アメリカの海賊』の前に立ちながら考えた。「が、それよりずっと彼が愛しているのは海賊だった」

マテーラはエスケメリンの本を読んだ。そして、そこに書かれた偉大な海賊たちについて、すべて読み終わるまで、そこを立ち去ることができなかった。彼らはみんなここに住んでいる。ヘンリー・モーガン、黒髭（エドワード・ティーチ）、ウィリアム・キッド（キャプテン・キッド）、アン・ボニー、サミュエル・ベラミー（ブラック・サム）、ジャック・ラカム（キャラコ）。彼らの一生は、それ以前に活躍した海賊たちより、さらにスリリングなもののようだ。が、ミュージアムから表に出て、キーウェストのまばゆい陽光の中を歩きながら、マテーラは笑いをこらえることができなかった。というのも、ミュージアムにいたすべての海賊船長の中で、最上位の座を占めていたのは誰なのか、それを彼はここで知ることができたからだ。

次の日マテーラは、イスラモラーダにあるマミー・アンド・アイザズのレストランに入っていった。この街はキーラルゴの南約二五マイルのところにある。その店で彼は一人の老人と握手をした。老人はもの静かで、きゃしゃな体つきをした八〇歳ほどの人物で、名前はジャック・ハスキンズという。トレジャー・ビジネスの世界では、名の知れた者はほとんどいない。ハスキンズもよく知られたトレジャー・ハンターではけっしてなかった。彼は探索者《リサーチャー》だった。リサーチャーとして、これまで発見されたガレオン船の中でも、最大のものをいくつか見つける手助けの仕事をしてきた。ハスキンズについては、財宝のことで他の者と話をしているときに、マテーラはつねに、みんなから同じことを耳にした。まず第一に、古い難破船の発見に関しては、ハスキンズが世界で誰よりもよく知っていること。第二に、彼は慎み深く、正直な人物だということ。それはこの業界では非常にめずらしいことだった。そして第三に、これまでのキャリアを通じて、彼はつねに利用されてばかりいたことだ。

ハスキンズはコンチチャウダーを勧めてくれた。そして二人は本題に入った。トレジャー・ハンティングでは、情報が最重要だとハスキンズは言う。最新のテクノロジーを持つこともできるし、最良のボートを操作することもできる。そして、最奥の場所まで行くこともできるだろう。だがそれも、どこを探せばいいのか、その情報がなければ何の役にも立たない。そしてそれは結局、何はさておき、リサーチが重要ということになる。

ハスキンズがリサーチをはじめたのは、セビリアのインディアス総合古文書館においてだった。それはマテーラが、ついこの間まで調べものをしていたところで、彼はそこから戻ってきたばかりだ。若い頃、ハスキンズはこの文書館に通いつめた。身につけていたのはスペイン語辞書と、ガレオン船を何としても見つけたいという渇望だけである。二、三年もすると、彼は古めかしい言葉や文字に精通するようになった。そしてそれは、大いなるスペイン財宝艦隊（インディアス艦隊）の物語を、彼に語ってくれた。

やがてトレジャー・ハンターたちは、ハスキンズにお金を払って、セビリアでリサーチをしてほしいと依頼するようになった。彼は一度に数週間セビリアに滞在して、頼まれた仕事を完了させた。そして他にも、おびただしい量の記録をコピーした。それは一見でたらめのように見えたが、やがて彼は、それで自分のアーカイブ（記録保管所）をこしらえた——保存記録はフロリダにあった住まいの浴室を満たし、書類は天井に達するほど積み上げられた。ハスキンズはそれを使って、自分で難破船を発見した。多くの人々の話によると、彼はセビリアの書棚においても、優秀なリサーチャーだったが、それと同じくらい、海の中のトレジャー・ハンターとしてもすぐれていたという。しかし、彼の最大の貢献はおそらく、幾多のガレオン船の発見に結びつくことになった、その画期的なリサーチに由来するものだろう。

彼が発見したガレオン船のおもなものとしては、アトチャ、コンセプシオン、トロサ、グアダルペ、サンホセ、マラビリャなどがある。

ハスキンズが、その功績にふさわしい称賛や財宝を、今まで一度も受けていないと多くの人々は考えていた。彼のふところ具合は、ときおり思わしくなくなる。そんなときは彼も、スキューバ・ダイビングの用具を売りに出さざるをえない。支持者たちは彼に、自分の権利を求めて戦うように、訴訟を起こして、相手にパンチでも何でも、食らわせるようにと促した。弁護士たちも、ただで弁護を引き受けると申し出た。が、しかし、彼は第二次世界大戦のときに、哨戒用の魚雷艇に乗って、いやというほど戦闘を経験してきた。それに彼はやさしい心根の持ち主だった。したがって、相手と戦うことはせずに、ふたたび文書館へ戻った。そして、誰も見つけることのできなかった情報を発見したり、自分で見つけた難破船へ潜ってみたり、生き残るために必要な金を手に入れるために、年代物のコインを売ったりした。八〇歳近くになった今、彼もトレジャー・ハンターの世界では有名になった——が、それは価値のある難破船を見つける、彼の能力のためではない。彼を不当に扱う人々をそれでも許す、彼の持って生まれた性格のために、名前が知れわたっていたのである。

マテーラはキーライム・パイを注文した。そして椅子に深々と腰を下ろして、ハスキンズが財宝について話す言葉に耳を傾けた。ハスキンズが言うには、現代の金貨や銀貨は美しさや質感の点で、ガレオン船で見つかった金貨や銀貨にはとても太刀打ちができない。古い金貨や銀貨は、鋳造する際に水銀が使われている。この方法は危険なので、今は許可されていないが、このプロセスで作られた硬貨は、驚くほど純度が高くなる。手で作られた初期のスペイン硬貨や「ペソ硬貨《コブ》」——この二つは正確には同じではない——は、その発見をとめどなく興味のつきないものにしてくれる。財宝船によって運ばれた禁制品の量は、今なおハスキンズの想像力をはるかに圧倒していた。

「しかし、あなたが話を聞きたいのは海賊のことでしょう?」とハスキンズ。「私の家へ来ませんか? そこでならゆっくりと話せます。あなたに見せたいものも、いくつかありますから」

マテーラは高床式で建てられた、質素な家のドライブウェイに車を乗り入れた。洪水の起きやすい地域なので、この建築方法はどうしても必要だった。狭い階段が玄関へと続いている。ハスキンズは階段を注意深く上っていった——手すりがないので、家の側面に手を添えながら上っていく。家の中はどの部屋も、何世紀も前のスペインの記録が山のように積まれていた——それは、解読不能に近い筆跡で書かれた数十万ページに及ぶ書類だ。部屋には書類以外には何一つない。テレビすらなかった。

「以前、短い間でしたが、結婚したことがあります。子供は作りませんでした」とハスキンズ。「ですから、ずっと私だけなんです。あとはネコと研究だけの暮らしです」

ハスキンズは数分ごとに、適当な箱から適当なページを選び出して、マテーラに読んで聞かせた——それは沈没する運命にあったガレオン船の失われた船荷や、スペインへ帰る航海前夜の船長が抱いた心配、さらには、嵐のさなかに愛する者たちが消えていくのを、間近で目撃した生存者の話だった。これらはすべて、財宝船の航海記録から採取したもので、その多くはなおそこで発見されるのを待っていた。

キッチンでは、ハスキンズがマテーラにコーヒーを入れていた。

「あなたは今、サマナで仕事をしていて、ある海賊を探してらっしゃる」とハスキンズ。「それはわれわれの友である、バニスター氏を探してるということでしょう?」

マテーラはほほ笑んだ。

「あなたはバニスターについてご存知なんですか?」

ハスキンズは知っていた。コンセプシオン号を調べているときに、バニスターと彼の船ゴールデン・フリース号に関する記述を偶然、見かけたことがあった。彼はセビリアでその難破船について調べたことさえあった。ちょうどマテーラが先週調べていたのと同じようにして。それだけでもマテーラを、まるでメジャー・リーグで、プレーしているような気分にさせた。しかしそれはまた、彼を心配させもした。もしハスキンズのような歴史家でも、バニスターの船を追いつめることができないとしたら、自分のような者に、はたして、独力で追いつめるチャンスがあるのだろうか？

「ジャック、私にいったい、どんなことができるのでしょうか？」とマテーラは尋ねた。「私はもう、アイディアを使い果たしています」

ハスキンズはコーヒをすすって、じっと考えていた。そして言った。難破船のリサーチは、ただ書物や記録を調べるだけじゃだめだ。スペインのガレオン船の場合は、ターゲット、つまり財宝船の性質を理解しなくてはいけない。ガレオン船が航海したときには、なぜそれは航海をしたのか。その船が恐れていたものは何か。船が進路を取った近道、船がいちかばちか賭けてみたチャンスなど。ゴールデン・フリース号のケースでも、おそらくそれは海賊船というだけで、他の船と同じ問題を抱えていたにちがいない。それをよく理解しなくてはいけない。

ハスキンズはマテーラに、自分のリサーチ人生で収集した、さらに多くの記録や地図を見せた。そして、マテーラが車に戻るのを見送るために出てきた。ドライブウェイで立ちながら、二人は握手を交わした。マテーラはここを立ち去らなくてはならない——ハスキンズの顔に疲れが見えたからだ——が、彼は最後に一つだけ、質問をせずに帰ることはできなかった。

「ジャック、あなたは長い間、他の者たちにだまされ、食い物にされてきたと、ご自分で感じることはないのですか？」

一瞬、ハスキンズは答えるのを躊躇した。そしてほほ笑んだ。

「私はただ、難破船が好きだっただけなんですよ」


マテーラの次の約束は翌朝で、約束の場所へ行くには、キーラルゴから北へ車で三時間ほど走らなくてはならない。が、彼は何としても、そこへたどり着きたいと思った。七五歳のボブ・マークスはこれまでで、もっとも成功を収めたトレジャー・ハンターの一人だった。彼は以前、海洋・水中考古学の研究者をしていて、財宝や難破船に関する本を多数書いていた。その職務経歴書には、ほとんど一〇〇に近い大発見がリストアップされている。が、それも記録のほんの縮約版にすぎない。発見したものの中には大げさなもの、燦然と輝くもの、そして世俗的なものなどさまざまだ。数ある中でもいくつかめぼしいものを挙げてみると、沈没したジャマイカの都市ポートロイヤル、スペインのガレオン船セニョル・デ・ラス・マラビリャス、中央アメリカのジャングルの中で失われていたマヤの神殿、レバノンの古代フェニキアの港と難破船などがある。

難破船の捜索についてはマークスほど多くを知り、しかもその仕事をたくさん見てきた人はほとんどいない。彼は数百万ドルの財宝を回収し、四〇以上の国々で講演をした。そして、コロンブスの船ニーニャ号のレプリカで、スペインからサンサルバドルまで航海したことで、スペイン政府からナイトの称号を授与された。これは命を危険にさらした旅だった。顧客たちが彼の財宝を買うと、彼らは「サー・ロバート・マークス」のサインが入った証明書を受け取った。

この数カ月はマテーラも、マークスと友好を深めていたが、これまではいつもそんな関係ではなかった。一九九八年、マークスは本のサイン会の会場で、まったく面識のなかったマテーラをばかにしたことがあった。数年のちにドミニカ共和国で、マテーラがスポンサーになって開かれたダイビングの会議に、こんどはマークスが現われた。そのときにマテーラはマークスに「ボブ、あなたがずいぶん年を取ってしまったので、私はあなたの顔を殴ることなんてできません。が、私はまだ、あなたを怒鳴りつけることはできますよ」と言った。そしてマークスに遠慮のない意見を言った。驚いたことにマークスはマテーラに、昔の非礼のわびを入れた。このことはマテーラにとって大変なことだった。マテーラはマークスの本を二八冊も持っていたし、彼のことをパイオニアと考えていたからだ――それにマークスが、あの事件を覚えていなかったことは明らかだったから。

しかし、それは遠い昔のことだ。今はマークスも、ドライブウェイでマテーラを出迎えると、彼を招き入れた。

「あなたは持ち歩いているの?」とマークスが尋ねた。彼が知りたかったのは、マテーラが銃を持ってきたかどうかということだ。

「ええ、グローブ・ボックスの中にあります」

「それはいい。銃は必要だからね。おかしなやつがいて、私のあとをつけまわしているんだ。わけは言えないけど、ともかく銃だけは離さないように」

マテーラにとってマークスはヒーローだった。そのためマテーラは、言われたことはその通りにした。玄関へ向かう道には、古代の陶器の破片がずらりと並んでいる。これもマークスが難破船から引き上げた、数え切れない成果の残骸だった。

「昔は財宝探しをする者たちはみんな、ここから二、三マイルのところに住んでいたんだ」とマークス。

「あなたも、バハマやフロリダやキューバで仕事をするときに、ここをベースにしたかどうか知らないが、宇宙飛行士だってここにはいたし、『マッシュ』（CBCで放映されたテレビドラマ）のマーガレット・『ホット・リップス』・ホリハンや、その他いろんな人がいたよ。ここはそれくらい、みんなが来たがる人気のある場所なんだ」

家の中に入ると、マークスは妻で共著者でもあるジェニファーを紹介した。マテーラは彼女の書いた本も読んでいた。彼女とは電話で話したこともある。どちらかと言えば、彼女の方がマークスより強い印象を与える。二人はマテーラに家の中を見てほしいと言った。が、ダイニングルームに入ったとたん、マークスはその場に立ちすくんでしまった。そして、高い棚の上に置かれた、グレープフルーツ大のブロンズの円盤をじっと見つめていた。

「あっ、あった」とマテーラは思わず叫んだ。

船乗りが持っていたアストロラーベは、六分儀より前から存在していて、一三〇〇年代の末には、海洋で緯度を測定するのに使われていた。トレジャー・ハンター、考古学者、コレクター、博物館員など、誰もがアストロラーベを欲しがっていて、わずか一枚でも、オークションでは五〇万ドルという高値で取引されている。マークスはこれを一二枚も持っていて、それがマテーラの見たもののかたわらに、一列に並べられていた。

そしてそれは、マテーラがキッチンへと向かう途中で目にした財宝の、ほんのはじまりにすぎなかった。そこにあったのは次のような品々だ。ジャンプするイルカが繊細に描かれた中国明王朝の陶磁器（一三〇〇年代）。沈没したガレオン船から引き上げられたオリーブオイルの壷。翡翠で作られた死装束。これはマテーラの推測では、紀元前二〇〇年頃に漢王朝の王族を埋葬するときに使われたもののようだ。この装束の価値を推し量ろうとしても、マテーラにはとても想像さえできなかった。

二人は外へ出ると、小道をはさんで向かい側にあるマークスのオフィスへ行った。そこはかつて、砂糖のプランテーションで働く奴隷の住処だったという。ここでマテーラが見たのは、さらにすばらしい財宝だった――数万冊の本が二重に詰められた棚がどこまでも続いている。

「そこの馬には触らないでね」。マテーラが彫像の前を通り過ぎようとしたときに、マークスが言った。ポルトガル船から引き上げた何世紀も前のものだという。「一個が一〇万ドルもするんだ。壊しちゃだめだよ」

マークスの机の隣りにあったベンチに腰を下ろして、マテーラは大型の豪華本を手に取って眺めた。そこには、マークスが発見したフェニキアの古い人工物のことが書かれていた。隣りのテーブルには、本で眺めた品々が、他の何千年も前のものといっしょに、きちんと並べて展示されていた。

「欲しいものがあれば、何でも売ってあげるよ」とマークス。「フレンドプライス、ファミリープライスで分けてあげる。本物を証明する証書もつけるよ。ここにはまた奥に、ポルノ風のものを集めたスペースもあるんだ。古代の人々もあんなことが好きだったんだね」

次の数時間、マークスは新旧のトレジャー・ハンターについて、その物語を語った。それぞれの話には、冒険や危機一髪で助かったエピソードがちりばめられていた。が、そのほとんどは数十年前に、彼が言ったことをさらに強調したものだった――「財宝は苦しみの元凶である」。これはトレジャー・ハンティングの世界の福音となった。外部の人はこの言葉の意味を、トレジャー・ハンターたちはたいてい、最後は無一文になってしまうと捉えた。もちろんそれは真実だ。が、マークスが言おうとしていたことは違っている。彼が言及している苦しみは、財宝を見つけた不幸な人々の心中に存在するもので、金貨や銀貨が心にもたらす重しのようなものだった。財宝は歴史を通してくりかえし、高潔で立派な人々を欲深い者たちに変貌させる。そしてそれはまた、善意の人々から最悪の部分を引き出した。理性的な人々と言えども、金貨や銀貨をひと目見たことで、結婚や友情やパートナーシップの関係を断ち切ることになりかねない。さらに、投資家を裏切り、公正な分け前以上のものを求めて、たがいに争う結果ともなった。こんな風に金貨と銀貨は、自らの錬金術を執り行なうことをやめない。人間の本能と混ざり合うことでそれは、信仰厚い人々を身勝手でさもしい者に変えた。

マテーラは終日、マークスの話に耳を傾けることができた。が、彼はなかなか話題を海賊の方に持っていかない。そこでマテーラは、思い切ってマークスにこの話題を振ってみた。実のところマークスは、自分で書いた本の中でバニスターやゴールデン・フリース号について述べている。したがって今、マテーラはそれ以上のことをマークスから聞きたかった。

「ゴールデン・フリース号の発見に役立つような、地図や極秘の指示といったものは何一つないよ」とマークス。「だから、もしその船を探そうとするなら、それに乗っていた者たちがどんなことをしていたのか、それを理解しなくっちゃだめだ。つまり、海賊のことをもっと知らなければだめなんだ」

マークスは一九六四年に、子供時代の夢を、ジャマイカの沈没都市ポートロイヤルを復旧させることで果たした。そしてそのときに、彼は海賊について多くのことを学んだ。ポートロイヤルは、一六九二年に地震によって消滅した伝説的な海賊の避難所である。バニスターが自分の船を乗っ取って、海賊に変身したのもポートロイヤルだったし、彼を追跡せよという命令が出されたのもポートロイヤルだった。

「世界中の海賊たちが、ポートロイヤルにやって来たんだ」とマークス。「重要な出来事はみんなそこで起きている。バニスターも、それにはすべて参加していた。絶頂期を彼はポートロイヤルで過ごしたんだ。きっとそれがあなたに何かを語ってくれるにちがいないよ」

マテーラは残りの午後を、マークスと語ることで費やした。彼が語る物語に夢中になった。午後遅く、二人は場所を変えて、町中にあるマークスのもう一つのオフィスへと向かった。そこで老トレジャー・ハンターのマークスは、これまでにした仕事の写真を見せてくれた。二人が別れる頃には、あたりがすでに暗くなっていた。が、マークスはなお変わらずに元気だった。痛風のために足を引きずりながら、車の方へマテーラを見送りにやってくる。そしてそこでも、トレジャー・ハンターの勇敢な行為を、ときに冒涜するような言葉を差しはさみながら話し続けた。この老人が引退などけっしてしないことは、マテーラには明らかなことだった――大切な宝物は、マークスのしたことではなく、むしろ彼が存在したことだ。一六〇〇年代末にいたウィリアム・フィップスのように、マークスもまた、自信に満ちて存在しているようだ――つまり、彼は海に向かって、ただ受動的に何かを求めるのではなく、積極的に海から引き出そうとする、そんな生まれながらの才能を持って生きているようだった。引退？　引退をして何をするのだろう？　ペリッロのヨーロッパ・バスツアーに出かける？　ランチやディナーのときに、店に早く行って、割引料金で食事をする？　結局、マテーラは思ったのだが、マークスのような人々は、年を取り過ぎて、もはやものを見つけることなどできなくなっても、それはまったく問題ではない。彼らは財宝のために、探索しているのではないからだ。彼らが難破船を探索するのは、海へ出帆するためであり、他の者たちがあえて探そうとしないものを見つけるためだ。そしてそれがまた、ボブではなく「サー・ロバート」であるためには、どうしても必要なことだった。

マテーラは予言者に会う約束をもう一つしていた。それはいろいろな意味で、彼が一番期待をしていた人物だった。

カール・フィズマーは、大いなるストーリーテラーが山ほどいるこの世界でも、なお巨匠として有名だった。彼はまた誠実と高潔さでも知られている。親友のハスキンズと同じで、そのために、どれくらい多くの富を犠牲にしたことだろう。コンセプシオン号を含めて、彼はいくつかの重要な難破船の仕事に参加している。そしてサマナ湾でも仕事をしたことがあった。「フィズ」は財宝のことより人間性について、いっそう精通しているとは、多くの人々の言うところだ。

難破船ダイバーならたいていは、フィズの物語を知っている。彼はシンシナティのジェネラル・モーターズで働いていた。が、そのことを嫌っていた。彼にはそこで、毎日、同じことばかりをしているように思えたからだ。一九六八年に、彼はフロリダに移った。それは、ハイスクール時代にガールフレンドだった妻が、自動車事故で亡くなったあとのことだ。彼女はまだ二六歳という若さだった。妻の死後、タイム・レコーダーを押す生活が、フィズには何かしっくりこなかった。荷物を車に詰め込み、小さな子供を二人連れて南へと向かった。

サラソータで彼は消防署に加入した。給料がもらえてしかも冒険ができる、それは一番手っ取り早い仕事だった。消防艇でボディー・リカバリーに従事しながら、たまたま難破船に遭遇した。小さな貨物船だった。強い衝撃で打ち壊されていて、中の銅管が見えていた。フィズと仲間の消防士たちは、できるかぎりのものを引き上げた。その結果、手に入った金は、たかだか六ドル四〇セントだったが、水の中からお金を手に入れることができるという考えが、フィズに元気を与えた。その日からというもの、彼は難破船に病みつきになってしまった。

何カ月もかけて、サラソータの図書館や書店をすべて車でまわり、スペインのガレオン船や海に沈んだ財宝について、できるかぎりの本を読んだ。自分で磁気探知機も作った。トランジスタとワイヤーをつなぎ合わせたものだったが、地元のラジオ放送で、金属製のものよりすぐれていると取り上げられた。しかしそれは、彼の難破船への渇望感をいっそう強めたにすぎない。六年の間、彼はサラソータ近辺の海を探索した。しかし、ほとんど何も見つけることができなかった。そのときになってやっと――三六歳になっていた――、彼はフロリダ・キーズ諸島（フロリダ最南端の島々）へ車で向かった。それは財宝を探すためではない。実質上、難破船の探索法を考案したと言っていいある人物に会うためだった。

アート・マッキーは、アメリカのトレジャー・ハンティングの祖父と考えられている。彼は一九四〇年代にフロリダの海で、スペインのガレオン船をいくつか見つけていた。それは伝説的な一七三三年スペイン財宝艦隊の一部だった。この発見は『ライフ』誌で特集され、『デイブ・ギャロウェイ・ショー』でも放映された。他にも新聞、雑誌、ニュース映画などで取り上げられた。マッキーが登場するまでは、アメリカでトレジャー・ハンターの存在を知ってる人はほとんどいなかった。マッキーはイスラモラーダの自宅の隣りに財宝博物館を建てた。そしてそこが、芝刈り機に乗っていたマッキーを、はじめてフィズが見つけたところだった。そのときはマッキーも六〇歳代になっていた。

「トレジャー・ハンターになりたいんですが」とフィズはマッキーに言った。「この仕事を学ぶためには、ただ働きもいといません」

「君はダイバーなんだね？」とマッキー。

「ええ」

「他にどんなことができるの？　船長なの？　修理工？　医学訓練はしているの？　料理はできる？」

「いえ、どれもできません」

「誰もがダイバーだけど、みんな他にもたくさんのことを習得しているよ」

フィズは車に乗り込むと、サラソータに戻っていった。サラソータに帰った彼は、救命士の養成コースの授業を受けた。そして船長のライセンスも取得した。小型エンジンの修理も覚えた。さらに消防署では毎日、一五人の消防士のために進んで料理をしようと申し出た。それから二年、フィズはふたたびイスラモラーダへ向かった。そこでまた、芝刈り機に乗っているマッキーを見つけた。

「カール・フィズマーです。トレジャー・ハンターになりたいんです。仕事を覚えるためには、ただ働きもいといません」

「君はダイバーなんだね?」

「ええ」

「他にどんなことができるの?」

「私は船長です。小型のエンジンの修理もします。州が認可した救急医療隊員でもあります。それに料理もします。ミートローフが得意です」

「分かった。次の出張に同行してくれ」

そんなことから、フィズは師匠について学びはじめた。それがこの仕事のはじまりだった。そしてそれは、彼を世界中の冒険へと導くことになる。

マテーラはフィズのアドレスをタヴェルニエで見つけた。タヴェルニエはキーラルゴの南、およそ七マイルのところにある小さな町だ。フィズの家は曲がりくねった水路ぎわに立っている。マテーラは、こじんまりとした家の玄関をノックした。陽に焼けて、がっちりとした体つきのハンサムな、六八歳の男性がドアを開けた。小ぎれいに切りそろえた、白髪まじりのあご髭を蓄えている。アロハシャツにカーキ色のショートパンツという出で立ちで、デッキシューズを履き、首には重たい銀貨をぶら下げていた。

「どうぞ中へ。難破船の話をしましょう」

マテーラはあたりを見回した。テレビの上の方、コーヒーメーカーのうしろに棚があり、すべての段に難破船から引き上げた人工物が並んでいる。マテーラは、テレビ台に載っていた銀貨にすぐ気がついた。年号がはっきりと刻印されている――一六三九年。

「あれは私が見つけたコインの中で、二番目にいいものなんです」とフィズ。

「お見かけしたところ、一番いいのはあなたの首に下がっているやつですね」

「ご推察の通りです」

フィズは、マテーラが難破船の話をしたがっているのを知っていた。二人はキッチン・テーブルに腰をかけた。そこでフィズは、これまでに彼が語った中で、もっともすばらしい話をした。

「それでは、あなたがこれまでになさったことを、一つ残らず、私に聞かせてくれませんか」とフィズ。

そこでマテーラは自分の話をした――バニスターとゴールデン・フリース号のこと、チャタトンとサマナ湾で探索したこと、図書館、文書館、古本屋、古書店、希少地図ディーラーなどをまわって徹底的に調査したことなど。

「フィズ、私は迷って、先が見えなくなってしまいました。次に何をすればよいのか分かりません」

フィズはマテーラにビールを一杯飲ませた。

「ジョン、あなたは何が得意なんですか？」

「えっ、どういう意味でしょうか？」

「難破船を探しているときに、あなたがしたいと思うのはどんなことですか？　調査研究？　ダイビング？　発掘作業？　何をしますか？」

「歴史です。調査です」

「それでしたら、引き続きそれをすることが必要です」

しかし、マテーラはすでに何カ月も調査をした。そして見つけたものはすべてに目を通した。マテーラはフィズにそう言った。こんどはフィズが彼にジャック・ハスキンズのストーリーを語って聞かせる番だった。

一九六〇年代末に活躍した、多くのトレジャー・ハンターたちと同じように、ハスキンズもまた、スペインのガレオン船アトチャ号――一六二二年にフロリダ・キーズ沖で沈没した――を見つけ出そうとして仕事をしてきた。何世紀もの間、ダイバーたちはこの船が、フロリダ・キーズの中央にある村、イスラモラーダの沖合で行方不明になったと信じていた。しかし、そこで船の痕跡を見つけた者は誰もいない。歴史家のハスキンズはひそかにセビリアに向かった。

彼はそこで調査に専念して、何千ページという記録を掘り起こした。その多くは一七世紀以来、一度も手で触れられていなかったものだ。彼は書類をくまなく調べることに数年を費やした。だが、アトチャ号の捜索を手助けする資料を見つけることはできなかった。

「たいていの人は、この時点であきらめてしまうんです」とフィズ。「しかし、ジャックは違った」

ハスキンズは、あまり知られていない書類にも引き続いて目を通した――一見してコピーをする代金の価値もないようなものにまで。ある日、何千という書類の一つに埋もれていた一文にたまたま行き当たった。それはマルケサス・キーズという場所について述べていた。マルケサス・キーズはキーウェストの沖合の島で、当時、大半のトレジャー・ハンターたちがアトチャ号を探していたところから、およそ八〇マイルほど離れていた。ハスキンズはこの情報を他の者たちと共有した――共有は彼の性格だった。そしてその情報が、トレジャー・ハンターのメル・フィッシャーの難破船発見につながった。やがてアトチャ号は、史上もっとも有名な財宝船となった。

「アトチャ号はこれまでのところ、五〇万ドルの価値があるとされています」とフィズ。「ジャックはほとんど何一つ得たものはありませんでした。が、これはまた別の話です。彼が資料の調査をあきらめずに継続したおかげで、史上もっとも富裕な財宝を秘めた難破船が発見されたのです」

最初の漁船が、埠頭に戻ってきはじめた。マテーラとフィズは漁船が入ってくるのを見に、フィズの家のスクリーンド・ポーチ（四方に網戸のようなものを張ったベランダ）まで出た。二人は何時間もの閑話をした。フィズが語ったのは、トレジャー・ハンターという生涯の仕事に関する物語だったが、マテーラは、フィズの冗談や言葉の合間にはさまれた沈黙からも、言外の意味を聞き取った。そしてフィズからマテーラが受け取ったことは、以下のようなものだった。

財宝は真実のあなたの姿を示してくれる。それはあなたが取り繕っていた、うわべをすべて剥ぎ取ってしまう。あなたが信じていた、あなた自身の物語をすべて剥ぎ取ってしまう。そして真実のあなたを明らかにする。あなたがみじめで、うそつきで、強欲で、まったく価値のない見下げはてた人だったら、財宝はそれをあなたに告げるだろう。あなたが善良で、高潔な人物だったら、財宝は同じように、それをあなたに告げるだろう。このことを知るためには、わずか一枚の硬貨でも、それを発見する必要などない。それに近づくだけで、そしてそれが手の届くところにある、と信じるだけで十分だ。それだけであなたは、自分の答えを見つけることができるだろう。しかし、ひとたび財宝の発見が現実のものとなったら、それはけっして外見では欺かれないし、たわ言でごまかされるようなこともない。そんなわけで、財宝はあなたの人生に、重要な変化をもたらす転機となるだろう。というのも、あなたが最終的に手に入れるのは、あなた自身なのだから。

二人が立ち上がって別れを告げるときに、マテーラはフィズが首に下げていた、ネックレスの硬貨について尋ねた。フィズはそれをシャツから引き出した。硬貨はコンセプシオン号から回収した八エスクードだった。コンセプシオン号は彼の愛した難破船で、それは歴史から二度消えたが、けっして見捨てられることはなかった。

ホテルへ戻るために長い橋を車で渡りながら、マテーラはキースが後方に消え去っていくのを見た。クレイグス・レストランやドックス・ディナーのような地元の店が、スターバックスやデニーズに取って代わられる。マテーラが予言者たちと過ごした時間は終わった。そして彼らがバニスターの難破船について、マテーラに教えてくれた情報は何一つなかったが、それぞれの人が、彼に示してくれた方向は同じものだった。それは歴史ということだ。彼らはマテーラにそれを手放してはいけないと言っていた。

11　海賊の黄金時代

一七世紀の末、風雨にさらされた一隻の船がカリブ海を航行していた。甲板には、ニワトリのかごや、空になった樽が取り散らかっている。ほんのひと握りの荒々しい船員たちが、ごしごしと甲板を洗ったり、塗料を塗りつけたり、巻かれた綱をほどいたりしていた。マストの上には船員が一人、じっと海を見つめている。他の船を探していた。

その日の遅く、見張り番が遠方に浮かぶ小型船の白い帆を見つけた。彼にはすぐに、その旗を見分けることができた――イギリスの旗だ。見張り番は船長を呼んだ。船長は見張り番が報告した方角に望遠鏡を向けた。目にしたのは六門の大砲を持つ、典型的な商船だった。が、彼の興味が向かった先は、それよりむしろ、船が水面にくらべて、高い位置で航海しているのか、あるいは低い位置なのかということだ。この船は非常に低い位置で航海していた。それは船が、たくさんの船荷を積んでいることを意味する。船長にとっては、それが何よりも重要だった。

船長が命令を出すと、乗組員たちはすばやく行動に移った。二人は大きな箱を開けた。そこには世界中から集めた旗が入っている。その中からイギリス商船旗を探し出すと、彼らはそれを、マストのてっぺんに取りつけた。他の三人は女装をして、船首のあたりをぶらつきはじめた。甲板の下では、一三〇人の男たちが武器や弾薬で武装している。船長は舵手に向かって、遠方の商船の方へ、ゆっくりと進路を取るようにと指示した。

さて商船の方でもやはり船長が、望遠鏡で後方をのぞいている。遠方には、赤いイギリスの旗が見えたので、彼はすっかりよろこんでしまった。四〇人の乗組員が、同胞と必需品の交易をし合ったり、積もる話を交わしたり、酒を酌み交わす機会が到来したと船長は思った。しかし一方で、彼は警戒していた。船が運んでいるのは、銀や砂糖やインディゴなどの貴重品だ。それにこのあたりの海では、しばしば海賊が出没することを知っていたからだ。

そのために船長は、イギリス船をしばらく監視していた。二隻の船が五〇〇ヤードほどまで接近したとき、大きな船にいた女性たちは、やおら衣服を脱ぎ捨てると走り出した。彼らは、女性のような走り方をしていないだけではない。すぐさま舷側にかぶせてあった、ウッドカラーの帆布を剥ぎとって、二四門の大砲を見せた。たくさんの乗組員が、大きな船の甲板に駆け上がってきた。ある者たちは監視場所につき、別の者たちはマストに、さらに他の者たちは船尾に向かった。いっせいに叫び声が上がり、海上をすばやく走れるように帆が調整されると、船は小型の商船に向かって、白い泡を立てながら突進していった。

商船の船長はクルーにわめき散らしている。そのとき彼が見たのは、自分が生涯を通じて、怖がってきたものの正体だった。突進してくる船は英国旗を下ろすと、血のように赤い砂時計が鮮やかに描かれた旗を新たに掲げた。これは海賊の旗だった。砂時計は次のような警告を発している——「もし抵抗すれば、この世におけるお前たちの残り時間は、短いものになるだろう。そして血に彩られたものに」

商船の船長はクルーに、銃を取るように命じた。が、クルーが行動に移る前に、海賊たちの大砲が火を吹いた。海は砲弾で波打ち、轟音があまりに大きかったために、今にも空が崩れ落ちてきそうだ。灰色の煙の雲から、六ポンドの黒い鉄球が、うなりを上げて、商人の船の舳先に襲いかかる。それは彼らが降服しない場合に、これから起こりうることの、ほんの予兆にすぎなかった。燃えた硫黄の臭いがあたりに立ちこめた。

砲煙が晴れるまでには、ほんの数分しかかからなかった。が、煙が消えると、海賊船はわずか三〇〇ヤードのところに迫っていて、速い速度で近づいてくる。今では商船の船長も、海賊たちが船倉からいっときに二〇人くらいずつ、猛スピードで甲板に駆け上がってくるのが見える。そしてたちまち一〇〇人以上の海賊が甲板に居並び、大声をあげて叫んだり、剣を振りまわしたり、マスケット銃を空に向けて打ち放った。

商船の船長は直感的に逃げようと思った。が、船荷のために船は重たく、スピードが出ない。が、ほんの二、三時間走ることができれば、夜陰にまぎれて、逃げ出すことができるかもしれない。夜にはつねに希望がある。彼は急いで立ち去るように、そして全力で船を先に進ませるように、クルーに命じた。が、商船がどれほど速く走っても、海賊船がぴたりとついてきて、あらゆる機略を使いながら距離をちぢめてくる。今やほんの二〇〇ヤードしか離れていない。海賊船の船長がついに姿を見せた。グレーの半ズボンに黄褐色のチョッキという出で立ちで、舳先に歩みでてきた。首には重い金の鎖を巻いている。伝声管に近寄ると、商船の船長に降服するか、それとも地獄の業火に焼かれるか、そのどちらかを選べと要求した。

商船の船長はもはや今となっては、戦うべきか降服すべきか、決断を下さなければならない。こちらの大砲の一つから打ち放たれた、わずか一発の砲弾でも、的確な場所に着弾すれば、それはたしかに、海賊たちの足をとめることができるだろう。そして二発目の弾丸が、彼らを打ち砕くかもしれない。が、しかし、もしそれに失敗したらどうなるのか。船長はそのあとに展開される結果を知っていた。子供の頃から、海賊の襲撃に関する報告をよく耳にしていたからだ。

海賊たちはまず、大砲の弾をマストに当てて船の航行を不能にさせるだろう。が、彼らは船や船荷を破壊することはしない。商船の甲板をマスケット銃で攻撃して、できるかぎり多くのクルーを殺し、不具にしようとするだろう。彼らは近づくにつれて火器を投げはじめる。それは金属片を中にたくさん入れた、鋳鉄製の手榴弾だったり、火炎爆弾だったり、火のついた悪臭を放つ壺（中味は動物の腐肉、タールやピッチ、他に悪臭を放つ材料などの、いやな臭いのする混合物）だったりする。このような火器の中には、クルーを殺したり不具にさせたりするものもあれば、商船を煙で覆う働きをするものもある。

ほんの数ヤードまで近づくと、海賊たちは引っかけフック、剣、斧、槍、ピストなどを使って、防戦する者たちを寄せつけないようにして、商船を引きつけるだろう。そして商船に大挙して押し寄せ、抵抗する者たちを誰彼かまわずに、切りつけ、撃ち、叩き切って刺すだろう。たとえ商船の船長やクルーが善戦しても、結局はいつも、海賊と戦うことを選んだ船長にとってはひどい結果に終わる。

そしてもし、戦闘中に船長が死ぬことになれば、それはむしろ幸運なことだった。

たとえ生き残ったとしても、海賊たちは船長を生きたままゆでて、まだ鼓動している心臓を切り出して、食べるかもしれない。また船長の舌を引き抜いたり、頭を目玉が飛び出るまで押しつぶしたり、生殖器で彼を吊るしたり、はては首を誰が切り離すのか、サイコロで決めたりするだろう。それでは船長が、はじめから平和裏に降服した場合はどうなるのか。そのときは海賊たちも、船長やクルーを自由にして、自分たちのクルーに入るように勧めるかもしれない。彼らを商船に戻すことさえするだろう。しかし、これは保証のかぎりではない。何一つ保証のないことが、数ある海賊の性格の中でも、もっとも恐ろしいものだったからだ。

「返事をしろ、犬どもめ」と海賊の船長は怒鳴った。彼の乗組員たちは、大砲やマスケット銃を商船の方に向けた。

商船の船長に、もはや考える時間はなかった。ここで降服すれば、彼の命もクルーの命も、狂人たちの管理下に置かれることになる。が、船長はまた数を数えることもできた。海賊の人数は商船のクルーの三倍だ。海賊には三〇門の大砲があるが、商船には六門しかない。船長は子供の頃に聞いた話を思い出した。そこで、商船の船長の地位にいる大半の者がするように、彼もまた銃を置いて降服した。

海賊たちが商船に乗り込んできた。商船の船長とクルーは囚人となり、甲板上に鎖で数珠つなぎにされた。海賊たちが囚人から着物や貴重品を奪い取り、船荷を略奪しても、驚く者は誰もいなかった。しかしクルーは、海賊の船長が彼らに直接話しかけるのを聞いてびっくりした。

「はっきと言うんだ。お前たちは船長を、どんな風に処分してほしいんだ?」

商船のクルーたちはしばらくの間、黙っていた。そして、一人ずつ海賊たちに、自分の船長について語りだした。クルーが全員話し終えると、海賊の船長は相手のところへ歩み寄った。

「そんなわけで、旦那」と彼は言った。「同じことが、こんどはお前さんの身に起こるんだ……」

「ジョン?」

マテーラの心臓は、自分を呼ぶ声に激しく鼓動した。死を覚悟していた彼は、海賊の船長の顔をまともに見ようとして見上げた。そこで目にしたのは、ネグリジェ姿で立っているカロリーナの眠たげな顔だった。

「もう午前二時だよ」と彼女。

「調べものをしていたんだ。もう、そんなに遅いのか？」

「うん、遅いよ。ちょっと、私の座るところを作ってよ？」

ここはサントドミンゴにあるマテーラのアパートメント。ダイニング・ルームの床の上に、彼はあぐらをかいて座っていた。まわりにはどちらを向いても、海賊に関する書物と書類の山ばかりだ。フロリダで予言者たちに会った旅から戻って、すでに一週間が経っている。その間、彼はほとんど何もせずに、ひたすら海賊の歴史を調べていた。

「ここにおいで、私の海賊のプリンセス」とマテーラ。

本の山を脇に押しやって、彼はカロリーナを身近に引き寄せた。そしてついさっきまで、心に思い描いていた海賊の襲撃の話を聞かせた。それはここにある資料から、彼がつなぎ合わせてこしらえたものだった。これまでの生涯で、マテーラは数多くの頑強な人々に出会っている。中には伝説的な人物もいた。が、こんな海賊たちに、いくらかでも近づけるような人物は、ほとんどいなかった。

海賊だって眠ることは必要でしょう、とカロリーナが言った。そして夜分は、調べものをいったん中止すべきだと言う。この調査段階に入ってから、たしかにマテーラは毎晩、夜中すぎまで仕事をしていた。マテーラはすばやくシャワーを浴びると、歯を磨き、ボクサーショーツを履いて、Tシャツをひっかぶった。ベッドでカロリーナにおやすみのキスをして、すぐに眠ろうとした。

そして、さらに眠ろうとした。

が、眠れない。寝返りを打っては枕の位置を変えた。そしてまた反対に寝返りを打つ。こんどは、シーツを下に引っ張って直した。たぶん、彼には一杯の水が必要なのかもしれない。

「ジョン？」とカロリーナ。「もしかして、それほど疲れてないんじゃない？　……その海賊たちって、何がそんなにおもしろいの？」

マテーラはにっこりとして、ベッドで身を起こした。

「ほんとに聞きたい？」

「うん、おもしろそう」

「それなら、ちょと聞いて」


海賊が誕生したのは古代だ。それも人々がはじめて荷物を船に積み込んだ日から、あるいはおそらく、その前からいたのかもしれない。ギリシア、ローマ、中国、北アフリカ、それに地図上のいたるところで彼らは生まれた。一〇〇〇年にわたり海賊たちは、たった一つの目的を抱いて航海した。それは、あまりに軽微な武装のために、あるいは、あまりに恐怖におびえていたために、戦うことのできない船から、できうるかぎりあらゆる品々を略奪することだった。

マテーラがとくに関心を持っていたのは、ある時代の、ある場所で活躍した海賊たちだ。彼らは一七世紀の中頃から、一八世紀のはじめまで――海賊の黄金時代――、カリブ海や大西洋で獲物の狩りをした。何世代にもわたって、本や映画の中で威張り散らし、略奪をくりかえしたのがこの海賊たちで、子供たちの夢にもしばしば出没して、彼らをワクワクさせた。バニスターが指揮していたのも、このような男たちだったのである。

彼らはほぼ一七世紀を通して活躍した。積み荷を取り上げ、商船の乗組員たちに恐怖心を抱かせた。とくにスペイン人たちに。スペイン人はカリブ海や大西洋における、交易及び船舶輸送の大半を支配していた。多くの国々では海賊が、「神の罰」ならぬ「人間の罰」だと考えられた。イギリス人は海賊たちを愛した。スペイン船を懲らしめることで海賊たちは、イギリスの交易のために場所をあけ、それをさらに拡大させたからだ。その上、海賊船は、手に負えない巷の乱暴者たちを海に連れ出しては、仕事にありつかせた。そして盗品をイギリス市場にもたらし、それを安い値段で売った。海賊たちは、自分たちの船に装備を施すために、惜しみなく金を使った。イギリスの役人にも気前のいい賄賂を贈った。彼らは港で、財布が空になるまで使い果した。それはまるで、ほんの数日後には、絞首台へ向かう男たちのような金の使いっぷりだった――実際彼らの多くは、その通りに首を吊られたのだが。このようなならず者たちに向かって、イギリス人がたとえ、げんこつを振り回したとしても、それは中指を曲げ、人差し指の上に重ねて（幸運を祈るフィンガーズ・クロスト）殴るようなそぶりだったにちがいない。手元の金庫は膨れ上がっていく一方だったので、イギリス人の目はおそらく、相手を見ることをせずに、帝国が拡張していくはるか先の方を眺めていたことだろう。

海賊はその多くが金持ちになった。スペインの船員たちが恐怖に陥れられ、殺されたとしても、そのために悲しみに打ちひしがれる者は、イギリスにはほとんどいなかった。

しかし、海賊がイギリス人たちに、恐怖をもたらしたことは十分に考えられる。アメリカの書記官に宛てた手紙の中で、イギリス人の目撃者は次のように書いている。「私掠船では、次のことがごく普通に行なわれています……人間をこまかく切りきざんでしまうことです。まず、捕虜の肉が少々切り取られます。次に手、腕、脚の順序で。ときには綱を首にまわして棒でねじる。そしてついには、目玉が飛び出るほど綱をねじります。この行為は『ウールディング』（ロープで巻くこと）と呼ばれています」

他の者は、フランスの悪名高い海賊のやり方について述べている。「フランソワ・ロロネーは凶暴とも言える激しさを見せる。その結果、彼はカトラス（船乗りが好んで使う、ぶ厚くて反り身の片刃の短剣）を抜き放つと、哀れなスペイン人たちを前にして、そのうちの一人の胸を切り開き、心臓を罰当たりな手で引き出した。そして、まるで飢えたオオカミのように、それに食いつくと、歯でかじりはじめた。そのあとで、残りの者たちに向かって告げた。たとえお前たちがこんなものを見るのは、もうたくさんだと言っても、俺はお前たちをみんな、これと同じようにしてやる」

イギリスがジャマイカを征服してから数年の間は、海賊や私掠船の船乗りたちにとって、栄光の日々が続いた。ほとんど気のむくままに彼らは、スペインの輸送船を餌食にした。スペインの町でさえ、略奪者たちの手を逃れることはできなかった。彼らは一〇〇〇人以上からなる部隊を編成すると、難攻不落と考えられていた場所に侵入した。しばしば見られたのは、スペイン人たちが降服して慈悲を乞う以外に、手の打ちようのない姿だ。ポートロイヤルでは、酒場や売春宿から金貨や銀貨が表の通りにこぼれ落ちた。海賊の黄金時代の幕開けだった。

それにともない、カリスマ性とビジョンを兼ね備え、この上ないほど大規模な計画を企てることのできる、偉大な船長たちが登場してきた。ウェルシュマン・ヘンリー・モーガンほど、大きな夢を持った海賊の船長はいなかったし、彼ほど多くの部下を引き連れていた者もいなかった。モーガンはスペイン人に対して一連の大侵略をはじめた。そしてわずか四年の間に、荒くれて野蛮なクルー——ときには何千人という数になった——を引き連れて、マラカイボのポルト・ベロに奇襲をかけた。さらに当時の偉大な軍事的勝利の一つとしては、パナマの急襲を挙げることができる。このような一連の戦功によって、彼は非常に裕福となり、ポートロイヤルやイギリスでは英雄となった。

モーガンの冷酷残忍さは伝説となっていた。一人の目撃者がそれをレポートしている。ある捕虜が協力を拒んだ。するとモーガンの部下たちは、両腕が完全に脱臼するまで、捕虜を吊るし刑に処した。そして綱で額のまわりを強く縛った。あまりに強く縛るので、捕虜の目玉が膨れ上がって、卵ほどの大きさになってしまった。捕虜がなお貴重品箱のありかを白状しないので、部下たちは彼を生殖器で吊るした。そしてある者は彼を叩き、別の者は鼻を削ぎ落とした。さらにもう一人は片耳を削いだ。そして他の一人は彼を火で焼いた――それは人間が考えうるかぎりの野蛮な拷問だった。そして、もはや魔女が語りかけることをやめ、部下たちも新たな拷問を考えることができなくなると、彼らは黒人に命じて捕虜を槍で刺し殺させた。

別の捕虜がなお白状することを拒んだときには、「海賊たちは長い綱を持ち出し、それで両手の親指と両足の親指を、それぞれ四本の杭に結びつけた。四人の部下がやってくると綱を棒で叩いた。すると捕虜の体はけいれんして震え、腱は伸び切ってしまった。しかし海賊たちはまだ満足しない。二ハンドレッドウェイト（二〇〇ポンド）の石を捕虜の腰の部分に載せて、その下でヤシの葉っぱを燃やした。彼の顔が焼けて、髪に火がついた」

このような恐怖を目撃した人の話は、それぞれの話につき、一〇〇〇人以上の人がそれを耳にする。そのためにやがては評判が、海賊の振るうもっとも鋭い刃となっていった。

そして当面は、海賊にとって栄光の日々が、永遠に続くかのように思われた。しかし一六七〇年には、カリブ海や大西洋で新たな経済の風が吹きはじめていた。商人や支配階級にとって、合法的な交易がますます、商売上のうまみを増すものになってきた。外海や海上交通路における不確定な要素は、商売にとってマイナスの要因となったし、有力な商人たちやイギリス本国にとってさえ、その財産を危険にさらしかねなかった。そして、海上の不確定性をもたらす者としては、海賊や私掠船の船乗りたち以上に、大きな存在はなかったのである。

一六七〇年、イギリスとスペインはマドリッド条約に調印した。何よりもこの条約が要求したのは、イギリスが海賊を糾弾することだった――もはや私掠船の認可はなく、安全な避難港もなく、盗まれたスペインの品々が出まわるマーケットもない。その代わりとして、スペインはイギリスの交易と船舶輸送に対して大幅な譲歩を行なう。これが条約の中身だった。

この条約がイギリスにもたらしたものは、新たなビジネス・チャンスで、中にはイギリス帝国をさらに発展させるようなビッグ・チャンスもあった。そのためにも、イギリスが必要としたのは、平和で不安定な要素の少ない外海だった。イギリスの役人たちはこぶしを振り上げ、海賊たちを根絶やしにすると誓った。が、実際には一六七〇年代を通して、意味のある行動が取られることはほとんどなかった。海賊たちはなおカリブ海に深く根を下ろしていたし、相変わらず地元に、安価な品物や禁制品、それに安定した収入の流れをもたらしていた。幅広い人々、とくに一般の人々にとって、海賊はなお好ましい人物であり続けたのである。

海賊たちはますます、自分たちの腕に磨きをかけていた。一六八〇年頃になると、彼らは通常の交易を混乱させる、大きな外的要因になりつつあった。交易はジャマイカ島を出入りして行なわれる。ジャマイカの総督はイギリス海軍に、戦艦の出動を要請した。一六八三年、海軍の戦艦が島に到着した。全部で四隻。その中には、全長一二五フィートのジャイアント・キラー（大物食い）のルビー号があった。船は四八門の大砲を装備し、一五〇人の乗組員を擁して、ポートロイヤルに錨を下した。ルビー号に命令を下すのは、海賊禍を一掃する責任を負ったジャマイカ総督トマス・リンチだ。

しかし、四隻の戦艦が海賊たちと戦うためには、ただ単に帆を上げるだけではだめだった。ポートロイヤルだけでも、ここを拠点にして活動している海賊の数は、一二〇〇人以上に及ぶと考えられていた。彼らは足の速い船を持ち、それは水深の浅い海へも滑り込むことができる。航行可能な水路や入江、それに逃走経路も熟知していた。加えて、彼らには経験豊富な船長がいる。そして、ひとたび逮捕されれば、必ずや首を吊られることを海賊たちはよく知っていた。

が、しかし、海軍の小型快速船の実力は、多くの海賊たちを追い払うには十分だった。なお、とどまっている海賊にとって、ポートロイヤルの見えるところに投錨した軍艦の砲列は、次のような簡単な真実を語っていた――「今やわれわれは狩人だ。お前たちは獲物だ。われわれがお前たちを捕らえるのはもはや時間の問題だ。そうなれば、お前たちは死ぬことになる」

リンチ総督は徹底的なパトロールをするために、戦艦を送り込んだ。派遣された先はジャマイカ周辺だけではない。イスパニョーラやキューバ、それに海賊の牙城となった他の場所へも向けられた。戦艦は戦果もなく、手ぶらで帰ってくることも多かったが、巡航を重ねるごとに、経験と実際的な判断力を身につけていった。やがて戦艦は海賊たちを捕らえるようになる。が、そのほとんどは、戦闘で殲滅の危険にさらされるより、むしろ降服することを選んだ者たちだった。一方で海賊たちは、ポートロイヤルや他の安全な港から逃走し続けた。というのも残った者たちにとっては、絞首刑にされるかもしれないという予感が、前にもまして大きく不気味に迫ってきたからだ。月を追うごとにイギリスは、このような海のならず者どもを壊滅させるのが上手になっていった。

が、そんな状況でもなお、反抗心にあふれた者が出現してくる余地はあった。イギリス海軍に立ち向かっていこうとする気概を持ち、国家の意向を平然と無視して、金持ちの商人やプランテーションのオーナーを軽蔑し、総督に向かっては中指を突き立てる（侮蔑のジェスチャー）。世界は自分の仲間たちへますます敵対の姿勢を強めるが、それにも屈せず、世界へ攻勢を仕掛けていく――そんな意志さえ持っていれば、彼はなおカリブの海賊として、ひと財産を築くことができるかもしれない。が、一六八四年にそれをするためには、飛び抜けた能力の持ち主である上に、並外れて勇敢でなくてはなかった。

「バニスターが行動を起こしたのは、ちょうどそんなときだったんだ」とマテーラ。『カロリーナ、彼にはすべてがあったんだよ。人望、称賛、お金、未来。彼はそのすべてを海賊になることに賭けたんだ。それにしても、なぜ彼はそんなことをしたんだろう？』

フィアンセからの返事がない。

「カロリーナ？」

寝息が聞こえたので、マテーラには彼女が眠ってしまったことが分かった。手を伸ばしてカバーを引き上げてやり、彼女の頰にキスをした。

「何かがバニスターに呼びかけたんだ」と彼はつぶやいた。そして横になり、枕に頭をのせた。「それは金や権力を越えた何かだった。そこには、この男にだけ起こっていたことが何か他にあったんだ」

＊

海賊について学べば学ぶほど、マテーラは、ハリウッド映画や大衆文化の中で描かれた海賊の描写に、ますます興味を覚えるようになった。映画が描いているものにも真実はいくつかある。が、中にはファンタジーにすぎないものもある。そしてそこでは、めったに描かれないものもあった。

たとえば海賊は捕虜を処刑するのに、目隠しをした上で、舷側から突き出た板の上を歩かせたと言われているが、そんな事実は実際には報告されていない。彼らはもっと簡単な方法を用いた。剣で殺すか銃で撃った。そして死体を舷側から海へ放り投げた。そこには何一つ、芝居がかったことはなかった。さらに海賊たちは、宝物やそこに案内する地図を、どこかに埋めたとされているが、これもけっして事実ではない。金はつねに、それを盗んだときと同じくらい手早いスピードで、使い切ってしまった。

しかし、彼らがオウムをかわいがっていたことは本当だ。オウムに話し方を教えて、航海の間中、ペットとして船に乗せていた。また彼らが戦いに行くとき、できるかぎりたくさんの武器を携えて行ったのも本当だった――が、それは格好をよく見せるためではなく、当時の銃はしばしば不発に終わることが多かったのと、弾を込めるのに時間がかかったために、予備の武器をつねに必要としたからだ。

マテーラは海賊の言葉が好きだった。そして、それをテーマにした本を見つけてさえいた。海賊はけっして「Arrgh」(下劣な笑い声)や「何ってことだ」などとは言わない(これはたしかに一九五〇年代のハリウッド映画の中で、海賊の言葉として作り出されたものだ)。彼らが使うのは「おーい」(Ahoy)や「太く短く世を渡る」といった言葉やフレーズで、それにいくつかの呪いや誓いの言葉、脅し文句や挨拶などが加わる。マテーラはそれぞれの言葉を楽しんだ。気に入った言葉を走り書きしては、書き留めておいて、こんどチャタトンに会ったときに、彼に向かってこの言葉を投げつけてやろうと思った。

――俺のケツから垂れたものでも食らえ!

――こん畜生!

――お前の頭をかち割って、ばらばらにしてやる!

——お前をこなごなに切り刻んでやる！
——俺は地獄の生まれだ。だからやがては、お前をそこへ連れて行ってやる！

マテーラが映画から学んだことで、それが真実だと分かったものは他にもいくつかある。海賊はしばしば、戦いで被った負傷のために、補装具として鉤の手や木製の義足をあつらえ、眼窩を覆うためには眼帯も使った。彼らはまたさまざまな服装をしている。どこといって特徴のない実用的なものから、創造力に富んだ風変わりなものまで。そこでは色彩も金色、深紅色、ブルー、赤など色とりどりだ。中には羽毛や金の鎖、シルクのシャツ、ベルベットのズボンなどをまとっている者もいる（彼らの服装はしばしば、何が着たいかという本能より、もっぱら最近盗んだものに頼っている場合が多い）。そして彼らはやはり、悪態をつき、酒を飲み、ギャンブルに耽り、女の尻を追いかける。それはまるでどの夜も、彼らにとっては最後の夜であるかのようだった。「彼らは何かを手に入れても、つねにそれを、長い間手にしていることがない」と同時代のある観察者が書いている。「使う金があるかぎり、サイコロ遊びや女あさりや飲酒に耽る。中にはひと晩で、八ペソ硬貨を二、三〇〇〇枚使い果す者もいるだろう——そして次の日には、着るシャツが一枚もないというありさまになる」。マテーラはこんな連中でも、いくらか、大人らしくふるまうことがあるのを知っていた。

人種やジェンダーに関する海賊たちの考え方に、彼は魅了された。黄金時代には、黒人たちがしばしば海賊船で航海をしている。実際、黒人の船乗りたちは、乗船している者たちの中で、大きなマイノリティー集団を構成していた。が、彼らの地位は時代によって異なる。黄金時代の初期には、海賊船に乗っていた黒人たちは、奴隷と同じような待遇を受けた——彼らは、奴隷や他の船で捕らえられた囚人のように働いたし、市場では売り買いの対象にされた。が、黄金時代の後期になると、海賊船の黒人たちの多くは――おそらくその大半だったろう――一人前の海賊として扱われ、すべての権利や特権が白人たちと同じように与えられた。戦闘でも黒人たちは先頭に立って戦い、白人と同等の給料を稼いだ。そして戦闘の最中には、黒髭自身と並んで立っていた――それは奴隷たちが、アメリカで自由を勝ち取る一五〇年も前の話だ。

しかし、人種的な差別感は持つことのなかった海賊だが、彼らはけっして女性といっしょに航海はしなかった。黄金時代には、四、五人の女性が海賊として働いていたことが知られている。その中の二人――メアリー・リードとアン・ボニー――が有名になった。彼女たちは男装して、海賊の船長の中でももっとも名高い、キャラコ・ジャック・ラッカムと並んで戦った。が、海賊たちはほとんど例外なしに、彼らの船に乗っている女性の存在を、気分転換をはかることのできる一種の気晴らしや、あるいは往々にして、争いや嫉妬の発生源となりうるものと見ていた。海賊船の中には、ひそかに女性を乗船させると、罰として死が科せられる船もあった。

マテーラはこのような海賊について、情報をいくら得てもなお十分とは言いかねた。彼は海賊の風習に夢中になった。彼らの使った武器のカタログを作り、海賊船の略図を描いた。その間、つねに驚かされたのは、彼らの持つ犯罪的な資質だった。海賊たちを調べるたびに、マテーラは彼らの中にガンビーノ・ファミリーを見た。

マテーラが子供の頃に知っていたギャングのように、海賊たちもまた暴力と戦闘を避けようと努力している。それは彼らが怖がっているわけではないし（彼らは怖がってなどいない）、勝つことができないと思っているわけでもない（彼らの犠牲者たちとくらべてみても、海賊側のクルーの方がつねに人数も多いし、戦う者たちも強い。それに武器もはるかにすぐれている)。それは流血沙汰が、商売にとって悪影響を及ぼすからだ。海上での戦闘は結果として死傷者を出すし、略奪品を台なしにすることにもなる。何よりも海賊たちの船を犠牲にさせてしまうし、それはまた司法当局の注意を引きつける。いつの時点でも、静かに盗み出すのがもっとも効率がよかった。

海賊の犠牲者たちは、自分たちが誰と交渉しているのか、その人々のことをよく理解していた。そのために彼らはすぐに降服した。協力を申し出た者たちは、海賊からしばしば公平な扱いを受けた。それはときに寛大でさえあった。が、中には金や主義主張やプライドのために、逃亡を図ろうとしたり、抵抗して戦おうとする者たちがいる。そんなときに海賊たちは、彼らの特定ブランドであるテロ――外海に響きわたるように考案されている――を、雨あられと降り注いだ。

抵抗した者に対しては、ただ単に罰したり、隠している戦利品を引き渡すように強制するだけではすまない。彼らの目玉を眼窩から絞り出したり、焼けた石の上に体を載せてあぶり焼きにしたり、動いている心臓を取り出して食べたりした。海賊たちはまた、世界の他の地域に向けてメッセージを送った。「われわれに闘いを挑むのはやめろ。われわれは常軌を逸している。おとなしく従えば、つねにその結果は望ましいものとなる」。彼らは噂を立証するためにしばしば、幸運なものを数人、危害を加えずに見逃すことをした。そして恐ろしい言葉を広めるために、彼らを故郷へ送り返した。

が、すべての海賊が抵抗する者たちに対して、このように残酷な拷問を加えたり、懲罰を下したわけではない。が、残虐な行為を記すのはもうたくさんだろう。行為があまりにも頻繁に行なわれたために、一七世紀になると、海賊が必要とする武器はただ一つ、彼らの旗に縫い込まれたデザインということになった。それははるか遠くからでもはっきりと理解することができて、間違えようがなかった。海賊旗が知らせているのは、残虐な行為という既成事実《フェ・アコンプリ》だけではない。自分たちに協力するのか、あるいは抵抗して残酷な懲罰を受けるのか、その選択が目の前にあるという事実だった。

マテーラは、こうした一連の物語に夢中になったのだが、海賊については、何かさらに深いものを彼は探していた――それは海賊たちの生涯に対する洞察のようなものだ。そこで彼が問いはじめたのは、ちょっと毛色の違った問いかけだった。子供の頃から今までに出会った海賊の中で、彼が興味を抱いたすべての海賊に対して、次の質問を投げかけた――あなたはどんな風にしてここまでやってきたのですか？　彼が読んだ本の中から声が響いてきて、ある一つの物語を語りはじめる。

一七世紀末に、若いイギリス人が暮らしを立てようとしたら、農夫や大工やパン屋になろうとするかもしれない。手先が器用だったら、仕立て屋か鍛冶屋になるのかもしれない。しかし、もし体力に自信があり、冒険心に富んでいれば、自国から一歩外へと踏み出し、商船の上で働く仕事を見つけることもできただろう。商船は日ごとに拡大していく世界へ、積み荷や乗客を運んでいた。商船に乗った船乗りたちは、見知らぬ土地を訪ね、自然を眺め、仲間たちがほとんど想像もできないような場所や生き物を目にした。そんな仕事をしている中で、彼は一流の船乗りになることを学んだ。そして、どこに危険が潜んでいるか分からない大海を、星々を頼りに何とか航海できるようになった。

それはたしかに、もっとも苛酷な人生かもしれない。仕事はしばしば骨の折れるものだったし、状況は悲惨だった。もらえる金は、かろうじて生き延びることができるくらいだ。中でもおそらく最悪なのは、商船の船長がクルーに対して行使する絶対的な権力だったろう。船長はしばしばクルーを残忍なやり方で扱ったし、それでなくても取るに足りない給与を、さらに出し惜しみした。クルーの誰かが船長に異議を唱えようものなら――それをしないときでさえ――、船長はその者をむち打ち、拷問を加えて投獄し、餓死させた。このような仕打ちは、その多くが海事法によって守られていた。海事法はクルーに対する船長の、ほとんど独裁的とも言える権力を許すものだった。船上の秩序（そして利益）を維持するためには、この種の法律が必要と見なされていたのだ。が、歯止めのきかないこのような権威が、悪用と虐待への扉を開ける。そして弱みにつけ込んで、他人を支配する者たちを数多く生み出した。

不当に扱われた船乗りたちは、交易の仕事から去っていくかもしれない。が、海にとどまりたいと思う者たちには、ほとんど選択の余地がなかった。一つは海軍に入ることだ。そこでは食料や賃金はいくらかましだし、仕事も商船にくらべると、若干人間味のあるものだった。が、軍艦上の訓練は前よりはるかに厳しい。それに船乗りには、戦闘で自分でも納得のいかない、あるいは理解さえできない理由で、死ぬ危険性がつねにあった。

もう一つの選択肢は薄暗がりの中にあった。それは船乗りたちの勇敢な気持ちに呼びかけ、彼らにまったく異なった生活を約束した。そんな仕事を見つけるためには、船乗りたちはほんの一歩、前に踏み出すだけでよかった。そして、港の向こう側へ、海賊たちの住む向こう側の世界へ、さらには、一般の人々が王様になることのできる場所へと、歩み入ればよかった。

海賊の多くは金持ちになり、商船の船乗りの何百倍、何千倍の金を稼いだ。それも、ときに一夜にして。彼らは大きなクルーを編成することで――それはしばしば一〇〇人ほどになった――、仕事の負荷を減らし、まわりの環境をより心配の少ないものにした。海賊たちは冒険を追い、仲間を作り、思うがままの人生を生きた。海賊の船長が配下の者に残酷な仕打ちをしたという話は、ほとんど知られていない。

もちろん、海賊に転身することには危険がともなう。とりわけ一七世紀の末はそうだった。航海に出るたびに生命の危険に身をさらすわけだし、しばしば、その罪を背負って絞首刑にもされかねない。が、しかし、もしある程度の大胆さを持ち、人の力を借りずに自力で、壮大なことをやり遂げようと夢見るのなら、絞首刑に値するようなことを、いちかばちかやってみるのも道理にかなっていた。バニスターの時代には、海賊のほとんど四分の三が、商船の船乗りから来た者たちだった。彼らは海を十分に知った力強い若者たちで、ひどい待遇にうんざりしていた。彼らには失うものなどほとんどない。そんな怒れる若者の集団は、港をあとにする前に、すでに恐るべき一大勢力となっていた。その彼らが準備万端を整えて、ひとたび天運とすぐれた指揮官に恵まれれば、イギリス海軍を相手にしてさえ、存分に戦うことができたのかもしれない。

海賊について書かれた本を、マテーラはたくさん読んだ。その中でもとりわけ好きだったのは、もっとも古い、そしてもっとも薄い本だった。かつて海賊をしていたアレクサンドル・エスケメリンが書いた『アメリカの海賊《バッカニア》』で、一六七八年にはじめて出版された。それはポケットに十分入るくらいの薄い本だったので、ある朝マテーラは、カロリーナとスーパーに行くときにそれを持って出かけた。カロリーナが買い物をしている間に、マテーラはその本をぱらぱらとめくった。そしてあるフレーズに行き当たった。「一隻の船を捕まえたとき、その船を残すべきか破壊すべきかという船長の判断は、乗組員全員の投票にゆだねられた」

「カロリーナ！」とマテーラは呼んだ。

「シエント（すいません）」と彼はまわりの客に言った。そしてバナナやパイナップルの並ぶ中を、すり抜けてカロリーナのところまで行って、彼女の耳元でささやいた。

「やったよ。探していたものを見つけたよ」

アパートメントに戻るとマテーラは、急いでエスケメリンや他の本を飛ばし読みした。こうした本の多くは、以前にも目を通したことがある。そのときにはもっぱら、向こう見ずな海賊の性質に関心を持って読んだ。が、今回はむしろ海賊の持つ組織や、その支配関係について書かれた章に目を向けた。彼はこれまではいつも、このような章は、本の中でもいちばん退屈な部分だと考えていた。が、あらためて読みはじめてみると、その箇所によって、彼は目からうろこが落ちる思いをした。

航海に出発する前に海賊たちは、必ず一堂に会して、考えられないような行為をする。彼らは、すべてのクルーを同等と見なした。見張り番の未熟な者から船長自身まで、誰一人として、他の者より上回った権利を持つ者はいない。あるいは、クルーの誰もが利用できないような特権を持つ者もいない。クルーは同じ食事をして、同じ賃金を稼ぎ、同じように船尾側のクオーター・デッキを共有する。船長が絶対的な権威を持つのは、戦闘になったときだけだった。その他のときは、船長はクルーの好みに従って船を誘導する。

そしてそれは、単なる狂気のスタートにすぎなかった。

すべてのクルーを平等にしたことで、今では海賊たちも、ほとんどすべてのことを投票で決めるようになった。獲物をどこに追いつめるのか、その場所を投票で決める。ターゲットを攻撃するかどうかの決定も投票で行なう。船上のルールや非行者の処罰、さらには分捕り品の分配、裏切り者を孤島に置き去りにするか、あるいは射殺するかなど、決定はことごとく投票によって行なわれた。そしてクルーの投票はすべて同等と見なされた。

つねに絞首台の危険にさらされて、法律のない生活をしていた海賊たちだ。このような人々はおそらく、予測のつかない方法で投票するにちがいない、と誰もが思うだろう。が、黄金時代の数十年を通して何度となく、海賊たちは、まさにこの通りの投票を一様に変わらず行なっていたようだ。マテーラはこのパターンをすぐに見て取ることができた。彼はオレンジ色の蛍光ペンで、黄金時代のあらゆる海賊船が、それに従っていたと思われるルールに下線を引きはじめた。

——船長の賃金は、最下級の甲板員が受け取る賃金の、二倍あるいは三倍にとどめること。

——すべての乗組員は、食べ物、酒、その他の支給品を均等に分けること。

——戦傷は体の部位に従って埋め合わせがなされる。ある海賊船では、損傷は以下のような形で償われた。

右腕損失	銀貨六〇〇枚か奴隷六人
左腕損失	銀貨五〇〇枚か奴隷五人
右脚損失	銀貨五〇〇枚か奴隷五人
左脚損失	銀貨四〇〇枚か奴隷四人
失明（片目）	銀貨一〇〇枚か奴隷一人
指損失	銀貨一〇〇枚か奴隷一人
内臓損傷	最大銀貨五〇〇枚か奴隷五人まで
鉤の手か義足損失	元の脚損失と同じ

――船から略奪した品を盗み出して捕らえられた者は、無人島に置き去りの罰を受ける。

――他の乗組員をだまして捕らえられた者は、被害者によって両耳と鼻を削ぎ取られ、次の港で放逐される。

――女性の乗船は許されない。ひそかに女性を船に乗せた者は殺される。

――乗組員間の口論は、陸上の決闘によって決着がつけられる。

――特別手当は戦闘中の勇敢な行為、獲物の目撃、標的の船への一番乗り、その他英雄的な行為に与えられる。

――懲罰は臆病、酩酊、横柄、不服従、レイプ、その他海賊船の第一目的――略奪――を弱体化させる行為に対して科せられる。

――決着の着かない問題はすべて投票にかけられる。


どれもこれも、マテーラには信じられないような考えだった。彼はしきりに想像してみようと思った。たとえばポール・カステリャーノが、もっとも地位の低いガンビーノの歩兵の、わずか二倍の給料を受け取るだろうか。また、ジョン・ゴッティが街角の馬券業者たちの票を獲得するのだろうか。これまでにマテーラが知っていたマフィアのボスたちは、自分と同等を目指す者がいれば、それを殺した。そして今、彼は海賊の船長たちについて読んでいる。彼らはディナーのテーブルで、自分だけ特別な豚足を食べることはしないし、自分用のキャビンも持たない。

マテーラにとって、このような船長の特徴は、いくつ挙げても満足のいくものではない。彼らに必要だったものは、大胆不敵なビジョン、ひるむことのない勇敢さ、それに攻撃に抵抗するターゲットに恐怖を与える意志などだ。が、船長はクルーの楽しみのためには、できるかぎりのことをした。彼はクルーの投票によって選ばれ、同じように投票によって退陣させられた。あまりに情けが深すぎたり、あるいは反対に無慈悲がひどかったとき、あるいは過度に攻撃的だったり、逆に受け身に過ぎたとき、または、クルー全体の意志によって、指揮されることを拒否した場合には、船長は職を解かれた。そして失敗の責任を取って罰せられたり、あるいは孤島に置き去りにされた。この条件はバニスターのように、船長が船の持ち主であった場合も変わらない。

海賊について知り得たことは、ことごとく、マテーラにはワクワクとした響きを持つものに感じられた。投票、平等、王の不在——これはまさしくデモクラシーだ。それはアメリカに、この概念が根を下ろす一世紀も前のことだった。

マテーラにとって、ありふれた普通の男が海賊になることは、十分にうなずける理にかなったことだった。が、バニスターはどうなのだろう？　彼にはすでに金もあり、力もあり、自立もしていた。彼の未来は、先を見通せる明るいものだった。そんな彼にとって、海賊に転身することは、すべてを危険にさらすことだったにちがいない。そして彼は、命までも危険にさらすことになった。以前のマテーラは、こんないっぱしの男が、なぜ危険な飛躍をあえてしなければならないのか、その理由を理解することができなかった。が、今はそれが理解できた。海賊船には自由があった。誰もがどんなことでもできる、そんな考えに胸を躍らせた一〇〇人、あるいはそれ以上の男たちがそこにはいた。バニスターは紳士であったかもしれない。彼の目の前には未来が開けていたかもしれない。が、彼はけっして、そんな気分の中に入り込んでいなかったのかもしれない。

マテーラは、さらに資料を読み続けることはできた。が、彼は自分の答えを見つけたと思った。週末にはまたチャタトンと会って、ゴールデン・フリース号の探索を再開することになるだろう。が、こんどは前とは状況が違っている。今回はどこか、まったく新しい場所を探すことになるだろう。

12　シュガー・レック

「諸君、俺たちは今や、やるべきことを手にしている」と言って、トニーズの朝食戦略会議――マテーラはそう呼んでいる――の議長を務める彼は、チームメートに向かって次のように促した。もっとも偉大で、この上なく大胆不敵な海賊が一躍名を挙げたあの時代、つまり海賊の黄金時代に自分がいたとしたら、どんなことになったのかを想像してみてほしいと言う。

「われわれに必要なのは、彼らのように考えることなんだ」とマテーラ。「海賊のように考えることができれば、彼らを見つけることができる」

彼がデモクラシーについて語りはじめたのも、このときだった。

海賊たちが航海していたのは一七世紀だが、彼らははるかに時代の先を行っていた。彼らは犯すべからざる法律を、自分たちのために、新たに作り上げたプロの法律違反者たちだった。マテーラは仲間に、海賊の規約を読んで聞かせた。そして彼らの投票権について述べ、彼らの基本的な考え方を明確に示した――その気になれば、誰もが金持ちになれるが、誰も王になろうとはしない。

仲間たちは心奪われた様子で、はじめから終わりまでずっと聞き入っていた。そして彼らはマテーラに尋ねた。どうしてそれが、ゴールデン・フリース号を見つける手助けになるのだろう？

マテーラの答えは簡単だった。それはすべてが、バニスターと彼の動機に関連してくる。

バニスターは偉大な海賊をはるかに越えて、それ以上のものだった――マテーラにとって彼は、デモクラシーにすっかり魅了された男ということになる。三〇代か四〇代だろうか、確実な未来を手にした紳士的な船長が、すべてを危険にさらして、大海で商船を略奪するために出かけていった。その動機はいったい何だったのか？　それをすっきりと説明できるのは、デモクラシーの他には何ひとつ思いいたらない。おそらくバニスターは金を愛しただろう。冒険も愛しただろう。だが、彼には一つだけ、確かだと分かっていたことがあった。それはつまり人間は、平等に扱われたときにはじめて、生き生きと元気になるということだ。それが証拠に、一〇〇人の人間が集まって、世界を相手に戦うことができたのだから。

しかし、一六八〇年代にイギリス帝国側が、力を合わせて海賊たちを海の底へと追いやったときには、さすがにバニスターのような者でも、次の点については確信が持てなかった。デモクラシーは、生き残ることができるのだろうか？　デモクラシーのような斬新な考えが根付くのを、後世の人々がはたして、目にすることができるのだろうか？　この不安を解消するためにも、バニスターには、人々の心に、自分たちの姿をしっかりと、とどめ置くことができるような、何か壮大なことを行なう必要があったのだろう――それは、歴史が無視することのできない何かだった。船を数多く略奪してみても、それは壮大な業績にはならない。財宝を蓄積してみても、歴史に痕跡を残すことにはならない。しかし、イギリス海軍と戦うことは、人々の心にインパクトを与える。戦闘で彼らを打ち負かすことは、平等という強い力を長い間、くりかえし伝えていくことになるだろう。

そしてそれは、チームがゴールデン・フリース号の探索を進めていく手順についても、そのすべてを変化させたとマテーラは言う。九カ月の間、彼らが探していたのは、海賊船がカリーニングするのにもってこいの場所だった。が、これから彼らが探すのは、海賊船がイギリス海軍と「戦う」のに適した場所だ。そしてそれは、バニスターが大砲の砲手やマスケット銃の撃ち手を配置し、多年にわたり戦闘が遂行できるような土地だった。

チャタトンはその通りだ、とマテーラに同意した。

「バニスターは思っていたちがいない」とチャタトン。「自分は海軍から逃げているのではない。やつらを待っているんだとね。俺たちがバニスターの戦場を見つければ、彼の船はその近くで見つかるよ」

四人はサマナ湾の地図をテーブルの上に広げた。が、これまでに探索しなかった地域を、すぐに指摘することは誰にもできなかった。しかし、それは紙の上でのことだ。新たな洞察を胸に抱きつつ、これから彼らはボートに戻って、こんどは岸辺へ向かって、探索をスタートすることになるだろう。

レストランを出るとき、ハイコ・クレッチマーはマテーラのそばに寄ってきて、海賊の話に自分はとても感動したとマテーラに言った。一八歳のときにハイコは命の危険も顧みずに、東ドイツから逃げ出した。はじめはチェコスロバキアへ向かう列車に飛び乗り、それから西ドイツへ行く別の列車に乗り込んだ。ふたたび家族に会うことはできないと思った。これもすべては、自由を味わいたいのと、世界を見るチャンスを手に入れたいと思う気持ちから出た行動だった。

「その当時」とクレッチマー。「私が夢見ていたのはデモクラシーでした」

＊

次の週、チャタトンとマテーラはサマナ湾のバンク（砂などが堆積して浅くなった、比較的岸に近いところ）をくまなく調べた。そしていくつか、戦場となりうる場所を見つけた。が、そのどれもが、イギリス海軍の軍艦二隻を相手に、勇敢な海賊たちが、歴史を作る戦いを行なった場所としては不十分だった。

週末、ガルシア＝アレコントがヴィラでパーティーを開いた。チャタトンは一番早く、両手にワインのボトルを下げて姿を見せた。彼はヴィラの中に入る気はなかった――翌朝五時半に、マテーラと湾を探索に出かける予定にしていたからだ――が、ガルシア＝アレコントの奥さんが、客に彼を紹介したいから、中へ入れと言う。チャタトンはそれを断わりきれなかった。次の数時間、ダイビングについて話したり、自分のした冒険について語った。しかし、笑ったり、これまでに経験した重要な瞬間について話しているときでさえ、チャタトンにはそれが、ずっと遠い昔のことのような気がした。

パーティーが終わりに近づいたとき、チャタトンは最後のワイングラスを手に取ると、ベランダに出た。明るい月の下でベランダに立って、水路を見渡していると、マテーラがやってきた。

「俺たちに欠けているものって、いったい何なんだろうね？」とチャタトンが尋ねた。

マテーラは答えなかった。彼もまた、サマナ湾をじっと見つめる以外には何もできなかった。そして、ワイングラスを下に置いた。

「ボートに乗ろう」とマテーラ。「ビクトルもいっしょに」

「午前二時だよ……」とチャタトン。

「今、行かないとだめなんだ」

二〇分後、三人はゾディアックの中にいて、水路の向こうのカヨ・ビヒア（ビヒア島）に向かっていた。カヨ・ビヒアはヴィラから、ちょうど六〇〇ヤードほど離れたところにある小さな島だ。マテーラはエンジンを止めると、ボートを砂州に乗り上げた。砂州は島の北側にある丘の下に広がっている。

「こりゃ驚いた」とチャタトン。

三人はボートの中で立ち上がり、あたりを見回した。ゾディアックは四方のどこからも見ても隠れていて、見つけられる心配がない。

「私が海賊で、カリーニングの場所を探しているとしたら、ここは最適だな」とガルシア＝アレコントが言った。

「それに、長い間戦うことになれば、俺もここから戦いに出るな」とチャタトン。

三人は島を調べた。東西の距離はせいぜい五〇〇ヤード。南北は一〇〇ヤードほどだ。東側は小高くなっていて、そこに砲台を据えれば、鬱蒼と茂った木立でカモフラージュすることができるし、敵に見られずに発砲することもできる。それに、本土から半マイルも離れていないので、真水の調達も可能だった。

マテーラはただくすくすと笑うだけだ。この九カ月間というもの、彼とチャタトンは毎日、ヴィラからこの島を眺めていた。が、ゴールデン・フリース号のような大きな帆船が、ここへ入ってこれるとは、二人にはまったく思いも及ばぬことだった。しかし、今この場所に立ってみると、大型の帆船でもそれができることは明らかだった――もちろんその船が、大胆さと繊細さを合わせ持つ人物によって、舵取りされていたらの話だが。というのもここでは、ほんの少しの操作ミスや、潮流の突然の変化でさえ、大きな帆船が浅瀬に乗り上げる原因になりかねないからだ。

マテーラは小さな革のノートに、しきりに殴り書きをしている。が、チャタトンは手を上げた。

「エンジンをかけるぞ。移動しなくちゃ」とチャタトン。

綱を引くと舵柄を取った。そしてゾディアックを島から出して、島の北東端の沖合一二五ヤードのあたりまで進めた。

「ねえ、みんな」とマテーラは言った。「俺たちは今、あのシュガー・レックの上にいるんだよ」

シュガー・レックとは一九八〇年代中頃に、カール・フィズマーがほんの数日だが作業をした、難破船の残骸が散らばった箇所のことを指す。フィズマーはこの場所をドミニカのトレジャー・ハンターから教えられた。このハンターの一族は何世紀もの間、サマナ地方の土地を所有していた。フィズがこの場所へ潜ったときに、彼はある砂糖の飾り壺を見つけた。それは繊細な作りで破損しておらず、見たところ一六〇〇年代の末頃のものだった——そんなことから、この一連の残骸が「シュガー・レック」と名づけられた。フィズには壺や、その周辺一〇〇ヤードにわたって散らばった破片は、商船のものと思われた。フィズは当時、財宝を載せたガレオン船を探していたので、シュガー・レックの方は置き去りにされてしまった。この地域のライセンスが切れてしまう前に、彼が戻ってくることはなかった。が、ボーデンは以前この場所で、ダイビングの仕事をしたことがある。そしてデルフト陶器、ピストル、砲弾、薬びん、斧、手吹きの玉ねぎ型ワインボトルなどを引き上げた。チャタトンとマテーラはこのような人工物を、彼の研究所で目にしたことがあった。が、それらの品々は部屋の隅に寄せられていて、ボーデンのより輝かしい発見物にくらべると、義理の姉妹といった扱われ方だった。しかし、二人はその品々をよく覚えていて、すべては一七世紀末頃に作られたものだったと記憶している。その中で、バニスターがイギリス海軍と戦った一六八六年より、新しい日付のものは何一つなかった。

「みんな」とチャタトン。「何でシュガー・レックがゴールデン・フリース号じゃいけないんだ?」

三人は今になって、自分たちの目の前で、そのすべてを理解することができた。バニスターは島でカリーニングをした。島はサマナ湾では四方から隠れた、カリーニングには最適の場所だった。イギリス海軍がバニスターを追って島までやってくる。が、戦闘になれば、島の標高、狭い地形、それに繁茂した植物が海賊に有利に働く。彼らはそれを存分に利用して、敵の戦艦を寄せつけなかった。戦闘中のある時期、おそらく戦いのあとだったろう、ゴールデン・フリース号は島を離れた。それがまさにこの地点で沈没する前だ。たぶんバニスターは、ゴールデン・フリース号で逃走しようとしたのだろう。あるいは船が、ロープを燃やしてしまったために、漂い流れて沈没したのかもしれない。

三人はたがいに顔を見合った。今彼らの真下に、ゴールデン・フリース号が眠っているかもしれない。可能性のすべてがそこにはあった。

マテーラは、持ってきたビールびんに手を伸ばした。それを開けるとボートの端から、ビールを少し海にこぼした。

「これは下に眠る死者たちのためだ」と彼は言った。

ガルシア＝アレコントがエンジンをかけた。そして岸に向かって舵を取った。チャタトンとマテーラはボートから下りて、浜辺に打ち寄せる波の中に立った。二人は幸せだった。これまでの長い間に、はたして今以上の幸せを経験したことがあったのだろうか？　それを二人は思い出すことができない。はるか前方に、彼らは未来を見渡すことができる。そして振り向いてみると、そこにははじめからずっと、一つの島が変わらずにあった。

世界がまだ電報を使っていた時代だったら、チャタトンとマテーラはそれで、ボーデンに重要な質問を送っただろう。「なぜシュガー・レックがゴールデン・フリース号ではないのですか?」。が、二人はたしかに、それを電話やメールで尋ねるつもりはなかった。サントドミンゴへ出かけて、直接ボーデンに尋ねることが、この質問にはふさわしいと思ったからだ。

そんなわけで二人は、荒れたでこぼこだらけの道を、車でドミニカ共和国の首都へと戻った。その間も彼らは、カヨ・ビヒアを選んだバニスターの、創意あふれるアイディアに驚きの目を見張った。そして二人は、海賊たちの砲撃に、イギリス海軍の戦艦に乗った搭乗員たちが、手を焼いた様子を想像してみた。彼らは予想だにしなかった島の、それも高所に据えられた、人目につかない大砲からいっせいに砲火を浴びせられたのである。

それにしても、これは何というすばらしい島なのだろう。今ではチャタトンとマテーラも、その島の様子を海図や衛星写真から学んでいた。島は南北がきわめて狭く、一番狭いところではわずかに三八ヤードしかない。が、東西は細長く、ほぼ四分の一マイルある。空から見ると、ビヒア島はクジラのように見える。筋肉ががっしりとした先端部は、中ほどに行くに従って急激に細くなり、エレガントな体つきになる。そして尾っぽの部分ではまた少し広がる。それはあたかも大西洋に向かって泳いでいるようだ。島はまったく動かずに、じっとしているのだが、まるでクジラが動いているように見えた。

島には歩道橋がある。

一九六〇年代に架けられたもので、半マイルほどあり、コンクリートと鉄でできていて、カヨ・ビヒアと本土のリゾート地をつないでいる。が、この橋を利用する人はほとんどいない。島には語るほどの海辺がなく、そのほとんどが木々に覆われているからだ。ときおり、観光客が危険を冒してやってきたり、恋するカップルが冒険をするために来るくらいだった。しかし、どう見てもこの島は、ただの行き止まりにしか見えない。そのためにサマナの人々は、この島を「何の取り柄もないところ」と呼んだ。が、チャタトンとマテーラにとっては、何の取り柄もないこの島が、重要なただ一つの場所となった。

車がサントドミンゴに近づくにつれて二人は、すでにゴールデン・フリース号を手に入れたも同然だと、ボーデンに告げたときに、はたしてボーデンがどんな顔をするのか、それがますます見たくなってきた。ボーデンが質問を浴びせてくるのは、疑いのないところだ。が、二人は答えを用意していた。たとえ誰がそれぞれのやり方で、どんな質問をしてきても、反論の難しい事実に事実を重ねることで、それに答える準備を二人はしていた。

サントドミンゴのダウンタウンにある、高級カフェのアドリアン・トロピカルで、二人はボーデンと話し合った。チャタトンは時間をむだにしなかった。

「トレーシー、一つ質問をさせてください」と彼。「どうして、シュガー・レックがゴールデン・フリース号ではないのですか？」

ボーデンは片方の眉を上げた。

「カヨ・ビピアは、船をカリーニングするにはもってこいの場所です。それに海岸に砲台を設置して、イギリス海軍と戦うのにも最適の場所です」とチャタトン。「さらに、あなたがシュガー・レックから引き上げた人工物も、すべてバニスターの時代のものです」

ボーデンはほほ笑んだ。

シャツのポケットから小さなノートと鉛筆を取りだすと、さあ詳細を話してくれと身振りで合図した。二人は自分たちが理解したことを次のように話した。バニスターはカリーニングを、ビピアの北側の次第に細くなっていった、へこみの部分で行なった。そのあたりまで追跡されてきても、ゴールデン・フリース号は、この地点で見えなくなってしまう。航行する船から見えなくなるだけではない。世界から隠れてしまう。海賊たちは、近くの川から流れてくる真水に近づくこともできた。本土との間の水路は流れが静かで、クルーの面々はカメを捕まえたり、何の苦労もせずに、船体の汚れをごしごしと洗い落とすことができた。

しかし、バニスターはけっして、油断をしていたわけではない。二つの砲台を――そしておそらくは配下の海賊のほとんどを――島の東端の木が生い茂った高台に配置した。そこは海面から一〇〇フィートの高さがあり、海賊たちは望遠鏡や鋭い目で水平線を見渡して敵を探した。彼らが賢いのは、厄介なことが彼らを見つける前に、厄介な時間をあらかじめ見極めていることだ。しばらくすると、遠くにイギリス海軍の快速船が二隻、こちらへ接近してくるのが見えた。そのうちの一隻を相手に戦えば、勝利のチャンスはわずかだがこちらにある。が、二隻が相手では、海賊側は奇跡を期待するしかなくなる。

そのときに及んでも、まだ事態を平和のうちに解決する時間はあった。今、ただちに降服すれば、バニスターは自分の運命を、そしてクルーの運命を、ポートロイヤルの陪審員団の手に委ねることができるだろう。しかし、バニスターは降服という道を選択しなかった。その代わりに、海賊たちに戦闘態勢を取るように命じた。そして彼はトランペットを吹き鳴らし、部下たちに発砲せよと命じた。

砲弾とマスケット銃の弾が、島から二隻の戦艦に降り注いだ。戦艦上の乗組員にとっては、まるで森そのものから、攻撃されているように感じたにちがいない。二隻の快速船は応戦しながら進路を変え、ヴィラの近くの水路へ入ってきて、そこで錨を下ろした。船の位置を直して、ゴールデン・フリース号を破壊する作戦に出たのである。二日間にわたって、激しい戦闘が続いた。海賊たちはあらゆる島の利点を活用した。戦艦側もそれに応じて撃ち返してきた。が、ついに弾薬を使い果し、すでに二三人もの死傷者を出したイギリス海軍は、ジャマイカへと引き上げていった。いつだか分からないが、戦闘中のある時点で、ゴールデン・フリース号は島から離れた。ひどい損傷を受けていて、二〇〇ヤード離れるか離れないかのところで沈没した――それがまさしくシュガー・レックの場所だった。

ボーデンは興奮しているように見えた。さかんにノートに走り書きをしている。

「トレーシー、どんな風にお考えですか?」とマテーラ。「あなたははじめからずっと、ご自分の海賊船のイメージを持ってこられた。が、シュガー・レックは実際、ゴールデン・フリース号に間違いありませんよ」

ボーデンはトーストにバターを塗った。

「バニスターは本当にすばらしい船長だったんだ」と彼。「あのね。ちょっと聞いてもらいたいんだが、あんた方に話したいことがあるんだ」

そして、ボーデンはチャタトンとマテーラに言った。二人はたいへんな仕事をしてきた。二人が見せてくれた仕事へのひたむきさ、創造的な考え、勇気など、いずれもすばらしいものだ。これほど困難な捜索に耐えた者はそんなに多くはいない。

そしてボーデンは二人に、しかし、あなた方は間違っていると言った。

彼は、シュガー・レックがゴールデン・フリース号ということはありえないと言う。そして、その理由を挙げはじめた。

――カヨ・ビヒアは、ゴールデン・フリース号について述べた歴史に登場しない。

――難破船ハンターたちはこれまでつねに、カヨ・レバンタードでバニスターの難破船を探してきた。

――シュガー・レックから引き上げられた人工物は、その多くが破損されていない。戦闘で破壊された船のものとはとても思えない。

――ミス・ユニバースがカヨ・レバンタードで、イギリスの年代物の壺を見つけている。

――シュガー・レックの現場は島から離れていて、それはカリーニングの場所ではない。

——フランスの海図が、レバンタード島をバニスター島と記している。

そして、中でももっとも重要なのは、

——シュガー・レックが、あまりにも深い海底にあること。

「トレーシー、まったくすばらしい指摘です」とチャタトン。そして彼は、ボーデンの示したそれぞれの反対理由について、簡潔かつ単刀直入に自分の意見を述べた。

——カヨ・ビヒアが、ゴールデン・フリース号について書かれた歴史に登場しない、というのはその通り。が、それで言えば、カヨ・レバンタードや他の特定の場所も、同じように船の歴史に登場していない。

——一般の大衆はつねに間違っている。

——ゴールデン・フリース号がどれくらい損傷を被ったかについては、誰も知る者がいない。知られているのは船が焼けて沈んだということだけだ。

——ミス・ユニバースの壷は、その時代に通りすがった船から海に落ちた、と考えることもできる。

——ゴールデン・フリース号は海軍と戦うために、カーリングを中断して海に出たか、あるいは逃走を試みたのかもしれない。

——フランスの海図は一九世紀のはじめに描かれた。それはバニスターの戦闘後、すでに一〇〇年以上も経過している。ということは、それを描いた人は、戦いを目の当たりにしていない。――シュガー・レックはゴールデン・フリース号と時代がいっしょで、同じ文化を共有している。したがって、シュガー・レックを戦闘とは無関係だと、一方的に信じること自体が、両者の一致を予感している証拠だ。

ボーデンはチャタトンが挙げた点をノートに記した。そしてうなずいては言った。「ああ、なるほど」「それは考えなかったな」。そして二人に、こんどはシュガー・レックの水深の問題について話を進めた。トレジャー・ハンターのウィリアム・フィップスの乗組員は、水深二四フィートのところでゴールデン・フリース号が沈んでいるのを見た。それも戦闘のわずか数カ月後に。このことをボーデンは二人に思い出させた。それに対して、シュガー・レックが沈んでいたのは水深四四フィートのところだった。

「お説の通りです」とチャタトン。が、フィップスの乗組員たちは、二四フィートのところと言っているが、それが難破船の頂上部なのか底部なのか、その点については何も言っていない。チャタトンはそう指摘した。もしそれが頂上部だったとしたら、ゴールデン・フリース号が三〇〇年以上経過する間に、自然に崩壊して、四四フィートの水底に沈んだと考えることもできるだろう。それこそまさしく、シュガー・レックのあった場所だった。

ボーデンは鉛筆を置いた。そして二人に言った。ご両人は飛び抜けてすばらしい仕事をしてきた。そしてふたたび、二人に言った。が、あなた方は間違っていると。シュガー・レックはゴールデン・フリース号ではない。カヨ・レバンタードに戻って、そこで引き続いてあの船を探すのが得策だ。

チャタトンは今にもテーブルを飛び越えて、ボーデンの首を絞めそうな気配だった。マテーラはあわてて身を乗り出すと、落ち着いた口調でボーデンに話しかけた。お言葉を返すようですが、ゴールデン・フリース号が、カヨ・レバンタード周辺に沈んでいる可能性はまずありません。が、ボーデンが返事をする前に、チャタトンが会話に割り込んできた。

「トレーシー、あなたがなさりたいことは、みんながすでに見たところをまた見ることなんです。すでにみんなが調査をしたところです。そんな考えでは、とてもあなたはこの難破船を見つけることなどできませんよ。金輪際、何一つ見つけることなどできません」

ボーデンは顔を紅潮させた。チャタトンの調子に少し動揺した表情を浮かべた。が、シュガー・レックについては、何かしっくりしないものがある、と彼は静かに説明した――水深、場所、歴史など。

「これは感じの問題なんかじゃありません」とチャタトン。「それは証拠なんです。厳密な仕事と調査が探し当てる証拠の問題です」

「それはあんたの意見でしょう」とボーデンは答えた。

「いいえ、そうではありません。証拠です。労働と調査が探した証拠の問題です。集めたすべての断片が、ぴたりとフィットしなければならないんです。私は自分で一つ、あるいは二つの難破船を見つけました。トレーシー、それも非常に重要な難破船です。私はそれを見つけるのに、今までただの一度だって、感情や直感や、その他のくだらない与太話をもとに、それをしたことなどありません」

チャタトンとボーデンは二人して立ち上がって、すぐにでも出ていきそうな気配だった――テーブルからだけではなく、プロジェクトからも。そんなことになる前に、マテーラはボーデンに向かって、別の問題を検討したいのだがと言った。そして、思い切ってやってみようとばかりに、ありのままを素直に話した。

「他のクルーがレバンタード島に、ゴールデン・フリース号を探しに来るかもしれない、という精度の高い情報をわれわれは手にしています。お聞きになりました通り、われわれは難破船があの島にはないと考えています。が、ときに聞こえてくるのは、こうした話ばかりなんです」

ボーデンはうなずいた――彼は以前、そんな話を人々がしているのを耳にしたことがあった。しかし、マテーラの話はまだ終わらなかった。彼はまた文化庁が、国内のトレジャー・リース（財宝の賃貸借契約）をスリム化したい意向を示しているようだと言った。そこにはもちろんボーデンのリースも含まれる。さらに、当局は新たな勢力を導入したがっているという。それは何年もの間、作業の進まなかった広大な地域の調査を手助けできる、若き大物たちの導入だった。マテーラはボーデンの目から、彼がすでにこの情報をキャッチしていると判断した。そして、それを心配した。

「それであんたは、俺に何をしろと言うんだ？」とボーデンは尋ねた。

「海賊船がレバンタード島にないことを認めてください」とチャタトン。「それはカヨ・ビヒアにあります」

「シュガー・レックに本気で取り組みましょう」とマテーラ。「人工物をさらに引き上げましょう。そしてシュガー・レックがゴールデン・フリース号であることを証明しましょう」

が、ボーデンは二人が挙げたどの提案にも、進んでやってみようという気配を見せなかった。もしカヨ・ビヒアでへまをしたらどうなるのか。そしてその間に、他の者たちがカヨ・レバンタードでゴールデン・フリース号を見つけたらどうなるのか。彼が一生をかけて行なってきた、すべての仕事が損なわれてしまう――彼の名声も、彼の遺産も、彼の名誉も。ボーデンにはどう見ても、二人の提案を進んで実行しようという気はなさそうだった――明らかにそれは思い違いだったし、けっして確実ではなかったからだ。その代わりに彼は考えた。チャタトンとマテーラは別の説に力を注ぐ前に、ともかくカヨ・レバンタードに戻って、ゴールデン・フリース号がそこにないことを証明すべきだと。

チャタトンは椅子から飛び上がった。

「あなたは今われわれに、そこにないことを証明しろと言ってるんですよ。いったいどうやって、ないものをあなたに見せることができるんですか?」

「探索を続けることだ」とボーデン。「おそらく、あんたたちは何かを見落としている。たぶん、磁気探知機がうまく作動していないんだろう……」

「われわれはあそこで、さまざまなものを四〇〇個も見つけています。それについてはどうなんですか?」とチャタトン。「レバンタード島の周辺をくまなく探して、魚の罠や自動車のナンバー・プレートなど、あらゆるものを見つけました。が、それなのに、一〇〇フィートもの海賊船を見過ごしている。あなたはそうおっしゃりたいわけですか?」

「俺たちはただ、確認しなければならないと言ってるんだ」

もはや爆発寸前のチャタトンは、激しい勢いでトイレへ行ってしまった。

「あんたの相方は、ひどく短気なんだな」とボーデン。「やつとこれ以上、いっしょにやっていけるかどうか自信がないよ」

マテーラは身を乗り出した。

「トレーシー、一つ考えがあるのですが。なぜあなたはシュガー・レックに磁気探知機をかけないんですか? 証拠を見つけましょう。そんなに手間はかかりませんよ」

しかし、ボーデンは納得した様子を見せなかった。もし他人の海域を不法に奪い取る者が現われたら、どうするのか？　文化庁が借地権を取り上げたら、どうなるのか？　誰もがそこに海賊船が沈んでいると言っている、あのカヨ・レバンタードを捨てるのは今ではない。ボーデンは店の支払いをすませて、家へ帰ろうとしながら、マテーラにこんな風に告げた。チャタトンがトイレから戻ってきたが、ボーデンがどこへ行ったのか、それをマテーラに尋ねることさえしなかった。

13　ずっと友だちでいよう

チャタトンとマテーラは、その日の残った時間を、サントドミンゴで食料や必需品を買い求めて費やした。二人ともボーデンと過ごしたランチの話はしなかった。が、どちらも相手が何を考えているのか分かっていた――それは、年寄りのトレジャー・ハンターと組んだこの仕事を、これ以上続けるのは難しいかもしれない、ということだ。

カロリーナが彼女のアパートメントで、二人のためにディナーを料理してくれた。二人はなるべく仕事の話をしないようにした。が、カロリーナが、午後の話はうまく行ったのと訊いたときには、チャタトンも口出しをせずにはいられなかった。ボーデンは、ゴールデン・フリース号がレバンタード島にあるという考えを、けっして捨てようとしないんだと言った。

「難破船はあそこにはないよ。俺は間違ってない」とチャタトン。「あの人とはもう終わりだ」

マテーラは今耳にしたチャタトンの言葉を、ほとんど信じることができなかった。たしかにチャタトンにはいろんなことがあった。しかし、彼は簡単に諦めるような男ではない。ディナーのあとで、マテーラは書斎にチャタトンを引き入れた。彼はそこで相方に、ともかく我慢をするようにと促した。「トレーシーは頑固な老人だ」とマテーラ。「しかし、彼はばかじゃないよ。何とかして彼には、自分からシュガー・レックへ来るようにさせなければだめだ。そんな考えになるように、彼を仕向けなきゃだめなんだ」

それはチャタトンのイライラを、さらに募らせるばかりだった。彼はそのイラつく気持ちを、高い声を出してマテーラに知らせた。マテーラもつねに、相方のわめく声を我慢しているわけではない。が、今回は彼も、チャタトンが本気でボーデンに腹を立てていることが分かった。それに相棒が正しいことも知っていた。

「ジョン、ここは俺といっしょに、我慢してがんばろうぜ」とマテーラ。「これはトレーシーの問題なんかじゃないんだから」

しかし、チャタトンはこの問題を投げ出しているわけではなかった。彼にはボーデンがアトランティスの失われた都市の中に、なおとどまり続けているように思えた。それにもしチャタトン自身も、ボーデンのように、どこか別のところにとどまろうと決心していたら、ボーデンのことを、そんな風には思わなかったにちがいない。

その夜、歯を磨いたあとでマテーラは、アドビル（鎮痛解熱剤）をひと握り口の中に放り込み、それをミランタ（胃薬）といっしょに流し込んだ。これは警備会社にいたとき、二四時間勤務に耐えるために、いつも服用していた薬の組み合わせだった。ほんのわずかなつまずきが、彼の未来を犠牲にしかねない、そんなときのための常備薬だ。

翌朝、メールのメッセージ音で目がさめた。ボーデンからきたもので、会って話したいと言う。それもチャタトンを抜きにして。

「これでおしまいだ」とマテーラはカロリーナに言った。「トレーシーは仕事を中止にするつもりだ。われわれと関係を断つんだろう。すべてがおじゃんになってしまう」

一時間後、トレーシーとマテーラはカフェで落ち合った。が、ボーデンは仕事の話をしない。その代わりに、彼がマテーラに話したのは自分の人生のことだった。

一九五〇年代にアメリカでは、スキューバ・ダイビングが大流行した。が、ボーデンにとっては、それが一時の流行で終わらなかった。一九五七年に、フィラデルフィア近郊のアビントン・ハイスクールを卒業すると、彼はダイビング用具の一つ——広い黄色のストライプが入ったウエットスーツ。手で糊づけされたものだったろう——を購入して、入江やポコノ山脈の採石場へ出かけた。が、当時は、スキューバ・ダイビングを教えてくれるところなど、ほとんどどこにもなかった。自分で何とか学習していくしか方法がない。それで彼も、うまくいくかどうか自分で水に入って試してみた。

ボーデンは暮らしを立てるために、見習い電気技師として働いた。もらえる給料はよくて、未来にはすばらしい展望が開けていた。が、彼の心はダイビングの方にあり、ダイオードにはなかった。ニュージャージーの海岸沖に、何百という難破船が沈んでいると聞くと、ボーデンはさっそく車に用具をいっぱい積み込んで、一路海へと、寄り道もせずに向かった。沖合にやってくると、何はさておき、彼は沈没している船へと潜った。難破船の中には、沈没した日から一度も人目に触れていないものもあった。毎年彼は、自分の履歴書に難破船の名前をつけ加えていった。が、彼は他のダイバーとは距離を置いていた。彼には他のダイバーたちが、しきりに隠し立てをしたがり、しみったれていて、徒党を組みたがる連中のように思えた。これはチャタトンがほぼ二〇年後に、同じような連中に抱いた不満と似ていた。

海にボーデンはたいてい一人で行った。何か古いものを見つけることを夢見ていた——古いものと言っても、世界大戦時のものではなく、文明が形成された時代の記念すべきものだ。だが、それをどんな風にして見つければいいのか？　当時は、そんな沈没船の見つけ方を教えてくれる教室もなければ、指導書もなかった。もちろん、弟子を探しているよき師《メントール》もいない。ボーデンはすべてを、自分で解決していかなければならなかった。そしてそれは、片方でフルタイムの仕事を持っているだけに、簡単なことではない。今では彼も、電気技師としてはすでに、見習いから親方へと出世していた。だが、彼の心は以前にもまして、電気技師の仕事に専念することができない。仕事で持ち運ぶ見取り図を目にしても、彼にはそれが海図のように見えてしまった。

一九六九年、ボーデンは三〇歳になっていた。彼はボスに二週間の休暇を願い出た。一八世紀の難破船デ・ブラーク号を探しに行きたいという。この船はデラウェア川の河口に沈んでいると考えられていて、かなりの財宝が積まれているらしい。ボスはやめた方がいいと言って止めようとした。が、ボーデンはすでに表へ出てしまっていた。

しかし結局、彼は財宝を見つけることができなかった。それどころか、難破船すら発見できていない。が、そのときに感じた気持ちの高ぶりが、そのあとも彼の心に残ってしまったようだ。一九七六年、ボーデンは大型のガレオン船が沈んでいるドミニカ共和国に出かけた。そこで彼は独占権を許可されたのだが、それは広範囲にわたる沈没船の探索を許すというもので、ドミニカ共和国が手配した、はじめてのお膳立てだった。しかし、役人たちはボーデンの監視を続けると言う。行動や判断に少しでも過失があれば、その時点で許可は取り消される。また、信頼を裏切る行為が見られれば、すぐにボーデンは放逐されるだろう。

それから二年が経つか経たないうちに、ボーデンはサマナ湾で二隻のガレオン船を見つけ、その正体をつきとめた。ヌエストラ・セニョラ・デ・グアダルーペ号と、そこから、ほんの八マイルしか離れていないところに沈んでいたコンデ・デ・トロサ号の二隻だ。二隻の船には、船客とクルーを合わせて一二〇〇人以上が乗っていた。乗客の多くは海外で生活する心づもりだった。そのためにほとんどの客は、日常使用していたものをすべて、金や宝石やコインに換えて、新しい生活を夢見ながら心楽しく旅行をしていた。ボーデンが難破船を発見して以来、その財宝の大半は彼のものとなった。

一九七九年、『ナショナル・ジオグラフィック』は二六ページに及ぶ特集を組んだ。「水銀を運ぶガレオン船の墓場」という見出しで、ボーデンの仕事を取り上げた。有名な海洋史家のメンデル・ピーターソンが書いた記事が、読者をボーデンとともに海中へと連れていった。そして一人の男が、自分の人生を投げ捨てて出かけることで、はじめて見つけることのできたものを、美しいカラー写真で示していた。記事の中では、ガレオン船から回収された金のメダルも紹介されている。それには、サンチャゴ勲章の十字が描かれていて、二四個のダイヤモンドで枠取りがされていた。ピーターソンはのちにこのメダルを、海から引き上げられた人工物の中で、もっとも偉大なものだと呼んでいる。マテーラはティーンエージャーのときに、『ナショナル・ジオグラフィック』に掲載されたこの記事を、ボーデンになった自分の姿を夢見ながら読んでいた。

ボーデンが海に入るのはお金のためだ、と誰もが推測した。が、彼は見つけたものを、めったなことでは売りに出さなかった。自分はある感触を追い求めているのだ、と彼は人々に言った。それは何年も続いた苦闘の末に、そして人々から気が違ったと言われ続けたあとで、水の中に光るものを見つけ、それをつかんだ瞬間に感じる感触だった。財宝――人はこれを追い求めるが、それに対して抱く気持ちはけっして同じではない。

ボーデンは次の数年間、彼が借地権を得た海域で仕事をした。それは一八世紀のフランスの戦艦スキピオン号や、他にも重要な難破船を見つけた画期的な仕事だった。が、ときには何一つ見つけることのできないときもあった。しかしそれでも、彼の生活に対して抱く、他の者たちの羨望はやむことがなかった——彼らは、髪を風になびかせながら、コニャックを片手に、次の失われた財宝を求めて、カリブ海をクルージングをしているボーデンの姿を思い浮かべるのだった。実際に、ボーデンが毎日送っていた生活に、思いをいたすような者はほとんどいなかった。

彼は四六時中家を留守にしていた。それはごく普通に暮らすことを不可能にしたし、結婚は彼にとって一つの挑戦になってしまった。彼が自分の仕事について、意味のある会話をすることは難しかった——というのも、世間のほとんど誰もが、彼が行なったことをしていないし、それを想像することさえできなかったからだ。財物ですら悲劇的な緑青を帯びている。その多くは、難破船から引き上げられたもので、船の中では人々が、海にいながら悲惨な死に方をしていた。

しかし、だからと言ってボーデンには、レック・ハンティング以外のことを夢見ることはできなかった。そのために彼は仕事を続けた。そして一九八〇年代の末に、ふたたび大きな山を引き当てた。こんどの船はコンセプシオン号。財物を積んだ難破船の中でも、それはもっとも巨大な船の一つだった。

一六八七年、ウィリアム・フィップスが最初に、この難破船に到達した。彼は一六世紀のテクノロジーが許す限り、多くの銀を難破船から引き上げた。やがてコンセプシオン号は、時の流れの中で忘れられていった。それはほとんど三〇〇年の間、失われたままになっていた。一九七八年になって、やっとジャック・ハスキンズの調査をもとに、バート・ウェバーが難破船を再発見した。それは岸から八〇マイル離れた、シルバー・バンクというあだ名の海域に沈んでいた。ウェバーはできるかぎりのものを引き上げた。そしてそのあとで、政府はサルベージの権利を短期間、カール・フィズマーに与え、さらにそのあと、ボーデンに譲り渡した。ボーデンは難破船を発見したわけではなかったが、彼がこの船に関わったことで、状況はにわかに一変した。というのも、やがて、コンセプシオン号は積んでいた銀を、はるかに上回るものを示すことになったからだ。それは何百万ドルもの価値のある、何千枚にも及ぶコインで、一六四一年以来、誰一人これを目にした者はいなかった。

しかしその発見は、高い価値をもたらしたわりには、地味で寂しいものだった。ラジオやテレビもシルバー・バンクにはやってこない。ボーデンのサルベージ船には、映画やビデオのカメラも持ち込まれなかった。そこにいたのは年寄りの新聞記者が数人だけだ。が、船の上では誰も自由にジョギングができないし、タバコも一人でゆっくり吸うことさえできなかった。この数年、ボーデンはくりかえし何度も、二週間の探索の旅に出かけた。その間、六〇フィートのボードに乗っているのは、わずか八、九人だった。が、ボートが小さいために、全員がそろうとさすがに窮屈だった。

そして、それも昼間の間だけだ。夜は巨大な墓場の上に錨を下ろしているという考えを、ボーデンは追い払うことが難しかった。三〇〇人以上の人々がコンセプシオン号に乗っていて亡くなったのだが、彼らとともに墓場には、昔から、シルバー・バンクで座礁して死んだ人々が、数え切れないほど眠っている。ときにボーデンは、夜中の二時や三時に目を覚ますと、デッキへ出てボートの錨綱をチェックした。それは綱がしっかり結ばれているかどうかを心配したからではない。何かがそこで起きかねないことを、彼は知っていたからだ。とくに月の出ていない夜は。

あるとき、このプロジェクトに投資をして、いっしょに船に乗ってやってきた年配の人が、夜中にボーデンを揺すって起こした。「トレーシー」と彼。「さっき後甲板に立っていたんです。そしたら声が聞こえるんだ。それもおおぜいの話し声が聞こえたんです」。ボーデンは彼に、手すりに近づかない方がいいと言ったが、彼の言ったことに反論はしなかった。「ここに沈んだ船の大半はハリケーンで難破したんです」とボーデン。「それによって亡くなった人々が、どんなつらい思いをしたのか、私には想像もつきません」

何年もの間ボーデンは、ハリケーンと孤独に耐えながら、コンセプシオン号の仕事を続けた。そして銀貨を引き上げたが、それを売ることはほとんどなかった。映画の製作者たちが彼をドキュメンタリーで取り上げた。一九九六年には、『ナショナル・ジオグラフィック』がまた別の特集を組んで、彼のコンセプシオン号の体験をフィーチャーした。そのあともボーデンは、シルバー・バンクで難破したガレオン船のサルベージをし続け、他の者たちでは、とてもたどり着けないような財宝や人工物を、見つけ出しては引き上げた。シルバー・バンクで作業した長い年月の間に、ボーデンはしばしばフィップスのことを考えた。ずぶの素人が何か偉大なものを追いかけるということが、どんな意味を持つのだろうと考えたのだ。

ボーデンはこんな話を、延々と何時間にもわたってマテーラに話した。が、ここで話をやめた。「ジョン、えらくあんたの時間を取ってしまった」とボーデン。「本当に言いたかったことは、われわれはこれまで通りに友だちでいたい、ということなんだ」

チャタトンはそのあとの数日を、コンキスタドールのことについて書いた本を読んで過ごした。とくにフランシスコ・ピサロについて。彼は二〇〇人足らずの兵士を連れてペルーに現れ、数千人にも及ぶインカの兵士たちを打ち破った――あっという間に、インカ帝国はピサロに征服されてしまった。

ちょうど同じ頃、マテーラはスキューバ・ダイビングの雑誌に掲載する、パイレーツ・コーブの広告原稿を清書していた。パイレーツ・コーブは彼がだいぶ前からやりはじめた、ダイビング・ボートのチャーター・ビジネスで、かつては非常に繁盛していた。マテーラはカロリーナに言った。今はもう、現実をきちんと見つめなければいけないときだ。ゴールデン・フリース号は二度と見つからないかもしれない。というのは、それが海底に沈んでいなかったからではない。自分のパートナーたちが、協力できなくなってしまったからだ。チャタトンは我慢ができないようだ——ボーデンにも、海賊船の探索にも、そしてドミニカ共和国にも。一方、ボーデンもまた我慢ができないようだ——チャタトンにも、マテーラにも。そしてこの二人の狂気じみた考えにも。

そこでマテーラは、やっとわれに立ち返った。パイレーツ・コーブを復活させれば、当初、やろうと思っていたことが、できるにちがいないと思ったのだ。それはカリブの楽園のような海で、金持ちのクライアントを、物語に満ちた美しい難破船へ連れていくことによって、生計を立てることだった。

次の朝、マテーラはいつもより三時間ほど遅く目が覚めた。髭も剃らず歯も磨かなかった。ただキッチンのテーブルに座って、ラップトップを開き、ニューヨーク・メッツの記事を読んだ。そしてボウル一杯の冷たいシリアルを食べた。

そのあとで、彼はサマナに車で戻った。そこでチャタトンとディナーを取る予定だった。しかし、それはどんなディナーになるのだろう？ クルーもいない。ノートもない。テーブルマットに書かれた略図もない。あるのはファビオの店のピザだけだ。そのためだけに、辺鄙なところを目指して、いったい誰が車を運転などするのだろう？

しかし、マテーラは出かけた。数時間後、携帯電話の受信地域に達すると、ボーデンからボイスメールが届いていた。ボーデンはあらためてじっくりと考え直したと言う。そして、シュガー・レックのサルベージをさらに行ないたいと言うのだ。サルベージ作業は二週間ほど行なう。それが典型的なサルベージのサイクルだからだ。そして、できるかぎりのものを発見しようと言う。マテーラにとって、それは奇跡のようだった。これは彼とチャタトンが、もっとも望んでいたことだったからだ。

マテーラは急いでチャタトンに電話した。

二人は電話で計画を立てた。シュガー・レックについては、サイドスキャン・ソーナーや磁気探知機を使って、綿密な調査を行なおう。破片の散らばっている現場からは、できるかぎり多くの人工物を引き上げよう。そして沈んでいる船が、ゴールデン・フリース号だと確認できるものを、どんなものでも探そうと二人で言い交わした。もし二人がコインでも陶器の破片でも、あるいは何でもいいのだが、一六八六年——海賊船が沈没した年だ——より年代の新しいものを何か見つけたら、そのときはシュガー・レックは、バニスターの船ではないということになる。が、チャタトンもマテーラもそれは望むところではなかった。

数日後、シュガー・レックの現場で、サルベージ作業が本格的にはじめられた。チャタトンとマテーラは海域一帯をソーナーでスキャンし、探知機でていねいに探査した。ボーデンは詳細な地図を作って、探索場所を正確に示すのに役立てた。ほどなくして、サルベージ作業も開始した。この仕事には、ボーデンもいっしょに加わった。

現場の雰囲気は、最初から上下の隔たりがなく、とくにチャタトンとボーデンはたがいに協力的だった。次の週にかけて、クルーは泥だらけの海底から、何百という人工物を引き上げた。その多くは破損の跡がなく、元の形をとどめていた——マスケット銃、ナイフ、骨の柄がついた幅広の剣、水差し、デルフト陶器、マデイラ・ワインのびん、砲弾など。それぞれのものは、前回引き上げたものにくらべると、いっそうすばらしいもののように思えた。それは品物のデリケートな美しさだけではない。年代的にもそのことは言えた。引き上げたものはどれも、一六八六年よりあとのものがなかったからだ。

ひと仕事終えた夜のこと、マテーラとチャタトンはヴィラでくつろいでいた。ヴィラからは、仕事の現場をはるかに見渡すことができる。遠くに大きな帆船が見えた。その白い帆が空に向かって伸びている。二人は帆船が近づいてくるのを見つめていた。やがて船は水路の口に入ってきた。船の長さはおそらく一〇〇フィートほどで、ほぼゴールデン・フリース号と同じくらいだ。狭い水路にみごとな舵さばきで入ってくる。そしてカヨ・ビビアの前に錨を下し、橋と平行して並んだ。それはちょうど何世紀も前に、やはりここで船がしていたように、物資を補給し、真水を積み込んでいるように見えた。チャタトンやマテーラにとって、この帆船は一つの贈り物のようだったし、彼らが信じていたすべての証明のように思えた。この帆船と同じくらいの船なら、すぐれた目を持つ船長がいさえすれば、難なくこの水路に入ることができたのだ。

二週間続けたシュガー・レックのサルベージ作業が、数日後に終わった。水から用具を上げながら、チャタトンとマテーラはボーデンに彼の意見を訊いてみた――シュガー・レックは、ゴールデン・フリース号だったのだろうか？

ボーデンは二人に言った。引き上げられた人工物はすべて、たしかにゴールデン・フリース号の時代のものだ。だが、難破船の沈没場所が島から離れていたこと、そしてカリーニングの場所にそれがなかったこと、そして、とりわけ難破船の水深が深すぎることなどが、ボーデンを悩ませ続けた。このような理由から、シュガー・レックの作業をさらに押し進める前に、彼はなお、海賊船がカヨ・レバンタードにないことを、確かめる必要があると考えていた。

チャタトンは立ち去った。マテーラはボーデンの目をまっすぐに見た。

「トレーシー、あなたは人々が、あなたからこの難破船を盗もうとしていることは、よくご存知でしょう。そして政府もまた、すべての借地権を削減したがっていることも、ご存知のはずです。あなたが海賊船を発見したことを、文化庁に知らせることで、あなたはこの困難を切り抜けることができるんです。難破船はレバンタード島になんかありません。それはここにあるんですから」

しかし、ボーデンは断固として譲らなかった。

数日後、チャタトンはメイン州へ帰って、実在する難破船にダイビングを行なう手配をした。こうして彼は、本来のジョン・チャタトンに戻った。マテーラも飛行機でアメリカに戻った。そして、ペンシルベニアの射撃場に姿を現した。標的に向けて銃を打ち放ったのだが、それは以前、標的が粉々になり、姿をとどめないほど撃ち込んで以来、久しぶりの射撃だった。

こんな風にして一カ月が過ぎていった。そして二〇〇八年一二月のはじめ、マテーラにボーデンから電話が掛かってきた。ボーデンは文化庁のニュースをマテーラに伝えた。ある考古学者がゴールデン・フリース号を見つけたという。

カヨ・レバンタードで。

14　漂流

受話器から聞こえるボーデンの声は震えていた。が、彼の情報は正確には次のようなものだった——その報告は、サントドミンゴの研究機関の研究所にファイルされていた。書いたのはドミニカ共和国をベースに研究している考古学者で、長い間この国で、難破船の調査をしたり、トレジャー・ハンティングもしていたという。彼はゴールデン・フリース号を見つけただけではなく、その正確な場所も公にしていた。

マテーラは吐き気を催した。彼はボーデンに、発見はありえないと断言していた——彼とチャタトンはカヨ・レバンタードの近辺をくまなく調べた——が、心はほとんど揺らいでいるようだった。たしかにくりかえし探索した。磁気探知機で、レバンタード島の周辺の芝刈りをした。すべてはまったくあやまりがない。自分とチャタトンは、島で見つけられるものはすべて見つけたのに、大事なものを一つ見逃したというのだろうか。それはとてもありえないことだ、とマテーラは自分に言い聞かせた。

マテーラは考古学者が公表した、沈没船の場所を知ることができないのかと訊いた。ボーデンはほとんど聞きとれないようなか細い声で、調べてみようと言った。

マテーラは次にチャタトンに電話を入れた。自分の知っているかぎりの事実を、チャタトンに説明した。チャタトンはマテーラに、どれくらい早くマイアミ国際空港に来れるかと訊いた。

「なぜ?」とマテーラ。

「すぐに戻って、これがでたらめだということを証明しよう」

飛行機の中で、チャタトンとマテーラは状況を分析した。二人はともに、一人の考古学者がゴールデン・フリース号に挑戦をすること自体、まったく予測できなかった。が、考えてみると、それは十分に筋の通ったことだった。考古学者はこの発見を契機に、大学の研究という名目を持ち出し、ドミニカ政府に、ボーデンが持っていたサルベージの権利を、自分に与えるようにと要請することができる。考古学者は名声を手にするだろう。人工物を博物館や大学に寄贈して、他人の権利を不法に奪い取った、自らの行為を正当化するにちがいない。

残りのフライト時間を二人は、考古学者がいったい島のどこで沈没船を見つけたのだろう、という問題を解くことに費やした。そして、彼らが見過ごしてしまったスポットを、何とかして思い描こうとした。数分毎に二人のどちらかが、「あのろくでなし野郎が、本当に船を見つけたのか？」と問いかけると、もう一人が「そんなわけはないよ」と答えていたかもしれない。

その日の遅く、サントドミンゴで二人は、ボーデンと話し合いをしていた。ボーデンは疲れ切った様子だった。が、彼は重要な情報を持ってきた。考古学者が、ゴールデン・フリース号を発見したと報告している場所だ。学者はGPSの座標を公にしたわけではない。差し出したのは、カヨ・レバンタードの西海岸の近くを撮った一枚の写真と、そのあたりを記述した一文だけだ。しかし、チャタトンとマテーラにはそれで十分だった。二人にはその場所がすぐに分かった。彼らが探したときには、何一つそこにはなかった。

「数日、われわれに時間をください」とマテーラ。「その場所にないことを証明してみせますから」

ボーデンがやめた方がいいと言う前に、すでにチャタトンとマテーラは外に飛び出し、サマナへ向かっていた。考古学者の言い分を、徹底的に叩きつぶそうという心構えで。

サマナへ車を飛ばしている二人に、ガルシア＝アレコントから電話が入った。彼は政府関係者と連絡を取っていたのだが、新たな申し立てがあり、文化庁にプレッシャーをかけているという。それはゴールデン・フリース号をボーデンから押収して、考古学的な遺跡に指定せよというものだった――それがどこに沈んでいようと。役人たちは今になってはじめて、バニスターの船の希少さと重要さを認識して、難破船の管理はトレジャー・ハンターより、むしろ学者に任せた方がいいかもしれない、と考えはじめているようだ。チャタトンとマテーラは、こんな日がやってくるのを一番恐れていた。政治家や、実際の経験など皆無の気取り屋たちが、どやどやと入り込んできて、毎日こつこつと、水の中で作業をしている者たちから財宝を盗んでいくのだ。

さらに悪いニュースがもう一つあった。

ガルシア＝アレコントが理解したところによると、文化庁の内部でも、ボーデンのリース地域を縮小すべきだ、という意見が高まりつつあるという。実際、当局は同じような行動を最近、他の借地人に対して取っていた。それをさらに、この国で作業をしている、すべてのトレジャー・ハンターに適用する用意をしているようだった。これまでより小さな海域で、サルベージに従事するダイバーを増やすことで、文化庁はリース料の収入を増やすとともに、引き上げ品の質の向上も期待できるとしている。当局がまずはじめに、どの海域を押収しようとしているかについては、今のところ何とも言えない。

「それじゃあ、われわれは何をすればいいのだろう?」とマテーラが尋ねた。

ガルシア＝アレコントは、これに答えることができなかった。が、彼には一つだけ意見がある。それはカヨ・レバンタードに行って証拠を見つけること。考古学者がそこにあると言った場所に、海賊船などないことを証明する、強力な証拠を見つけて指し示すことだ。研究所がその場所に海賊船があると考える時間が、長くなればなるほど、当局がそれをボーデンから取り上げる可能性は強くなる。それに、他のことはほとんど、どうでもいいことなんだから。

「ビクトル、われわれは今、そちらに向かっている最中です」とマテーラ。「できるだけ早く、そちらに着くようにします」

次の朝、チャタトン、マテーラ、クレッチマー、エーレンバーグの四人はディープ・エクスプローラーに乗って、カヨ・レバンタードへ向かった。彼らが心配していたのは、自分たちがそこにはないと断言したところで、もし他の誰かが海賊船を見つけたとしたら、自分たちはその自尊心をどう保てばいいのかということだった。

ボートが島の西端に近づくにつれて、チャタトンはエンジンの速度をゆるめた。そして残りの道のりを、ボーデンがくれた写真を見ながら、ボートをゆっくりと進めた。彼はしきりに写真を島に合わせようとしては、舵を取っていたクレッチマーに声をかけて、船の進路を指図した。そして、ようやく彼らは写真のスポットに到着した――そこは岸から二〇〇ヤード離れていた。彼らはそこに錨を下ろした。エーレンバーグがラップトップで、チームのデータファイルを見直した。数カ月前にこの海域全体を調査したが、ターゲットは何一つ見つけていない。もちろん難破船も。

しかし、彼らはそれを確かめるために、ダイビングの用具を身につけた。

チームはグリッドを作成して、海底を探査しはじめた――目でじかに、そして金属探知機を使って。

念入りに。

ふたたび。

彼らが見つけたのはセラミックのれんがと、木のはしきれだけだった。それはすべて数世紀前の難破船のものだ。が、誰もそれについて心配する者はいない。数カ月前、島の調査をしたときに、すでにこうした残存物を見つけていたからだ。形や大きさからして、このような破片は、ゴールデン・フリース号の三分の一以上に大きな船のものではありえない。それは一六世紀か一七世紀の難破船だったが、大洋を横断し、一〇〇人もの海賊を載せるために建造された巨大帆船ではない。

ボートに戻るとチームは計画を練った。研究所にレポートを送ること。それにには写真、水深測量の結果、磁気探知機の調査歴、色とりどりのソーナー映像など、ゴールデン・フリース号の沈没場所が、ここでは永遠にありえない証拠を、洗いざらい、レポートに添えて提出しようということになった。

ヴィラに戻ったチームの面々は、さらに考えを進めた。考古学者が間違っているという証拠を、はたして文化庁は受け取るだろうか。これは保証のかぎりではない。が、たとえそうだとしても、他のサルベージ業者や学者、それにトレジャー・ハンターたちが、同じようにゴールデン・フリース号に対する自分たちの主張を手に、考古学者に続いて現われてくる可能性は大いにありうる。チャタトンやマテーラにとっても、ライバルたちが今の時点で、新たに登場するというのは、十分にうなずける話だった。というのも、ボーデンが海賊船の痕跡を熱心に追っているというニュースは、すでに知れわたっているにちがいないからだ。もし多くのライバルたちが、同じような主張をしだしたら、たとえそれがつまらないものでも、文化庁はボーデンから、難破船を取り上げることを考えるだろう。これを防ぐただ一つの方法は、ゴールデン・フリース号を見つけ出すことだ。そのために必要なベストの手段は、ボーデンを説得して、シュガー・レックの現場でサルベージ作業を完了させること。そして、それをただちに行なうことだった。海底の泥濘の下に、決定的な証拠があるのなら、マテーラたちはそれを見つけるにちがいない。

マテーラはボーデンに電話をして、考古学者のレポートが真実ではありえないことを伝えた。そして彼に、シュガー・レックのサルベージを、さらに継続してほしいと懇願した。ボーデンはこのニュースに、いくらか気分を持ち直したようだった。が、なお他の者たちがカヨ・レバンタードに押し掛けて、ゴールデン・フリース号を奪ってしまうのではないか、と気がかりの様子だった。

「その通りなんです」とマテーラ。「それこそが、今、あなたが行動しなければならない理由なんです」

ボーデンは作業を行なうことに同意した。が、彼はチャタトンとマテーラにそのあとで、カヨ・レバンタードに戻ってほしいと言った。それを聞いたマテーラは、首筋があまりに緊張したために、一瞬、視界がぼやけてしまったほどだ。

「トレーシー、それはむりです。チャタトンはもう、あの島に戻るわけがないんですから」

「やつは短気だから……」

「いや、その話はもう聞きたくありません」とマテーラ。「チャタトンは私のパートナーです。ともかくあなたには、レバンタード島のことはもう忘れていただかなくては」

しかしボーデンが、島を忘れようとしているようには、とても思えなかった。電話を切ったあとでマテーラは、「彼は俺たちが信用できなくなってるんだ。もう俺たちが信じられないんだ」とだけは考えることができた。

その日の午後、ファビオの店でマテーラはチャタトンに、ボーデンと話した電話の内容を伝えた。マテーラはパートナーが腹を立てて、表に飛び出すか、ボーデンに電話を入れて、金切り声で叫び出すか、あるいは、この仕事をやめたと言うか、そんなことを予期していた。が、そのあとの結果はさらに始末の悪いものとなった。チャタトンはただ黙って座っていた。そしてピザを食べ、マテーラをじっと見つめていたり、表の通りを見ていた。そんなことで数分が経過した。次の一分間が前の一分間より長く感じられる。すると、聞きなれた声が、レストランの隅に置かれたテレビから聞こえてきた。はじめてチャタトンはちらりと目を上げて、テレビのスクリーンに映っている自分の姿を見た。彼は、ヒストリー・チャンネルのテレビシリーズ『ディープ・シー・ディテクティヴズ』で司会役をしていた。番組では二人のダイバーが取り上げられていて、彼らは世界を巡って、難破船のミステリーを解き明かしている。チャタトンはそれを見ていた。それは、スクリーンに映った自分の姿を楽しんでいたからではない。彼が構成したショーに出演している誰もが、なるほど得心のいく結末（目標）を持っていたからだった。

その日の夜遅く、チャタトンはマテーラの携帯に電話を入れた。彼はもうボーデンには愛想がつきたと言う。が、他の侵入者たちが、自分たちの探してもいなかったもの——彼らでは、見つけることさえできなかったもの——を、盗んでいくのを見るのは耐えられない。だが、トレーシー・ボーデンがゴールデン・フリース号を探している、という噂がすでに広まっているので、これは現実のことになりかねない、とチャタトンは言う。

ある日の朝、エーレンバーグがコンピューターのデータを、操作ミスで消してしまった。これを聞いたチャタトンが怒りを爆発させた。友だちでルームメートのエーレンバーグを、だらしがない上に、気持ちが集中していないから、こんなミスが起こるのだと非難した。

「あの、クソおやじ。私はもう家に帰ります。時間のむだです」とエーレンバーグはマテーラに言った。「お金はもらっていませんし、どうせ船が見つかるまで、給料は払ってもらえないでしょう。今となっては、とても財宝が見つかるとは思えません。もう、そんなものなどいりませんけど」

チャタトンがエーレンバーグを、ヴィラのバルコニーから外へ投げ飛ばす前に、マテーラは二人の間に入った。いつもはのんびりとして、おおらかなエーレンバーグを脇に引っぱっていき、彼に出ていくな、思いとどまれと促した。

エーレンバーグは中に入ると、少し落ち着いた。チャタトンも数分後に、彼のあとに続いて中に入った。そして二人は握手をした。

しかし、平和は長くは続かない。その日の午後、チャタトンがこんどは、クレッチマーを激しく非難した。それはクレッチマーが家族とともに過ごしたいので、休暇が欲しいと願い出たからだ。

「今？」とチャタトンは叫んだ。「ハイコ、お前は俺をからかっているのか？」

「ジョン、ちょっと聞いてください」とクレッチマー。「私は自分の仕事はやり終えました。石油の精製会社で仕事のオファーがあり、私が帰るのを待っているんです。これは堅実な仕事です。給料も払ってくれます。私は行きます」

ここでもまたマテーラが中に入った。そしてクレッチマーに、ここへとどまるようにと諭した。しかし、クレッチマーは首を振った。彼は夜通し蚊に苦しめられたし、アパートメントでは、インターネットが使えないし、お湯は出ない。家族を恋しく思いはじめてもいた。彼には割のいい仕事のオファーが来ている。そこにはクレージーなボスもいないだろう。

マテーラはエーレンバーグと同じように、クレッチマーを手放すわけにはいかない。クレッチマーは何でも修理してくれるし、朝は一番早く仕事をはじめ、夜は一番遅くまで仕事をしている。マテーラがこれまで知った者の中で、彼はもっともすばらしい、もっとも優しい人物だった。

「チャタトンには悪いところもあるが、いいところもある。それを承知で付き合ってもらえないか」とマテーラ。「やつと俺はタイプが違う。が、やつは世界中の誰よりも、人々の持つ力をより多く引き出してきた。彼はそんな仕事をしてきたんだ」

「あの人は私をイラつかせるんです」とクレッチマー。

「俺だってやつには、四六時中、イライラしているよ」とマテーラは答えた。「しかし、思い出してほしいのは、われわれが歴史を作るのを、やつが手助けしてくれるということなんだ。他の者が一年かけてやることを、やつはほんの三週間ほどでやってしまう。ハイコ、お前もそれには同意するだろう?」

クレッチマーはうなずいた。

「お前が出ていくというのなら、話はそれで終わりだ」とマテーラ。「事態はもっと面倒になるよ。俺が親友を一人なくしてしまうからね。それはお前さんを殺さなくてはならないからだ。だから、ここにいてくれよ」

クレッチマーはひと息ついて、ほほ笑みはじめた。

「分かりました」と彼。「あなたのために、出ていくのはやめにします」

その夜、マテーラはベッドに横になったが、汗が止まらない。空調が止まっているからだ。それでも彼は本を開いた。前に二度読んだことのある『ベネディクト・アーノルドの海軍』という本だ。一七七六年に、革命戦争のアメリカ軍司令官が、シャンプレーン湖でイギリス艦隊と対峙した様子が描かれている。マテーラは夜中までこの本を読みながら、アメリカのもっとも偉大な年のヒーローだったアーノルドと、彼が、自ら作り上げたすばらしい人生を、台なしにしてしまった彼の来るべき決断にひどく心を痛めた。

クリスマスまで、あとちょうど一週間となった。が、誰もあえて、それを言う者はいなかった。彼らには休養が必要だったからだ。この場所から、この調査から、そして、おたがいから逃れるためにひと休みする必要があった。そこで彼らは全員、家族と過ごすために、そして自分にとって大切な物事を処理するために、家に帰ることにした。他のダイバーたちが休暇中に、カヨ・レバンタードに現われるかもしれない、などと考える者は誰もいなかった。それはどう見ても、怠惰な者たちがする仕事の仕方ではないからだ。

チャタトンはサマナからメイン州へ戻るのに、二〇時間以上かかった。家に着くとチャタトンは妻にキスをして、リビングの長椅子に倒れ込んだ。そして灯りや電化製品やトイレが、すべてきちんと機能していることにあらためて驚いた。裏庭の向こうには、岩の多いビーチが開けている。そこでチャタトンはホタテ貝を採った。また暖炉のために木を切って、山積みにした。ワインも良質なものを選んだ。夜、ベッドで静かに横になっていても、蚊に悩まされることはないし、汗だらけになることもない。朝になれば、熱いシャワーを思いっきり長い時間浴びた。

クリスマスのあとで、チャタトンがはじめて一週間家にいたら、カーラが尋ねた。「それで、私たちの海賊はどこへ行っちゃったの？」。もちろん彼女は、チャタトンがバニスターをまだ見つけていないことは知っている。それに彼女は、それを気にしているわけではない。チャタトンは二人が出会ったときから、そんな彼女の性格が好きだった。カーラは彼の仕事について、けっして不平を言わない――旅、家を留守にする期間、危険についてなど。けっして彼が、今と違う人間になってほしいとは望まない。が、今、チャタトンは、自分の生活が彼女をイラつかせているのが分かった。海賊船を探索していた間は、一度ならずカーラは言った。「あなたは四六時中働いているのね」。そしてそれは真実だった。彼はほとんど家にいなかった。それは、少しでも努力を怠ると、ゴールデン・フリース号を失ってしまうからだった。が、ここにきてチャタトンは、毎日、カーラに言いたかった。ドミニカ共和国であんなばかげたことをしなければよかった。海賊や財宝を手に入れようとする決断は、今では間違っていたように思う。人生のある段階で行なった選択を、自分はもはや信じることができない。人生の大切な日々を、そしてむろん歳月を、むだに費やしてしまった。が、しかし、こんな泣き言を並べて、いったいどうしようというのだ？　その代わりにチャタトンがカーラに言ったことはただ一つ、海に立ち向かっていくということだ——もし海に叩きのめされたらどうするのか。それはそれで結構。が、あの頑固な老人に、押しとどめられたらどうなるのか？　世の中はそんな風には動いていかない。

北西部のダイビング・ショップで、チャタトンのトークショーに来た人々は、みんな元気づけられ、励まされた。彼自身も失望はしていなかった。謎に包まれたUボートを見つけたときの話を、身振り手振りで懸命に話した。失われたドイツの潜水艦の中に、はじめて潜入したときのことや、体をねじりながら、命からがら艦内から脱出したときの気持ちを語った。

トークショーが終わると、本やDVDのカバーやTシャツに、チャタトンのサインを求める人々が列をなした。人々は彼にアドバイスをくれないかと頼んだり、彼からたくさんの刺激をもらったと話しかけたりした。ここでは時間があっという間に過ぎていく。そんな風にチャタトンには感じられた。

家に帰ると、ハワイ大学海洋調査研究所の所長テリー・カービーから電話が入った。カービーは、テレビ・ドキュメンタリーのアイディアが一つあるという。真珠湾が攻撃されたときに、日本の小型潜水艦（二人乗り特殊潜航艇）が、はたして戦艦アリゾナ号に魚雷を発射したのかどうか、その探索をドキュメンタリー番組にしたい。チャタトンにはこのアイディアが、いかにも人気番組になりそうに思えた。そこには、彼が好きなもののすべてがある――歴史、ミステリー、それに深海ダイビング、そして大団円。以前、彼が製作に関わっていた、ＰＢＳのドキュメンタリー・シリーズ『Nova』に、これはぴったりの企画だと思った。

「テリー、とてもすばらしいプロジェクトのようだ。あらためて連絡させてもらうよ」

大晦日にカーラは、親しい友だちをディナーに招いた。その中には以前『ディープ・シー・ディテクティヴズ』で、チャタトンといっしょにホストを務めたノーウッドの寡婦、ダイアナ・ノーウッドがいた。カーラはスティルトン・チーズ、ホッキョクイワナを一匹丸ごと、それに、新鮮なメイン州のブルーベリー・シロップを添えたホームメードのチーズケーキなどを出した。それはチャタトンが、サマナで夢にまで見た食事だった。

それから間もなくして、チャタトンとカーラはある組織のイベントに参加した。それは戦争でひどく傷つけられたり、不具となった兵役経験者たちを、スキューバ・ダイビングに招待するイベントだった。みんなでカリブ海の難破船の探険を行なう。ベトナム戦争の経験者として、チャタトンはこの催しに貢献できるのを、とても名誉なことだと感じていた。

ダイビング・ボートの上で、彼は元兵士たちといっしょにダイビングの用具を身につけた。水中でこの人々をうまく助けることができるだろうかと心配し、頭の中で何度もシナリオをリハーサルした。グループはダイビング・インストラクターに導かれて、水の中へと入っていった。チャタトンはそのしんがりを務めた。彼の注意はすぐにある若者に向けられた。下半身が麻痺していて、腕だけで水の中に身を乗り出している。難破船にたどり着く頃には、ほとんど疲れ切ってしまっていた。チャタトンはシグナルを送って、彼が海面へ戻りたいのかどうか訊いた。が、若者の目を見ると、明らかにここで諦めたくないと言っている。そこでチャタトンは彼のあとについて、難破船に入っていくことにした。

足で蹴ることができなかったが、若者は何とか手すりの片割れに到達し、それに沿って前へ進みはじめた。手すりが切れてしまうと、彼はパイプやドアのフレームをつかんだ。そして、猛スピードで船内を通り抜けはじめた。チャタトンですら、とてもかなわないほど自由に、力強く、そして早く泳いでいく。むしろ難破船を利用しながら前へ進んでいくように、若者はすばやく通路や通廊を通り抜けていった。ようやく彼に追いつくと、チャタトンは若者の目の中に誇りを見た。それは、一見不可能に見えていたことを、何とか突破する方法を見つけたときに、人が自ら感じる類いの誇りだということをチャタトンは思い出した。

サントドミンゴではマテーラが、彼のダイビング・センターに申し込みのあった予約を台帳に記載していた。予約を受けるのは楽しい――電話で受けた予約の日を、カレンダーに書き込み、ありがとうございますと礼を言う。毎朝、彼はビーチを散歩して、午後になると、キューバのコイーバ・シガーをくゆらせた。そして夜は、テーブルにキャンドルを灯して、カロリーナとディナーをともにした。フィアンセのカロリーナは一度も腹を立てたことがないし、トレーシー・ボーデンを呪ったこともない。また国全体が海に呑み込まれてしまえばいい、などと思ったこともなかった。おそらく彼女は、マテーラとチャタトンが失敗している、その失敗のとてつもない大きさに気づいていなかったのかもしれない。

ときにマテーラの思いはさまよって、ガレオン船に戻ってきた。そして、もし彼とチャタトンがまわり道をして、海賊船を見つけようとしなかったら、今頃は財宝を見つけていたかもしれないと思った。ある朝、彼は知り合いのダイビング・インストラクター、フランシスコに電話した。そして、サントドミンゴの港に来ないかと誘った。港は彼のアパートメントのすぐ下にある。何年もの間、マテーラは港の中に沈んでいるガレオン船の話を耳にしてきた。前に一度そこで潜ったことさえあった。今また、ふと思いついて、彼はその場所を調べるために出かけた。

オザマ川の河口で、フランシスコとマテーラはウエットスーツに着替えた。ほんの数ヤード離れたところでは、車やトラックがパセオ・プレシデンテ・ビリエを走っていた。ドライバーたちが急いで車を走らせるたびに、警笛が鳴り響き、ライトがパッときらめく。車が通り過ぎていくのを見ながらマテーラは、はたしてどれくらいの人々が、この下に、四〇〇年前のガレオン船が沈んでいるなどと想像するだろうかと思った――この動きのめまぐるしい都市生活の下で、何世紀もの間、沈黙を守っていたガレオン船のことなど。

やがてマテーラとフランシスコは、二〇フィートほど潜って海底に降り立った。砂と細かい粒子状のものが、底からキノコ状に膨れ上がる。そしてもはや二人とも、ダイビング・マスクの先を数ヤード以上、見ることができない。おたがいの姿が確認できなくなるのに、ほんの一分間もかからなかった。

マテーラは金属探知機で、何か財宝の音が聞こえないかと海底を探った。こんなところで金貨が見つかることなど、ありうるのだろうか？　日付を読み取ることが、はたしてできるのだろうか？　金貨は輝いて……？

マテーラはしばし立ち止まった。先の方に大きな物体の輪郭がかすかに見えた。茶色がかった色をした重々しいものだ。彼の方に向かってゆっくりと、だが確実にやってくる。それは明らかに意図的な感じがした。さらに近くへ来た物体は、古代の木材のようだった。彼は以前、ガレオン船について書かれた本の中で、これに似たものを見たことがあった。マテーラはこの物体の方へ泳いでいき、それに手を伸ばした——ここに彼の財宝があった。が、手が触れて、彼がつかんだのは顔だった。そこには物体の顔があった。そしてかつては目が入っていた穴があった。その瞬間、物体はマテーラに音を立てて衝突した。そして彼の口からレギュレーターをもぎ取ると、彼をその場に倒してしまった。マテーラは水の中で悲鳴を上げながら、はじめて物体の正体を知ることができた。木材のようなものは本物の馬だった。馬が溺れて、腐敗し、カリブ海へと流されていたのである。

マテーラは海面に出たときに、すぐに思ったのはチャタトンに電話をすることだった。チャタトンはこの種の話が大好きだったから。が、彼はそれを思いとどまった。この話はいかにも、彼が海賊船のプロジェクトから、さまよい出ているような響きを持っていたからだ。それをマテーラは気にした。が、さらに悪かったのは、それがまぎれもない真実だという思いが、彼の心中にあったことだ。

15 溺死

二〇〇九年一月のはじめ、マテーラとチャタトンの二人はサマナに戻ってきた。チャタトンはマテーラが、ダイビング・センターのために、顧客の予約をたくさん入れているのを知ると、マテーラにはとても理解できないほどの、声のトーンとボリュームで彼を非難した。今、問題になっているただ一つのこと、つまり海賊の難破船に対して、あまりにこだわりがなさすぎるんじゃないかと言うのだ。しかしそれなら、自分たちの時間をどんな風に過ごせばいいのか、何かいいアイディアでもあるのか、とマテーラが訊いてみた。すると、チャタトンは何も答えることができなかった。

その日の午後、マテーラはクレッチマーから電話をもらった。サルベージのボートが一隻、カヨ・レバンタードの先で何やら作業をしているという。このボートはトレジャー・ハンターの世界ではビッグネームのバート・ウェバーのものだった。船がそこで何をしているのかは不明だが、クレッチマーには、それがかなり怪しいように思えるという。

マテーラはチャタトンとエーレンバーグを呼んで、ボートのエンジンを全開にして島に向かった。そこには、ウェバーのクルーによって投錨されたボートが浮かんでいた。以前、考古学者が文化庁に申し出ていた場所だった――マテーラたちが、そこには難破船がありえないと断定した場所でもある。ボートを見て、チャタトンとマテーラは激怒した。が、事態はさらに悪かった。彼らが近づいてみると、ダイバーたちは海中に潜っている。

「やつらのボートにぶつけてやろう」とチャタトン。

マテーラには、これが冗談なのかどうか分からなかった。いずれにしても、マテーラたちに明らかだったのは、ウェバーの面々が、ゴールデン・フリース号を見つけたと言い出しているのか、あるいは少なくとも、それに近いことを主張しているということだ。それだけでも、文化庁はせき立てられて、サルベージの権利をボーデンからもぎ取り、ウェバーに与えかねない。ウェバーは昔風の人物トレジャー・ハンターで、潤沢な金を持っていて、しかも一流のクルーを抱えている。

チャタトンはボートをウェバーのボートに近づけた。一〇〇フィート足らずに達すると、彼はまるで命中弾でも発する準備をするかのように、スロット・レバーに手を伸ばした。マテーラの顔を見て、ゆっくりと違った武器――携帯電話――へと手を伸ばす。そして写真を撮りはじめた。それをチャタトンはeメールでボーデンに送った。そのあとですぐに、ボーデンに電話を入れた。ボーデンはチャタトンに、ウェバーのクルーが、カヨ・レバンタードで何をしているのか気がかりだと言った。

「それは、どうでもいいことなんです」とチャタトン。「だいたい難破船は、あそこにはないんですから」

しかし、問題は残る。ウェバーにしろ他の誰かにしろ、なぜ彼らは、考古学者の指示した現場に錨を下ろすのだろう。

チャタトンにとって、その答えは簡単なものだった――それは噂だ。ボーデンがゴールデン・フリース号を、熱い気持ちで追っているという噂が広がった。そのために、この難破船をあたかも探しているかのように、見せかけることができれば、それがどんな者たちでも、文化庁に向かって、サルベージの権利の幾分かを、あるいはそのすべてでさえも、よこせと請願しうる可能性が出てくるからだ。もし彼らが古い木のはしきれ――そんなものは、レバンタード島の周辺には山ほど沈んでいる――でも見つければ、彼らの行為はいちだんと意味を持つものになる。さらに、彼らに投資をしている者たちがいれば、ゴールデン・フリース号を見つけたというニュースは、その噂だけでも、投資家の持つ株価を上昇させることができるだろう。

「私にはウェバーの、はっきりとした動機は分かりません」とチャタトンはボーデンに言った。「おそらく彼の仲間はただ、海水浴と体を焼くためだけに、ここに来ているのかもしれません。しかしウェバーには、断固としてここから出ていってもらうべきです」

ボーデンは文化庁に電話をした。文化庁の役人は、ウェバーには、その海域で機器のテストをする許可を与えたと言う。しかし、なぜウェバーは、考古学者がゴールデン・フリース号を見つけたと報告をした、その同じ場所にいるのかと問いただすと、ボーデンの有力な手づるは、ウェバーは機器を点検しているだけだろう、としか言うことができなかった。

その夜、マテーラはサントドミンゴに、補給品を買いに出かけてしまった。チャタトンはクレッチマーやエーレンバーグと、トニーの店にディナーを食べに出かけた。店ではウェバーのクルーが数人、テーブルに座ってビールを飲んでいた。男たちを見つけると、チャタトンは突然イライラしはじめた。地元で大のお気に入りにしているレストランに、侵入者が入り込んでいるのが我慢できない。

チャタトンは壁に背を向けて座っていた。したがって、彼の位置からは、レストラン全体を見渡すことができる。ウェバーのクルーの一人が、チャタトンのテーブルに向かって叫んだ。

「トレジャー野郎ども」

チャタトンはただ、男たちを睨みつけていた。もう一人のクルーがチャタトンに向かって声をかけた。

「何を見てるんだ、このろくでなし」

「くそったれ」とチャタトン。

「そっちへ行って、お前のケツを蹴飛ばすぞ」ともう一人のクルーが叫んだ。

「こっちへ来てみなよ」とチャタトン。

彼はエーレンバーグとクレッチマーを見た。二人は彼の知るかぎりでは、これ以上ないほど頭がいいし、もっとも有能だ。彼らの人生にはまだ選択の余地がある。それなのに、サマナでは大金を稼ぐこともできない。事態はますます悪くなるばかりだ。それにどう見ても、二人はバーでけんかをするタイプではない。しかし、エーレンバーグとクレッチマーはこぶしを握りしめ、テーブルの椅子をうしろに引いて、いつでもけんかの準備ができているといった風だ。ここでは彼らも一致団結、全員参加の心構えだった。

「やつらは酔っぱらっている。が、俺たちは酔っていない」とチャタトン。「それに俺たちには銃がある。やつらは何一つできやしないよ。まじめな話、ここではどっちが優勢なんだ？　やつらがやってきたら、俺のスミス・アンド・ウェッソンをぶっ放して、徹底的に打ちのめしてやるよ」

そしてチャタトンには、徐々に明らかになってきたことがある。もしあの連中がけんかを仕掛けてきたら、それはボーデンに難癖をつけるきっかけを、彼らに与えてしまうことになる。彼らの一人が文化庁に、次のように泣きつく声が、今のチャタトンには聞こえてくるようだった。「ボーデンの悪漢どもが、あの小ぎれいなレストランで、私を襲ったんです」。となれば、こちらから先に攻撃を仕掛けることはできない。

「俺たちはここで座って、ディナーを食べていればいい」とチャタトンはクレッチマーとエーレンバーグに言った。「が、やつらがかかってくれば、俺たちだってやることはやらなくちゃならない」

しかし、連中は誰一人かかってくる者はいなかった。そしてとうとう、ウェバーのクルーは、みんな出ていってしまった。表の通りを歩きながら、彼らはなお、ぶつぶつと強がりの言葉をつぶやきながら歩いていた。

「やつらはポパイのように、いばり散らしてやがる」とチャタトン。「中身はまるっきしオリーブ・オイルのくせにな」

みんなで大笑いをした。危機はともかく去った。が、その夜は誰もが熟睡できなかった。もし次の朝、カヨ・レバンタードにウェバーのボートがまだいたら、それは文化庁がウェバーの存在を承認して、ボーデンの不平を退けたことになる。が、もしそんなことになっても、レバンタード島の海域は、権利が薄弱だとは言え、まだボーデンのものだった。

日の出とともに、メンバーは出かけた。マテーラが舵を握り、チャタトンは船縁の手すりのところに立って、双眼鏡で侵入者を探していた。カヨ・レバンタードの西海岸の沖に一艘のボートを発見。

「くそっ、ちくしょう」とマテーラが叫んだ。

彼はエンジンをふかした。

「他人の家に入って、人のものをコソ泥するなよ……」

双眼鏡をのぞいていたチャタトンが、手を上げて、マテーラにスピードを落とすように指示した。

「あれはウェバーじゃないぞ」とチャタトン。

マテーラはエンジンを止めた。ボートが止まると、チャタトンは違反者の姿を、いっそうよく見分けることができた。その先に見えた船は、彼らのよく知っていた、クジラの調査をしている大学の船だった。ウェバーのボートはどこかへ行ってしまっていた。

メンバーはひとまず、ヴィラの下の倉庫へ戻ってきた。そしてメンテナンスや修理に時間を費やし、ひたすらボーデンが分別を取り戻して、シュガー・レックのサルベージを終わらせるのを待った。

次の朝、マテーラはある漁師の友だちから電話をもらった。彼の報告は、新しいサルベージ・ボートが、カヨ・レバンタードの西海岸沖合に投錨しているというものだった。地元の人々も、これまで一度も見たことのないボートだと言う。

マテーラと他の者たちは急いで島に出かけた。考古学者の現場――そして、それはウェバーのクルーが作業をしていた場所だ――に錨を下ろしていたのは、アメリカの海難救助者たちのボートで、彼らは以前、ボーデンが違う難破船で働かせたことのある男たちだった。

マテーラは左に大きくカーブを切り、ボートを先方のボートの横に着けた。チャタトンが舳先に立って、先方のクルーに呼びかけた。マテーラにはそれが、商船に乗り込もうとしている、一七世紀の海賊のように見えた。

「ここでお前たちは、いったい何をしているんだ？」とチャタトンが叫んだ。

「難破船を探してるんだ」とクルーの一人が言った。

「難破船を探しているくらい見れば分かるよ。問題はなぜわれわれのところで、難破船を探しているのかということだ」

船長が前に進み出てきた。チャタトンはこの男を覚えていた。前にボーデンが紹介してくれたことがある。いけ好かない男だったことも思い出した。

「私はサマナ市の市民だ」とその男は言った。「だから、どこでダイビングしようと勝手だ。それに、われわれは許可を得ている。ボーデンに聞いてみてくれ」

この言葉はチャタトンを激しく打った。もしボーデンがこのクルーに、ゴールデン・フリース号を探させていたらどうなるのか？　ボーデンが彼らに、この海域を調査し、海賊船を見つけるようにと言っていたら、どうなるのか？　もしそうだとしたら、チャタトンとマテーラはすでにアウトだった。ボーデンが二人に、そのことをまだ告げていなかったということになる。

マテーラはボーデンに電話をした。が、リスポンスがない。さしあたり、マテーラとチャタトンは、この新たなクルーに対しては手の打ちようがなかった。彼らはただ海中に潜っているだけなので、それを禁止する法律はなかった。マテーラは錨を下ろして、侵入してきたボートの舳先から、少し離してボートを止めた。そして、ボーデンから返事が返ってくるのを待った。

ようやくボーデンから返事がきた。マテーラは彼に、新たに侵入したクルーのことを話した。そしてストレートに訊いてみた。あなたがこの連中を、ここに送り込んだのですか？

「俺に任せてくれ」とボーデン。

「あなたが彼らをよこしたのですか？」

「いや、それは違う。だが、それは俺が引き受けるから」

マテーラは電話を切った。チャタトンはマテーラに、ボーデンが新しいクルーの背後にいるのかと訊いた。

「ボーデンは自分が送り込んだ者ではない、と言っている」とマテーラ。「が、俺にはちょっと分かりかねるな」

チャタトンとマテーラは、ライバルのダイバーたちを、ただ眺めているだけで、それ以外には何もできなかった。一生懸命にした仕事を、侵入者たちが横取りしようとするのは、十分に悪いことだ。が、それにもまして悪いのは、彼らがまったくバニスターに関心がないことだ。バニスターはこんな連中には、けっして見つけられたくない人物なんだから。

新しく現われた船は、数時間後にいなくなってしまった。今では事態は明白だった。ゴールデン・フリース号の噂が広がり、誰もが、難破船のものなら、どんな片割れでも欲しがっている。これから先も、さらに多くの者がやってくるだろう。もしボーデンがすぐにでも、海賊船を発見したと言わなければ、文化庁が難破船や海域の権利を、こんな侵入者たちに与えてしまうのは時間の問題だった。しかし今、はっきりとしているのは、ボーデンが意見を変える気配がないことだ。彼はあくまでもチームの面々に、カヨ・レバンタードへ戻ってほしかった。

そしてこの夜、ディナーのときに、チャタトンとマテーラは、これまでの問題全体に簡単で力強い結論を考えた。それはボーデンを待って、シュガー・レックの仕事を終えるのではなく、むしろ、それを自分たちで行なうことだ。それもボーデンに意見をうかがうのではなく。そして、そこに沈む難破船が、ゴールデン・フリース号だと証明できる人工物——決定的な証拠——をともかく探すことだ。すでに世界の大半は、もはや許可など求めることなく、海賊船を探している。なぜ、実際につらい作業に従事し、お金を費やし、家族を待たせてばかりいた者が、誰にも邪魔されずに難破船へ狙いを定めてはいけないのだろう？　チームは次の朝、シュガー・レックに出かけることにした。

しかし朝、目を覚ますと、誰一人ボートに向かう者がいない。昨夜は興奮のあまり誰もが考えなかったが、次のような思いが、あらたにチームの面々の心に浮かんだ。ボーデンがこれを「一種の反抗」として受け取るもしれない。あるいは、文化庁がこれを無礼な行ないと考えるかもしれない。とりわけそれは、立派なやり方とはいえなないのではないか、などなど。

かと言って、今さらカヨ・レバンタードに戻ることもできない。何か建設的な考えはないものか、時間をただ漫然と費やしているのはつまらない、何かいい方法はないものかと、みんなはしきりに考えていた。数日間、湾の周辺にボートを走らせたが、とくに何一つ探すわけでもなかった。そしてある朝、クルーの面々は出かけるのを止めた。だいいち燃料があまりに高すぎる。それに、もう一つのポンプを修理しなければならない。あるいは、今日は雨が降ってきたから。チャタトンはアメリカで仕事をしなければならなかった。マテーラもまた、ダイビング・センターを休ませておくわけにはいかない。エーレンバーグには息抜きが必要だったし、クレッチマーも家族に会いたがった。「それじゃあ、またね」と彼らはたがいに言い合った。が、それぞれの耳には、その言葉が「さよなら」のように聞こえた。

メイン州ではチャタトンが、テレビ業界の仲間たちと、取り上げるテーマについて検討を重ねていた。プロジェクトはどれも、期待ができそうなものばかりだった。手持ちの財産をチェックしてみると、すでに数十万ドルの金を、トレジャー・ハンティングにつぎ込んでいる。激しい財産の落ち込みようだ。ともかく収入を得ること、何らかの転換を模索しないで、このまま、今まで通りにだらだらと、お金をむだに使い続けることはできない。彼の経済状態はかなり逼迫していた。

スタテン・アイランドでは、マテーラが内科医のもとへ出向いていた。医者は彼の血圧が高くて、危険な状態だと警告した。ガルシア＝アレコントが、サントドミンゴから電話してきた。その後もカヨ・レバンタードにトレジャー・ハンターたちが、ゴールデン・フリース号を探しに次々とやってくるという。が、マテーラはそれを聞いても、もはや問いただすことすらできなかった。

数日後、マテーラといっしょに時間を過ごすために、カロリーナが飛行機でやってきた。彼女の目に映ったマテーラは、ただ疲れているといった状態ではなかった。完全に打ちしおれているように見えた。どんな状態なの?――トレーシーや、ゴールデン・フリース号や、ジョン・チャタトンのことは――と尋ねたカロリーナに、マテーラは一つの物語を話した。

ハイスクールに通っていた頃だった。マテーラはダイビングのスキルを磨きたいと思って、ボートのスクリューを掃除したり、交換する仕事をしたことがあった。場所はスタテン・アイランドではもっともすばらしいマリーナの、グレート・キルズ・ハーバーだ。仕事はときに、何時間も水中にいなければならないこともある。が、ペイがよかったし、水中と言ってもそれほど深くはない。ある土曜日のこと、最後のボートを掃除していたときだった。彼のタンクの気圧計を見ると、空気が五〇〇ポンドしか残っていない。あと一八分ほどの分量だ。少ない。が、仕事をすませるには十分だろう。マテーラは引き続いて、ごしごしとスクリューを磨いていた。その日にクリアした金額は四〇〇ドルほどだ。一九八〇年当時の話なので、これは大金だ。何に使ったものかと楽しい思いに耽っていた。

そのとき突然、左の腕に痛みが襲った。それは頭に達するほどの痛みで、あまりの痛さに、思わず膝が崩れたほどだった。腕を引こうとするのだが、腕が動かない。二インチ(約五センチ)ほどのさびた釣り針――ブルーフィッシュを釣り上げるための針――が手首に深々と突き刺さっていた。血が水の中に流れて、茶褐色のリボンを作った。むりをして腕を引き離さない方がいいことは、マテーラにも分かった――釣り針は釣り糸についていて、その糸がスクリューに絡みついていた。彼はナイフを手に取り、釣り糸を断ち切ろうとした。が、いくら試みても、まったく切れない。マテーラは気づいた。この釣り糸は、サメやブルーフィッシュを釣る漁師たちによって使われているもので、モノフィラメントではなく、魚に噛み切られないようにステンレスで作られていた。彼は空気をチェックした。このままでは、呼吸できるのはあと一、二分がせいいっぱいだ。

マテーラは水面を見上げた。そこまでは一フィートもない。が、上へほんの少し動くことさえできないのだ。釣り針を手首からはずそうとしても、針のシャンクについたかかりの部分が、静脈の隣りまで突き刺さっていて、とても針を引き離すことができない。タンクをふたたびチェックした。もうほとんど空気が残っていない。いよいよ決断をしなければならない。かかりのついた釣り針を、思い切って手首からもぎ取るか、あるいは残りの数呼吸を使って、もつれた釣り糸をほどくことを試みるか。前者を選べば、出血死の危険がある。後者を選べば、空気が不足して、水面下わずか数インチのところで溺れ死ぬ危険があった。

マテーラは右手で釣り針をつかむと、大きく最後の息を吸って、思い切り強く針を引いた。皮膚が裂けて、血管が破けた。彼のまわりの水が真っ赤に染まった。やっと自由になった彼は、強く水を蹴って水面に浮上した。そしてマスクとレギュレーターを投げ捨てると、喘ぐように空気を吸った。近くにいた人々が駆け寄ってきた。彼にタオルを投げかけ、病院に運び込んだ方がいいと口々に言った。が、彼は一七歳で不死身だ。大丈夫ですと言って、まわりの人々を安心させた。

「ねえ、よく聞いて」と一人の女性が言った。「もしあなたがこれまで一度でも、誰かを信じたことがあるのなら、今は私の言うことを聞いてちょうだい。あなたはすぐに病院に行かなくてはだめ。放っておいたら、ひどい出血で死んでしまう。すぐに病院へ行きなさい」

マテーラはタオルを取ると、それを手首に巻きつけて、車に向かって駆け出した。医者は静脈を焼灼《しょうしゃく》して、破傷風の予防注射をした。そして彼に、危ないところだったよ、生きていられるのは本当にラッキーだった、と言った。その夜マテーラは、プロが使う剪定用のはさみを二丁買った。どんなものでも切ることのできる、ヨーロッパモデルのはさみだ。その日から彼は、どんなダイビングをするときでも、はさみを必ず携帯することにした。潜る水が深くても、浅くても、あるいはまた、その仕事が手慣れたものでも、不可能と思えるほど難しい仕事の場合でも。

マテーラは、カロリーナの目の中をのぞき込みながら、胸がいっぱいになってしまった。

「俺は今また溺れかけているんだ」と彼。「ゴールデン・フリース号のことから離れて、一週間ほどが経つ。たしかにこれは事件じゃない。しかし、水面下数インチのところにいて、やっぱり俺は、釣り針を引き抜くことができないんだ」

それから二、三週間が経った、二〇〇九年二月中旬、チャタトンとマテーラは、話し合いをした方がいいという意見で一致した。二人はドミニカ共和国へ戻った。そして次の週、会って、ランチをいっしょに食べることになった。

サマナで二人は、およそ一五キロほど、道路からはずれたところにあるレストランへ向かった。二人ともあまり話さない。運転をしていたのはチャタトンで、車は白のピックアップ・トラック。ゆがんだ家々が立ち並び、ニワトリ小屋、ぶら下がった洗濯物などが、ごちゃごちゃとある道路を走った。ところどころに蓋のないマンホールが口を開けている。チャタトンはそれをよけながら運転した。マンホールの蓋は盗まれて、スクラップとして売られた。

どこからともなく、オートバイに乗った男がトラックの前に割り込んできた。そして手を振りはじめた。

「あの男を見てみな」とチャタトン。「腹を立ててるようだぜ」

「彼に何をしたって言うんだ?」とマテーラ。

「いや、何にもしてないよ」

「行く手を遮ったんじゃないか？　ニワトリでもひいたのかな？　指でも車に触れたのかな？」

「いや、そんなことはない」

興奮した男は右に左にと、何度もカーブをくりかえしている。

「ジョン、やつは銃を持っているぞ」とチャタトン。

マテーラがじっと目をこらして見た。男が持っているのはニッケルめっきを施した、ベレッタ92だ。値の高い代物だった。

マテーラにとっては、すべてが悪いニュースばかりだ。男は情緒的な障害を持っているのか、あるいは、この国でふらふらと、あまりに遠くまでさまよい出てしまった二人のグリンゴ（アメリカ人の男）に、強盗を働こうとしているのか。このあたりでは、麻薬の密輸業者が丘に潜んで住み着いていた。そんな者たちなら、金のありそうなアメリカ人を、まばたき一つせずに撃ち殺しかねない。

マテーラはホルスターから、口径九ミリのグロックを抜いた。

「やつにはそのまま、ずっと前を走らせておけよ」とマテーラ。「追い越したり、車の横につけさせちゃだめだぞ」

バイクの男は銃を振りまわしはじめた。そしてわけの分からない言葉をつぶやき、しきりにチャタトンに自分を追い抜けと指図している。が、チャタトンはその誘いには乗らない。男はバイクのスピードを時速二〇マイルに落とした。さらに一五マイルに落とし、右に左にバイクを移動させて、何とかしてトラックの背後に後退しようとする。だが、チャタトンもバイクの動きに合わせて、左右に車を滑らせた。そしてバイクが車の側面に来るのを防いだ。そのとき、チャタトンの頭に浮かんだのは、いったん車を止めようかという考えだった。が、それはまずいと思い直した。他の者たちがどこかこのあたりで、待機しているかもしれない。ともかくトラックを走らせているかぎりは、少なくともトラックには重量三〇〇〇ポンドの勢いがあった。

バイクの男はさらにスピードを下げ、時速五マイルまで落とした。

「やつの手を見ろよ」とマテーラ。

バイクを立てているのがやっとというくらい、遅いスピードで走りながら、男は今では銃を左の肩越しに、トラックに向けている。人々が通りに出てきて、このスペクタクルを見物しはじめた。マテーラはバンと音を立てて、助手席のドアを開けると、身を乗り出し、片足を宙に浮かせた格好で、男の胴体めがけてグロックの狙いを定めた。

「やつをうしろにやるなよ。俺が銃でやつを追うからな」

「何か言葉を投げつけてやれ。その間にやつを追い越すから」とチャタトン。

バイクはゆっくと動いていて、今では時速二、三マイルくらいだろう。背後には白いトラックが、ほんの一〇ヤードのところに迫っている。女たちは金切り声を上げ、子供たちは走りながら追ってくる。犬はきゃんきゃんと吠えて道路に下りてきた。バイクの男とマテーラは、たがいに銃を突きつけ合って、わけの分からないことを、スペイン語で怒鳴り合っている。トラックとバイクは相変わらず徐行を続けていた。マテーラは撃ちたくなかった。とくにこんなに人がおおぜいいる中では。が、次第にバイクの男は、マテーラから選択の余地を奪っていった。

「銃を捨てろ」とチャタトンは叫んだ。が、男は相変わらす銃を振っては、わめき続けている。

マテーラの指がトリガー・ガード（用心金）に沿って動いた。

「やつがわれわれに狙いを定めたら、やつを倒すよ」とマテーラ。

「俺なら、ガソリンのタンクを撃つな。そしたらやつは終わりだろう」とチャタトン。するとバイクが止まった。ゆっくりと男がバイクから下りて、こちらに向かってくる。これはマテーラにとってはベストチャンスだ。が、そう思ったのは、ほんの一瞬のことだった。これまでの人生で、マテーラは自分がしたことが原因となり、たくさんの心の悩みを抱えてきた。ここで人殺しが正当防衛だと言っても、それを受け入れることはなかなか難しい。それにここでは戦術的に言っても、マテーラはバイクの男にくらべていっそう優位に立っている。トラックが防御の盾になっているし、敵は自分の前方にいる。これをいったいマテーラとチャタトンは、警察で何と説明をしたらいいのだろう。マテーラはこれまで、男たちがあれこれと思案していたために、死んでしまった例を間近で見てきた。そして今、チャタトンはエンジンをふかしはじめている。

「ポン・トゥス・マルディタス・マノス・エン・トゥ・カベッサ（両手を頭の上にのせろ）」とマテーラは叫んだ。

男はゆっくりと、銃をズボンの後ろに差し込んだ。そしてくるりと向きを変え、バイクに向かって駆け出した。こちらに中途半端な挨拶をすると、バイクで立ち去っていった。バイクのタイヤで、ほこりやちりをかき立てながら、山の方へと上っていくと、すぐに、彼の姿は見えなくなってしまった。

しばらくの間、車の中でチャタトンとマテーラは黙っていた。そのうち一人が「やれやれ、俺たちのチームワークは絶妙だったな」と言った。するともう一人が「うん、そうだな」と言った。

16　戦闘

レストランのブース席でチャタトンとマテーラは、オートバイに乗ったならず者との一戦を振り返っていた。二人は本当は、明々白々な事実――彼らにとって事態がうまくいっていないこと――について話すために、今日の時間を使うつもりだった。が、二人はこんな冒険をした日に、さっき起きた出来事を見捨てて、本題について話し合う気分にはとてもなれなかった。

その後、二人は数日間、たがいに会うことはなかった。そしてある日、チャタトンはマテーラに電話を掛けると、そろそろ話し合う時期だと思うのだがと言った。二人はヴィラで会った。ベランダに座って、汗をかいたダイエット炭酸水の缶を手にしている。それぞれがたがいに、相手が仕事をやめようと言うのを待っていた。

「俺に三日ほど時間をくれないか」とマテーラ。「一つ考えがあるんだ」

二人は水路を隔てたカヨ・ビヒアを見渡していた。

「俺はもう、お手上げだと思ったけどね」とチャタトン。

「そう、たぶんね」とマテーラが答えた。「しかし、まだ行けるかもしれない」

それから数日後、マテーラはニューヨーク行きの飛行機に乗っていた。いつもなら、飛行機の折り畳みトレーの上に、三、四冊の本、ノート、ペン、スナックなどを、うまくバランスよく置いているのだが、今回はただ窓の外を眺めているだけだ。彼の前には何もない。眼下に大洋が過ぎていくのを見つめているだけだった。

マンハッタンでマテーラは、四二丁目のニューヨーク公共図書館に行って、書棚の列に入り込んだ。そして一七世紀の海上戦や武器に関する本を、できるかぎりたくさん抜き出した。イギリス海軍とバニスターの戦闘について述べたものはほとんどなかった。が、わずかなものでも、それを寄せ集めると一枚の戦闘の絵ができあがり、それはマテーラが戦いを理解する上で、糸口となりうるものだった。彼は戦闘に関する記事をすべてノートに写し取った。そして瓦礫の中から謎を解く鍵を探した。

以前に調査をしていたので、マテーラは戦闘がどんな風にはじまったのか、そのおおよそは知っていた。ジャマイカ総督の命令に基づいて、イギリス海軍のフリゲート艦ファルコン号とドレイク号の二隻は、海賊の船長ジョセフ・バニスターを捕らえ、ゴールデン・フリース号を破壊するために、サマナ湾に入港した。海軍の船長たちは、海賊船が島で船体を傾けて横になり、カリーニング——船体についたフジツボや海の生物を掃除すること——をしているところを見つけるつもりでいた。

マテーラはこれまでもつねに、優勢なのはイギリス海軍の方だと思っていた。フリゲート艦は両艦合わせて五八門の大砲を搭載している（ファルコン号が四二門、ドレイク号が一六門）。一方、バニスターが持っていた大砲はおそらく三〇門だったろう。が、マテーラは本を調べていてはじめて、イギリス海軍の優勢が、どの程度のものだったのかを理解することができた。

フリゲート艦は、機敏で素早い動きができるように設計されていた。海中に深く沈んで、重い大砲を運ぶ。この船はまた見た目が美しい。流線型をしていて筋骨たくましい姿は、まるでイギリス艦隊の猟犬のようだ。フリゲート艦の中でもファルコン号のように最大のものは、イギリスの最強の戦艦とくらべてみても、十分にそれと戦列を組んで戦えるほど強力だった。乗組員の数は、ファルコン号とドレイク号を合わせて二五〇人。少なく見てもバニスターのクルーの二倍はいた。敏捷性やスピードに加えて、この三本マストのフリゲート艦二隻は、堂々としていて人目を引いた。ファルコン号は全長が一三〇フィート、ドレイク号は一二五フィートあり、カリブ海を航海する船の中では巨大な船だった。ゴールデン・フリース号の大きさはおそらく一〇〇フィートほどだったろう。それは二隻の巨艦にくらべると、赤ん坊のようなものだったにちがいない。これは大きさだけではない。両フリゲート艦はジャマイカ総督の主旨書を持っていた。それには、ゴールデン・フリース号が破壊されるべきもので、バニスターは死すべき定めにあると書かれていた。

しかし、イギリス海軍側の優勢はただ艦船だけではなかった。ゴールデン・フリース号に乗っていた海賊たちには、おそらく、それほど大砲を撃つ機会がなかったのではないだろうか。それにくらべてフリゲート艦の砲手たちは、たえず砲撃の訓練をしていた。海軍の船長についても同じことが言える。ファルコン号のチャールズ・タルボットや、ドレイク号のトマス・スプラグは、戦術の訓練を受けた軍事指揮官たちだ。それとは対照的に、バニスターは革や干し肉の輸送の技術を学んだ商船の船長だった。食料や武器や弾薬に関しても、海軍の艦船は十分な補給を受けていた。それにもまして何よりもフリゲート艦側に有利だったのは、バニスターが島に閉じ込められていることだった。海賊がもっとも精彩を放つのは、海上で船を走らせているときだ。それが今、バニスターには、どこにも行くあてがなかった。

しかし、マテーラは自分の経験から、戦術や争いのことを考えてみると、海賊には彼らなりの、有利な点があったのではないかと思った。バニスターは二つの砲台を島に置き――一つには一〇門の大砲を、もう一つには六門の大砲を並べた――、たぶんそれを木立の背後や、丸太、泥、砂などで作られたバンカーの中に隠したのだろう。そして、海軍が海賊たちを見たり、海賊の大砲めがけて撃つことを、困難にさせたのではないだろうか。海賊たちは彼らの武器で、高い位置から撃ち込んだにちがいない。それは船の縦や横に揺れる甲板上から撃ったものではない。それに、彼らは命がけで戦っただろう――これはつねに、大きなモチベーションとなっていたはずだ。中でも大きいのは、海賊たちがジョセフ・バニスターに率いられていたことだ。バニスターはすでに、ポートロイヤルで絞首刑執行人をだまし、自分の船を盗み返したことで、不可能を可能にして見せた男だった。

テーブルの上の本をさらに徹底して調べた結果、マテーラは、戦闘がどんな展開をしたのかを知ることができた。フリゲート艦は卓越風に乗って、サマナ湾に入ってきたのだろう。おそらく、北側の海岸に沿うようにして、半島を迂回したにちがいない。そこは水深も十分にあり、珊瑚もないために、大型船が安全に通ることができる唯一の地域だった。強い風にあおられて、フリゲート艦は九ノットか一〇ノット（時速一〇マイルか一一マイル）で走っていたかもしれない。船尾では英国商船旗が風になびいていて、船首のバウスプリット（船首の先に飛び出してついているポール）では、ユニオンジャックが掲げられていた（現代の英国旗と同じものだが、アイルランドを表わす、斜めにクロスした赤いストライプはない）。

チャタトンとマテーラは、戦闘が行なわれたのは、カヨ・ビビアだと考えていたが、この島に近い水路に、フリゲート艦が入ってきたのだろう。そしてそこで戦闘の準備をした。砲列甲板では、テーブルやハンモック、それに海上で送る日々の道具などが片付けられた。昼下がり、二隻のフリゲート艦はさらに近づき、ゴールデン・フリース号との距離はすでに一マイルもない。しかし、まだ海賊船の姿は見えなかっただろう。島の湾曲部に隠されていたために、十分に近づいて来ないかぎり見られることはない。ただし、それだけ近づけば、海賊側の迎撃は覚悟しなければならない。

が、今となっては海賊の見張りが警鐘を鳴らしていただろうし、バニスターは砲手たちに、部署へつくように命令を下していただろう、大砲を受け持つ者もいたし、マスケット銃を手にする者もいた。ただ一つ疑問なのは、海軍の艦船が、はたしていつの時点で発砲をはじめたのかということだ。

フリゲート艦はさらに近づいてきた。もうゴールデン・フリース号から四分の一マイルの距離だ。この時点で、バニスターがすでに彼の船のカリーニングをやめて、海に船を戻していたという可能性は少ないだろう。が、やめるべきか、続行すべきかを決めるには、もはや遅すぎる。水路に入ってきたフリゲート艦の見張りは、望遠鏡ですでに海賊たちを見つけていただろう。それに海賊たちにしても、自分たちが見られていることを知っていたにちがいない。

そのあとで起こったことを正確に知ることは、マテーラには不可能だった。もし彼がバニスターだったら――そして、海賊たちも彼と同じように考えたとしたら――、マテーラはこの時点でフリゲート艦を攻撃しただろう。それも艦首に狙いを定めて。それは艦首が船の側面にくらべて、防備が手薄だったからだ。バニスターがこの通りにしたかどうか、あるいは、むしろフリゲート艦にさらに近づかせて、砲手たちに発砲のよりよいチャンスを与えるようにしたかどうか、それは分からない。が、一つだけ確かなことがある。それは海軍側とバニスター側の距離が、わずかに五〇〇ヤードしかなかったことだ。そしてその距離は速い速度で縮まりつつあった。

今、海軍の船長たちが、決断を下さなくてはならないのは、どれくらい近づいたら、発砲すべきかということだ。どんな方法でそれをするにせよ、そこには当然危険もあるし、敵からの反撃もある。

一六八〇年代の大砲はそれほど、命中率のいいものではなかった。とくに距離が二、三〇〇ヤード以上になるとなおさらだった。が、ほとんどの場合、その心配はなかった。というのも、その時代の戦艦はたいてい、たがいに至近距離で戦ったからだ。それは五〇フィートの近さだったかもしれない。ときに彼らは、敵の靴の留め金が見えるほどの距離で大砲を撃ち合ったという。そしてそれは、単なる比喩的な言いまわしではなかった。

遠くに大砲を撃つことはとくに難しい。弾薬の量や質が、砲弾の一発一発で一貫していないからだ。それは砲弾が砲口を離れるスピードに影響を及ぼすし、したがって、砲手の正確な砲撃能力にも影響を与える。砲弾は砲筒の口径より、およそ四分の一インチほど小さく作られていた。それは発砲中に砲弾が、筒にひっかからないようにするためだ。そしてそれは、弾がつかえて砲自体が爆発してしまわないためでもあった。砲弾は砲筒の側面に当たって、跳ね返りながら、ほんのわずかなぶれで飛び出していく——がそれは、厳密にはまっすぐに飛ぶのではなく、しばしば、ゴルフボールのようにフックしたり、スライスする。そしてそれが、標的にうまく着弾することは、ほとんど不可能なのである。

が、砲弾がうまく標的に命中したときには、壊滅的なダメージを与える。弾は少なくとも六ポンド、そしてしばしばそれより重いので、敵艦の分厚い船体を貫通したり、マストを破壊することも可能だ。その際、巨大な木の破片を飛散させて、近くのものや、近くいた人に甚大な被害をもたらす。砲撃による死傷の大半が、砲弾を受けた際に飛翔する木片によるものだということを知って、マテーラは驚いた。ゆっくりとしたスピードで飛んできた砲弾は、しばしば、もっとも大きなダメージをもたらす。それは砲弾が、みごとに木材を貫通していかないからだ。ということは、遠くから撃ち放たれた砲弾が、もっとも致命的になるということだ。

マテーラにとってはっきりとしていたのは、海軍の船長たちが間近で戦うことを選択したことだった。記録によると、彼らはマスケット銃による攻撃を受けたと書かれている。これはもし、フリゲート艦が島からおよそ一五〇ヤード以上のところにいたら、ありえない話だ。が、それはあくまでも、マスケット銃の攻撃が効果を示すもっとも遠い距離だ。マテーラが戦闘のはじまりを心に思い描いたときに、彼が見たのは、それより両陣営がはるかに近くで、戦いはじめた場面だった。島にいたゴールデン・フリース号に近づくと、二隻のフリゲート艦は砲撃をするために、横に向きを変えた——舷側を見せた——にちがいない。大砲はそのほとんどが、艦の側面に備えつけられている。戦闘の際、たしかにそれは敵にとって大きな標的になりかねない。が、こちら側からは、敵に向かって最大の砲火を浴びせることが可能になる。帆船時代には、全艦船がこのような戦闘方法——艦船同士が、接舷するくらい近づいて砲撃し合う残忍な戦い——に見合った形に作られていた。

マテーラは記録によって知ったのだが、最初に攻撃を仕掛けたのは、バニスターの方だった。が、フリゲート艦上の砲手たちが、閉じられていた砲門を開いて大砲を撃ちはじめるのに、それほど時間はかからなかった。大砲の操作は、強い力を必要とする危険な作業だ。たがいの生死は、敵と味方のどちらが最善を尽くして戦ったかによって決まった。

この時代の大砲はたいてい鋳鉄で作られていて、丸い鉄の砲弾がそこから撃ち放たれた。大砲の名前はその多くが、発砲する砲弾の大きさで呼ばれた。一二ポンドの砲弾を発射する大砲は、単純に「一二ポンド砲」と名づけられた。ファルコン号には一二ポンド砲、六ポンド砲、それに二、三門の「セーカー砲」(重量が五分の一から四分の一ポンドの砲弾を発砲する大砲)を搭載していた。ドレイク号はそれくらべると、ずっと軽装で、セーカー砲と三ポンド砲を数門配備しただけだった。バニスターはあらゆる大きさの大砲を持っていたようだ(商船の船長をしていたときに、商船に数門備えていたが、海賊に変身してから、おそらく、さらに多くの大砲を盗んだのだろう)。どんな口径のものであろうと、大砲という武器は、敵の船や人員に壊滅的な打撃を与える。それぞれの砲手たち――しばしば三人か四人のチームで構成されている――の使命は、彼らの担当した大砲が立派に責務を果すように、怠りなく操作することだった。

イギリス海軍と海賊のそれぞれの砲手たちが、たがいに撃ち合った戦いほどすばらしいものを、マテーラは想像することができなかった。海軍の船乗りたちは訓練が行き届いていた。しかし、海賊の方も高い位置から砲撃しているので、揺れる船から撃つ必要はなかった。

フリゲート艦上では、一〇歳ほどの少年が装薬（発射用の火薬）を運んでいる。甲板の下にある、乾燥した船倉から火薬を持ってきて、甲板上を駆けながらそれを砲手たちに届けていた。ほとんどの場合、火薬はソーセージ型のズック袋に詰められていて、それはカートリッジ（弾薬嚢）として知られている。このカートリッジが大砲に詰め込まれた。カートリッジの大きさは、撃ち放たれる砲弾のサイズによって違う。たいてい火薬の重量は、砲弾の重さの半分をやや上回る程度とされている（たとえば一二ポンド砲だと、およそ七ポンドの火薬が必要になる）。砲身には火薬のあとに、古いロープや帆布で作った詰め物を入れなくてはならない。詰め物は火薬のカートリッジとともに、ランマーと呼ばれる棒で、砲身のブリーチ（砲尾）へと押し込められる。そのあとで砲弾が入れられ、さらに詰め物を詰め、ランマーで押される。

さて、これからは砲手長の出番だ。火花を起こさないように注意しながら、彼は火かき棒を大砲の穴（ブリーチの近くにある排気口）に差し込み、中に入っている火薬のカートリッジに刺す。砲手長はこうして、サーペンタインとして知られる良質の火薬を、排気口からあふれ出んばかりにした。このときになってはじめて、大砲の準備が万端整ったということになる。

両脇に車のついた大砲の台車には、太いロープが取り付けられていて、それを海軍の乗組員たちが引っぱり、大砲の砲身が砲門から突き出るまで、強引に前へと押し出す。今や、船がどれほど横揺れや縦揺れをくりかえしても、また、他の大砲がいくら激しい振動を起こしても、さらには、敵の砲撃がどんなに激しく加えられても、それに気を取られることなく、砲手はあらんかぎりの力を尽くして、敵に狙いを定めなくてはならない。ここまできて残されているのは、砲手長が前へ進み出て、火縄ざお（先端にくすぶった火縄のついている長い棒）を火口に差し入れるだけだった。この時点ではじめて大砲が火を吹く。もし祈る時間があるとすれば、それは今しかないだろう。

砲弾が正しく込められたとしても、大砲が発砲時に暴発して、近くにいた人々を殺めることは往々にして起こりうる。さらに、発砲した際に起きるバックブラスト（後方爆風）が、近くの乗組員を焼き、その耳を聞こえなくさせたり、脳しんとうを誘発することもある。また砲門を開くことで、砲手たちはいちだんと敵の砲火を受けやすくなる。たとえ、うまく発砲できたとしても、その反動で、三〇〇〇ポンドの大砲が荒々しく後ずさりするため、すばやく逃げることのできない、足ののろい乗組員は、大砲の台車に押しつぶされることも起こりえた。

火縄を火口に差して、砲手長がサーペンタインの火薬に火をつけると、たちまち、世界は恐ろしい轟音に包まれる。黒い砲弾、黄色い炎、灰白色の煙が砲口から出て、大砲は反動でうしろに戻り、それを抑えることができるのは、船体の内側に結びつけたロープだけだった。島にいる目のいい海賊たちなら、時速七〇〇マイル以上の猛スピードで、ゴールデン・フリース号――あるいは彼ら自身――に向かって飛んでくる砲弾を、見分けることができるかもしれない。

同時に、両陣営の射手たちはマスケット銃に弾を込めた（手順は大砲に砲弾を込めるのによく似ている。やはり詰め物をして、棒で押し込む）。この長い銃身を持つ銃の有効射距離は一〇〇ヤードにすぎない。が、誰もこの銃で標的を狙うわけではない。その代わりに射手たちは、一斉射撃を行なうのだろう。そして、いちどきにおおよその方向ではあるが、敵方へ向けてたくさんの銃撃を行なう。ただし、重い鉛の弾が男の腕を引きちぎることは、もちろん起こりうる。が、おびただしい銃弾が、空から雨あられと降り注いでくれれば、勇猛果敢な乗組員といえでも、ひどく気おくれしてしまうだろう。

戦闘がはじまった。海軍の砲手たちは、ゴールデン・フリース号や海賊たちの砲座を破壊するために、古典的な丸い砲弾をおそらくは撃っただろう。が、人々の意に反して彼らは、汚らわしい砲弾の変種を、いくつも使ったかもしれない。それは鎖弾《くさりだん》（二つの砲弾、あるいは半球の砲弾を鎖でつないだもの）、棒つき弾（鎖弾によく似ているが、棒で砲弾をつないでいる）、キャニスター弾（散弾。マスケット銃の銃弾を金属容器に入れたもの）など。それに対抗して、海賊たちはおそらく、フリゲート艦の船体やマストめがけて、丸い砲弾を撃ち込んだにちがいない。

さて、そろそろ二隻のイギリス軍艦は、それぞれ船の両端から錨を下ろして、船を固定したかもしれない。それも、たがいに近くで戦い、バニスターやそのクルーに最大の砲撃を浴びせかけるためだ。帆船時代を通じて、艦船が舷側からいっせいに大砲を撃ち放つというのはまれなことだった。それは衝撃によって、船体が変形してしまうからだ。が、ファルコン号とドレイク号はともに、数台の大砲をいっせいに撃ち出した。そして島や、目についた目標には、それがどんなものでもくりかえし砲弾を浴びせた。

フリゲート艦にとって、どうしても取り除きたかったのは海賊の砲台だった。これはマテーラの考えでは、バニスターによって島の東端に置かれていたという。高さから言っても（海岸線より一〇〇フィート以上高い）、フリゲート艦上の重い大砲を狙うことは十分に可能だった――それは狭い砲門から狙うのでは、とても難しいことだ。それに高い位置にある砲台を、海から狙おうとすれば、艦船はターゲットから、かなり遠くへ離れて投錨しなければならない。そのために命中の精度は低下せざるをえない。マテーラには、高さだけでもかなり有利な条件になるように思えた。

しかし、海賊を大砲で攻撃する際に、もっとも大きな問題となるのは、船の縦揺れと横揺れだった。波と戦いながら、砲手たちはしばしば、船体の揺れが発砲できるレベルになるまで待たなければならなかった。こんな理由から彼らは、大砲よりむしろ船に狙いを定めたのである。

どちらの側も、撃った砲弾がほとんど的をはずした、ということはもちろんありうる。が、砲撃に関わった者たちは、多かれ少なかれ、手ひどい損傷を負ったことだろう。ゴールデン・フリース号は、少なくとも大砲の半数がなくなっていただろうし（島に移動していた）、おそらくは砂の上で、カリーニングの最中だったろう。そのためにこの船は、まっさきにダメージを受けたにちがいない。しかし、攻撃を受けているときには船内に、海賊は誰一人いなかったかもしれない。海軍の船乗りたちは、マスケット銃や砲弾によって破砕された木片で、次々に倒れはじめただろう。頭や首や胴体を撃たれた者は、しばしば死んだ。が、即死した者はむしろ幸運だった。傷ついて生き残った者は、船内の外科医や理髪師のもとへ行って、包帯を巻いて応急処置をしてもらわなくてはならない。傷がさらに深いときには、切断手術が施された。激しく傷ついた男の運命は、手術を執刀する外科医と彼が握るノコギリの前で決定される。

＊

一七世紀、戦闘へ参加した船乗りたちは、その誰もが、自分の四肢を失うことを予期していた。海軍の外科医は、ぞっとするような傷を四六時中目にしたし、押しつぶされた腕や脚を切断することもしばしばあった。バニスターの時代には、軍艦内のじめじめした、薄汚い一画ほど、外傷外科の技術が進んでいる場所は、世界中を探してもほとんどどこにもなかった。どうしても体の一部を切り離さなくてはならないとき、それをしてくれる場所がここだった。

切断手術はしばしば行なわれた。が、外科医はそれほど軽々しく、手術に踏み切ることはしなかった。手術は「患者に激しい、言葉では言いつくせないほどの苦痛を強いる」からだ、と書いているのは、当時のフランスの外科医で、外科の教科書の著者でもあるピエール・ディオニスだ。手術の結果について、外科医はまったく幻想を抱いていない。切断手術のあとで患者が死ぬことは、十分にありえた。が、手術を施さなければ死ぬことも、ほぼ確実だったにちがいない。したがって、彼らはなすべきことを行なっただけなのだ。

スピードが何よりも最優先された。処置の遅れは失血、感染、ショック、精神錯乱などの危険性を増すことになる。また、それはしばしば、放置された患者やその傷を、船上のネズミたちが、かじるにまかせる事態を招くことにもなりかねない。それに患者に、手術台でこれから起こることを、必要以上に考えさせる結果にもなる。ときには彼の想像の方が、骨を切るノコギリより、はるかに残酷なものになりうるからだ。手当の遅れはさらに、外科医から、おそらく彼のもっとも有効なツールを奪ってしまう。それは患者自身のアドレナリンだ。このホルモンは鎮痛剤として働く上に、患者に勇気を与えてくれる。それにアドレナリンが患者にどうしても必要なのは、一七世紀末には、まだ麻酔薬がなかったからである。せいぜい患者には、わずかにアルコールが与えられたかもしれない。それも多くは与えられない。多量のアルコールは、患者を静めるより、むしろ興奮させてしまうからだ。

船上の外科医が負傷者に、切断手術の説明をしている時間はほとんどない。が、彼が言ったことはおそらく、単刀直入で嘘偽りのないものだったろう。一七世紀初頭に外科の教科書を書いた、イギリスの作家ジョン・ウッダールは次のような助言をしている。「もしやむをえず、ノコギリを使わなければならないときには、それを使うことで、明らかに死の危険がともなうことを、まず患者によく説明すること。そして命については、確実なものなど何もないことを彼に教えること。さらに手術は、患者自身の自由意志と、その要請によって執刀されるべきもので、その他の形で実施されるべきではない」

手術台では、患者を押さえつける必要があるだろう。このためにも外科医は、数人の助手に助けを求めなければならない。助手は力の強い者ほど適任で、それに越したことはない。負傷者を手術台（たいていは箱を二つ並べて、その上に板を載せ、帆布をかぶせた簡単なものだった）に移動させて、助手たちが位置について足場を固めたのだろう。一人は患者を背後からつかみ、他の者たちは、彼の四肢を動かないようにした。そしてもう一人、外科医が作業しやすいように、損傷した脚を手術台の端から抑えている者がいる。

それまでは外科医も、たいへんな苦労をして、なるべく手術道具を患者の目に触れさせないようにする。患者にとってはときに、骨ノコギリや弓なりのナイフを見ることが、損傷箇所の切断より、はるかに恐ろしく感じられるからだ。患者がある程度落ち着いたら、その様子を確認した上で、はじめて外科医は道具を持ち出したにちがいない。手術の道具には、切断用ナイフ、骨ノコギリ、鉗子《かんし》、針、包帯、焼灼用器具などがあった。道具は当時としては、可能なかぎり清潔にされていた。しばしばそれは、酢と水をまぜた液体で洗浄された。

ダメージを受けた皮膚や骨を除去する際に、外科医の多くは、それを確実なものにするために、傷の上部の健康な肉を少し余分に削り取った。が、手足を必要以上に取り去ることをよろこぶ患者は一人もいない。患部を選ぶと、医師はそこを止血帯（おそらく患者の衣服を裂いた、ぼろ切れを使用したのだろう）で結わえた。船の動きに惑わされないように、自分の体を支えて気持ちを静める。外科医は誰もが、すばやくきれいに切断したいと願っている。が、それはしばしば海の天候に妨げられた。

外科医ははじめにナイフを使って、骨に達するまで、患部をぐるりと切り取った。手足の負傷した部分は、近くの肉をすべて切って、骨ノコギリが使いやすいようにした。できればそれを、わずかに二回のストロークでするのだろう。一度目は上部にナイフを入れて削ぎ、二度目のストロークで下の部分を削り取る。これはうまくいくと、わずか一、二分で終えることができた。この時点では、痛みが患者をひどく責めさいなんでいたにちがいない。患者の中には気絶してしまう者もいただろう。

外科医は次に、ナイフをノコギリに持ち代えて、骨を切る作業に取りかかる。はじめはゆっくりと引いて、ノコギリの歯がしっかりと骨に噛むようにする。そしてやがては、長い力強いストロークでノコギリを引いて、できるだけきれいに、できるだけ迅速に骨を最後まで切る取る。骨がほとんど分断されそうになったときに、はじめてまた、ゆっくりとしたストロークに戻り、骨がばらばらに砕けてしまわないようにする。

負傷した手足が最終的に分断されると、外科医かあるいは助手が分断した手足を、水やノコギリ屑が入った近くのバケツに投げ入れた。バケツには前の患者の切断された部分が、まだ入っていたかもしれない。バケツの中身は船外へ投げ捨てられて、サメの餌になってしまうのだろう。

さて最後に、外科医は出血を止めなくてはならない。放っておくと患者が死んでしまうからだが、それだけではない。血を見た患者が卒倒しかねないからだ。止血するために外科医は傷を、薬、酢、焼きごて、結紮《けっさく》（縛る）などによって焼灼する。そして、余分な皮膚を残った骨にかぶせて、切断した部分の肉を縫い合わせ、包帯を巻きつける。すべてが手はず通りうまくいけば、切断手術は五分以内で終えることができるかもしれない。バニスターの部下たちとフリゲート艦との間で起きた戦いのように、休む間もなく激しい戦闘が行なわれている場合だと、外科医は手術の道具をきれいに洗って、ひと息つくと、さっそく次の患者を呼んで、手術台に寝かせなくてはならない。

ゴールデン・フリース号を破壊したフリゲート艦は、こんどは直接、バニスターが搭乗していると報告された小さな船へ、そして島の海賊へと全勢力を傾けて攻撃を仕掛けた。しかし今マテーラは、次のようなことを知ることになる。つまり、イギリス海軍はたしかに、どこまでも砲撃を続けることができるだろう。が、にもかかわらず、バニスターの海賊たちを殺すことは難しい。というのも、海賊たちは砂や泥や木々の背後に穴を掘って隠れているために、フリゲート艦から放たれる、大砲やマスケット銃の標的にはなかなかならないからだ。ただ周辺で、ドスンドスンという音がするだけだった。

そして状況は、次の数時間が経過してもそのままで変わらなかった。海軍の船乗りたちは、強力な艦船から砲撃をくりかえしては、海賊たちの砲撃に倒れて死ぬ。が、海賊たちはいっこうに倒れる気配がない。フリゲート艦では徐々に弾薬が欠乏しはじめる。それに船体やマストは、海賊の大砲に狙い撃ちされて、損傷がますます激しくなる。海軍の船長たちにとってバニスターは、わずか狭い水路を隔てて向こうにいるにすぎないのだが、まるでその水路が、彼らには到底越えることのできない大洋でもあるかのように感じられた。

ただし、フリゲート艦の船長たちが島に上陸すれば、事態は変化するだろう。

フリゲート艦のクルーが、島の海岸に突入し、海賊たちと接近戦を展開することはありうる。その場合には、大砲ではなしえなかった戦いをするために、彼らは剣、ピストル、マスケット銃、槍、手斧、それにこぶしさえ使うことになるだろう。バニスターの部下たちにくらべて、フリゲート艦のクルーは圧倒的に訓練が行き届いている。それに人数から言っても、海賊一人に対して、少なくとも二人がかりで戦うことができる。おそらく海軍の水兵たちは、島のどんなところで海賊と顔をつき合わせても、必ずおおぜいの海賊たちを殺すことになるだろう。

が、問題は、はたして島に近づくことができるかどうかということだ。フリゲート艦は大きすぎて、海岸に近い浅瀬に入ってくることができない。したがって艦船のクルーは島に上陸するには、帆船に積み込んでいる長艇に乗ってくるしか手はない。これにはおそらく一艘に三〇人ほどが乗れるが、島から狙撃してくる攻撃に対しては、まったく防戦のしようがない――オマハ・ビーチ（一九四四年のノルマンディー上陸作戦で、アメリカ軍が攻撃を担当した海岸の連合国側コードネーム）のミニチュア版だ。イギリス海軍は、どのようなひどい状況でも、戦闘意欲を失わないことを誇りにしていたが、自殺行為は別問題だ。タルボットやスプラグが上陸について考えたとしたら、おそらく二人とも、それほど長い間思案することはなかっただろう。

その代わりに海軍の船乗りたちは、大砲にふたたび砲弾を込めて、海賊の大砲がありそうな場所（たいていは、煙と炎を見て判断した）へ、ところ構わず攻撃した。この時代は、大砲を撃つ間隔はそれほど短くない――砲手が再装弾するのに五、六分ほどかかった。が、フリゲート艦の大砲には、どうしても、再装弾の間隔を短くしなければならない理由がない。というのも、ゴールデン・フリース号がめった撃ちされ、半ば崩壊してしまった今となっては、海賊たちの脱出手段はまったくなかったからだ。したがってフリゲート艦の砲手たちは、できるかぎり正確に、砲弾を敵陣に命中させることに力を注げばよかった。

その間もずっと、海賊たちは反撃をくりかえした。だがそれには、大量に砲弾を撃ち放つ必要はなかった。バニスターにしてみると、こちらにはまだ武器や弾薬が十分にあることを、海軍側に思い知らせるだけで十分だった——そして、彼らが疲れ果てて根負けし、もはや島に猛攻撃をかけて、上陸する元気がなくなってしまえば、それで作戦は十分に成功だった。

宵闇がサマナ湾を覆いつくす頃には、戦闘も下火になっただろう。双方ともに目に見えない標的に向かって、やみくもに弾薬を費やしても、それはまったく意味がない。が、両陣営は見張ることだけはしっかりと継続していた。海軍のクルーはダメージの修復に精を出し、次の戦闘のための準備に怠りなかった。休憩はつかの間だが、その間、おそらく彼らは、食べ物をがつがつとむさぼり食べていただろう。牛肉や豚肉や魚の塩漬け、豆、チーズ、ビスケット（しばしばそこには、ゾウリムシがはびこっていた）など。それにビール（一人一日一ガロン）も。そしてクルーはわずかでも時間があれば、つかの間の眠りをむさぼった。

海軍が死者に対して気を配ることができたのも、夜分になったからだったかもしれない。イギリス人は信心深い。死者を葬るためには、できるかぎりのことをした。フリゲート艦に搭乗しているクルーの人数（ファルコン号は約一八〇人、ドレイク号は約七五人）にもよるが、そこにはたいてい、一人は礼拝堂付きの牧師がいた。牧師はつとめて、何らかの儀式を行なったことだろう。仲間の死体が海へ押し出されるときには、クルーが全員帽子を脱いで敬意を表わした。

マテーラは、その先を読みたくてたまらなかったが、図書館の閉館時間になった。そこで彼は、幼なじみのジョン・ビロッティに会うことにした。場所はマンハッタンの二番街八八丁目通りにある、有名なレストラン「エレインズ」。そこで二人はムール貝やハマグリを注文した。マテーラは今、図書館で読んできたばかりの、一七世紀に海で戦われたドラマのことを話した。マテーラとビロッティは、イギリス海軍はとびきりタフな軍団だということで、意見の一致を見た。しかし、一七世紀にもし生きていたとしても、二人はどちらも、この軍団に参加しようとは思わなかっただろう。

「われわれなら、海賊になったかもしれませんね」とビロッティ。

「俺たちは以前、すでに海賊だったものな」とマテーラは答えた。

別れのときがきた。ビロッティはマテーラに訊いた。仕事の方はいかがなんですか。マテーラはこの友だちに嘘を言うことはできなかった。金だけがどんどん出ていって、何の見返りもないんだ。老人といっしょに働いているが、この老人が自分のやり方から、どうしても抜け出そうとしない。パートナーも、しまいにはやる気をなくしてしまった。

「あなたが途中で仕事を投げ出さないことは、私もよく知ってますよ」とビロッティ。「だからあなたに、もう投げ出したらどうですか、などということは言いません。が、しかし、あなたも私もよく知っているのは、ときに人は投げ出すことも必要だということです」

しばらくの間、マテーラは何を言えばいいのか分からなかった。そして、彼は友だちに言った。あと二、三カ月で、自分は四七歳になる。これは父親が死んだときの年齢だ。

「そうなんだ。だから今俺は、やめることができない」と彼は言った。

次の朝、ちょうどイギリス海軍が攻撃を再開したように、マテーラもまた調査を再開した。タルボットとスプラグは決断を迫られた。ゴールデン・フリース号を沈没させるためには、すでに最善を尽くした。が、二人はこの時点でなお、バニスターを捕らえて、殺害せよという命令を下した。海賊にさらに接近することができれば、この命令は簡単に遂行することができただろう。が、これをあえて断行すると、フリゲート艦はさらにダメージを受ける危険があった。

戦闘の二日目に、フリゲート艦がどのようにして島に近づいたのかについては、歴史は何一つ説明していない。が、一つだけ、マテーラは確かな事実をつきとめていた。海軍のクルーは相変わらず大砲のそばにいて、最後まで戦い抜く心意気で、大砲とマスケット銃を撃ち続けた。が、死傷者は増える一方だった。そして夜が来たとき、すでにフリゲート艦は弾薬を使い果たしていた。タルボットとスプラグの両船長には、決断を下すべきときが来ていた。それは彼らにできる唯一の決断だった——ジャマイカに帰って、自分たちの言い分を総督に報告することだ。モールズワースはよろこばないだろう。フリゲート艦は二三人の死傷者を出している。そして誰一人として、バニスターに手を下した者もいない。このような失敗は当然、船長たちの命に関わる問題だったかもしれない。

ポートロイヤルへ戻ったタルボットとスプラグは、予想通り、「厳しい譴責を受けた」。ところが、それ以上の重罰を科されることはなかった。ともかく二人は島に向かって砲弾の雨を降らせ、できうるかぎりのことをした、とモールズワースは判断したにちがいない。というのも、のちにバニスターが見た通り、二人の船長は引き続いて、その職にとどまっていたからだ。

コピーした書類やノートなどをまとめて荷造りすると、マテーラはニューヨーク公共図書館をあとにして、タクシーで空港へ向かった。自分もようやく、戦場をあとにしたような気分だった。

幾晩か経って、サマナでマテーラはチャタトンに会った。彼はニューヨークから持ち帰ってきたものについて、チャタトンに話をした。それはバニスターの海賊たちと、イギリス海軍のフリゲート艦の間に起きた戦闘の記録だったが、歴史的な観点から見てもそれは正確な情報だった。チャタトンは心奪われた様子で、マテーラの話に耳を傾けていた。しかし彼はマテーラが、ただこの物語のためだけに、ニューヨークへ出かけたわけではないことを知っていた。

「それで、どんな結論になったの？」とチャタトンは訊いた。

「それが分からないんだ、まだ」とマテーラ。「しかし、もう少しだ」

次の日の午後、マテーラを訪ねて、カロリーナがヴィラにやって来た。が、あいにくマテーラは、まだ仕事が終わっていなかった。彼はクレッチマーと、ヴィラのすぐ下のダイビング・センターで会う約束をしていた。マテーラはクレッチマーがこの仕事から、これを最後に手を引こうとしているのを察知していた。クレッチマーはクルー内の葛藤や、実りのない数カ月の探索などにうんざりしていたからだ。しかし、マテーラにしてみると、何としてもクレッチマーを手放すわけにはいかない。カロリーナが来たときには、マテーラはすでにクレッチマーを倉庫で見かけていた。クレッチマーはエンジンの手入れをしていた。

マテーラはしばし考えた。今すぐ彼に声をかけたくはなかった。クレッチマーには言葉を選んで、適切な言葉を使わなければならない。そこでマテーラは海岸にたたずみ、あれやこれやと考えていた。水路をはさんでその向こうには、ゴールデン・フリース号がカリーニングをしていた、と思われるスポットが見える。また、海賊の射撃者が潜んでいたと思しい森、バニスターが大砲を置いたと思われる、島の東端の丘などを望むことができた。

そしてそのときマテーラは、今までけっして見ることのなかったものを何か見た。

「ハイコ」と叫んだ。

クレッチマーは倉庫から駆け寄ってきた。

「何もかもやめて」とマテーラは彼に言った。「すぐにカロリーナを呼んできてくれないか。ヴィラに来ているはずだから。やっと分かった。そういうことだったのか。どこに目を向けるべきなのか分かったよ」

17　別の方法

マテーラとカロリーナは水の中を歩いて、ゾディアックに乗った。ピクニックのバスケットは、サンドイッチ、ワイン、冷たい水、日焼けよけのローションなどでいっぱいだ。ボートにはもう一人クレッチマーがいる。彼はすでにピクニックのごちそうを積み込んでいた――手で操作のできる金属探知機、シャベル、手斧など。マテーラはカメラを二台、首から下げている。カロリーナは縁がふわふわした、大きな帽子をかぶっていた。

ゾディアックは、観光客が乗るボートのようなスピードで水路を横切り、カヨ・ビヒアの東端をめざして進んだ。小さな砂の浜辺に上陸して、さっそく道具を下ろした。そしてできるだけ、近くのリゾートからやって来た観光客のふりした。カロリーナは、クレッチマーにポーズを取って、スナップ写真を撮ってもらった。マテーラは釣りざおを組み立てた。誰も見ている者がいないことを確かめると、彼らは深い森の中に入り込み、険しい丘を上りはじめた。途中で、入り組んで繁茂した木立を横目で見て、鳥のように大きな昆虫にも出会いながら、二〇分ほどかけて、海面から一〇〇フィート以上もある地点にようやくたどり着いた。水路を見渡しながら、マテーラは今、世界をバニスターの視点から見ていることに気がついた。カリブ海全域を思い浮かべても、この場所ほど、カリーニングに向いたところはないし、勝つことが難しい戦いでも、ここ以上に勝利に適した場所はなかった。ここからなら海賊の大砲も、どんなターゲットにでも、命中させることができただろう。が、それに対する海軍側の反撃はどうだったのか。それはやみくもに行なうしか、やりようのないものだったろう。

クレッチマーは金属探知機を組み立てて、ヘッドホーンを着けた。探知機を泥や藪の上に走らせながら、何かヒットするものはないかと耳を傾けていた。が、何一つ聞こえなかった。三人は繁茂した木立の中から身を乗り出して、生い茂ったジャングルの中を通り抜けてくる、ほんのわずかの新鮮な空気を何とか吸い込もうとした。今ではカロリーナでさえ、汗をかきはじめていた。が、なお彼らは腰を低くして、汗をぽたぽたとたらしながら動き続けた。それはまったく熱に浮かれた夢のような行動だった。

クレッチマーが立ち止まった。

「何かヒットした」と彼。

クレッチマーは金属探知機をそろりそろりと、およそ三フィート平方ほどの土や泥の区画上を動かした。ピーッという音が聞こえると、それによって腕の動きが調整される。そしてついに彼は、音源の地点にたどりついた。

「ここだ」とクレッチマー。

マテーラはシャベルを、クレッチマーは手斧をつかんだ。二人は両手両膝を地面につけながら掘った。穴が徐々に大きくなってきたので、クレッチマーは探知機を穴の中に入れて、さらに掘り進む方向を確かめた。かなりの量の土を取り除いたのだが、なお探知機の音は、物体がさらに下の方にあることを示している。二人は根気よく三〇分ほど掘った。そして、掘っては根っこを切り、探知機の音に耳を傾けてはまた掘った。そしてとうとうシャベルの刃が、およそ一フィートほどの穴の底で、何か固いものにぶち当たった。が、その何かはまったく動く気配がない。

「おー、うわ、うわ」とマテーラ。

クレッチマーはこんどはハンド・スペード（柄のついた小型の鋤）を使って、穴の側面の泥を削り取った。するとヒットしたものの形が見えはじめた。泥にくらべて、やや黒さの加減が薄い。だが、月のように表面が丸い。

「あったよ。言った通りだろ」とマテーラ。

クレッチマーは手斧を物体のうしろに差し込み、力づくで押し込むと、てこの原理を利用して、ぐいと手斧を押した。すると物体はようやく少し動いた。三人は穴の中を見つめた。穴の底で横になっていたのは六ポンド（約二・七キロ）の砲弾だった。

「これを誰かが最後に触ったのは、一六八六年だったんだ」とマテーラが言った。

彼は穴の中に手を伸ばすと砲弾を取り出した。重さが彼を驚かせた。それが六ポンド弾だということは、彼には分かっていた。が、現実に手で持ってみると、その破壊的な潜在力をひしひしと感じることができた。

三人はたがいにハグをし合い、キスをし合って祝福した（クレッチマーはマテーラのキスを拭き取ったが）。カロリーナは持ってきた敷物を広げた。彼らはそこに座ってワインで祝杯をあげた。クレッチマーは大きな声で、バニスターはこんな場面を、思ってもみなかったでしょうねと叫んだ――二人のトレジャー・ハンターと一人の美女が、バニスターが戦った戦闘現場でワインを飲んでいる。マテーラはクレッチマーに、バニスターのことだから、彼ならこれくらいのことは想像できたかもしれないよ、と言った。

三人はひとまずその場の探索を終えると、丘を下って、もと来た道を帰っていった。その間もたえず金属探知機を走らせ、見落としがないかどうかチェックした。半分ほど下りてきたときに、また一つ、探知機がヒットした。掘ってみるともう一つ砲弾が出てきた。最初のものよりはるかに大きい。

砲弾と並んで全員がポーズを取り、写真に収まったあとで、三人はビーチまで下りてきた。そして湾を横切ってヴィラへと戻った。マテーラはさっそく、チャタトンにメールを送った。件名に「相棒よ、ついに見つけたぜ」と書いた。

しかし、チャタトンは出かけていて、メールを受け取ることのできる場所にはいなかった。

彼はレンジ・ローバーに乗って、補給品の買い出しに出かけていた。サマナ湾の裏側の不良道路を走っていたとき、車が穴に打ち当たった。穴にはぎざぎざの岩がたくさん詰まっていたために、タイヤの側壁に深い亀裂が入った。チャタトンは何とかビーチまで車を動かしてきて、そこでタイヤを交換しようとした。が、ジャッキが壊れて曲がってしまった。おまけに車はフェンダーのところまで、砂の中に埋もれている。携帯をチェックした――が、電波が通じていない。次の町まで数マイルはあるだろう。チャタトンは歩きはじめた。

道路の先の方に、地元の男たちが四人いた。一人は年寄りだ。彼らは小さな店の前で、トランプ遊びに興じている。ジャッキは持っていなかったし、それがどこにあるのか誰も知らなかった。しかし、自分たちが車を直す手助けをしてやろうと言う。チャタトンはレンジ・ローバーは重いよ、と説明しようとした。が、彼らにはそれが理解できないようだった。みんなで車のところにやってくると、年寄りはチャタトンに心配はいらないよ、と身振りで示した。

ドミニカ人たちは車を調べて、スペイン語でつぶやいている。やたらに早口なので、チャタトンにはまったく理解できなかった。やがて、彼らは必要な品々を集めてきた――大きな木の枝、たくさんの岩。「自分がいるのは石器時代なのか」とチャタトンは思った。男たちは作業を開始した。即席で作ったレバー（てこ）と、てこの台、それにハンマー代わりの岩などを使って、彼らはジャッキをもとの形に戻した。

「まさか、冗談だろう」とチャタトンは思った。が、ジャッキはほとんど、新しくなったように見えた。彼らがジャッキを車の下に入れると、それはふたたび曲がって、壊れてしまった。こんどはどうやら修理はむりのようだ。

チャタトンはドミニカ人たちに礼を言うと、ポケットに手を突っ込んだ。が、彼らは誰もお金を受け取らない。その代わりに、またものを集めに出かけてしまった。こんどは前よりもさらに遠くへ。そして重たいヤシの枝葉と大きな岩を持って戻ってきた。チャタトンは、もうジャッキは修復がむりだと説明しようとした。が、そんなことは彼らの念頭にはなかった。男たちはヤシの大きな枝を使って、車のストラット・アセンブリの下に穴を掘りはじめた。そして砂の代わりに岩を置いた。チャタトンも枝を握って、穴を掘るのを手伝った。パンクしてぺちゃんこになったタイヤの下にも、スペースができはじめた。車体が岩に支えられて、その上でしっかりと停止していた。

ここまできて、チャタトンは彼らの計画の美しさがやっと分かった――それはまさしく彼の目の前で行なわれた。そう言えば、ドミニカ人たちが示す、このようなアプローチの仕方を、彼はちょくちょく見かけたことがあった、とチャタトンはあらためて思った――それは、彼らが必要とするものを、めったに手にしていないということだ。何一つ持っていないこともしばしばあった。が、彼らはそれに、いっこうに気づいた様子もなければ、少なくともそのことで悩んでいる風も見えない。その代わりに、彼らは今、手に入るものに注目する――ジャッキがなければ枝を使い、お金がなければ時間を使う。そんな風にして、何とか結論をまとめる。目的を達成するもう一つの方法を見つけるのだ。彼は長い間、ドミニカ人の「マニャーナ文化」（明日は明日の風が吹く）を呪っていた。フルスピードで行こうとしないこの人々は、結局、どこへも行くことなどできないと毒づいていた。が、年寄りが手早く破損したタイヤを取り出し、スペアと取りかえるのを見て、チャタトンは片方でドミニカ人を罵りながら、もう一方で、自分がいつも彼らを称賛してきたものを、間近で実際に見る思いがした——それは彼らが、まったく将来に不安を覚えていないということだった。それは彼らが、つねに将来へと続く道のあること、そこへ到達する方法が必ずあることを知っているからだ。

男たちは岩の塊を車の下に、いくつか押し込んで車体を持ち上げた。それでチャタトンはやっとぶじに、ビーチから抜け出すことができた。ポケットには二〇ドルほどしかなかったが、これを受け取ってくれと言うと、男たちは「グラシアス、グラシアス」と言って受け取った。そして、もといたところへ戻っていった。赤貧の生活をしてはいるが、何かが彼らの身に起きたときには、しっかりと自分たちで、対処の方法を考えることができる、そんな生活の場に彼らは帰っていった。チャタトンには、これまで知っている誰よりも、彼らは幸せな生活を送っているように見えた。

こんな出来事が起きたのは、チャタトンがマテーラから砲弾の写真を受け取る前のことだ。メールを見たときには、すでに彼は、マイアミへ向かう飛行機へ乗るために、空港へ車を飛ばしていた。マイアミへ行くのは、彼が長い間引き延ばしていた、個人的な問題を処理するためだった。フライトは二時間以上かかった。その間彼はパートナーが送ってくれた写真をくりかえし眺めていた。

マイアミの空港に着くと、チャタトンはマテーラに電話を入れた。マテーラはすでにチャタトンには、砲弾を発見したこと、島の頂上から見えた風景のことなどを伝えてある。この島はジャマイカの総督が、バニスターとそのクルーについて言った「西インド諸島の極悪人ども」には、まことにふさわしい場所だった。

チャタトンとマテーラにとって、見つかった砲弾は、戦闘がカヨ・ビヒアで起こったこと、そして島からわずか二〇〇ヤードのところにあった、シュガー・レックがゴールデン・フリース号であることを証明するものだった。今となってはボーデンが、ただちにシュガー・レックのサルベージを再開することは、何としても必要なことだった。それはただ単に難破船の正体を明かすためだけではない。カヨ・レバンタードに次々とやってくる侵入者たちに、とどめを刺すためでもあった。しかしマテーラは、ボーデンに砲弾について話すことを躊躇していた。ボーデンは誰にせよ、陸地で作業することを望んでいなかった。そして、それをマテーラは知っていたからだ。あの島は、彼の借地権の範囲を越えた場所にあった。

「彼には俺に話させてくれ」とチャタトン。「本人にじかに話してみる」

この考えにはたくさんの危険が潜んでいる、とマテーラは思った。チャタトンはすぐに熱くなって、ボーデンに噛みつきかねない。ボーデンはチャタトンに不満を感じはじめていて、最終的には、海賊探索のプロジェクトに対する支援をやめてしまうかもしれない。今まではマテーラが二人の間で、緩衝帯の役割を果たしてきた。が、今は二人の会談の場から八〇〇マイルも離れたところにいる。それでもはやり、マテーラはこの会談に同意した。

「ジョン、話が終わったら俺に電話を入れてくれよ。それに、あの有名なチャタトンの気質は、抑えなくっちゃだめだぜ」

チャタトンは笑った。

「どんな気質なんだ？」

それから一日経って、彼はマイアミのレストラン「デニーズ」で、ボーデンと向かい合って座っていた。そしてマテーラの冒険についてくわしく話した。マテーラが彼に話した通り、彼もまた、ボーデンをカヨ・ビヒアの丘の上に連れていった。チャタトンにはボーデンが、こまごまとした話にいちいち興奮しているように見えた。

「どれくらいの砲弾を、マテーラは見つけたんだい？」

「一時間のうちに二つです。トレーシー、他にあそこには何があると思いますか？　武器、人骨、財宝――掘ってみないことには、誰にも分かりません。ひとまず文化庁に、あの島をあげてしまってください。これまでだって、彼らは難破船をいくつも手に入れているし、ガレオン船だって持っている。それにどれくらい海賊の島を手にしているのでしょう？」

ボーデンは気まずそうに見えた。以前、彼はチャタトンとマテーラに、自分の借地権が陸地には達していない（海域だけ）ことを告げていた。それに彼は、借地権の範囲を越えたところで作業をして、ドミニカ共和国の役人たちを怒らせたくなかった。が、今のチャタトンは、何とかしてボーデンを安心させようとした。歴史的な戦闘のミステリーを、ボーデンが解き明かしたからといって、文化庁が彼に対して腹を立てるようなことが、はたして起こりうるのだろうか？

「トレーシー、これはあなたの島ですよ」とチャタトン。「ゴールデン・フリース号は、あなたが思いついたことじゃないですか。たしかに今は、海賊船を差し出すことはできません。が、あなたの手には海賊の『野営地《キャンプ》』があるじゃないですか。世界中にそんなところが、どれくらいあると言うのですか？島は文化庁にあげてしまってください。そしてシュガー・レックのサルベージを終わらせましょう」

しかし、ボーデンにはなお、得心のいった様子がなかった。チャタトンはその理由を自分は知っていると思った。シュガー・レックの破片が散らばる海底は、水深が四四フィートある。が、トレジャー・

ハンターのウィリアム・フィップスが、ゴールデン・フリース号の難破船を見つけたのは、水深二四フィートの地点だった。しかも、それを見たのは沈没後、ほんの数カ月しか経っていない時期だった。この水深の差異が、これまでしばしば、ボーデンがチャタトンとマテーラに言っていたように、彼を悩ませていたのである。

「俺はどうも、シュガー・レックがゴールデン・フリース号だとは思えないな」とボーデン。

チャタトンが、この言葉を聞いてそこに座っていたのは、ほんのわずかの間だった。

「分かりました、トレーシー」と最後に彼は言った。「お時間を取らせてしまって、すいませんでした」

車に乗ると、チャタトンはマテーラに電話した。そしてボーデンとの会談の様子を報告した。チャタトンはマテーラに言った。どんなに証拠を示しても、ボーデンはけっして、シュガー・レックのサルベージを終わらせようとはしないだろう。というのも、ボーデンはシュガー・レックがあまりに深い位置に沈んでいるので、とてもゴールデン・フリース号ではありえないと考えているからだ。それについては、もはや彼と話し合う余地はない。

チャタトンにとって、これが最終的な終わりになるにちがいない、とマテーラは思った。彼はかれこれ二〇年の間、この男といっしょに生きてきた。したがって、彼のやり方については、自分の兄弟のそれよりよく知っている。沈んでいたUボートの中でも、まだ発火する恐れのある爆薬の近くで、平気で大ハンマーを振り回すような男だ。こんな男に、これまで彼に語りかけていたもの、そして、もしかしたら、彼の手が届くかもしれない偉大で希少なもの、そんなものから、ひとまず手を引いたらどうなのか、などとマテーラは、今の今まで尋ねることさえできなかった。

「うん、俺もそう思うよ、ジョン」

が、チャタトンは、マテーラの話など聞いていなかった。

「これについては、もう一つ別な方法があると思うんだ」とチャタトン。「ともかくそっちへ戻るよ」

18　ゴールデン・フリース（金の羊毛）号

二〇〇九年二月末、チームのみんなは、ディープ・エクスプローラーに乗って出かけたとき、チャタトンがどんな計画を胸に抱いていたのか知らなかった。が、ただ一つのことだけは確かだった。それはチャタトンが探索するために、サマナ湾に戻ってきたことだ。ヴィラの倉庫に置かれていた磁気探知機も、包装を解かれてボートに載せられた。木の台に置かれた探知機は、チームのみんなにとって、旧知の友だちのように見えた。

チャタトンはエンジンをかけた。そしてボートをヴィラから遠くへ弧を描いて走らせ、まっすぐにシュガー・レックの現場へと向かった。マテーラはこのことが、もしかしたら起こるかもしれないという不安は抱いていた――それは、最終的にボーデンの頑固さに押し切られて、自分たちで何とか問題に対処しなくてはならなくなることだ。が、しかし、この際、反抗という選択肢はない。チャタトンとマテーラはボーデンが好きだし、彼を尊敬している。それに彼を一人の友人と考えていた。海賊船のプロジェクトはもちろんボーデンのアイディアで、彼ら二人のものではない。したがって、今の時点でボーデンをだますことは、チャタトンとマテーラの名誉を汚すことになる。それに二人にしても、他人の土地を不法に奪い取る者たちを、軽蔑してきたことに変わりはない。マテーラはこんなことをすべて、チャタトンに思い出させようとしていた。その矢先、チャタトンは急に舵を右へ切って、シュガー・レックの現場を迂回すると、まっすぐにカヨ・ビヒアへ進路を取った。二分後にチームは島に着いた。

「ここでいったい何をするんですか？」とエーレンバーグが尋ねた。

「砲弾はもう反論の余地がない」とチャタトン。「それはバニスターがこの島にいたという、何よりの証拠だ。フィップスがここにきてから、三〇〇年以上経ったわけだが、砲弾はそれ以来はじめて見つかった動かぬ証拠なんだ。しかし、俺たちはこれまで、シュガー・レックに集中してきたのだが、この島の海岸一帯には、まだ一度も探知機をかけていない。それで今日は、それをやろうというわけだ」

「何を探そうと言うんですか？」とクレッチマー。

「分からないよ」とチャタトン。「島がくれるもんなら何でももらうつもりだ」

この言葉を合図に、島の海岸に沿ってチームは、磁気探知機の調査をスタートさせた。が、作業は困難をきわめた――島は不規則な形をしている上、曲がりくねっていて、アップダウンが激しい。それに今の時代の破片が、繊細な探知機を脅かす。チャタトンはしっかりと調査を進め、島の海岸線全体をくまなく探知機で探った。島のうしろ側も念のために調べた。そこでは、何事も起こらなかったことを、誰もが知っていたのだが。

調査を終えたチームは、データの処理をするために、ひとまずダイビング・センターへ戻った。エーレンバーグは島の北側の中央部で、変則が見えると言い出した。そこはチャタトンとマテーラが、戦闘が起きた場所だと考えていたところだった。誰もが直感的に、ゾディアックのエンジンを吹かせて、すぐにでも島に戻り、海岸の近くをダイビングしてヒットしたものを見つけたいと思った。が、彼らはエーレンバーグのデータを待った。そしてその日の終わりに、彼らは土地測量図ともいうべき、一枚の地図を手に入れた。それはコンピューターの画面で、まだ誰もが見たことのない場所に、×印がいくつかつけられた地図だった。

チームのみんなは未来の宝物を、次の白昼の八時間に賭けることにした。が、いずれにしても、翌朝まで待つしか選択の余地はない。それに彼らには何はさておき、どうしてもボーデンを呼ぶ必要があった。何か重要なものに、自分たちが今、近づきつつあるということを感じていた。それにボーデン自身もおそらく、それを知りたいだろう。マテーラが電話で彼を捉まえた。ボーデンはすぐにそちらへ行くと言った。

次の朝、チームはボートに乗って、カヨ・ビヒアの北岸へ向かった。ひと握りの観光客たちが、近くのリゾートと島をつなぐ橋の上を散策しては、日の出を眺めていた。それはまるでここが、地上で、つねにもっとも平和な場所だったかのようだった。クレッチマーはボートの錨を下ろして、船尾に戻り、海岸のヤシの樹にもやい綱を結びつけた。そして彼とマテーラは、ボートの屋根からゾディアックを持ち上げて、それを水の上に落とした。二人はゾディアックに乗って、作成した地図を見ながら、目標のあたりをうろうろして、それぞれの場所にブイで印をつけた。チャタトンとエーレンバーグはダイビング・スーツを身につけて、ヒットしたものをチェックするために、水の中にざぶんと飛び込んだ。

水中で二人が見つけたのは、泥に埋もれた石の塊だった。これはレック・ハンターの世界で「パイル」(積み重なり)と呼ばれているもので、形も完璧だ。パイルは船を安定させるために、岩を集めて船底に積まれ、バラストとして使われた。偶然にできたものではないし、自然によって作られたものでもない。それはまぎれもない難破船のバラストだった。そしてそれは、ゴールデン・フリース号を、バニスターがカリーニングしたと思われる、ほぼ正確にその場所にあった。

パイルの周辺で、エーレンバーグとチャタトンはガロンジャグ(水差し)をいくつか見つけた。水深はおよそ二〇フィートだ。ジャグの多くは破損されていない。側面に何か文字が浮き彫りにされている。

エーレンバーグがジャグの一つを手に取り、マスクに近づけた。そこには「パール・ストリート――ニューヨーク」と書かれている。他のジャグもよく似ていて美しい。どうやら一九世紀ののもののようだ。海賊の黄金時代のものにしては、あまりにも新しすぎる。

しかし、おそらくこれらのジャグは、バラストの下に横たわっている難破船のものではないだろう。たぶんそれは、通りすがりの船から投げ捨てられたものにちがいない。二人はさらに岩を動かして、古い人工物を探した。が、さらにジャグが数個見つかっただけだった。その日の残った時間を探索に費やしたが、何一つこれといったものは発見できなかった。午後、ヴィラへ戻る道すがら、誰もが口にしたのは「くそっ。今日は、見つかると思ったんだがなあ」という言葉だけだった。

次の朝、みんながカヨ・ビヒアへ出発する頃には、ボーデンもやってきて、自分のボートをシュガー・レックの現場に投錨した。チャタトンとマテーラにしてみれば、ビヒア島で今、当初の目標を成し遂げなければ、もはや他に探すところなどどこにもなかった。

チャタトンとエーレンバーグは水深の浅いところで、手持ち式の金属探知機を動かした。そして調査でヒットしていながら、まだ探索し残したものの正体を探った。やがて二人はピーッというかすかな音を耳にした。この音を追っていくと、新たな岩のパイルが現われた。しかし、石や泥を動かしはじめたときに、二人が目にしたのは、鉄骨が一本、古いナビゲーション・ブイが一つ、それに現代のあらゆる廃品だけだった。それは去年、彼らがレバンタード島の周辺で見つけたものと、ほとんど変わりがなかった。

さらにそのあと、遠くの方で、チャタトンの目を捉えたものがあった。それはさざ波が形作っていた、岩のパイルの輪郭だった。岸からおよそ一二フィートの地点だ。チャタトンがそこへ向かっていくと、形は徐々にはっきりとして、レリーフ状になって見えてきた。それはどうも単なる岩や石のパイルではない。岩と石のパイルではあるが、帆船の形をしている。それも、大洋の横断が十分にできるほど大きな帆船だ。

チャタトンとエーレンバーグはパイルの上にやってきた。上から眺めると、それはたしかにバラストだった。それもかなり巨大なバラストだ。長さがおよそ五〇フィート、幅はおよそ四〇フィートもある。水深はもっとも浅い部分では、わずかに六フィートほどだが、残りの部分ははるか下方に傾斜している。チャタトンはバラストの反対側の端の深さをチェックした。ゲージは二四フィートと表示している。

二人はすぐに人工物を見つけた——塗料缶、ローンチェア、ダイヤル錠。しかし、二人ががらくた類に悩まされずにすんだのは、ここがはじめてだった。さらに深く掘ってみた。パイルの端近くで、エーレンバーグが三フィートほどの長さの管（パイプ）を見つけた。管はほとんど珊瑚で覆われている。チャタトンが泳いできて、手振りで「ちょっと見せてくれ」と言った。

管を手に取って、海面から差してくるきらきらとした日の光に、かざして見ると、管を覆った珊瑚の割れ目から、金属が見えた。それは丸い管ではなく、八角形に鋳造された管のようだった。

チャタトンは管をバラストの上に置くと、水面へ浮かび上がった。そしてボートへ着くと、ぽたぽたと滴を垂らして、はしごにつかまりながら、マテーラを呼んだ。

「ジョン、ちょっと潜ってくれないか。見てもらいたいものがあるんだ」

マテーラは数分後、水の中にいた。バラスト・パイルの上へやって来ると、五、六本の管を見つけた。そのうちの一本を手に取った。長さや重さからして、彼はマスケット銃の銃身に似ていると思った。マテーラは銃については、何十年という経験の持ち主だ。彼はさらに管をマスクに近づけて見た。彼にはこの物体が、一七世紀の末頃に作られたもののように思えた。それはフィップスのクルーが、ゴールデン・フリース号の難破した姿を見た、と語っていた時代のものだ——難破船の甲板には、マスケット銃が置かれていたという。

マテーラはボートに戻った。船に上がると急いで携帯を取った。

「誰にかけるんだ?」とチャタトンが訊いた。

マテーラはボーデンのボートを指差した。彼のボートはちょうど五〇ヤード離れたところで錨を下ろしていた。

マテーラは最初に何と言っていいのか、分からなかった。あわてていたので言葉に詰まった。が、やっとのことでボーデンに質問を浴びせた。とめどのない言葉の流れとなって一気にあふれ出た。マテーラとチャタトンが、管を再発見したことにしていいのか? 自分たちがそれを塩酸に浸けて、珊瑚を取り除き、もとの金属の形に戻してもいいのか? マテーラはボーデンがやってきて、それは自分がすべて引き継ぐ、と言い出すのではないかと恐れた。が、マテーラは海賊の難破船を証明する最初の証拠は、何としても自分たちの手で明らかにしたい、その他には、誰の顔も想像することができなかった。

マテーラは電話を切った。

「俺たちの手で処理することになった」と彼は他の者たちに言った。「トレーシーも興奮していたよ」

チャタトンはレギュレーターを口に滑り込ませると、海の中へ戻っていった。

それから三分後、彼はふたたび海面に現われた。産婆さんが赤ちゃんを抱くように、管を両手でしっかりと持っている。マテーラがそれを——やさしく——受け取り、つぶさに観察した。

「俺は前に、本や展示会やオークションで、これを見たことがある」とマテーラ。「俺は専門家じゃないけど、これは一六〇〇年代のものだと思うよ」

マテーラはこの人工物を、携帯電話といっしょに写真に撮った。そしてそれを、銃の専門家でコレクターのところへメールで送った。昔なじみの知り合いだった。タイトルに「君にはこれが何に見える？」と書き、メッセージには管の寸法と重量だけを記し、それ以外によけいなことはいっさい書かなかった。そしてメールを発送した。

ゾディアックにいっせいに乗り込むと、チームはスピードを上げて水路を突っ切り、ヴィラの下のダイビング・センターへと戻ってきた。その間、マテーラは鉄の管を大事そうに両手で持っていた。センターに着くと、クレッチマーはさっそく、ツーバイフォーの木材で箱をこしらえた。そしてそれを分厚いプラスチックの袋で裏張りした。エーレンバーグがその中に、およそ二リットルほどの塩酸を注ぎ入れた。そしてみんなには、塩酸の毒ガスを避けるために、風上に行くようにと身振りで示した。マテーラから管を受け取ると、彼はそれを塩酸の中に滑り込ませた。酸で珊瑚が溶けて、液体が褐色に変わった。これは人工物にとってはショック療法だ。たしかにそれはダメージを受ける。が、いずれにしても、このような処理や労力なしには、管の保存は難しいものになるだろう。バラスト・パイルの上にはまだ何本もの管がある。もちろんそれを、木の箱に入れずに海中に置かれたままの状態にしておく方が、その証拠としての価値は、金銭的なものにくらべればはるかに高い。

最後の珊瑚が溶けてしまうまでには、一〇分ほど時間がかかった。エーレンバーグは酸の中から管を取り出すと、それを冷たい水で洗った。八角形の形がはっきりとしてきた。

「これはもう水に戻してはだめなんです」とエーレンバーグ。「ぼろぼろになってしまいます」

マテーラはこの人工物を手に取ると、顔を近づけてしげしげと眺めた。金属の全面にわたって、エレガントな渦巻き模様がエッチングされていた。それは彼が以前見たことのある、何世紀も昔のマスケット銃——ハンマーで鍛造されたものだった——の銃身によく似ていた。彼にはマスケット銃の起源や歴史は分からなかった。が、それが銃身であることだけは分かった。そしてそれが、古いものであることも分かった。

誰もがすぐにでも海へ戻りたかった。が、チャタトンはちょっと待つべきだと思った。ボーデンをぜひ、仲間に引き入れることが大事だと考えたからだ。そこで、彼はクレッチマーに頼んで、銃身を載せる小さな木の台を作ってもらった。そして銃身をジップタイで固定させた。こうやって準備をして、ようやくチームはゾディアックに戻って乗り、ボーデンのボートへ向かって出発した。その途中で、マテーラはデューク・マッカからメールを受け取った。マッカは長い間ディーラーをしていて、希少で高価な猛獣狩り用のライフルを扱っていた。そして彼はまた、年代物の銃器のエキスパートでもあった。マッカは、マテーラの写真に写っていた物体について、意見を述べている。マスケット銃の銃身で、ヨーロッパのものだという。年代は一七世紀末だ。

ゾディアックからは、大きな叫び声が上がった。ただこれは一つの意見にすぎない、とマテーラは忠告した。が、誰もがそんなことには耳を貸さない。だいたい、マテーラ自身がそうだった。そして、すぐに彼らはボーデンのボートに乗り込んだ。ボーデンは人工物を見ていた。台の上でそれをひっくり返しては、指で触って質感や溝を確かめた。そして銃身の穴をのぞいていた。

「どのくらい深いところで、これを見つけたの？」と彼は尋ねた。

「一六フィートです」とチャタトン。「しかし、もうちょっと深いところにまだ数本あります」

チームのみんなは興奮していたが、チャタトンとマテーラは、銃身だけでは証拠として不十分だ、ということを知っていた。たとえそれがバニスターの時代のものだとしても、それがそのまま、ゴールデン・フリース号のものだとは言えない。わずかに五、六丁の銃身と一つの説だけで、それを正しいと証明することにはむりがあった。文化庁や歴史は、さらにしっかりとした証拠を必要とするだろう。それは誰もが、とりわけ近くへ迫ってくるたくさんのライバルたちが、反論のしようのないものでなくてはならない。マテーラがみんなに思い出させたのは、ライバルたちの誰もが、ゴールデン・フリース号の名前を彫り込んだ鐘を、そう簡単には見つけることができないということだ。あの時代の商船は、そのほとんどが鐘を積んでいなかった。

そこで一つ計画が立てられた。ボーデンが作業の拠点を、マスケット銃が発見された、バラスト・パイルへ移動させること。二つのクルーがその現場で働き、決定的な証拠となるものを見つけること。彼らが探している難破船をたしかに発見したという証拠だ。が、それをするためには、次の日まで待たなくてはならなかった。天気が変わりつつあった。チャタトンとマテーラはこのために一年間待った。が、ふたりはともに、もう一日、明後日まではとても待てない気分だった。

もちろん、この気分を晴らしてくれる解毒剤はあった。チームはその夜、飲みに出かけるつもりなのだろう。というのも、次の日は生涯でもとっても幸せな日——あるいはもっとも落胆する日——になるかもしれないからだ。

ディナーに出かけようとしていたとき、マテーラは、彼が出していたメールの返事をいくつか受け取った。それぞれの返事が、写真で送られたものは、ヨーロッパで一七世紀の末に作られたマスケット銃のようだ、と確認してくれた。これがうれしい知らせとなったのはもちろんだが、夕食が進むにつれて、テーブルの雰囲気が変化しはじめた。ゴールデン・フリース号のものだと証明できないのは、何もマスケット銃にかぎったことではない。それはどんな人工物が見つかっても、同じようなことが言える。チャタトンがニュージャージー沖で、Uボートの正体を明かしたときも、最後に彼がしたのは、潜水艦のナンバーが刻印されたプレートを引き上げたことだった。しかし、一七世紀の海賊船にナンバー・プレートがあるわけがない。確かな証拠をつかむためには、鐘かもしくは、それと同等のものを見つけなければならない。が、そのために彼らに必要とされるのは、奇跡に近い何かだった。もちろんそれは、これまでもつねに真実だった。が、このマスケット銃にじかに手を触れるまでは、そんな考えが、彼らの頭に思い浮かぶことさえなかったのである。

次の朝は雨がひどくて、とても作業はできなかった。マテーラのダイビング・センターで、各自がそれぞれ、せわしく動きまわろうと努めてはいたものの、口から出てくるのは天気に悪態をつく言葉ばかりだった。

午後早く、マテーラの携帯が鳴った。ボーデンからだ。

「ニュースがある」と彼。「トニーの店で会おう」

チャタトンとマテーラは、レストランでボーデンを待っていた。二人はボーデンに何を言われてもいいように、心構えをしていた。文化庁がゴールデン・フリース号の権利を他の会社に与えたとか、あるいは、ボーデンの借地権の大部分を取り消すと言われるかもしれない。が、今の今まで、二人はトレジャー・ハンターの話は嫌というほど聞かされてきた。どれほど多くのハンターたちが、目標まであと一歩のところで、断念せざるをえなかったことか。

トニーの店で、ボーデンはジッパーのついたビニール袋を開けて、一枚の紙を二人に手渡した。それはバニスターのゴールデン・フリース号と、イギリス海軍との戦闘シーンのスケッチをコピーしたものだった。このスケッチを描いたのは、ファルコン号の書記をしていたジョン・テイラーで、彼は戦闘中も軍艦に搭乗していた。つまり目撃者だった。スケッチには、渦を巻くようにうねった島を背景に、マストを持つ帆船の一団が描かれている。そしてこれは、ボーデンが最近、ゴールデン・フリース号の調査を依頼していた歴史家から、彼に送られてきたものだ。歴史家はこの素描を、刊行されたばかりの『一六八七年のジャマイカ』（デーヴィッド・ビュイスレ編）の中で見つけた。

チャタトンとマテーラは、自分たちが目にしているものを、ほとんど信じることができなかった。目を見張るほど細密に描かれた白黒のスケッチには、狭い水路に浮かぶイギリス海軍のファルコン号とドレイク号、それに勇敢に立ち向かうバニスターのゴールデン・フリース号と、その近くにもう一隻、ル・シャヴァル号が描かれていた。艦船はどれも美しくスケッチされているが、何よりも二人を感動させたのは、そこに描かれた地勢だ。

ゴールデン・フリース号は、島の中ほどに押し込められている。島は「バニスター島」と記されているが、その形といい、大きさといい、流動する地形や島の輪郭から言っても、カヨ・ビヒアのように見える。水路の北側の海岸線も、湾の西端ともども実風景にマッチしている。スケッチの中で、ゴールデン・フリース号の真東にある小さな陸塊に、テイラーは「ホッグ・アイランド」とネームを記していた。チャタトンとマテーラにはそれが、パロマ・アイランドだということが分かった。これは、何百という白い鳩がねぐらにしている島で、明らかにホッグ・アイランドと同一のものだ。テイラーがゴールデン・フリース号を配置した、島の海岸地点でさえ、バラスト・パイルやマスケット銃が発見された場所と一致する。この一枚から感じられることは、テイラーが時を越えて戻ってきて、チャタトンとマテーラに「あなた方は正しかった」と言っているようだった。

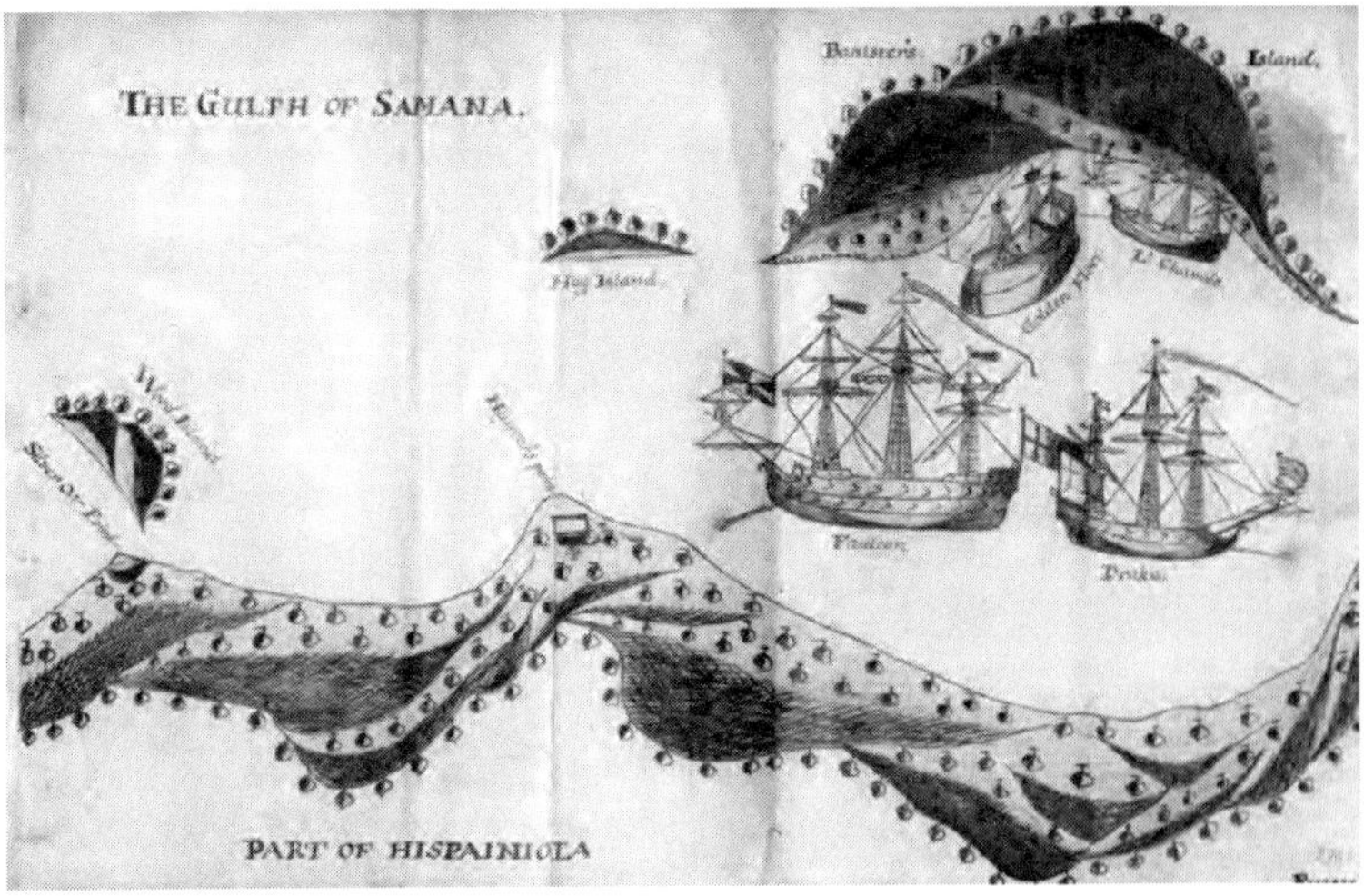

イギリス海軍の軍艦ファルコン号及びドレイク号と、バニスターのゴールデン・フリース号との戦闘を描いた素描。戦いを目撃したジョン・テイラーが描いた（1686年6月）。

それだけではない。テイラーは戦闘の説明も書いていた。それもまた、ビュイスレの本の中にあるのだが、ボーデンはまだそのコピーを手にしていなかった。

「ロンドンの本屋を知っているので、連絡をしてみよう。彼ならどんな本でも、すぐに送ってくれる」とマテーラ。「明日にでも手に入るだろう」

三人は席を確保すると、テイラーの素描をくわしく調べた。シュガー・レックの海域、つまりバニスターの島とホッグ・アイランドの間に船が描かれていない。が、それを気にする者はいなかった。シュガー・レック——それがどの船であっても——はおそらく、戦闘の早い段階で沈没したのだろう。あるいは、このスケッチを描いた目撃者にとっては、ほとんど取るに足りないものだったのかもしれない。またそれは、事件とは無関係だったと考えることもできる。

しかし、だとするとル・シャヴァル号はい

ったい何なのだろう？　名前はフランス語だ。が、マテーラは、フランスの船について書かれたものを読んだ記憶がない。しかし、思い出したのは、バニスターが何人かフランスの海賊と仕事をしていたことだ。その中には悪名の高いミシェル・ド・グラモンもいた。それにフランスの海賊たちが、バニスターに忠誠を誓っていたことも思い出した。

「たぶんそれは、バニスターが逃走したことと関わりがあるかもしれない」とチャタトン。「おそらく彼はル・シャヴァル号に乗って逃げたんだろう」

チャタトンとマテーラは、そんなにすべて――目撃者によるスケッチと説明――がうまくいく幸運なんてあるのかな、といった顔をして首を左右に振った。ボーデンもこのスケッチを気に入っていた。が、彼はなお難破船そのものの証拠が欲しいと思っていた。

「それは」とマテーラが、外のまだ荒れ模様の空を指差しながら言った。「神様次第ですね」

翌朝、早起きしたマテーラは海辺へ下りて、水路をはるかに見渡した。そして、イギリス海軍のフリゲート艦とゴールデン・フリース号の姿を、テイラーが描いたあたりを見ながら思い浮かべた。それはこれまで彼が考えたり、調査して想像していた通りのものだった。死んだ乗組員や海賊たちの遺骨が、まだ水路の泥の下や海底に、横たわっているのではないのかと思った。

空が晴れた。やがてマテーラとチャタトンのチームは、ボーデンのチームといっしょに、島の中央部の海辺近く、バラスト・パイルの上に投錨した。そしてすぐに、水の中に八、九人のダイバーたちが入り、作業をはじめた。

その日の仕事は、もっぱらバラストを移動させることだった。小さな石もあったが、二〇ポンド以上の大きなものもあった。そんなときには、ダイバー全員で作業を行なわなくてはならない。小さな石は手で動かしたり、バケツで運んだりできる。が、それも数が多くて何千個もあった。大きな石はリフトバッグを使って移動させた。リフトバッグは革ひもと、膨らますことのできる空気袋を使った装置で、水中の重いものを動かすのに使われる。大きな石は慎重に扱う必要があった。もしそれを落としたりしたら、その下に埋もれている人工物を壊しかねないからだ。泥や砂や珊瑚は、気泡ポンプによって吸い上げられる。これは圧搾空気と長い塩化ビニルパイプを使った装置で、水中で強力な真空状態を作ることができた。

ひとまずバラストがきれいに取り除かれると、ダイバーたちは人工物を見つけはじめた。その多くは現代の残骸で、漁師、船員、観光客などによって投げ捨てられたものだ。が、ダイバーたちはまた、何世紀も前の陶器の破片や、マスケット銃の銃身、それに小さな鉄の缶なども見つけた。ボーデンにはその中に、砲弾の金属片が含まれていたり、帆船の時代に、砲弾によって打ち砕かれたものがあるような気がした。

次の朝もクルーたちは、バラストのところへやってきた。午後になると潮の流れが強くなり、作業が困難になった。そこでチャタトンとマテーラは、ボーデンに島に上がって、さらに砲弾を探しませんかと誘った。二人はボーデンが断るだろうと思った——彼の借地権は海岸線までで、陸地は含まれていないからだ。が、マテーラは、これまでになかったことだが、ボーデンに声をかけずにはいられないほど、心楽しい気分だった。ボーデンは二人といっしょに茂みの中に入った。そして、島の東端のあたりを金属探知機で調査した。チャタトンが砲弾を二つと半球を一つ見つけた。半球は衝撃で二つに割れてしまったようだ。ボーデンがこんなに笑ったことが、はたしてこれまでにあっただろうか、とマテーラはしきりに思い出そうとしていた。

午後遅くなって、三人がボートに戻ってみると、人工物がいくつか、ダイバーたちによって洗われて、甲板上に並べられていた。マディラ・ワインを入れていたオニオン・ボトル（玉ねぎの形をしているのでこの名前がついた）もあった。その中の一つには、まだ中にワインがいっぱい入っていた。どれもが歴史的な価値のあるもので、どれもがバニスターの時代のものだった。

「このワインは取っておきましょう」とエーレンバーグ。「明日、必要になるかもしれないから」

二〇〇九年三月九日、みんなはまたバラスト・パイルに戻って仕事をした。ボーデンのクルーの一人が、泥を掘っていて、濃いオレンジ色のかけらをいくつか見つけた。それは珊瑚や石の、濃いグリーンや黄褐色の中で、たくさん散らばった斑点のように見えた。オレンジのかけらをいくつか取って、彼はそれを手袋の中に入れた。そして水面へ浮上すると、ボートへ上った。手袋を取ると、かけらがばらばらとテーブルに落ちた。それは海賊たちが身につけていたビーズ（数珠玉）だった。樽のような形をしていて、四分の一インチほどの長さだ。オレンジ色の中に黒い稲妻が走っていて、今もなお作られた当時のままに、明るい色をしていた。これはネックレスにして、首のまわりに下げたり、乱暴者たちのあご髭に組み入れて使われた。が、それを身につけた者を目にした商船の船長たちは、さぞかし、恐怖で震えおののいたことだろう。

しかし、ビーズは、その下に横たわっているものを知らせる、ただの合図にすぎなかった。ダイバーたちはカトラス、槍、短剣、マスケット銃の銃弾、砲弾、粗い骨で作った剣の柄、ボーディング・アックスの一五ポンドもある鍛鉄の刃などを発見しはじめた。中でもボーディング・アックスは、もっとも恐ろしい武器で、海賊たちはそれを使って、ターゲットとなる船を引き寄せたり、綱を断ち切ったり、そのおどろおどろしい大きな刃で、戦闘中の敵に切りつけたりした。チームのみんなは、おそらく、並べられた品々を見て感嘆の声をあげて、時間を過ごすことができたかもしれない。が、さらに多くのものを発見するチャンスを、みすみす見逃す手はなかった。彼らは続けて、デルフト陶器や喫煙用のパイプ、砂時計のような形をした小さな薬びん（鉛の蓋で封印されていて、薬がまだ中に入っている）、長靴の底、そしていくつかの国々のコインなどを見つけた。コインはいかにも人々が海賊から期待するものだ。それはすべての国家から略奪を図ろうとする、平等主義者の彼らには、ふさわしいものだったからだ。続けて発見されたものは、どれもが歴史上重要なもので、そのすべてが一七世紀末のものだった。そして、すべては海賊たちの所有物だった。

日暮れ近くになってマテーラは、ありふれた木の板を一枚見つけた。約三フィート×一フィートほどのものだが、一つだけ特徴があった。それは焼けこげていたことだ。マテーラは思い出したのだが、ドレイク号の船長スプラグが、ジャマイカで修理をしてから、戦闘の現場に戻ってきたときに、甲板が燃えているゴールデン・フリース号の姿を見ている。

「俺は今、バニスターの船の片割れを手にしているんだ」とマテーラは思った。「ゴールデン・フリース号の破片を今握っている」

木片の黒くこげたてっぺんが、潮流に流されて崩壊し、吹き飛ばされてしまっていた。が、それはマテーラが見つけ出すまでに、三二三年という長い間、それでももともとの形を保持してきた。

ボートの上甲板ではダイバーたちが、発見した品々のすばらしさに身を震わせて興奮していた。「トレーシー、どうですか？」とマテーラは尋ねた。

ボーデンには、もはやためらう様子などない。

「さすがに俺も、これほどまでとは夢にも思わなかったよ」と彼。「みんな、とうとうゴールデン・フリース号を見つけたね」

＊

その夜、ちょっと小ぎれいなイタリアンのシーフード・レストランでディナーを取り、みんなで成功を祝った。人々は遠い昔の海賊たちに乾杯をくりかえしていたが、一つだけミステリーが残っていた。それはシュガー・レックの正体だ。この船は、島から二〇〇ヤードも行かないところで沈んだ。そして船には当時の人工物がめいっぱい積まれていた。それもほとんどがオランダの品物だった。そのどれもが、戦闘のあった一六八六年のあとに作られたものではない。ボーデンが今までつねに言っていたのは、水深四四フィートに横たわっていたシュガー・レックは、あまりに深すぎて、ゴールデン・フリース号ではありえないということだった。彼が正しかったことが証明された。チームの面々はボーデンにも乾杯を捧げた。が、もしシュガー・レックが海賊船ではないとしたら、いったいそれはどんな船なのだろう？　それにその船はそこで、いったい何をしていたのだろう？

ボーデンはこれについて、ある考えを持っていた。彼がゴールデン・フリース号の調査を依頼した歴史家が、ファルコン号の船長チャールズ・タルボットの航海日誌を発見している。タルボットはゴールデン・フリース号に向けられた攻撃について記録していただけではなかった。もう一隻、ゴールデン・フリース号より小さな船――オランダ船――におこなわれた攻撃についても記している。おそらく、シュガー・レックは戦闘中もそこに停泊していたのかもしれない。

「バニスターは島に着く前に、オランダ船を略奪していたんだよ、きっと」とチャタトン。「イギリス海軍はそんな無防備な標的を、あっという間に沈めてしまった。だから目撃した者もそれを描かなかったんだ」
「それで、すべてのつじつまが合う」とマテーラ。「これはもう歴史だな」
ディナーのあとで、ボーデンを彼のボートまで送っていった。そして岸に戻ってきたが、誰もが興奮していて、今夜はこれでお開きというわけにはなかなかいかない。仕方がないのでヴィラへまた飲みに行った。

満月に近い月の下で、チャタトン、エーレンバーグ、クレッチマーはベランダに座って、カヨ・ビヒアを眺めていた。それは戦闘の第一日目が、終わったときのようだったにちがいない。マテーラがやってきて加わった。が、彼は飲み物を持ってこなかった。その代わりに、デーヴィッド・ビュイスレの新刊本『一六八七年のジャマイカ』を手にしていた。そこにはテイラーの素描が入っているだけではない。彼が戦闘を目撃した様子が書かれていた。マテーラはテイラーの文からある一節を、大きな声を出して読んだ。

午後早い時期に、ボートが戻ってきて情報を伝えた。湾の入江の奥にバニスターの船と、それより小さな船の二隻が停泊していて、二隻はともにカリーニングをしていたという。さらに、海賊たちは島にテントを張って、大砲を岸に並べ、二つの砲台で要塞のようにしている。一つには六門、もう一つには一〇門の大砲を配置していた。……

その情報に基づいて、ファルコン号とドレイク号は、すべてを戦闘態勢に整えて、三時に出発した。三〇分も経たずに湾に到着し、マスケット銃の弾が、バニスターに届く距離内に投錨した。海賊たちはすぐに砲台から、(何の前触れもなしに) われわれに向かって砲火を浴びせてきた。凄まじい勢いで撃ってきたために、われわれの乗組員の一人が負傷した。水深五尋のところに投錨し直し、迅速に、力のかぎりを尽くして船の位置を直すと、相手に舷側を見せて上と下から砲撃を加えた。そして、船尾甲板にはマスケット銃で攻撃して成功を収めた。そのためにフリース号の船首は、こなごなに打ち砕かれ、巨大なフリース号は完全に崩壊した。やがて、海賊たちは大砲で反撃に出た。われわれに向かって激しい攻撃を加えたが、当方のダメージはほとんどない。

しかし、彼らの小さな大砲からは、相変わらず弾が飛んでくる。小さい砲ではあるが、想像しうる最大級の勇敢さで、引き続き、それは（厚い木立に縁取られて、隠されていながら）われわれに攻撃を仕掛けてきた。攻撃はとうとう、暗い夜が地上を沈黙のベールで覆う頃まで続いた。夜になってやっと、彼らの執拗な抵抗はやんで、すべてが静寂を取り戻した。この戦いでわれわれの側では、三人が死に、二人が負傷した。バニスター方がどれくらいの死者を出したのか、われわれには知るすべがない。こうして夜が来ると、われわれは船を掃除し、明朝の戦闘に備えてあらゆる準備をした。

……

六月一日、木曜日。曙光が夜の帳を引き開けた。さんさんと輝く光が、この西方世界に投げかける朝、執拗な海賊たちは高らかにラッパを吹き鳴らした。そして、四門の大砲がわれわれに向かって一斉砲撃をはじめた。が、こちらに負傷者は一人も出なかった。ファルコン号は、右舷を海賊たちに向けて砲撃を開始した。やがて、彼らの砲口から仕返しの砲弾が飛んできた。次に彼らは砲台を捨てて、小さな武器を手に取った。それはわれわれの右舷からの二段砲撃と、マスケット銃の銃撃が、彼らに大きなダメージを与えたからだ。しかし彼らは、なお、われわれに六丁のマスケット銃を向けて、島の中ほどの木立から一斉射撃をし続けた。そのためにわれわれは、砲台（それは石と木で作られていた）への破壊攻撃から撤退せざるをえなかった。そこでわれわれは、終日、フリース号に攻撃を仕掛けた。その結果フリース号は、これ以降、航行が不可能なほどの状態に陥った。しばしば、下段の大砲から二〇発ずつ、船首やコーターへ撃ち込んだために、厚板や木材が粉々になって、飛び散るのが分かった。しかし、フランスの私掠船ル・シャヴァル号については、あまりに岸近くにいたために、ほとんどダメージを与えることができなかった。

最後に、われわれは彼らの砲台を破壊した。そして彼らの船を粉々に破砕した。しかし、海賊たちはそれでもなお、マスケット銃でわれわれに攻撃を仕掛けてくる。われわれもまた陽が照っているかぎり、大砲で彼らに応戦した。今夜はたえず雨が降っていて、風も北や北東から吹いている。が、今は風がほとんど凪いでしまったが、われわれは最善を尽くして、（ドレイク号とともに）夜分、彼らの砲弾が届かないところまで立ち去った。（というのも、われわれはもはや、ここに船を止めておくことができなかった。それは弾薬の残りがほとんどなくなっていたからだ）。が、今は風が強まってきたので、キャベッジ・アイランドの西方、ホッグ・アイランドの近くで、水深七五尋のところに、綱の長さを二倍にして投錨した。

二日、土曜日。たくさんの雨や雷や稲妻。風は東から吹いている。そのためわれわれは、その日の明け方に、サマナ湾から出ることができなかった。バニスターは何回か砲撃をくりかえした。しかし、われわれの側に負傷者はいない。そこで、島から二マイルほどのところまで、ふたたび後退した。……

三日、日曜日。たくさんの雨や雷や稲妻。だが、その後は終日、日が差した。風は東、そして北東と東の間から吹いている。今朝、バニスターの島から大きな音が聞こえて、大きな煙が見えた。

それが三〇分ほど続いた。彼らが大きな船を爆破して燃やしたようだ。

マテーラが読み終えると、他の者たちがもう一度読んでくれと彼に頼んだ。みんなは、このドラマのすべてが好きだった。海賊たちのタフさ加減、そして、バニスターについても、認めるべき点はきちんと認めている点など。テイラーは海軍側の死傷者が多かったことについて——公式の発表では死傷者の数は二三名——申し開きをしていない。が、チームのみんなは、テイラーが自分たちに都合のいい言い方をしていることで、ことさら、彼を非難することなどできなかった。この航海日誌から、目撃者以外にはけっして語ることのできない事柄を知ることができたからだ。バニスターはフリゲート艦が立ち去ったときでさえ、なお攻撃を仕掛けていたこと。そして、ゴールデン・フリース号を燃やしたのは、他ならぬバニスター自身だったことなど。

マテーラはこの本の索引で、バニスターに言及しているところをさらにチェックした。そこにはもう一つストーリーがあった。それは海賊の船長の死について書かれていた。この本の記述によると、フリゲート艦が立ち去ったのち、バニスターの部下たちは彼を見捨てたという。バニスターはやむをえず、フランスの海賊船の船長に、自分の指揮権を譲りわたした。船長はバニスターと残った彼のクルーたちに、島を出るようにと励ました。そして小さな船を盗むと、それにバニスターとクルーを船に乗せ、食料や武器を与えて送り出した。

自ら「落胆した気持ちを和らげ」ようとして、バニスターはモスキート・コーストへ向けて航行した。そこで彼は、先住民に暖かく迎えられた。やがて部下のうち、最後までついてきた六人の他は、すべて彼の船に乗って逃げ去ってしまった。バニスターたちは取り残されて、先住民の意のままにされた。イギリス海軍ドレイク号の船長スプラグは、バニスターの跡を追って、この隠れ家までやってきた。そこでスプラグは、先住民に姿を変えて、プランテン（料理用バナナ）を焼いているバニスターを見つけた。バニスターの部下がスプラグに向けて、マスケット銃を撃ち放った。が、弾はそれて、もう一人の乗組員に軽傷を負わせるにとどまった。バニスターは部下の三人と二人の少年とともに、捕われの身となり、ドレイク号に乗せられた。ポートロイヤルを望む海上で、バニスターと他の海賊たちは首を吊られた。そして死体は、ガン・キーの近くに捨てられた。

しかしこの物語は、どこかその一部が違っているような気がした。それは歴史が説明しているバニスターの性格と相容れないだけではなく、テイラーが描いていた、戦闘中のバニスターの気性とも矛盾している。

「バニスターが一戦も交えることなく、降服したなんてことがありうるのかな？」とマテーラ。「あの男が？　いったい誰が、自分の船を二度までも盗み出したと言うんだ？　誰が海軍の軍艦に立ち向かっていったと言うんだ？」

「そう、そんな彼を、イギリス海軍は絞首刑にしたんです」とエーレンバーグが言った。

「やつらが本当にやったんだろうか？」とマテーラ。

彼はこの問いをいつまでも長引かせた。そして自分の考えを述べはじめた。

イギリス政府はともかく、バニスターを亡き者にしたかった。バニスターの逮捕は、何にもまして最優先事項だった。彼はイギリス政府を困窮させた。それも一度だけではない。二度までも。自分の船を盗み、さらに、目と鼻の先にいた絞首刑執行人をまんまとだまして恥をかかせた。おそらくスプラグは、バニスターをモスキート・コーストで捕らえたのだろう。が、もしかしたら、彼を捕らえそこなったのかもしれない。そしてもしかしたら、フリゲート艦と戦ったあとで、バニスターは逃げてしまったのかもしれない。が、イギリス政府はそれを認めたくなかった、バニスターを人々の永遠のヒーローに、させたくなかったのではないだろうか？

チャタトンは、マテーラの考えを引き取ってまとめた。

海軍はたぶん、ポートロイヤル沖合の船上で、海賊たちを絞首刑に処した。が、誰がそれを見たと言うのだろう？　はたして目撃した者は、それがバニスターだと分かったのだろうか？　おそらくそれは、海軍によってバニスターの身代わりとして選ばれた、不運な先住民だったのではないだろうか？　死体が切り刻まれて、海へ投棄されたというが、はたしてそれを、誰がその通りと言うことができるのだろう？

マテーラは本を開いてふたたび読みはじめた。それはテイラーが、バニスターについて書いていた最後の文章だ。

　こうしてわれわれは、哀れなバニスターの没落について、十分な説明をしてきた。彼はその昔、ジャマイカで名声を得ていた裕福な船長だった。もし海賊などになっていなければ、彼は長く生きながらえて、幸福な一生を過ごしたにちがいない。

マテーラにはこれが、時の権力者によって指示された、一つの警告のように聞こえた。それは、これから海賊になろうと思う者に対して、発せられた警告である。

「だったら、バニスターはいったどうなったのだと、あなたはお考えですか？」とクレッチマーは尋ねた。

チャタトンは、バニスターが新たなアイデンティティを獲得したのではないかと想像した。そして新しい仲間を集めて、ふたたび海賊行為を行なった。さらに大きな船を手に入れて、おそらく、地中海やアメリカの東海岸に活動の場を移したのではないか。

マテーラの考えは違う。彼はバニスターが捕鯨船の船長になったかもしれないと言う。そしてたぶん、イギリス海軍などより、いっそう危険な相手と戦ったのではないか。

「バニスターはイギリスの紳士として、引退したかもしれませんね」とクレッチマー。「そして海辺の家で静かな生活を送った」

チャタトンもマテーラも、そんなバニスターの静穏な生活を思い描いた。二人は水路の向こうを眺めていた。月の光の中、波がバニスターの難破船に押し寄せているのを見たような気がした。

二人はたがいに顔を見合わせて「そんなことは、まずありえないな」と言った。

エピローグ

カヨ・ビビアのバラスト・パイルでは、本格的なサルベージ作業が継続されていた。ダイバーたちによって回収された人工物はすべて、ゴールデン・フリース号の時代のものだった。二カ月間にわたって、チャタトン、マテーラ、ボーデン、それに彼らのクルーたちは次々と品物を発見した——金の結婚指輪、銀貨や青銅貨、小さな黄金像、ボーディング・アックス、何千ものビーズ、真ちゅうの銃身、ナイフ、喫煙用パイプ（中には柄の部分に、持ち主のイニシャルが彫り込まれたものもあった）、宝石、陶器、それに小さなブロンズ像など。このブロンズ像はイギリス紳士の像で、すばらしく精巧に作られていた。シルクハットをかぶり、脇には見張りの犬を連れている。これはバニスター自身をかたどった像だと、みんなは想像したがっているようだ。

　ダイバーたちはときに、上甲板でしている人工物の洗浄が待ち遠しくてたまらない。真っ黒なデルフト陶器の皿が、石けんと水でていねいに、ゆっくり洗われると、もともと持っていた色合いがみごとに姿を見せる。青と白、青と黄色、そしてまれには赤と黒。皿はすべてが精巧に作られていて価値が高い。おそらく一枚が三〇〇〇ドルほどの価値があるだろう。出自が記されていれば、さらに値は上がる。白《しろ》目《め》（ピューター）製のボウルも、やさしく洗浄されたあとでは、中から固まった形でかゆの残りが現われることもあった。この種のものはどんなものでも、博物館やオークションハウスは、喉から手が出るほど欲しかったにちがいない。コレクターたちも高い値段で買い取ったことだろう。立証が可能な海賊の略奪品など、手に入れるチャンスはめったにない——それにふたたび、そんなチャンスが巡ってくるかどうかは誰にも分からない。

チャタトンとマテーラはこのような回収物によって、経済的に潤う立場にあった。ボーデンは彼らと握手を交わして、サルベージで得たものは、一定のパーセント（二〇パーセント）を彼らに与える約束をしていた。が、チャタトンとマテーラが、さまざまな出費を説明したあとで、はたしてボーデンの収支が合うものかどうか、それは二人にも分からなかった。今のところ、沈没現場から回収されたものはすべて、水中文化遺産庁の研究所に預けられる予定だ。そこで目録《カタログ》の作成が行なわれ、ひとまず保管される。そして、サルベージ作業が完全に終わったときに——数カ月、あるいは数年かかるかもしれない——はじめて、ドミニカ共和国政府とボーデンとの間で、回収物の分配が行なわれる。チーム内の分配はそのあとになるが、ボーデンが、チャタトンやマテーラと行なう分配の調整は、この二人次第となるだろう。サルベージ業界では、回収した人工物はしばしば、チームのメンバーが順繰りに選んでいく方法が取られている。それはプロのスポーツチームが、新人選手をドラフトで獲得するときと同じだ。ボーデンはまず、ボーディング・アックスと剣を選ぶかもしれない。チャタトンは火打ち石銃とひと握りのビーズ、マテーラはピストルとデルフト陶器を一つ取るだろう。そしてまたボーデンの順番になり、さらに一巡する。これもすべては、彼らの同意の上で決められたパーセンテージに従って行なわれる。

二〇〇九年、マテーラ、それにボーデンのクルーの一人が、海賊船の船体、つまり船の最下部を発見した。チャタトンもすぐにそれに加わった。彼らはバラストを移動させたときに、船梁がそのままの形で残っているのを発見した。それに船体の下部の全体もなおそこにあった。これは奇跡的だ。難破船は、他のほとんどどこにでも沈んでいるだろう。だが、それはだいたい崩壊状態になって久しい。が、カヨ・

ビピアの周辺の水は、まわりの海域にくらべて塩分が大幅に少ない。それに近くに真水の流れる川があった（それは、カヨ・ビピアが有効な海賊の砦となりうる、もう一つの理由を産み出していた——飲料水として利用できるからだ）。また、ゴールデン・フリース号が埋もれていた砂や沈泥が、適度な硬さと緊密さを持っていたために、それが船や人工物の保存剤として働いた。沈没現場の上を泳ぎながら、三人はゴールデン・フリース号のがっしりとして、たくましい姿を思い浮かべることができた。それはこれまで彼らの誰もが、見たことのある頑丈な船と同じものだった。数日後、彼らは難破船の上で砲弾を一つ見つけた。それには太矢じりの印が彫り込まれていた。これはまぎれもない、イギリス海軍のシンボルだ——それはトレジャー・ハンターのウィリアム・フィップスが、海賊船の沈んだ数カ月後に目にしたと報告していた砲弾と同じものだった。

それから数カ月が経ったある日、研究所の係員たちが、考古学者たちを連れて沈没現場にやってきた。そして人工物を調べたり、島をぐるりとまわったりした。彼らは写真を撮っては、チームの発見に対して、祝福の言葉を与えた。もはや誰一人、ここで発見されたことを疑う者はいない。それに今では、ダイバーたちが海底から引き上げた人工物は、数千個に及んでいる。そしてそのどれもが、ゴールデン・フリース号が行方不明になった、一六八六年以前のものだった。

発見のニュースはまたたく間に、トレジャー・ハンティングや考古学のグループの間で広がった。思いがけずに研究所で人工物を目にした人や、サルベージ船に乗船した人は、帽子を取ってチャタトンやマテーラやボーデンに挨拶をした。しかし、おそらく最善の承認は、偉大なトレジャー・ハンター、ボブ・マークスがしてくれたものだろう。彼はジャマイカのポートロイヤルを発見した男だ。そのマークスにマテーラは、デルフトの陶器や白目製のボウルの写真をメールで送った。するとマークスが、マテーラを訪ねてボートにやってきた。「いや、やりましたね」と彼。「あなた方は私の笑みを見るために、ここにいるんでしょう？」

チームの面々は笑いが止まらなかった。黄金時代の海賊船を見つけたのだ。それは探検家が水中で、あるいはおそらく世界中で見つけることのできる、もっとも難しい、もっとも希少で、もっともエキサイティングなものだった。ときにランチの最中、あるいは仕事のあとにボートの上で、一人がもう一人に向かって「やったな」と言う。すると言われた方は、「ああ、俺たちはやったよな」と答えるのだろう。

マテーラがニューヨークへ戻って、家族や友人たちを訪ねたのも、この頃だった。彼は最後に、スタテン・アイランドのトッド・ヒル・ロードの麓にある、モラヴィア共同墓地を訪ねた。そしてそこに眠る父に向かって、大きな声で話しかけた。カロリーナや子供たち（二人の女の子）、それに今シーズは調子がいいメッツについて、最新情報を伝えた。

「そして父さん、もう一つあるんだ」とマテーラは大声で言った。「本当にすごい海賊船を見つけたんだよ。そのことを父さんに、直接、話すことができればいいんだがな。大変な冒険だったんだ。きっと、父さんには気に入ってもらえると思うよ」

数カ月の間、なおゴールデン・フリース号のサルベージ作業は続けられた。が、ボーデンと彼のクルーがそれを担当したために、チャタトンとマテーラは、ふたたびターゲットをトレジャー・ハンティングに戻した。こんどの目標となるのはサンミゲル号。スペインのガレオン船で初期のものだ。これまで行方不明となったガレオン船の中でも、もっとも価値のある財宝船だと二人は信じていた。そこには金をはじめ、値のつけられないほど高価なインカやアステカの芸術作品、輝かしい禁制品などがあった。サンミゲル号の回収品はおそらく、オークションに掛けられれば、五億ドル以上の高値を呼ぶものになるかもしれない。しかし、この船の発見者たちはただ単に、巨万の富の所有者となるばかりではない。彼らは、西半球で知られているものの中では、最古の難破船を発見したことにもなるだろう。そして発見された難破船は、即座に歴史家、考古学者、大学、政府などにとっても重要なものとなり、その名前——そして発見者たちの名前——は世界中に知られることになる。多くのトレジャー・ハンターたちは財宝を夢見た。他の者たちは、黒の蝶ネクタイの着用が義務づけられた博物館のオープニング、サザビーズやクリスティーズの熱気あふれるオークションを想像した。また他の者たちは彼らの名前が伝説となることに憧れた。サンミゲル号の発見者たちにとっては、このような夢のすべてが現実のものとなりうるのだった。

そこでチャタトンとマテーラは、サンミゲル号を追い求めるために、ボーデンと取引をした。サンミゲル号はボーデンのリース地域に沈んでいると二人は考えていたからだ。その場所はサマナ湾から一〇〇マイル以内の、目立たない探索可能な場所だった。しかし、この探索が急を要することを二人はよく承知していた。

二〇〇九年六月のはじめ、フロリダのアメリカ合衆国治安判事が、サルベージ会社オデッセイ・マリーン・エクスプロレイションに対して命令を下した。それはオデッセイが、何世紀も前のスペイン軍艦から回収していた、五億ドルもの価値がある銀貨を、スペインへ返却するようにという命令だった。これに類する予兆は、チャタトンとマテーラがパートナーを組んだ当初からすでにあった。たとえパートナー同士が新たな探索をはじめたとしても、トレジャー・ハンターの側にとって、形勢は徐々に不利に転じつつあったのである。

二人は次の二年半を、サンミゲル号の探索に費やした。そのために彼らが貯めた金は、大半がなくなってしまった。彼らもそろそろ、海賊の略奪品を現金化できるのではないかと期待していた。が、ゴールデン・フリース号から回収した人工物は、そのほとんどがなお研究所にあって、分配されるのを待っている状態だった。出費はかさむ一方だった。そんな中で二人は嵐で調査船を失った。それだけでも一〇万ドル以上の負担を負わされることになる。二人は新たに船を作ったのだが、それもまた沈んだ。こんどは二人がともに乗船していた。

しかし、サンミゲル号に費やした年月とお金は、それだけの価値があった。チャタトンとマテーラは、サンミゲル号の跡を追って、その沈没場所をつきとめた。それはドミニカ共和国の北側海岸にある、絵のように美しい海域だった。その場所で二人は一六世紀の錨を見つけた。それは細部にいたるまで、ガレオン船が積み込んでいた錨に、みごとに合致するものだった。まもなく二人は、陶器の壊れた破片を見つけた。それもまたおそらく、サンミゲル号のもののようだった。何百という小石大のバラストが近くに散らばっていた。それはガレオン船のような船に載せる、より大きなバラストの岩の間を埋めるために使われたものだ。サンミゲル号について二人が学んだことをすべて勘案してみると、彼らが巨大な財宝船に一歩一歩近づいていることは、疑いようのない事実だった。

サンミゲル号が沈没していると思しい現場で、二人がサルベージの準備をしていたちょうどそのとき、彼らとボーデンとの間でビジネス上の不和が生じた。それを解決しようと数カ月の間、努力を重ねたのだが、結局は訴訟問題となってしまった。チャタトンとマテーラは、自分たちの立場をほとんど進捗させることができない。身動きのとれない状態となった。自分たちはまさに今、もっとも価値の高い財宝船の上にいる。が、しかし、難破船の権利が係争中のために、彼らはそれを引き上げることができなかった。

法廷闘争は今もなお続いている。もしチャタトンとマテーラがこの裁判で勝利すれば、彼らはふたたび難破船の現場へと戻っていくだろう。が、もし彼らが負けたらどうなるのか。サンミゲル号は永遠に、発見されないままになるだろう。


ゴールデン・フリース号から回収された人工物は、そのほとんどが研究所に置かれたままになっていた。チャタトンたちは研究所の役人たちに、ボーデンとの裁判が終わるまで、分配するのを延期してほしいと願い出た。発見されたものの希少性を考えると、海賊船から回収した略奪品を正確にお金に換算することは難しい。おおざっぱに見積もっても、コレクションは数百万ドルの価値をもっているかもしれない。

しかし、たとえゴールデン・フリース号の回収物のうち、その一つでさえ、売れずに終わったとしても、チャタトンとマテーラはそれぞれに、自分たちの貴重なものを手にしていた。チャタトンはすでに世界で、もっとも希少で、もっともエキサイティングな難破船を見つけていた。マテーラは黄金時代の偉大な海賊船の一つについて、断片の情報をつないで一つの物語を作り上げた。そして海賊船の冒険やその最後について、歴史の理解の仕方に変化をもたらした。中でも特筆すべきは、チャタトンとマテーラの二人がジョセフ・バニスターを見つけたことだ。

二人はバニスターを発見することで、何か別のものを得ていた。それはそれぞれが当時、まったく予期していなかったもので、難破船や海賊とはまったく関わりのない何かだった。

チャタトンにとってそれは、ドミニカの人々から学ぶ機会を得たことだ。彼がサマナにやって来た当初は、ものごとをするには、たった一つの方法しかないと固く信じ込んでいた――それはまっすぐに、筋肉と意志の力だけで立ち向かうやり方だった。そののち、彼は地元の人々をつぶさに眺めることをはじめた。

人々はその多くが貧しかった。が、彼らはスクラップを集めて、どんなものでも代用品を作り、それで間に合わせた。もしタイヤを交換するのに、ジャッキがないときには岩と枝を使った。魚を採るために、水中へ深く潜らなければならないときには、古くなった塗装コンプレッサーと、庭で水を撒くためのホースを使って、エアサプライ・システムをこしらえた。チャタトンには、最貧の人々でさえ、自分たちの欲するものをすべて手に入れているように思えた。それは彼らが多くを望んでいないからではない。必要とするものを得るために、つねに他の方法を見つけ出しているからだ。彼らはつねに他に行くべき道を見つけていた。

この考え方は、ゴールデン・フリース号の探索で行き詰まったときに、チャタトンを助け、その突破口を開いてくれた。しかしそれはまた、難破船を発見したあとでも、チャタトンとともにあった。彼は自分が年を取って、ダイビング――それは自分が運命づけられていること――ができなくなる日が来るのをひどく恐れていた。だが、彼は今、マテーラとパートナーを組んで（はじめて組んだのは、五五歳のときだった）、最後の大きな冒険を成し遂げようとしている。それもこれ以上年を取ると、冒険があまりに遅くなってしまうかもしれないからだ。しかし、ドミニカの人々を見てからというもの、彼はもはや遅すぎるということ自体、信じないようになった。たしかに、タンクのひもを結ぶことができなくなる日が来るだろう。それは彼も知っている。が、たとえその日が来ても、巨大な難破船が与えてくれる、あの感動を手に入れるために、チャタトンは何としても別の方法を見つけ出すだろう。海は広い。そして彼は、そこへ向かうさまざまな道を発見するだろう。

マテーラにはゴールデン・フリース号が、ある基本的な質問に対する答えを出してくれた。その質問とは——自分の感情に従って行動するのに、はたして遅すぎるということがあるのだろうか？　海賊船の探索に数カ月を費やしていた期間中、この問題に対するマテーラの見方は、視界が不透明なものになっていた。これまでに彼は、夢——最初は財宝、そのあとは海賊——を追いかけて、数年の歳月と一〇〇万ドル以上の金を費やしてきた。しかし、まだ何一つ重要なものを見つけ出していない。さらに悪いことに、失敗とストレスが積み重なっていくにつれて、もはや何一つ発見できないかもしれない、という考えが頭に浮かぶようになった。

ちょうどそんなときに、ジョセフ・バニスターを見つけた。それは歴史の記録の中に埋もれていて、これまで何世紀もの間、ほとんど誰一人、それに触れた者はいなかった。海賊の船長バニスターが、過去の自分を捨てたのは、彼が三〇代か四〇代のときだった。勇気の必要な何かをするために、そして、たえず彼に呼びかけていたことを実行するために、彼は尊敬に値する立派なキャリアと、約束された未来を捨てた。

バニスターにとって、当初、状況はけっしてよいものではなかった。が、そののち、彼はなみはずれた冒険をしはじめた。それは向こう見ずで、大胆不敵な冒険だった。が、最後はほとんど不可能と思われたことをやりとげた——それは戦闘で、イギリス海軍を打ち破ったことだ。マテーラにとって、この教訓ははっきりとしている。人は彼の心が「行け」と命じたときには、迷うことなく行かなくてはいけない。たとえその旅がどんな結末を迎えるのか、自分にはまったく見当がつかなかったとしても。

マテーラはそののち、けっして、同じあやまちをくりかえさなかった。サマナでは、フラストレーションやチャレンジに対して戦い抜いた。自分の金もふんだんに費やした。そして、ゴールデン・フリース号を発見した。彼は難破船から引き上げた砲弾を、いつも一つ手元に置いている。それは自分の心が次に「行け」と命じたときに、その声にすなおに耳を傾けることを思い出させてくれるよすがとして、砲弾を身近に置いていた。

二〇一三年、チャタトンはアメリカへ戻っていた。マテーラも今はカロリーナと結婚して、サントドミンゴにとどまっている。その年の春に、チャタトンはドミニカ共和国に旅をして、マテーラを訪ねた。二人はウィークエンドを、くつろいで過ごすことにした。新大陸のすべての難破船が彼らのものだった、あの昔を思い出しながら、ぶらぶらしたり、グリルで焼いたタコを食べようという計画を立てた。が、その代わりに二人がしたのは、サマナ湾へドライブすることだった。そして、そこでゾディアックに乗ると、水路を横切って、カヨ・ビヒアに近づき、ゴールデン・フリース号が眠る水底に錨を下ろした。今は観光客のシーズンだった。ビーチはいつもなら、おそらく込み合っていたのだろう。が、その日は静かだった。そこにいたのは、チャタトンとマテーラとバニスターの三人だけだった。

謝辞

以下の人々の支持と助力に、私はたいへんな感謝をしている。

ペンギン・ランダムハウスで、私の本の編集を担当してくれたケイト・メディナ——彼女の揺るぎない信念、物語に対する鋭い直感、それに、長年の間変わることなく私に示してくれた心遣い。私は彼女から、書くことについてたくさんのことを学んだ。そして、美しい心を持つことの意味についても、いっそう多くのことを。

また、次に挙げるペンギン・ランダムハウスの人々にも感謝をしたい。

編集助手のデリル・ハーグッド。彼はこの本を作り上げる過程で、私といっしょに辛抱強く、楽しげに働いてくれた。そして彼はつねに、このプロジェクトを推進させるエンジンの働きをしてくれた。

文案副部長のデニス・アンブローズはいつも、私の原稿に目を通してくれ、驚くほど的確な指摘をしてくれた——彼とはダイビングの話でも盛り上がった。

ランダムハウスの広報ディレクター、サリー・マーヴィン、それにランダムハウス／ダイアルの副発行人トム・ペリー——彼らの仕事は業界ナンバーワンだ——とともに仕事ができたことを、私は非常に幸運だったと思う。それに私は彼らを友だちだと思っている。彼らがプロジェクトに加わってくれたことが、どれくらい私に大きな意味を持ったか、それを文字で書き表わすことはできない。

ランダムハウス・パブリシング・グループの会長で、発行人でもあるジーナ・セントレロは、プロジエクトのはじめから私を信頼してくれた。そしてそのことで、私は自分を信じることができた。

ペンギン・ランダムハウスの、以下に挙げるすばらしい人々にも、私は感謝の気持ちでいっぱいだ。バーバラ・バッハマン、ローラ・バラトー、サンユー・ディロン、リチャード・エルマン、クリスティン・ファスラー、カレン・フィンク、キャロリン・フォーリー、サラ・ゴールドバーグ、ルース・リーブマン、プーナム・マンタ、リー・マーチャント、トム・ネビンズ、アリソン・パール、ブリジット・ピカーズ、エリカ・セイフライド。

フィリップ・プロフィーは、スターリング・ロード・リタリスティックで、私の著作権代理人をしてくれた。作家が彼女以上に、忠実で情熱的な人を望むことなどまず不可能だろう。フィリップが私の代理人になったのを知ると、いつもみんなは私がラッキーだったと言う。彼らは正しかった。彼女は私の家族同然だ。

ジョン・チャタトンとジョン・マテーラは二年以上にわたって、さまざまな場所で、私のさまざまな質問に答えてくれた――じかに、電話で、飛行機の中で、ボートの上で、サマナ湾で膝まで水に浸かりながら、スキューバ・ダイビングの用具を身につけて、シカゴでエル・トレインに乗って、ビジネスホテルのビュッフェ式朝食に、こっそりとただで忍び込んで、フロリダで、チャタトンのミニ・クーパーの中で、ドミニカ共和国の、どこに危険がひそんでいるか分からない道路の上で、伝説的なトレジャー・ハンターの家で。チャタトンとは『シャドウ・ダイバー』でいっしょに仕事をしたが、そのときに私は、彼がたいへんなストーリーテラーだということを知った。マテーラは一つの驚異だった。彼は映画のように話す。出来事をくわしく物語るのに、彼は絵を描くように語った。ストーリーを構築する彼の直感は、非常に卓越したものだ。したがって、マテーラがすばらしい作家だという発見は、それほど私を驚かせるものではなかった。マテーラの仕事を読み、誠実な彼ら二人を知ることは、読者が享受しうる恩恵であり特権だ。

カーラ・チャタトンとカロリーナ・ガルシア・デ・マテーラは、つねに私には優雅に感じられた。たがいにそれぞれの夫が海賊を探したという、共通の思い出を持っていた。探検家の旅を支えるためには、このような独特な人柄が必要とされるのだろう。

ドミニカ共和国海軍の元副提督で参謀長だった、ビクトル・フランシスコ・ガルシア＝アレコントは、私の質問に識見をもって、辛抱強く、ときにはユーモアを交えながら答えてくれた。サントドミンゴでは、彼と奥さんの弁護士フランシスカ・ペレス・デ・ガルシアが、まるで家族の一員のように私を迎えてくれた。

トレーシー・ボーデン船長は、フロリダの自宅で私を歓迎してくれた。彼はそこで自らの、難破船ダイバー、トレジャー・ハンター、探検家としての一生を語ってくれた。人間が財物を探しに乗り出したのは遠い昔のようだ。しかし、それに成功した者はほとんどいない。そして、成功した者の中でも、ボーデンのように成功した者は数少ない。財物を引き上げる彼の物語は、人の心を魅了する。が、それにもまして素晴らしいのは、彼がトレジャー・ハンターの一生について語るときだ——その物語のなんと孤独で寂しいことか。それはトレジャー・ハンターの一生に重圧となって、重くのしかかる。八〇マイル沖合で、巨大な墓の上に投錨したときには、夜になるとハンターは人声を耳にすることもあったという。ボーデンはトレジャー・ハンターのパイオニアだった。そして、彼が自分の冒険旅行について語る話を、私は幸せな気持ちで聞いていた。

ハワード・エーレンバーグは、私がこれまでに会った中で、もっとも優秀な人物だった。さらに素晴らしいのは、彼が冒険者だったことだ。彼の好奇心は創造性に満ちている。最先端技術や最新鋭の機器をマスターしていたハワードが、もしいなかったとしたら——それに、のんびりとした彼の性格がなかったとしたら——、ゴールデン・フリース号の発見も、おぼつかなかったにちがいない。それは同じように、彼がいなかったら私も、物語の詳細を埋めることができなかったかもしれない。どんなにたびたび私が電話をしても、ハワードはいつもきちんと私に説明をしてくれた。ハワードの奥さんのミーガン・エーレンバーグにも感謝をしたい。彼女もまたすぐれたダイバーで（人柄もすばらしい）、独力でダイビングを覚えたという。

ハイコ・クレッチマーとは、サントドミンゴとサマナで会った。彼の疲れを知らない仕事ぶりや、どんなものでもたちどころに修理してしまう、たぐいまれな能力については、会う前にすでに聞いていた。が、彼に会ってはじめて知ったのは、そのすばらしい性格だった。バニスターの難破船の探索について、彼は他の誰もまねができないほど、こまかなニュアンスや詳細をつけ加えてくれた。そこには彼自身の物語もあった。ハイコは一八歳のときに、西ドイツのよりよい生活を求めて、東ドイツから列車に飛び乗ってやってきた。それは彼が、自分で語る価値の十分にある物語だ。成功裏に終わった海賊の探索はエーレンバーグとともに、彼なしではとても成し遂げることなどできなかっただろう。

私はこれまで、トレジャー・ハンターのカール・フィズマーのような、すぐれたストーリーテラーに会ったことがない。それに、彼のようにすばらしい性格の人物に会ったのもはじめてだった。彼はドアを開いて自宅に招き入れてくれ、楽しい朝食を、フロリダキーズでいっしょに食べてくれた。二年もの間、何くれとなく電話で質問を浴びせる私に、いやな顔一つせずに、つねに優しく応じてくれた。フィズに話をしていていつも感じることは、何か私が、彼の役に立っているような気分にさせられることだ。

これはどう見てもあべこべなのだが。

ロバート・マークスは、フロリダの家とオフィスで会ってくれた。そのときまでに、私は彼の著作を何冊か読んでいたが、この高名なトレジャー・ハンターは、事前の心構えなどいっさい無用だと私に思わせてくれた（しかし、冒頭で彼は、「トレジャー・ハンター」という言葉を使わないでほしいと言った。「たくさんの人々が、財宝を求めて難破船を探すのだが、いったいどれくらいの人が、それを見つけるんだろう？　私は『トレジャー・ファインダー』なんだ」）。そして、それからは何一つ問題もなく、いい方向へと話は向かった。丸一日、彼の家に滞在したが、一瞬たりとも退屈を覚えたことはなかった。ボブの妻ジェニファー・マークスは楽しい人だった。私は彼女が書いたすぐれた本『The Magic of Gold』（Doubleday）を読んでいたので、彼女と会うのは光栄なことだった。

次に挙げる人々は、私と膝を交えて話し合ってくれ、トレジャー・ハンターやレック・ダイビングの世界をいきいきとしたものにしてくれた。サンケン・トレジャー・ブック・クラブの会長デイブ・クルックス、『レック・ダイビング・マガジン』の発行人ジョー・ポーター、キー・ウェストのメル・フィッシャー・マリタイム・ミュージアムのキム・フィッシャーとショーン・フィッシャー、そして（電話で話した）ホラン・ウォレス&ヒギンズ社のデーヴィッド・P・ホラン。

ニューベリー図書館のシニア研究員デーヴィッド・ビュイスレ教授には、いくら感謝してもしすぎることがない。彼にはジョセフ・バニスターや、ゴールデン・フリース号の調査の際に助けてもらった。ビュイスレの仕事がなかったとしたら、海賊の船長やその船の情報は、ほとんど知られることがなかっただろう。これは間違いのないところだ。まったくの偶然だったが、ビュイスレ教授の住まいが、シカゴの私の住まいの近くだということが分かった。教授は家にいても、コーヒーショップにいても、私が必要なときに電話をすると、いつもやさしく、暖かくそれに答えてくれた。教授が仕事をしている姿を見ることは楽しかったし、彼のように、すばらしい人物を知ることができたのは、たいへんな特権だったと思う。

海洋史家のサム・ウィリス、ジョナサン・ダル、フランク・L・フォックスは、一七世紀の海戦、船、武器、戦略などについて、電話で話を聞いてくれ、それぞれのテーマについて私の理解を手助けしてくれた。とくにフォックスには頼りきってしまった。彼は、実際に役に立つ膨大な知識を持っていて、私がどんな質問をしても、そして、それがどれほど曖昧模糊とした質問でも、即座にそれに答えてくれた。私はその能力と彼の知識の広さに、ただ驚くばかりだった。私が接触したいと思ったときには、つねに彼はそこにいてくれた。彼の性格を表わす暖かな対応の仕方とともに、私はそのことに深く感謝している。

ドミニカ共和国では、文化大臣のホセ・アントニオ・ロドリゲス、副大臣のルイス・O・ブレア・フランコ、それに文化省の課長カルロス・サルセドに世話になった。

本書の各章に、さまざまな意見やアイディアを寄せてくれた、以下の人々に多大な感謝を捧げたい。ディック・バブコック、アンディ・シチョン、ケヴィン・デイビス、イヴァン・ディー、ケイトリンド・エプスタイン、ロバート・フェーダー、ブラッド&ジェイン・ギンズバーグ、グラバー家の人々、ケン・ゴールディン、エリオット・ハリス、マイルス・ハーヴェー、ライアン・ホリデー、レン&パム・カスパー、カーソン家の人々、デーヴィッド・シャプソン、ジョー・タイ、ランディ&ロブ・ヴァレリアス、ビル・ゼム。

イリノイ州スコーキーにあった、ロパタ・デザインのミッチ・ロパタは、イラストレーション、写真、地図などですばらしい仕事をしてくれた。カロリーナ・ガルシア・デ・マテーラ、セリア・レイエス、ヴァージニア・レイエスは、スペイン語の翻訳を手早く、的確に手助けしてくれた。調査段階では、アンドリュー・ルイス・ヒストリカル・リサーチのドクター・アンドリュー・ルイスに、さまざまなことで助けてもらった。コピー・エディターのミシェル・ダニエルは、私の原稿をみごとに整理してくれた。トッド・エーアハルト——彼はすばらしい人物だ——はサマナ湾の写真を提供してくれ、そこで宝物を掘り出そうとした私を助けてくれた。

ドクター・スティーヴン・トゥレフは、私の家族にとってかけがえのない存在だった。彼のように親切で、面倒見のよい人を望むことなど、われわれにはとてもできない。「スーパーマン」のようなサム・ソマーにも特別な感謝を捧げたい。彼には、海賊のストーリーをはじめて聞いてもらった。その顔を見て、私は自分のストーリーを信じることができた。彼の死は何としてもつらくて惜しまれる。

次の人々への感謝も忘れない。ケン・アンドレ、スチュアート・バーマン、ミッチ・キャスマン、パット・クローチェ、ドクター・マイケル・デヴィッドソン、ドクター・サミュエル・ゴールドマン、デーヴィッド・グレンジャー、ピーター・グリフィン、リチャード・ハヌス、ジョーダン・ヘラー、ジョン・ジェイコブス、リッチー・ケーラー、ジェフ・レシャー、ジョン・リーブマン、アン・マリー・マテーラ、ダナ・ローレン・マテーラ、ロバート・ニーマン、ギル・ネッター、スコット・ノヴォセルスキー、ジョン・パッケル、トレーシー・パティス、スコット・ローゼンツヴァイク、ドクター・ダン・シュワルツ、クリス・シーガー、ジェイニー・スミーリン、ジェイソン・スティーグマン、ゲイリー・トーブス、マーク・ウォーレン、ダン・ウォッシュ、ドクター・フィリップ・ヴェルナー、ビクター&サリー・レイエス、ヴァージニア・レイエス。

私は法律を学ぶことをやめ、物書きになる夢を追いはじめた。それ以来、私の家族は変わらずに、終始私の執筆活動を支え続けてくれた。ジェイン、ラリー、サム、マイク・グローバー、そしてケン、ベッキー、スティーヴ、キャリー、チャヤ・カーソンにはたくさんの愛を捧げたい。母のアネット・カーソンは、この本を書いているときに亡くなった。しかし、私にはいつも、母がそばにいるような気がする。この母と父のジャック・D・カーソンは、私の知るかぎりもっともすぐれたストーリーテラーだった。二人が今、ここにいてくれたらいいのだが。

とりわけ、私の兄弟ケン・カーソンには感謝を述べたい。彼は忙しい中、時間を作って私の原稿を読んでくれた。また執筆のことや野球のこと、そして人生について私に話をしてくれた。

最後になったが、エイミー、ネイト、ウィル・カーソンに私の深甚の感謝を捧げたい。彼らは、私のかけがえのない宝物であり、この上ない真実の愛だ。二人の息子たちは、私の著作を編集してくれた。私は彼らの意見を（ほとんど）そのまま取り入れた。二人は次の日、学校に行かなくてはならないのに、夜遅くまで私につき合ってくれた。私は大声を出して、彼らに物語の枠組み話した。彼らはその大きく見開いた目で、私がバニスターやゴールデン・フリース号を見るのを手助けしてくれた。エイミーは私の一番の味方で、編集者でもあり、何でも打ち明けられる親友、そして心の友だ。ちょっとつき合ってほしいと言うと、彼女は車を運転して、私をとある場所へと連れていき、たいていそのあとでは軽い食事を取って、二人で話し込むことになった。そしてそれは、朝の五時まで続くことさえあった。彼女なしでは、この本の完成はとても考えられなかったし、私も、彼女なしの人生などとても想像がつかない。

資料ノート

このプロジェクトがはじまったのは、ニュージャージーのステーキハウスで、深夜、ハンバーガーを食べていたときだった。そこで、ジョン・チャタトンとジョン・マテーラの二人のダイバーが、海賊船――と一人の海賊船の船長――を見つけ出した経緯を私に語ってくれた。それはどんな歴史にも書かれていない話だった。それから二年半の間、私は何百時間という膨大な時間を、この二人のインタビューに費やした。それはじかに話を聞いたこともあったし、電話で話したこともあった。

二人と、私は二度ほどドミニカ共和国へ旅をしたことがある。サントドミンゴでは、財宝の山や値もつかないほど高価な人工物に、じかに手を触れた。また考古学や海洋史の専門家にインタビューをしたり、一六世紀に建てられた建物の中で、数々の本も読んだ。ドミニカ共和国の北海岸にあるサマナでは、バニスターがよみがえってくるのを、この目で見たような気分になった。チャタトンとマテーラが私をボートに載せてくれ、サマナ湾の探索や、島々の調査、危険なジャングルへのハイキング、難破船が横たわる海底への潜水など、さまざまな経験をさせてくれたのもそのときだった。二人は、海賊の船長とゴールデン・フリース号を探索したときのプロセスを、そのまま再現してくれた。「海賊を知るためには、その場所を知っていなくちゃだめだ」と二人は言った。そしてそのことは、まったく正しかった。

トレーシー・ボーデン船長やクルーのハワード・エーレンバーグとハイコ・クレッチマーも、じかに会ってくれたし、電話でもインタビューに応じてくれた。ビクトル・フランシスコ・ガルシア＝アレコントは、カフェやサントドミンゴの自宅で私に話をしてくれた。カーラ・チャタトンとカロリーナ・ガルシア・デ・マテーラは私に会って、思い出を語ってくれた。二人はともに夫の冒険について深い理解を示していた。

トレジャー・ハンティングの仕事については、フロリダで、カール・フィズマー、ロバート・マークス、ショーン・フィッシャー、キム・フィッシャー、デイブ・クルックスなどから、その豊富な歴史や伝説や言い伝えを交えて説明をしてもらった。トレジャー・ハンターたちは、もっともすぐれたストーリーテラーだと私は確信している。

国際海事法や海難救助法などの、急速な変化の状況については、マイアミの弁護士デーヴィッド・P・ホランから説明を受けた。ホランはアメリカ合衆国最高裁判所で、トレジャー・ハンターのメル・フィッシャーの側に立って、訴訟に勝利を収めた人物だ。フィッシャーは、これまで発見された難破船の中で、もっとも財物が豊かだったアトチャ号を発見している。

この本の中で見られる歴史的な研究は、その多くがもともとはジョン・マテーラが手がけたもので、それは彼のチームがゴールデン・フリース号を探索するための、作業の一環として行なわれた。私は彼の資料を全面的に参考にし、それに私自身の研究（専門家のインタビューも含む）を加えることで、マテーラの仕事を確認し、必要と思われる細かな点を補足した。

ジョセフ・バニスターについて知られていることは、その多くが、一六八〇年代にジャマイカの総督が書いた手紙に拠る。それは『Calendar of State Papers, American and West Indies』の中に収録されていて、これは今では、イギリスの British National Archives とバージニア州の Colonial Williamsburg にある。バニスターに関連した手紙は、彼を追跡したイギリス政府の詳細な行動とともに、歴史家のデーヴィッド・ビュイスレが書いた、次の二冊のすばらしい本の中で、その多くを見ることができる。『Port Royal Jamaica』（マイケル・ポーソンとの共著。University of the West Indies Press）と同じ出版社から刊行された『Jamaica in 1687』。目撃者の素描や、バニスターとイギリス海軍との戦闘に関する説明が載っているのは後者で、それはカヨ・ビピアの難破船が、ゴールデン・フリース号であることを裏付けている。ビュイスレはまた、たくさんの時間を——じかに会ったり、電話によって——私のために費やしてくれた。彼は私の質問に答えてくれ、調査の手助けをしてくれたり、私に適確な方向を示してくれた。彼の援助は何にも代えがたいものだった。

（ここで表記についてひと言——バニスターに関する同時代の資料は、しばしば、この海賊の名前を「Banister」としている。歴史家のデーヴィッド・ビュイスレやピーター・アールなどが書いたものも含めて、現代の資料はほとんどが、つねにこの海賊を「Bannister」と表記する。その理由は、ビュイスレが私に説明したところによると、一七世紀の表記はまったく思いつきで、ばらばらだったからだという。そののち、後者の表記が慣習として認められるようになり、現代の読者にもなじみのあるものになった）

海賊の黄金時代については、アレクサンドル・エスケメリンの『The Buccaneers of America』が必読の書だ。これは一六七八年に初版が出た（その後 Penguin Books が刊行）。ヘンリー・モーガンといっしょに航海していた男によって書かれた、海賊生活の目撃証言である。それにこの本は、読み出したらやめられない。ピーター・アールの『The Pirate Wars』（Thomas Dunne Books）は、なぜ、そしてどのようにして、先住民は海賊（バッカニア）と戦ったのかについて、非常に分かりやすい第一級の説明をしている。ピーター・T・リースンの『The Invisible Hook』（Princeton University Press）は、海賊生活の経済状態について、なるほどと納得せざるをえないような考察をしている。そして、なぜ海賊たちが明白な理由もなしに、このような危険きわまりない生活を選んだのかという点に、新たな光を当てている。一般的な入門書としては、デーヴィッド・コーディングリーの『Under the Black Flag』(Random House) が必読の書で、しかも読んでおもしろい。海賊の言語、言葉遣い、ことわざなどについては、次の二冊が楽しくて役に立つ。それに、その時代の理解に彩りを添えてくれる。ジョージ・チョウンダスの『The Pirate Primer』(Writer's Digest Books) とテリー・ブレバトンの『The Pirate Dictionary』(Pelican)。また、以下のものが役に立つ。フィリップ・ゴス『The History of Piracy』(Burt Franklin)、クルス・アペステギー『Pirates of the Caribbean』(Chartwell Books)、アンガス・コンスタム『Pirates: Predators of the Seas』(Skyhorse)、マーカス・レディカー『Villains of All Nations』(Beacon Press、邦訳『海賊たちの黄金時代』ミネルヴァ書房)、バナーソン・リトル『Pirate Hunting』(Potomac Books)。

一七世紀の海上戦、武器、船、戦略は、豊かでワクワクするようなテーマだ。ジョナサン・ダルの『The Age of the Ship of the Line』(University of Nebraska Press) からは多くのことが学べる。ダルはまた、私の電話によるインタビューにも、親切に受け答えしてくれて非常に助かった。しばしば私が言及しているものとしては、J・R・ヒルが編集した『The Oxford Illustrated History of the Royal Navy』(Oxford University Press)、ロバート・ガーディナーが編集した『The Line of Battle : The Sailing Warship 1650 –1840』(Naval Institute Press)、N・A・M・ロジャーの『A Naval History of Britain, 1649 –1815』(Norton)、アルバート・マヌーシーの小冊子『Artillery Through the Ages』(U.S. Government Printing Office) がある。ダルの他に、二人の専門家が私のインタビューに答えてくれた。スカイプで話したのは、イギリスの海洋史家サム・ウィリス。電話で何度かインタビューしたのが、海洋研究者のフランク・L・フォックスだ。フォックスのいきいきとした、映画を見ているような描写は、バニスターの海賊たちとイギリス海軍との間で起きた戦闘を、私が思い描くのにとても役に立った。フォックスはまたオランダの海洋画家、ウィレム・ファン・デ・フェルデ父子の仕事に精通していて、この二人の画家が描いた海軍のフリゲート艦、ファルコン号とドレイク号の素描を私に教えてくれた。二隻の巨大な戦艦について、数カ月にわたって調査したあとで、この二隻の素描に出会えたことは、私には小さな奇跡のように感じられた。二人の画家は実際に二隻を目の前にして、デッサンをしていたのだから。

沈没した海賊船を見つけることと、その身元を証明することの難しさについて学習したとき、私がもっぱら頼りにしたのは、二〇〇五年四月に『International Journal of Nautical Archaeology』に掲載された、ブラッドリー・A・ロジャーズ、ネイサン・リチャーズ、ウェイン・R・リサーディによる「'Ruling Theories Linger': Questioning the Identity of the Beaufort Inlet Shipwreck」の記事だった。私はまたバリー・クリフォードの『Expedition Whydah : The Story of the World's First Excavation of a Pirate Treasure Ship and the Man Who Found Her』(HarperCollins)、ラッセル・K・スコーロネックとチャールズ・R・イーウェンが編集した『X Marks the Spot: The Archaeology of Piracy』(University Press of Florida)、それにマイケル・ジャーヴィスが『Caribbean Studies』(volume 36, number 2, July – December 2008)に載せたスコーロネックとイーウェンの本の書評も読んだ。(この本を書いている間、私は新たな海賊船の発見があるかどうか、メディアをチェックしていた。が、予期した通り、それはまったくないに等しい状態だった。二〇一一年、テキサス州立大学の研究者たちが、パナマで大砲と難破船の残骸を発見した。彼らはそれがヘンリー・モーガンの船の一部だと考えた。が、これまでに発見された、海賊船の残骸と思しいものがそうだったように、ヘンリー・モーガンの船だと証明できる決定的な証拠はまだ発見されていない)。

一七世紀に海上で行なわれた切断術については、すぐれたウェブサイト The Pirate Surgeon's Journals (piratesurgeon.com)がある。このページの作者は、黄金時代に海上で働いた、外科医のテクストをいくつか引用している。私はそれにGale's Eighteenth Century Collections Online や Google Books を経由してアクセスした。利用したテクストは以下の通り。ロンドンのジョン・アトキンズ『The Navy Surgeon; or, Practical System of Surgery』(printed for Henry Woodgate and Samuel Brooks, at the Golden Ball in Pater-Noster-Row, 1758)、ロンドンのピエール・ディオニス『A Course of Chirurgical Operations, Demonstrated in the Royal Garden at Paris』(printed for Jacob Tonson, within Gray's-Inn Gate next Gray's-Inn Lane, 1710)、ロンドンのジョン・モイル『Chyrurgic Memoirs: Being an Account of Many Extraordinary Cures Which Occurred in the Series of the Author's Practice, Especially at Sea』(1708)、同じくモイルの『Chirurgus Marinus: Or, the Sea-Chirurgion. Being Instructions to Junior Chirurgic Practitioners, who Design to Serve at Sea in this Imploy』(Three Bibles on London-Bridge, 1702)。最近のテクストとしては、ジョン・R・カーカップの『A History of Limb Amputation』(Springer)、ジョン・アッシュハーストの『The International Encyclopaedia of Surgery : A Systematic Treatise on the Theory and Practice of Surgery』(volume 6, W. Wood, 1886)などが役に立つ。

　サマナの歴史と言い伝えを学ぶために、私が参考にしたのは Encyclopedia Britannica online とイラ・E・ベネットの『History of the Panama Canal—Its Construction and Builders』(Historical Publishing Company)だ。また、私はドクター・アレハンドロ・エレーラ＝モレノの「Historical Synthesis of Biophysical Information of Samaná Region, Dominican Republic」(Center for the Conservation and Eco-development of Samaná Bay and Its Surroundings, 2005)も読んだ(この論文によると、ドミニカ共和国の漁師の三四パーセントは、サマナで操業しているという。その大多数は木のこぎ舟かカヤックで仕事をする。古い難破船の場所についてよく知っているのは、このような漁師たちで、それは考古学者や歴史家やトレジャー・ハンターが束になっても、とてもかなわない)。最後に私が参考にしたのは少し怪しげな本で、エミリオ・ロドリゲス・デモリツィの『Samaná, Pasado y Porvenir』(Sociedad Dominicana de Geografía, second edition [1973]) だ。この本はマテーラがドミニカの小さなホテルで見つけた。「ここから持ち出さないでください」と内側にスタンプが押されていたのだが、マテーラはそれを拝借して、そのあとで私にくれた。バニスターについて述べたもので、ほとんどがスペイン語で書かれていた。そこには興味深い意見がいくつかあったが、その大半は、マテーラも私も、歴史記録で立証することができなかった。さらに情報を知りたい方は、私のウェブサイト (robertkurson.com/piratehunters) をのぞいてみてください。

ジャマイカの「この世でもっとも不道徳な都市」ポートロイヤルについては、もっぱら以下の本に頼った。ポーソンとビュイスレの『Port Royal Jamaica』、ビュイスレの『Jamaica in 1687』、コーディングリーの『Under the Black Flag』、ブレーヴァントンの『The Pirate Dictionary』、アールの『The Pirate Wars』、ビュイスレの『Historic Jamaica from the Air』(Ian Randle)。ロバート・マークスは親切にもフロリダで、彼が一九六〇年代にポートロイヤルで行なった、歴史的な発掘について私に話をしてくれた。また、National Geographic が一九九八年に製作した、ドキュメンタリー『Sin City Jamaica』を見たが、これは非常に役に立った。

トレーシー・ボーデン船長が行なった、スペインのガレオン船三隻に関する歴史的な仕事については、『National Geographic』に掲載された二つの記事で、年代順にたどることができる。最初の記事は「Graveyard of the Quicksilver Galleons」(December 1979 issue) で、メンデル・ピーターソンによって書かれた。二度目の記事は「Gleaning Treasure from the Silver Bank」(July 1996 issue) で筆者はボーデン自身だった。ボーデンはじかに会ってくれて、これらの難破船について、親切に私の質問に答えてくれた。

難破船やトレジャー・ハンティングの歴史については、ジョー・ポーター、デイブ・クルックス、ロバート・マークス、カール・フィズマーに助けてもらった。私はまた次の本を読んだ。テッド・ファルコン＝バーカーの『The Devils Gold』(Nautical)、L・B・テイラー・ジュニアの話をそのまま書いたキップ・ワグナーの『Pieces of Eight: Recovering the Riches of a Lost Spanish Treasure Fleet』(Dutton)。さらにロバート・F・マークスの本が二冊。『The Lure of Sunken Treasure』(David McKay)と『Shipwrecks in the Americas』(Dover)。

スペインのガレオン船コンセプシオン号については、すぐれた本が書かれていて、そのおかげで難破船はもとより、コンセプシオン号を捜索したウィリアム・フィップスを含む、何世代ものトレジャー・ハンターたちの活躍について、いちだんと理解を深めることができた。その中には以下のような本もある。サイラス・H・カラカーの『The Hispaniola Treasure』(University of Pennsylvania Press)、ピーター・アールの『The Treasure of the Concepción』(Viking Press)、エマーソン・W・ベイカーとジョン・G・リードの『The New England Knight: Sir William Phips, 1651–1695』(University of Toronto Press)。

難破船の歴史家であり、研究家でもあるジャック・ハスキンズの生涯について、私はそれを知るのに、もっぱら彼の親友のカール・フィズマーの記憶に頼った。フィズがジャックを記憶しているように、自分のことを覚えていてくれる友だちを、誰もが持っているといいのだが。

この本の中で扱った事件の多くは、そこに参加した人々の記憶によって、私に語られたものだ。そこに事実のあやまりがあると思われたときには、できうるかぎりそれを正した。

マテーラは海賊船の難破船を見つけたあとも、引き続いてジョセフ・バニスターやゴールデン・フリース号のことを調べている。彼が見つけたものの中には、ファルコン号の船長タルボットや甲板士官スミスの航海日誌があった。そしてそこには、イギリス海軍がバニスターと戦いを交えた日付が書かれていた。他にはイギリスの役人などの書簡もあって、戦闘とその後の影響について書いてあった。またポートロイヤルの沖合で絞首刑に処せられた、バニスターの言葉を記録したログ・エントリーさえあった。それらはすべて、この物語に詳細と彩りを加えている。そしてそれはすべて、マテーラがゴールデン・フリース号の探索中に学んだことと、矛盾するものではなかった。さらに詳細な情報と説明を求めるむきは、どうぞ私のウェブサイト（robertkurson.com/piratehunters）へアクセスしてください。

最後に、ドミニカ共和国へ旅をしたときのことを書く。私はそこで、ゴールデン・フリース号の難破船から回収された人工物を、この目で見て、この手で触った。じかに観察できないものについては、マテーラやエーレンバーグが撮ったすばらしい写真で見ることができた。マテーラは古い地図や、イスパニョーラ、サマナ湾の海図を収集していて、サントドミンゴのアパートメントの壁に掛けていた。それは私が、この本で描いた時代や場所に立ち戻るのに、大きな助けとなった。

ほんのちっぽけなものだったが、私自身もトレジャー・ハンティングの体験をした。

春の蒸し暑い朝、チャタトン、マテーラ、クレッチマー、それにもう一人、熟練のレック・ダイバー、トッド・エアハルトの四人と私は、カヨ・ビヒアで、鬱蒼としたジャングルの中をハイキングした。そして島の険しい東端へと上った。そこはバニスターの海賊たちが、イギリス海軍との戦いに備えて塹壕を掘っていたところだ。下を見下ろすと岩の多いビーチが広がっている。下へ落ちてしまわないように、われわれは木の枝につかまった。島の頂上へ着くと水路が一望できた。それはバニスターがかつて見たものと同じだった。ここからだと大砲とマスケット銃で、どんな方向へでも、どんな標的にでも撃つことができた。クレッチマーは金属探知機の「Aqua Pulse AQ1B」を取り出し、泥の上をあちらこちらを探りはじめた。すぐそのあとで、われわれも手斧や小さなシャベル、斧などで掘り出した。どれくらい長い時間、作業をしたのか分からない。誰が何をしたのかも分からない。ただ、ようやくビーチに落ちる心配がなくなったこと、そして、下まで降りてきたときに、われわれの手元に、四つか五つの砲弾があったことだけは分かった。作家として、研究をしたり、質問をしたり、メモを取ったりすることはできる。が、しかし、海賊の戦闘で使われた砲弾を見つけ出すストーリーだけでも、それを本当に理解することは、そんなに簡単にできるものではない。

訳者あとがき

この本は、二人の果敢なトレジャー・ハンターが、カリブ海に沈む海賊船を、さまざまな苦労の末に探し当てるまでを追ったドキュメントだ。と書くと、なんだ、たいして珍しくもない話だなと思われそうだが、さにあらず。話はそんなに簡単ではない。

大半のトレジャー・ハンターが海底を探索し、そのターゲットとしているのは、もっぱら財宝を積んだスペインのガレオン船だ。そこには金貨や銀貨が積まれていて、これを目当てにハンターたちは海に潜る。だが、そんなハンターたちの誰もが、心ひそかに思いあこがれているのが海に沈んだ海賊船だった。なぜなのか？　海賊船には、必ずしも財宝が積まれているとはかぎらない。では、なにゆえにハンターたちは、その発見を夢にまで見るのだろう？

それは、海賊船を見つけるのが至難の業だから。そして、不可能に見えることに挑戦をするのが、冒険家にとっては、何にも代えがたい至福になるからだ。ガレオン船はこれまでにも、数多く引き上げられている。しかし、海賊船となると、発見されたのはわずかに一隻、一九八四年に、コッド岬の沖合で見つかったウィダー号だけである。これはブラック・サム・ベラミーという海賊が乗っていた船で、航海中に嵐に遭って難破した。

なぜこれほどまでに、海賊船を見つけるのが難しいのか。理由は簡単で、海賊という犯罪そのものに潜んでいる。人目につかないこと、そして船名を明かさないことが海賊船の条件だった。船長はクルーのリストを公表しないし、航海計画の届けも出さない。船体にはもちろん船名は書かれていないし、旗を掲げているわけでもない。当然のことだが、そこには簡単にそれと同定できるものがまったくない。したがって、海賊船が沈没しても、普通の船が沈んだ場合と大差がなくなる。どの国にも属していないので、沈没船を探しに出かける政府もいない。海賊船は完全に消え失せてしまう。これを探すのは不可能に近い。

さて、このドキュメントには二人の主人公が登場する。一人はジョン・チャタトン。五七歳。ニュージャージーの沖合で、第二次世界大戦時に沈没した、ドイツの潜水艦Uボートを見つけたことにより一躍名を馳せ、テレビのミステリー番組のキャスターとして、全米の人気者となった。もう一人は相棒のジョン・マテーラ。四六歳。スタテン・アイランドで育ち、小さい頃からマフィアのガンビーノ・ファミリーと親しくしていた元ボディーガードだ。端正な顔立ちをしたハンサムなチャタトンが、やや見かけとは異なり、とびきり気が短くて、すぐにカッとなるタイプなのに対して、一見、プロレスラーのように、いかつい体つきをしたマテーラは、思いのほか冷静で辛抱強く、まわりこんではチャタトンをなだめる役回りに徹する。絶妙なコンビだ。この二人が、長い間準備に準備を重ねて、さてこれからガレオン船の探索に出かけようとしていたその矢先に、一本の電話が入る。

掛けてきたのは、伝説的なトレジャー・ハンターのトレーシー・ボーデンだ。海賊船を探してみないかと二人を誘う。ゴールデン・フリース（金の羊毛）号という海賊船が、ドミニカ共和国の北海岸、サマナ湾に浮かぶレバンタード島の沖合に沈んでいるという。しかも、その場所をボーデンは知っているというのだ。

二人はこれまで、ガレオン船探索のためにたくさんの金をつぎ込み、何年もの間、調査に時間を費やした。それを今さら放り出すわけにはいかない。しかし、彼らは海賊船の魅力に背を向けることができなかった。これまでのプロジェクトをひとまず脇に置くと、海賊船を探すことに同意した。そして、若い助手を二人雇い入れ、総勢四人でサマナ湾へ向かった。

ボーデンの話によると、ゴールデン・フリース号は一六八六年、イギリス海軍の軍艦二隻によって攻撃を受けて沈没したという。それもカリーニング（傾船）の最中に攻撃された。カリーニングとは、満潮時に船を浜辺へ乗り上げ、海水が引いたときに船体を傾けて、底面に付着したフナクイムシやフジツボなどを除去する作業だ。沈没した船は、水深二四フィートのところに沈んでいるという。

チャタトンたちは高性能の磁気探知機を使って、レバンタード島の周辺をくまなくさらった。が、何ひとつそれらしいものは見つからない。たまにヒットしても、近年のものばかりだ。それでも根気よく、何カ月もかけて探知機で探ってみたのだが、沈没船の破片すら見つからない。

海賊船の探索は、ガレオン船を探すようなわけにはいかない。手がかりがまったくないからだ。イギリス艦隊との戦闘の様子や、ゴールデン・フリース号とその船長について、さらにくわしい情報を手に入れる必要があった。というわけで、マテーラはニューヨークへ行き、ニューヨーク公共図書館で海賊関連の資料に当たったり、スペインへ飛んで、セビリアのインディアス総合古文書館で、サマナ湾周辺の先住民のことを調べた。

イギリス海軍と戦った海賊たちの奮闘ぶりは分かったのだが、調べを進めるにつれて、徐々にマテーラの心にクローズアップされてきたのは、ゴールデン・フリース号の船長ジョセフ・バニスターのことだった。

ジョセフ・バニスターは、はじめから海賊をしていたわけではない。彼はイギリス商船のすこぶる評判のいい船長だった。動物の革やログウッド、インディゴ（どちらも染料）砂糖のような貴重な品々、それにときには富裕な船客たちを乗せて、ロンドンとジャマイカの間を航海していた。一六八〇年頃にはおそらく年に二度、ゴールデン・フリース号の舵を取って、大西洋横断の旅をしていたにちがいない。この船はロンドンに拠点を置く、豊かな商人たちの所有になる船で、豪華な装いを凝らし、しかも重装備が施されていた。

船主たちはバニスターに、これ以上ないほどの大きな信頼を寄せていたし、バニスターはバニスターで、優秀な船長として、かなり高額の給料を受け取っていた。健康を維持して、自然の猛威や海賊に屈することなく、航海を続けることができれば、五〇歳か六〇歳までは十分に働けただろう。そしておそらく、引退したあとは、イギリスに小さな家でも建て、そこで海を眺めながら余生を送ることさえできたかもしれない。

そんな過不足のない暮らしをしていた英国紳士のバニスターが、突如、ゴールデン・フリース号を奪取して海賊に変身する。何がバニスターに一線を越えさせたのか？　動機はいったい何だったのか？　マテーラは不思議に思った。実はチャタトンとマテーラに海賊船の探索を依頼したボーデン自身もまた、この不可解な行動をした船長に多大な関心を寄せていた。海賊船を探す旅が徐々に、海賊船の船長を探す旅へと移行していく。

海賊の世界は、映画で描かれたものとはだいぶ違っていた。そこには、略奪した商船の船長が、降服を拒否して抵抗を示したときに見せる、海賊たちの残虐きわまりない行為もある。が、またそこには、海賊船の中でしか通用しない、一風変わった「デモクラシー」もあった。すべてのクルーは同等で、見張り番から船長まで、誰一人、特権を持つ者はいない。同じ食事をして、同じ賃金を稼ぐ。すべては投票で決められる。船長の去就、獲物の選択、分捕り品の分配、裏切り者の処分など、決定はことごとく投票で行なわれた。さらに海賊たちは、人種的な偏見を持っていない。黄金時代（一六五〇〜一七二〇年）の初期はともかく、後期には黒人も、白人と同等の権利を持ち、ともに並んで戦った。

そこには、一七世紀の息苦しい、閉塞した階級社会とは異質の、自由な空間が広がっていた。ゴールデン・フリース号の海賊たちは、世界に冠たるイギリス海軍の戦艦を相手に、互角の戦いを挑み、最終的には勝利を収めた。戦う人数でも、大砲の数でも、海賊方はイギリス海軍の半分だ。それに一方は、指揮官はむろんのこと水兵たちも、専門の訓練を受けたきわめつけの戦闘員だ。それに対して海賊たちは、ろくに大砲を撃ったこともない烏合の衆だった。戦力の差は歴然としている。それがバニスターというすぐれた統率者を持つことで、正規の海軍を打ち負かして敗走させた。

マテーラは資料を読みながら、そのことにひどく感心した。そして劣勢の海賊たちが、いったいどんな布陣を敷いたのか、数の少ない大砲をどこに配備して、迫り来るイギリス艦隊に立ち向かったのか、そのことをしきりに考えた。そしてそこにこそ、海賊船が眠る場所を探し当てる、大きなヒントがひそんでいるにちがいないと思った。

作者のロバート・カーソンは、チャタトンやマテーラとともに、サマナ湾に出かけて、ゴールデン・フリース号の沈没現場をじかにその目で確かめている。さらに登場人物はもとより、さまざまな人々にくりかえしインタビューを重ねて、膨大な資料をもとにこのドキュメントを書いた。各紙の書評には「ページ・ターナー」（読み出したらやめられない本）という言葉がたびたび出てくる。たしかにこれは、たくみなストーリーテリングで、フィクションと見まごうばかりに仕立て上げられた、「読みはじめたら止まらない」極上のドキュメントだ。

*

本書はRobert Kurson, *Pirate Hunters : Treasure, Obsession and the Search for a Legendary Pirate* (Random House, 2015)の全訳である。

著者のロバート・カーソンはアメリカの作家でジャーナリスト。ウィスコンシン大学で哲学の修士号を取得。ハーバード・ロースクール（ハーバード大学の法科大学院）で法律の学位を取ったのち、不動産弁護士となる。その後「シカゴ・サンタイムズ」に入社。『シカゴ』を経て、現在は『エスクァイア』の寄稿編集者。『ローリング・ストーン』『ニューヨーク・タイムズ・マガジン』などに寄稿。

二〇〇四年に初の長篇ノンフィクション『Shadow Divers』（邦訳『シャドウ・ダイバー』早川書房）を書き、ベストセラー作家となる。二〇〇七年には『Cashing Through』（邦訳『49年目の光』NTT出版）を書いた。本書は第三作。

この本は青土社編集部の菱沼達也さんの企画によるものです。菱沼さんは水中考古学に興味を持ち、関連本を探していて本書を見つけたと言う。航空考古学や水中考古学に関心のある訳者は、二つ返事で翻訳を引き受けた。菱沼さんには深く感謝をしています。楽しい仕事をありがとう。

二〇一六年七月

森　夏樹

マ行

ヤ・ラ・ワ行

サ行

タ行

索引

ア行

カ行

著者　ロバート・カーソン（Robert Kurson）

1963年生まれ。アメリカの作家・ジャーナリスト。ウィスコンシン大学で哲学の修士号取得。ハーバード・ロースクール（ハーバード大学の法科大学院）で法律の学位を取ったのち、不動産弁護士となる。その後「シカゴ・サンタイムズ」に入社。『シカゴ』を経て、現在は『エスクァイア』の寄稿編集者。『ローリング・ストーン』『ニューヨーク・タイムズ・マガジン』などに寄稿。著書にベストセラーとなった『Shadow Divers』（邦題『シャドウ・ダイバー』）、『Cashing Through』（邦題『49年目の光』）がある。本書は第3作。

訳者　森夏樹（もり・なつき）

翻訳家。訳書に、Ch・ウッドワード『廃墟論』、P・ウィルソン『聖なる文字ヒエログリフ』、J・ターク『縄文人は太平洋を渡ったか』、W・クラッセン『ユダの謎解き』、U・ダッドリー『数秘術大全』、R・タトロー『バッハの暗号』、S・C・グウィン『史上最強のインディアン コマンチ族の興亡』、M・アダムス『マチュピチュ探検記』、『アトランティスへの旅』、S・ミズン『渇きの考古学』、M・ブラウディング『古地図に憑かれた男』（以上、青土社）、T・ジャット『記憶の山荘■私の戦後史』（みすず書房）、Ph・ジャカン『アメリカ・インディアン』（創元社）ほか。

This translation is published by arrangement with
Random House, a division of Penguin Random House LLC
through The English Agency (Japan) Ltd.

海賊船ハンター

カリブ海に沈む「伝説」を探せ

2016年8月 2 日　第1刷印刷
2016年8月19日　第1刷発行

著者――ロバート・カーソン
訳者――森夏樹

発行人――清水一人
発行所――青土社
〒101-0051　東京都千代田区神田神保町1-29　市瀬ビル
［電話］03-3291-9831（編集）　03-3294-7829（営業）
［振替］00190-7-192955

印刷所――ディグ（本文）
方英社（カバー・表紙・扉）
製本――小泉製本

装幀――菊地信義

Printed in Japan
ISBN978-4-7917-6944-5　C0098